Alma Bayer

WILD FUTTER

Ein Rosenheim-Krimi

btb

Sollte diese Publikation Links auf Webseiten Dritter enthalten, so übernehmen wir für deren Inhalte keine Haftung, da wir uns diese nicht zu eigen machen, sondern lediglich auf deren Stand zum Zeitpunkt der Erstveröffentlichung verweisen.

MIX
Papier aus verantwortungsvollen Quellen
FSC® C083411
FSC www.fsc.org

Verlagsgruppe Random House FSC® N001967

2. Auflage
Deutsche Erstausgabe September 2017

Neumarkter Str. 28, 81673 München
Umschlaggestaltung: semper smile, München
Covermotiv: © shutterstock/Iakov Kalinin; chrisbrignell; Eric Isselee; auphoto
Satz: Uhl + Massopust, Aalen
Druck und Bindung: CPI books GmbH, Leck
SL · Herstellung: sc
Printed in Germany
ISBN 978-3-442-71531-2

www.btb-verlag.de
www.facebook.com/btbverlag
Besuchen Sie unseren LiteraturBlog www.transatlantik.de

Der Ehering saß fest. Noch einmal versuchte sie, das zerkratzte Symbol ewiger Treue über Marius' kräftiges Fingergelenk zu ziehen. Er ließ es mit derselben kühlen Ruhe geschehen, mit der er seit jeher auf Probleme reagiert hatte. »Jetzt sei halt ein bisserl kooperativ, Tiger«, bat sie ihn, ohne wirklich eine Reaktion zu erwarten. Mitgefühl und Leidenschaft packten diesen Kerl nur am Rande des Fußballfeldes, wenn seine Jungs um den Sieg kämpften und er sich hinterher als Erfolgstrainer feiern lassen konnte. Marius »Tiger« Wild war im regionalen Fußball eine Größe. Er entfaltete Talente oder faltete sie so zusammen, bis sie nicht mehr wussten, dass das Runde ins Eckige gehörte. Ob ein Junge jemals die Chance bekommen würde, in der Bundesliga zu spielen, entschied sich bereits im Grundschulalter. In den frühen Jahren, in denen Jugendtrainer wie Marius »Tiger« Wild ihre Macht ausübten. »Vorbei, Tiger, vorbei«, sagte sie und mühte sich weiter, den Ehering über seinen Finger zu ziehen. Doch selbst in seinem erbärmlichen Zustand wollte er die Situation bestimmen. Wenn auch nichts anderes mehr von ihm übrig war als seine kräftige Hand und der Ehering, den ihm Sabrina vor Jahren in der Rosenheimer Kirche Heilig Blut an den Finger gesteckt hatte.

Genervt verdrehte sie die Augen und holte einen Tiegel Vaseline aus dem Hängeschrank. Das Mittel hatte ihnen schon oft gute Dienste geleistet. Billiger als Gleitcreme war es obendrein und an der Kasse des Drogeriemarkts weniger peinlich. »Zwischen uns lief es doch wie geschmiert«, erinnerte sie ihn an die guten alten Zeiten, als er noch durch ihre Mitte kam. In der Damentoilette des Sportstadions, auf dem Beifahrersitz seines Angeberautos und in ihrem Ehebett. Jetzt nur nicht wehmütig werden!

Sie nahm seine Hand wieder in die ihre und massierte ihm beinahe zärtlich das Gleitmittel auf den rechten Ringfinger, während der bis dahin freundliche Sommertag hinter dem Milchglas des Badezimmerfensters seine Frische aushauchte. Es wurde Abend, und ihre Nachbarn heizten den Grill an. Sie hatte die Einladung wieder einmal abgelehnt. In den vergangenen Wochen war ihr nicht mehr so nach Fleisch. »Außerdem ist mir unser letztes Rendezvous wichtiger«, sagte sie zu Tigers Hand und versuchte noch einmal ihr Glück. Doch sosehr sie auch zog, der Ring saß fest. Sie hätte es mit Spucke versuchen sollen und seinen Finger in den Mund nehmen, wie früher, wenn sie ihn mit ihrer Zunge einstimmen wollte, aber ihr grauste vor der Vaseline auf seiner kalten Haut. Obendrein hatte sie genug von seinen Sperenzchen. »Jetzt gib das Ding schon her! Hältst doch eh nichts von Treue.« Ihr bayrischer Dialekt hallte zwischen den blassblauen Fliesen.

Endlich glitt das Schmuckstück auf der Vaselinespur über seinen kräftigen Knorpel zu ihr. Nur kurz huschte ihr Blick über die Gravur auf der Innenseite, bevor sie den Ehering auf das rosa Kunstfaserkleid des Toilettendeckels legte. Ein paar Gramm Gold waren schließlich auch etwas wert, mindestens ein Paar Fußballschuhe in Kindergröße. Vielleicht sogar das Modell Adizero F50, in dem Thomas Müller Weltmeister wurde. Tiger hatte sie auch getragen. Mit einem tiefen Seufzer drückte sie seine rechte Hand zum Abschied, packte sie in einen 3-Liter-Gefrierbeutel und legte sie zurück in die kleine geblümte Kühltasche. Sie vermied es, die Stelle zu berühren, an der die Hand vom Körper getrennt worden war. »Servus, Tiger!« Sie schloss den Deckel mit dem Reißverschluss. Es war höchste Zeit. Der Wildpark würde gleich schließen, und die Schweine waren bestimmt schon hungrig.

Alois Steimer lag in seinem Bett und ging gedanklich noch einmal die Aufstellung für den nächsten Tag durch: Spieler, Positionen, Strategie. Fußball war Kopfsache. Seine dunklen Brusthaare kräuselten sich am oberen Rand einer neuen Bettwäsche, auf der eigenartige Blüten in Pastelltönen schwammen. »Lotos auf Mako-Satin, ganz edle ägyptische Baumwolle«, informierte ihn Uschi-Muschi, die er leider nicht mehr so nennen durfte, verklemmt wie sie war. Dabei liebkoste selbst der ehemalige bayrische Ministerpräsident Edmund Stoiber seine Gattin Karin mit dem Spitznamen »Muschi«. Und beschwerte die sich darüber? Na also! Alois hatte es nicht so gut getroffen wie Edmund. Seine Uschi war undankbar, wartungsintensiv und wollte andauernd reden. Angeblich, weil sie ihm »nah sein wollte«. In Wahrheit wollte sie ihn nur aushorchen und belehren. Schon war es wieder so weit. Sie legte ihren Krimi auf dem Blumenmeer ab und erklärte mit bedeutungsschwangerem Unterton: »Auf den Lotos kommt es an. Lotosblüten gelten in Asien als Sinnbild einer guten Ehe. Verstehst, was ich meine?« »Ich glaub schon«, murmelte er und griff sich den Spielplan vom Nachttisch. Er hatte weder Lust noch Zeit für Beziehungsgespräche. Morgen stand das Testspiel für den entscheidenden Chiemgau-Cup an. Seine Jungs mussten glänzen, besonders Adrian, denn selbstverständlich hatte er seinem Sohn eine Schlüsselrolle zugedacht. Als Stürmer und Spielführer sollte der Bursche endlich zeigen, dass er das Talent seines Vaters geerbt hatte. Ein stolzes Lächeln hob Steimers Mundwinkel. Leider bezog Uschi diese Regung auf sich, weil sie alles auf sich bezog. Erfreut meinte sie: »Mei! Endlich schaust einmal nicht genervt, wenn ich mit dir reden will.«

»Vielleicht liegt's am Lotos.« Er zog die Bettdecke höher. Am liebsten hätte er sich darunter verkrochen, um Uschi weder hören noch sehen zu müssen, doch seine einzige Chance war ein Ablenkungsmanöver. Er musste ein anderes Thema setzen. Wenn schon reden, dann über etwas, das ihm wichtig war.

»Uschi, der Adrian braucht dringend unsere Unterstützung.«

Alois war bereit, alles für die Karriere seines Sohnes zu tun, und für seine eigene. Nebenbei wollte er beweisen, dass die Fußstapfen vom sogenannten »Erfolgscoach« Tiger Wild nicht zu groß für ihn waren, auch wenn es beim 1. FC Rosenheim ahnungslose Menschen gab, die hinter seinem breiten Rücken behaupteten, er wäre nur ein Lückenfüller – mehr schlecht als recht.

Uschi gähnte. »Nicht schon wieder diese langweilige Fußballscheiße! Alois, wir müssen an unserer Beziehung arbeiten.«

»So redest du über meine Leidenschaft und die Zukunft unseres Sohnes? Alles klar.« Beleidigt drehte er sich zur Seite und bedauerte, dass Uschi-Muschi so gar nichts von den überambitionierten Fußballmüttern hatte, die ihren Sprösslingen die Haare aufstellten, wie es Shootingstar Joshua Kimmich vorgab. Selbst zum Training erschienen die Knirpse inzwischen mit Gel und Spray am Kopf. Natürlich hatte er auch seinen Hoffnungsträger Adrian optisch aufgerüstet. Alois' Sohn trug inzwischen einen Irokesenschnitt wie der Bayern-Spieler Arturo Vidal. Wegen der Unverwechselbarkeit auf dem Fußballfeld und dem frühen Markenaufbau hatte Alois diesen Style für ihn ausgesucht. Er verstand etwas vom Verkauf, schließlich arbeitete er als selbstständiger Versicherungsvertreter. Als der Klügere von beiden gab er nach und wandte sich wieder Uschi zu.

»Schatzi, du kennst doch die Geschichte vom Ødegaard.«

Sie seufzte gelangweilt, aber er erzählte ihr trotzdem wieder von dem Norweger, der nichts dem Zufall überlassen hatte und seinen Sohn Martin Laufwege üben ließ, bis er sie blind beherrschte, und seine räumliche Wahrnehmung trainierte, bis der Junge fast instinktiv jede Bewegung hinter seinem Rücken spürte. Das Ergebnis war beeindruckend: Mit 15 Jahren spielte Martin Ødegaard zum ersten Mal in der norwegischen Nationalmannschaft, als jüngster Nationalspieler aller Zeiten. Von da an wollten ihn alle haben. Die größten europäischen Fußballclubs boten für das Ausnahmetalent, und Real Madrid bekam den Zuschlag. Für Millionen wechselte Martin Ødegaard nach Spanien. Der FC Bayern ging leer aus – im Gegensatz zu Ødegaards Vater, der jetzt auch auf der Gehaltsliste der Spanier stand. Genau so und nicht anders stellte sich Alois Steimer seine Zukunft vor. Nur nicht in Spanien, sondern in Bayern. Adrian würde es nach München schaffen, zum Rekordmeister. Leise begann Alois die Hymne zu singen: »FC Bayern, Stern des Südens, ja so heißt er mein Verein…«

»Psssst«, zischte Uschi-Muschi, die sich wieder hinter ihrem Buch versteckt hatte.

»Ich hätte es auch weit bringen können im Fußball«, seufzte er. Aber mit 18 Jahren war er auf der Landstraße vom Erfolgsweg abgekommen und im Graben gelandet. Neben der Windschutzscheibe und verschiedenen Knochen zerbrachen damals auch seine Zukunftspläne.

Seine Frau kannte die Geschichte und blätterte einfach auf die nächste Seite, ohne ihn auch nur anzusehen.

»Ich dachte, du willst reden«, beschwerte er sich.

»Jetzt nicht mehr.«

Er sah sie an. Ihre schlaffen Pfunde zwischen Brust und Venushügel bedeckte ein verwaschenes T-Shirt, das sie sich am Ende ihrer Schwangerschaft gekauft hatte. Es umhüllte den Zustand, den sie »Afterbaby-Body« nannte, obwohl ihr Nachwuchs bereits vor sieben Jahren geschlüpft war und heute in der F-Jugend spielte. »U9« korrigierte er sich.

Sexy war etwas anders, aber dass Muschi ihn so offensichtlich ignorierte, provozierte seine Männlichkeit. Er spürte, wie sich unter der Lotosdecke in seinem Laserschwert die Kräfte sammelten. Die Macht war mit ihm. Wieder einmal. Steimer war nicht nur Fußballfan, sondern begeisterte sich auch für Star Wars. »Von allen Welten das Beste«, so sah er es, und ein kurzer Ausflug auf den fernen Planeten neben ihm würde ihn entspannen, vorausgesetzt, Uschi bestand nicht auf einem eigenen Orgasmus, denn dann würde die Angelegenheit anstrengend und langatmig für ihn werden. Selbst beim Sex kam sie nicht auf den Punkt, ohne vorher endlos auszuholen. Trotzdem riskierte er eine Annäherung. Vorsichtig, beinahe gefühlvoll, schob er seine Hand unter ihre Bettdecke und tastete sich voran. Schon berührten seine Fingerspitzen ihre weiche Masse, aber anstatt dankbar zu seufzen und rücksichtsvoll das Licht zu löschen, sagte sie: »Ich hab keine Lust auf dich.« Verdammt! Was bildete sich diese Frau eigentlich ein? Trotzdem bemühte er sich um eine zärtliche Tonlage. »Schatzi, ich will dich spüren, wie früher.« Er fühlte die Krater an ihrem Oberschenkel und ging darüber hinweg.

»Du bist so ein Depp!«, schnaubte sie, aber er nahm ihr die Beleidigung nicht übel, sondern filterte stattdessen die versteckte Zuneigung heraus, während er nach ihrer Hand griff und sie unter seine Decke zog. »Uschi, ich will dir doch bloß meine Liebe zeigen.«

»Was verstehst du schon von Liebe?« Nun ja, sehr zugeneigt klang das nicht, aber kurz vor dem Tor lässt sich ein guter Stürmer nicht bremsen.

»Zumindest mein Laserschwert versteht eine ganze Menge von der Liebe! Ich zeig's dir. Uschi-Mmmmhhh uuuhhhh…« Seine

Hand tastete sich weiter, aber sein Weib hatte keine Lust auf eine Demonstration seiner Gefühle.

»Manchmal könnte ich dich umbringen«, sagte sie. Die Längsfalte zwischen ihren Augen vertiefte sich und teilte ihre Stirn in zwei Hälften, hinter der rechten Seite verbargen sich bei normalen Frauen Emotionen, aber bei Uschi nahm ihr Killerinstinkt den ganzen Raum ein.

»Im Morden hast ja jetzt Übung.«

Uschi wurde blass. Tor! Treffer! Volltreffer! »Es war ein Versehen«, verteidigte sie sich. »Ich konnte ja nicht ahnen, dass er ein schwaches Herz hatte.«

Vitus Pangratz kletterte über den Zaun des Wildparks Blindham und bedauerte, dass ihn seine ehemaligen Kollegen nicht sehen konnten. Von wegen bereit für den Ruhestand! Er war noch immer der beste Fährtenleser und noch immer Rock 'n' Roll. Aber seit seiner vorzeitigen Pensionierung als Kriminalkommissar musste er selbst für Herausforderungen sorgen, deshalb hatte Vitus Pangratz eine Affäre begonnen. Mit einem Model der anderen Art. Er war auf dem Weg zu ihr. Sein Herz beschleunigte und überholte sein gesundes Grundmetrum. Vorsichtig sah er sich um. Niemand war im Wald zu sehen. Im Licht der blauen Stunde zeichneten sich nur Laub- und Nadelbäume ab, den Hintergrund bebilderte die Alpenkette mit ihren Felszacken und Gipfeln. Die Stimmung war märchenhaft. Romantisch. Bayern zum Verlieben. Aber die Natur stand im Weg und stichelte ihm unangenehm ins Gesicht. Vitus wich den Nadeln eines Fichtenzweiges aus und murmelte: »Die Fichte sticht, die Tanne nicht.« Er kickte einen länglichen Zapfen über eine der vielen Wurzeln, die sich wie knochige Finger in den Boden krallten. Danach strich er zufrieden seine Haare nach hinten. Die Welle auf seinem Kopf war eine Hommage an Elvis. Sollte er seine Affäre Priscilla nennen, wie Elvis' große Liebe, eine davon? Er fand den Namen passend für die süße Sau. Fast lautlos stimmte er »Oh what night!« an. Der King hatte für jede Lebenslage den richtigen Song eingespielt, und Vitus kannte sie alle. Ob seine Priscilla musikalisch war? Er würde es herausfinden. Auf dem weichen Waldboden suchte er ihre Spuren.

»Uuuhhhh! Uuuhhhh! Uuuhhhh!« Über ihm rief ein Käuzchen die Nacht herbei. Früher glaubte die Landbevölkerung in dieser Gegend, der Vogel würde einen Todesfall ankündigen. »Hört man ein Käuzchen, muss jemand sterben«, hieß es. Wer zur Familie der Eulen gehörte, galt als Teufelstier, das Bauern an Scheunentore nagelten, um ihre Höfe vor Unglück zu bewahren. »Uuuhhhh!« Wieder hallte der Ruf des Käuzchens zwischen den Bäumen. Ein schlechtes Omen? Schmarrn! Nicht jede Bauernweisheit hatte sich ihren Titel ehrenhaft verdient. Verächtlich pustete Vitus Luft durch seine Lippen. Bayern war in der Neuzeit angelangt, und ein Beweis dafür hing ihm gewichtig am Hals: seine nahezu professionelle Digitalkamera. Nachdem er von seinem Nachfolger mit den Ellenbogen und aus dem Hinterhalt in den Ruhestand gestoßen worden war, brauchte Vitus ein Hobby und hatte sich für Fotografie entschieden. Sein erster Bildband sollte »Die Wildsau im Wald heißen«. Johanna fand den Titel »Die Schöne und das Biest« passender. War das Humor, Sachverstand oder eine unglaubliche Unverschämtheit? Bei seinem Fräulein Tochter konnte man nie sicher sein. Leider hatte sie kaum mehr Zeit für ihren Vater, seit sie bei einem Rosenheimer Online-Nachrichtendienst als Reporterin arbeitete. Anstatt sich um Vitus Pangratz zu kümmern, schob sie ihn auf Webseiten wie »senioren-zum-verlieben.de« oder »zweisam-im-herbst.info« ab. Gelegentlich empfahl sie ihm sogar einen Dackel. Aber einen ausgeprägten Jagdtrieb und eine erstklassige Spürnase hatte er selbst. In diesem Moment bewies er es erneut. Jeder andere wäre darüber hinweggestolpert, aber Vitus Pangratz entdeckte das Zeichen, das sie ihm hinterlassen hatte.

Er ging in die Knie, um mit seinen Händen den Boden zu untersuchen, den sie berührt hatte. Konzentriert strich er über feuchte Erdklumpen, Grashalme und braune Blätter. Eine Duftnote von Endlichkeit stieg in seine feine Nase und gab die Botschaft an sein Gehirn weiter. Im selben Moment rief das Käuzchen wieder. »Uuuhhhh! Uuuhhhh! Uuuhhhh!«

»Elender Vogel«, raunzte Pangratz, erhob sich und suchte mit seinem Blick die Bäume nach dem Störenfried ab. Unter Waldeslust stellte er sich andere Töne vor. Plötzlich raschelte es hinter ihm. Sie? So nah? Sein Herz beschleunigte erneut. Angespannt griff er zur Kamera, bereit, der Gefahr ins Auge zu sehen. Geschätzte 90 Kilo Üppigkeit konnten den stärksten Mann umwerfen, aber Vitus ließ sich davon nicht beirren. Das Jagdfieber erhitzte sein Blut. »Komm her, du Sau, du.«

Natürlich wusste er, dass Wildschweine Menschen gewöhnlich aus dem Weg gingen, aber vielleicht hatte diese eine Bache trotzdem Zutrauen gefasst. Immerhin lebte sie in einem Wildpark, und er besuchte sie nicht zum ersten Mal. Er musst ruhig bleiben, Sicherheit ausstrahlen, Vertrauen vermitteln. Jetzt nur keine falsche, hektische Bewegung. Schritt für Schritt tastete sich Vitus vorwärts und achtete darauf, nicht zu stolpern. Der Waldboden war um diese Uhrzeit tückisch feucht und voller Wurzelwerk.

Seine Fußspitze stieß einen Erdklumpen zur Seite. Fast wäre er darüber hinweggegangen, als er ein weißes Etwas sah. Ein Knochen? Wildschweine sind Allesfresser. Interessiert griff Pangratz nach dem Speiserest und schüttelte die Erde ab. »Ja, leckst mich am Arsch!«, entfuhr es ihm. Zwischen Daumen und Zeigefinger hielt Vitus Pangratz eine angefressene Hand. Alle Finger waren noch dran, nur der Körper fehlte. Er sah Elle und Speiche, die beiden Knochen ragten zwischen Fleischfetzen, Sehnen und Muskeln heraus. Auf dem Handrücken klaffte eine Kerbe, als hätte eine Wildsau hier ihren Hauer reingerammt, nur um festzustellen, dass das wenige Fleisch die vielen Knochen nicht lohnte. Immerhin ordneten ganze 27 davon eine Hand. Da könnte das Tier ja gleich Spareribs fressen, dachte Vitus Pangratz. Vorsichtig legte er seinen Fund wieder dort ab, wo er ihn aufgehoben hatte. Dann wischte er seine Finger an seiner Jeans sauber und griff zum Telefon. Er wusste, wen er sofort anrufen musste. Die Polizei war es nicht.

Johanna »Jo« Coleman war vor der Polizei im Wildpark, dafür hatte Vitus Pangratz gesorgt. Für ihn gab es keine Berufsehre mehr zu verteidigen, und die Familie ging vor. Erst recht, wenn sie sich auf die überschaubare Zahl von zwei Personen beschränkte: Vater und Tochter. Zum Dank leuchtete ihm Johanna mit ihrer Videokamera ins Gesicht, ging vom Du zum Sie über und fragte in nüchternem Reporterton: »Herr Pangratz, Sie waren der Letzte, der diese Hand geschüttelt hat. Was war das für ein Gefühl?« Dumme Frage! Warum hatte sein Dirndl keinen anständigen Beruf gelernt? »Du hättest Bankkauffrau werden sollen wie deine Freundin Marina«, brummte er. »Aber leider hast du mit Geld ein genauso schlechtes Händchen wie mit Männern.«

»Hast ja recht, Papa«, grinste Jo. Sie hatte schon früh gelernt, wie sich Diskussionen mit ihrem Vater zeit- und nervenschonend abkürzen ließen: Einfach recht geben und dann das eigene Ding durchziehen. Ihre Mutter hatte es ihr vorgemacht.

Immer noch zielte sie mit der Kamera auf ihren Vater, räusperte sich kurz und schlüpfte wieder in die Rolle der Videoreporterin »Jo Coleman«, obwohl Vitus sie vor 37 Jahren mit seiner Frau auf den Namen Johanna Pangratz getauft hatte. Johanna, das bedeutete: »die Gottbegnadete«. Nicht genug, dass sie ihren schönen Vornamen und möglicherweise alle damit verbundenen Gnaden zusammengestutzt hatte, auch dem traditionsreichen Familiennamen »Pangratz« hatte sie Unrecht getan. Achtlos abgestreift wie eine alte Jacke hatte sie ihn bei der Hochzeit mit dem Amerikaner und selbst nach der Scheidung nicht wieder angelegt, obwohl das junge Glück nur elf Monate gehalten hatte. Liebe macht eben blind. Selbst mit Vaterliebe konnte man sich lächerlich machen, wie Vitus gerade vor laufender Kamera und bei vollem Bewusstsein bewies. Seufzend ergab er sich seinem Schicksal. Seine Tochter war alles, was ihm geblieben war. »Also los, Johanna, noch mal von vorne und diesmal mit einer annähernd intelligenten Frage.« Sie warf ihm eine Kusshand zu.

»Herr Pangratz, Sie waren Kriminalkommissar. Ein ziemlich erfolgreicher obendrein. Gerade haben Sie eine menschliche Hand hier im Wildpark Blindham gefunden. Was sagt Ihr Instinkt dazu?«

»Dass der Rest fehlt. Da hat vermutlich jemand Hunger gehabt.«

»Ein Kannibale?« Seine Tochter sah weniger entsetzt als sensationslustig aus.

»Ich würde eher Wildschweine mutmaßen.«

»Wildschweine, aha!«

Jo rang einen starken Würgereflex nieder und zoomte das Fundstück heran. Am Ringfinger entdeckte sie einen hellen Streifen. »Hier war einmal ein Ehering.«

»Die Ehe ist inzwischen beendet«, sagte Pangratz und überlegte, ob der Ring vielleicht Priscilla im Magen lag. Das war keine schöne Vorstellung. Er konzentrierte sich wieder auf seine Tochter Johanna. Sie wisse ja wohl, dass sie die Aufnahmen nicht verwenden dürfe. Nicht wahr?

Jo ging gar nicht darauf ein, sondern meinte: »Eine Leiche von Wildschweinen beseitigen zu lassen, ist schon ziemlich ungewöhnlich, oder?«

»Eine echte Sauerei«, meinte Pangratz, und Jo verdrehte die Augen.

»Dieser Mord ist eine Sauerei, wollten Sie das sagen, Kommissar Pangratz?«

»Mord ist meistens eine Sauerei, aber noch wissen wir nicht, ob es wirklich Mord war.«

Jo sah ihn bittend an.

»Freiwillig wirft sich sicher keiner den Schweinen zum Fraß hin«, sagte Vitus Pangratz gutmütig und in der Hoffnung, seiner Tochter und ihrer halbseidenen Karriere weiterzuhelfen. Vielleicht kam sie ja mal ins echte Fernsehen, nicht nur ins Internet. Für Vitus zählten nur die öffentlich-rechtlichen Sender, selbst wenn sie ihn langweilten.

»Wer macht so etwas Grässliches?«, fragte Jo.

»Das soll mein Nachfolger herausfinden. Da kommt er gerade. Der Ruf eines hervorragenden Profilers eilt ihm übrigens voraus«, spottete Vitus.

Jo sah einen Lichtkegel, der sich wie ein riesiges Glühwürmchen auf sie zubewegte. Sofort schwenkte sie ihre Kamera und erkannte den Umriss von Kommissar Hopfinger. Er war lang und dürr wie der legendäre Komiker Karl Valentin, aber leider völlig humorfrei. »Seid's narrisch! Raus aus dem Gehege!«, brüllte er zur Begrüßung. »Raus! Sie sind in Lebensgefahr!«

Im nächsten Moment flog mit lautem Knall eine Pistolenkugel durch die Sommernacht.

Der Schuss aus seiner Dienstwaffe war ins Leere gegangen, trotzdem gebar sich Kommissar Hopfinger wie ein Lebensretter. »Die Wildsau hätte Sie glatt umgerannt, vielleicht sogar getötet. Die kam von hinten direkt auf Sie zu, Herr Pangratz. Das ist Ihnen glatt entgangen, gell! Sie waren halt beschäftigt«, sagte er zu seinem Vorgänger. Ganz offensichtlich erwartete er Dank für seine Heldentat. Immerhin war Hopfinger der Einzige gewesen, der die angriffslustige Bache im Gebüsch bemerkt hatte. Eine Bestie, da war sich Hopfinger sicher, während Vitus Pangratz die Bestie eher in Hopfingers Fantasie vermutete und in diesem Moment wünschte, sie würde seinen Nachfolger von innen auffressen. Aber Hopfinger monologisierte weiter. Ohne ihn lägen Vitus Pangratz oder diese aufdringliche Reporterin Jo Coleman jetzt wahrscheinlich schwer verletzt am Boden, neben der angefressenen Hand, meinte er. Doch Undank war der Welten Lohn, und Vitus Pangratz warf ihm vor, »sinnlos im Wald herumzuballern und Tiere zu verschrecken.« Hopfinger streckte seinen krummen Rücken durch, bis er seine volle Größe erreicht hatte, und sagte von oben herab: »Was die Einschätzung von Gefahren anbelangt, haben Sie, Herr Pangratz, und da sind wir uns wohl einig, keine guten Referenzen vorzuweisen. Absolut keine.« Jetzt richtete auch Vitus seinen Oberkörper auf und spannte jede einzelne Muskelfaser an. Ein schlanker Gorilla mit Stirnwelle, der sich vor Stolz auf die Brust trommeln wollte. Jo Coleman beobachtete die Szene und musste reagieren. Bevor sich ihr Vater zu einer unüberlegten Äußerung oder Bewegung hinreißen ließ, richtete sie ihre Kamera auf den amtierenden Kommissar.

»Was ist Ihr erster Eindruck, Herr Hopfinger?«, fragte sie so respektvoll wie möglich, was sie in diesem Fall Anstrengung kostete.

»Polizeihauptkommissar Hopfinger«, korrigierte er, bevor er antwortete. »Leider hat hier ein wild gewordenes Schwein die letzten Spuren zerstört. Sie verstehen mich?« Er sah zu Vitus, der inzwischen mit einem alten Kollegen sprach und die Anspielung nicht hörte. »Wir müssen uns auf die Suche nach weiteren Resten machen und herausfinden, ob das, was zu der Hand gehört, schon tot war, bevor es gefressen wurde. Viel ist ja nicht mehr übrig.«

»Kann Ihnen da die Gerichtsmedizin weiterhelfen?«

»Der Pathologe weiß alles, kann alles, kommt aber immer zu spät. Sie verstehen!«

So wie die Hand aussah, waren vermutlich nur noch fremde DNA-Spuren von Waldtieren zu finden, aber immerhin ließ sich die Hand hoffentlich einem Vermissten zuordnen. Es gab ja immer welche, die nicht mehr nach Hause kamen.

»Haben Sie schon einen Verdacht, wer es sein könnte?«, fragte Jo. Nein, gab Hopfinger vor.

Ob die Spurensicherung nun die Mägen der Wildschweine im Park auspumpen würde? Eher nicht, antwortete der Hauptkommissar, bevor er bemerkte, dass Jos Vater Vitus Pangratz sich davonschleichen wollte. Kommissar Hopfinger hielt ihn auf.

»Was treiben Sie überhaupt hier, Herr Pangratz? Der Wildpark ist ja schon lange zu. So etwas ist widerrechtliches Betreten – oder hatten Sie eine persönliche Einladung?« Eine einseitige Verabredung trifft es besser, dachte Vitus und erklärte, er sei auf Fotosafari im Park gewesen und habe die Schließzeiten übersehen. Beim Versuch, einen Weg nach draußen zu finden, sei er über einen Zaun geklettert und habe sich wohl versehentlich im Wildschweingehege verirrt.

Hopfinger schüttelte den Kopf, dann bat er Jo, ihren Vater sicher nach Hause zu bringen, als würde dieser an Altersdemenz leiden, aber Vitus hatte noch eine Frage.

»Herr Hopfinger, ist Marius Wild eigentlich jemals wieder aufgetaucht?«

»Sie sprechen wohl vom Fußballtrainer Tiger Wild?«, präzisierte Hopfinger, der andere offensichtlich gerne verbesserte.

»Genau der. Er verschwand doch vor ein paar Wochen spurlos, nur sein Auto stand noch am Sportplatz.« Vitus schaute zu seiner Tochter. Ihre Kamera lief weiter, auch wenn Jo sie so beiläufig wie möglich in der Hand hielt.

»Das weiß ich, Pangratz, mein Sohn spielt in Tigers Team. Die Mannschaft vermisst ihn schmerzlich, aber der Tiger ist ein erwachsener Mann und kann gehen, wohin und mit wem er will, auch ohne sich abzumelden. Sicher steckt ohnehin mal wieder nur eine Weibergeschichte dahinter«, schnauzte Hopfinger ihn an. Vitus Pangratz hatte ihm den Abend gründlich versaut, und er war noch nicht fertig damit. »Hat der Tiger etwa in fremden Revieren gewildert?«, fragte Pangratz seinen Nachfolger. Der winkte ab. »Was Sicheres weiß man nicht, aber die Frauen stehen auf den Kerl, selbst meine.« Hopfinger erhöhte seine Stimme um ein paar Oktaven und äffte seine Gattin nach. »Wie der Tiger sich für die Kinder engagiert, das ist richtig rührend.« Dann wechselte er wieder in seine eigene Tonlage und meinte: »Als Vorbild hat sie mir den Tiger präsentiert. Als ob es sich ein Mann wie ich, mit einem vernünftigen und verantwortungsvollen Job, leisten könnte, nachmittags ehrenamtlich Kinder zu trainieren.« Darum sollten sich gefälligst andere kümmern. Fahrlehrer wie Tiger Wild und Versicherungsvertreter wie Alois Steimer, dessen Nachfolger auf dem Fußballplatz. »Wo bleibt eigentlich die Spurensicherung? Kruzifünferl!«

»Komm, Jo, wir gehen!« Vitus führte Jo, die mit einem Taxi nach Blindham gekommen war, zu seinem Wagen. »Schau mer mal, wer den Fall schneller klärt, der Hopfinger oder ich.«

»Der Hopfinger wird zumindest schneller herausfinden, wem die Hand gehört hat«, meinte Jo.

»Der Hopfinger braucht dafür die Gerichtsmedizin, während ich meinem Instinkt und meine guten Verbindungen vertrauen kann.«

»Und, was sagt dir dein Instinkt?«

»Wild, sagt er, Tiger Wild! Ich hab von Anfang an nicht geglaubt, dass der Mann einfach so verschwunden ist, aber es war ja nicht mehr mein Job.«

»Jetzt ist es auch nicht mehr dein Job, Papa.«

»Was mein Job ist, bestimme immer noch ich, mein Fräulein Tochter. Außerdem: Man schlägt keine Hand aus, die sich einem hilfesuchend entgegenstreckt.« Nein, das tat man nicht. Vitus Pangratz hatte einen neuen Fall. Endlich!

Die Nacht war noch jung, seine Erregung stark, und Alois Steimer gab nicht auf. Nach einer langen Schweigepause wagte sich seine Hand erneut unter den Lotos-Bettbezug auf die andere Seite der Front, die zwischen den Matratzen und den Eheleuten verlief. Uschi hatte sich wieder hinter ihrem Buch verbarrikadiert. »Bayerischer Blues« stand auf dem Cover. Als er sich mutig in ihren Dschungel vortastete, gab sie ihre Deckung für einen Augenblick auf, um wortlos seine Hand wegzuschieben. Sein Angriff und ihre reflexartige Abwehr war das übliche Manöver. Es waren seltene Momente, in denen sie wortlos auf dem weißen Laken Frieden schlossen, für die Zeit des Beischlafs. Kurz: Uschi kam ihren ehelichen Pflichten nur ungenügend nach, und Steimer war seit langem zur Selbsthilfe unter der Dusche verdammt.

Gekränkt sagte er: »Andere Frauen würden sich über eine kleine Aufmerksamkeit freuen.«

»Sprichst du von deinen Fußballmamas?« Sie hob seine Bettdecke, rückte mit der anderen Hand ihre Brille zurecht und warf einen kritischen Blick auf seine ausgebeulten Boxershorts, bevor sie urteilte: »Kleine Aufmerksamkeit trifft die Sache genau.«

Wahnsinn. Absoluter Wahnsinn! Neben ihm lag die weibliche Version von »Jabba the Hutt«, dem Schwabbelmonster aus Star Wars, und er musste sich von diesem Ungetüm abweisen lassen. Sein Ego schoss in Lichtgeschwindigkeit zurück: »Im Verhältnis zu deinen galaktischen Ausmaßen wirkt selbst der Größte klein. Uschi-Muschi!« Tor! Treffer! Volltreffer! Er hatte es einfach drauf!

Nicht zum ersten Mal dachte er an Trennung, aber jetzt war nicht der richtige Zeitpunkt dafür. Es würde Adrian vom Fußballtraining ablenken und ihn selbst auch. Als Hausfrau machte sich Uschi-Muschi durchaus nützlich: Sie war sauber und ordentlich. Außerdem fürchtete er, dass seine Frau bei einer Scheidung auf das Sorgerecht pochen würde, und ihr alleine konnte er seine großen Pläne für Adrian nicht überlassen. Sie verstand nichts vom Fußball, sondern untergrub geflissentlich seine Bemühungen, aus Adrian einen künftigen Star zu machen. Apropos, hatte sein Sohn heute Abend genügend Kohlenhydrate gegessen, um morgen auf dem Feld zu voller Form aufzulaufen? Uschi-Muschi torpedierte immer wieder den Speiseplan, den er für Adrian mit Hilfe des Internets zusammengestellt hatte. Fußball war schließlich ein Leistungssport, kein Kindergeburtstag, aber im Notfall musste er seinen Sohn morgen mit Cola wecken. Zucker und Koffein hatten sich schon oft bewährt, wenn der Junge wieder einmal nicht aus den Federn kommen wollte. Das Murmeltier.

Frustriert nahm er seinen Spielplan zur Hand. Nach kurzem Überlegen strich er den Namen Ludwig, weil der treffsichere Teufelsbraten wie ein Messi am Ball blieb und, wenn es schlecht lief, damit bis zum Tor wieselte. Ludwig konnte seinem Adrian glatt die Show stehlen. Außerdem gehörte Ludwigs Mutter Marina zu denen, die Alois nicht ernst nahmen und stattdessen Tiger nachtrauerten. Was die Weiber nur alle an dem Kerl fanden? »Er ist halt ein gestandenes Mannsbild«, hatte ihm seine Uschi-Muschi erklärt. »Und wie der mit den Kindern kann!« Pah! Er selbst war auch ein Kinderversteher und ein Frauenversteher obendrein, vorausgesetzt, die weiblichen Gehirnströme liefen in geordneten Bahnen und nicht kreuz und quer wie bei seiner Gattin.

Ein kaum hörbares Schluchzen unterbrach seine Gedanken. Es kam aus dem Zimmer nebenan. Adrian! Sein Hoffnungsträger weinte. Alois Steimer stand auf und ging zu seinem Sohn.

Es war kurz vor Mitternacht, als Jo Coleman die grünlackierte Tür zu ihrer kleinen Wohnung im Rosenheimer Färberviertel aufstieß. Sie hatte Glück gehabt, den Mietvertrag für die 40 Quadratmeter zu bekommen. Mit »richtiges Massel« beschrieb das Bayrische, dank dem Jiddischen, die Sache treffend. Wenn der Immobilienmarkt weiter so fieberte, hatten sie in ihrem Stadtteil bald Verhältnisse wie auf dem Münchner Wohnungsmarkt. Denn wo früher Färber, Lederer und Fischer arbeiteten, wollten seit ein paar Jahren alle wohnen: Das alte Rosenheimer Handwerksquartier aus dem 16. Jahrhundert hatte sich zum bevorzugten Wohn- und Geschäftsviertel entwickelt, und Jo hauste mittendrin.

Sie schlüpfte aus ihren abgelaufenen, müffelnden Converse-Schuhen und tappte über Wollmäuse und Brösel barfuß zum brummenden Kühlschrank. Wenn schon nichts Essbares darin zu finden war, Getränke hielt sie zumindest immer auf Vorrat. Durstig griff sie sich eine »Engerl Weisse«. Das alkoholfreie Weißbier aus der kleinen Brauerei Maxlrain hielt, was sein Name versprach, es war wirklich himmlisch. Obendrein war das Etikett der Flasche amüsant: Ein mutmaßlich betrunkener Engel hob vor einer bayrischen Bilderbuch-Landschaft ein Bierglas und rückte mit der anderen Hand den roten Kardinalshut auf seinem Kopf so zurecht, dass dessen Quasten vor seinem Geschlecht baumelten und es zu einem Rätsel machten. Aber waren nicht alle Engel irgendwie Transgender-Fälle? Jedenfalls die bayrischen, egal ob gemalt oder geschnitzt. Die anderen waren ja angeblich körperlose Wesen und damit mangelhaft ausgestattet für die sinnlichen Vergnügungen des Lebens. »In Bayern haben selbst die Engel mehr Spaß«, dachte Jo und prostete ihrem persönlichen Schutzengel zu. Himmelwärts. »Hoffentlich gilt das auch für dich, Mama«, flüsterte sie.

Jo ging davon aus, dass ihre Mutter in die Rolle eines Schutzengels geschlüpft war, als sie von der Seite der Lebenden auf die der Toten gewechselt war. Vorher hatte sie die damals noch kleine Jo von der Existenz der Schutzengel überzeugt. Obwohl sie inzwischen zumindest offiziell als Erwachsene galt, hielt Jo an diesem Kinderglauben fest. Aus Nostalgie und weil sie manchmal wirklich glaubte, ihre Mutter an ihrer Seite zu spüren.

Sie hob das Glas. Gab es wirklich Engel, und welchen Geschlechts waren die bayrischen, die sich auf Etiketten betranken? Diese Fragen wollte sie sich für eine Story merken, auch wenn sie ihren Chefredakteur damit vermutlich überfordern würde. Sepp Anzenberger war einfach gestrickt, und dasselbe erwartete er von den Geschichten, die Jo als freiberufliche Videoreporterin für seinen Onlinedienst *Rosenheim News* schrieb und drehte. Mit bewusst tiefergelegtem Niveau nahm Anzenberger Rücksicht auf seine Zielgruppe, behauptete er. Inspirieren ließ er sich vom ehemaligen *Bild*-Chef Kai Diekmann, zumindest optisch. Seit dieser einen Bart trug, wucherten auch in Sepps Gesicht Haare, und selbst sein Brillenmodell »Nerd« orientierte sich am großen Vorbild aus dem Springer Verlag. Und irgendwann wollte er auch die Bezahlschranke auf ihrer Website Rosenheim-news.info einführen, so wie die *Bild*. Wie auch immer, die Story, die Jo heute am Haken hatte, würde Sepp gefallen und Kai Diekmann vermutlich auch.

Gut gelaunt wählte sie Anzenbergers Handynummer. Es war spät, Geisterstunde, aber das sollte an einem Samstag kein Problem sein. Ihr Chef war sicher noch im Rosenheimer Nachtleben unterwegs, wahrscheinlich im Rizz.

»Pronto!«, meldete sich Anzenberger, als wäre er in Rom geboren und nicht in Rosenheim. Vermutlich sah er sich als Gigolo, nur weil er eine Ferienwohnung am Gardasee sein Eigen nannte.

»Hey, hier ist Jo. Ich hab etwas, was dir gefallen wird, und das exklusiv.«

»Mensch, Coleman«, reagierte er genervt. »Ich bin gerade mit einer heißen Braut zusammen, deine Exklusivstory muss mindestens so gut sein wie das, was ich dafür aufschiebe. Verstehst, was ich meine?«

Jo verstand und war sich sicher, dass ihre Story besser war als Sex mit Sepp, dass jede Story besser war als Sex mit Sepp, aber da bei Anzenberger im Hintergrund jemand kicherte, beeilte sie sich, ihre News zu pitchen, für den Fall, dass Sepp die Sache mit dem Sex und der Story anders bewertete.

»Hör zu, Boss«, sie nannte ihn nur bei besonderen Gelegenheiten so. »Im Wildpark Blindham ist ein Leichenteil gefunden worden. Eine Hand. Der Rest wurde vermutlich von Wildschweinen gefressen. Und jetzt kommt's: Wir sind die Ersten, die davon wissen. Exklusiv! Die Konkurrenz schläft noch. Ich hab den Finder auf Film und den zuständigen Kommissar auch. Am Tatort! Ich sage nur: Fetter Scoop. Und jetzt bist du dran!«

»Wirklich wahr, Coleman? Du bist der Wahnsinn!« Sepp klang begeistert, bevor er seufzte: »Na, ned jetzt, lass mich in Ruhe.«

»Ich?«

»Nicht du, meine aufdringliche Begleitung. Nichts für ungut, Schatzi, aber hier geht's um wichtige Dinge. Coleman, bist noch bei mir?« Sie bejahte.

»Dann lass uns zur Sache kommen, wem hat die Hand gehört?«

»Das muss die Polizei erst noch herausfinden, war ja kein Namensschild dran.«

»Jo, wir sind in Rosenheim, nicht in Rio. In unserer Gegend liegen Hände nicht einfach so rum, ohne dass der Rest jemandem fehlen würde. Schön gesagt, gell? Darfst mich zitieren. Also, wem gehört die Pratzen? Die Polizei weiß doch, wer vermisst wird?«

»Ein Mann names Tiger Wild wurde erwähnt. Sagt dir der Name was?« Jo hörte ein schnelles Patschen, als würde Sepp Anzenberger vor Begeisterung auf den Tisch schlagen.

»Yeah! Der Tiger, ja klar! Ich hab's doch gewusst, dass den jemand auf dem Gewissen hat. Natürlich gehört die Hand dem Tiger. Super Gschicht! Die schreibst noch heute Nacht!«

»Und wenn die Hand doch jemand anderem gehört?«

»Dann haben wir die nächste super Gschicht!«

»Ich fühl mich da nicht ganz wohl bei der Sache«, wandte Jo ein.

»Coleman, du bist im Online-Journalismus, nicht auf Wellness-Kur. Also, kümmerst du dich jetzt um die Story, oder soll ich einen Kollegen darauf ansetzen?«

»Das ist meine Story!«

»Dann mach was draus! Ich erwarte Großes von dir!«

»Okay, dann erzähl mir was von Tiger Wild.«

»Der Tiger! Saugeil!« Die Verbindung brach ab.

»Sepp? Geht's dir gut?«

Vermutlich ging es ihrem Chefredakteur gerade zu gut, aber das wollte sich Jo gar nicht so genau vorstellen. Sie drückte auf Wahlwiederholung, aber Anzenberger antwortete nicht.

Es dauerte keine drei Minuten, bis er sich wieder meldete, ohne Entschuldigung, dafür mit entspannter Stimme. Der Druck war raus. Ja, er erinnerte sich gut an Tiger, den verschwundenen Fußballtrainer. Es war der beste Jugendtrainer, den der 1. FC Rosenheim je hatte. »Sie nannten ihn nicht umsonst den Tiger, Tiiiiiigeeeerrrr Wild«, röhrte er in ihr Ohr und fügte respektvoll an: »Er machte seinem Namen alle Ehre. Der Tiger war ein Tier.«

»Frauengeschichten?«, hakte Jo ein, die wusste, was Anzenberger imponierte.

»Offiziell war er verheiratet, und beim Rest hat er sich nicht erwischen lassen. Also, a Hund war er scho', der Tiger, wie man bei uns so sagt. Hast mi?« Ja, sie hatte verstanden, trotzdem fauchte Anzenberger sie an, vermutlich wollte er wie eine Raubkatze klingen. »Coleman, jetzt mach dich endlich an die Arbeit.«

In Adrians Kinderzimmer sah es aus wie in einem FC-Bayern-Fanshop. Von der Schreibtischunterlage bis zum Schlafanzug war alles in den Vereinsfarben des Münchner Rekordmeisters gehalten: Rot und Weiß. An der Wand hing ein Poster der aktuellen Mannschaft neben einem großen FC-Bayern-Kalender, und am Boden lag das neue Auswärtstrikot von Thomas Müller. Alois wäre fast darauf ausgerutscht, als er im Schein des kleinen Fußball-Nachtlichts zum Bett seines weinenden Sohnes tapste, der unter einer FC-Bayern-Bettdecke steckte. »Sag mal, weißt du eigentlich, wie viel so ein Trikot kostet?«, schimpfte er, holte einen Kleiderbügel aus dem Schrank und hängte das Synthetik-T-Shirt sorgfältig auf. Erst danach beugte er sich über Adrian und fragte etwas freundlicher: »Was ist denn los, mein kleiner Ballkünstler? Hast du schlimm geträumt?«

»Ich hab Bauchweh Papa. Ich kann morgen nicht Fußball spielen.«

Das Kind gab den Jammerlappen, weil ihn seine Mutter verweichlichte. Würde er sich nicht um Adrians sportliche Zukunft kümmern, wäre der Junge längst so schlapp wie Uschi-Muschis Bauchfett.

»Ah, kommt jetzt wieder diese Nummer?«, warf Alois Steimer seinem Sohn vor und bemühte sich dennoch, ruhig zu bleiben.

»Ich hab wirklich Bauchweh, Papa. Ehrlich. Ehrenwort.« Der Junge schniefte und wischte sich mit seinem Schlafanzugärmel die Tränen und Rotze aus dem Gesicht. Seine Augen waren verquollen. Plötzlich stand auch Uschi neben Adrians Bett, strich ihm über die Haare und meinte: »Wenn du krank bist, musst du morgen nicht spielen. Natürlich nicht.« Sie warf ihrem Mann einen missbilligenden Blick zu und schlüpfte in die Rolle der besorgten Mutter, es war ihre Paraderolle, sie beherrschte sie glänzend, obwohl ihr vor drei Minuten ihr »Krimi« noch wichtiger gewesen war als das Weinen ihres Sohnes. Wer war aufgestanden? Er, der Vater! Typisch! Und gleich würde sie behaupten, sie hätte Adrian nicht gehört. Steimer ärgerte sich gewaltig.

»Was heißt hier krank?«, blaffte er Uschi an. »Der Junge hat Lampenfieber, das ist völlig normal vor einem wichtigen Spiel. Da muss er durch.«

Uschi legte Adrian die Hand auf die Stirn. »Es fühlt sich nach Fieber an.«

Alois konterte sofort: »Sag ich ja, Lampenfieber, und wenn er sich ein bisschen warm anfühlt, dann kommt das nur von der Heulerei und weil du ihn so verhätschelst.« Er hielt Adrian seine flache Hand hin. »Komm, Bub, give me five! Wenn du morgen den Pokal in der Hand hältst, ist alles wieder gut.« Der Sieg seiner Mannschaft würde auch Alois zum Gewinner machen, und wer gewann, hatte immer recht. So war es doch, nicht nur im Fußball.

»Alois, wenn das Kind krank ist, bleibt es zu Hause!«, keifte Uschi. Auf ihrem T-Shirt prangte ein Schokoladenfleck auf der Höhe ihrer linken Brustwarze. Jabba the Hutt versteckte nämlich heimlich »Nervenfutter« im Schlafzimmer. Alois hatte ihren Vorrat entdeckt, als ihm der Verschluss seines Ohrrings unter das Bett gesprungen war. Seit seinen Jugendtagen trug er einen kleinen silbernen Fußball am Ohrläppchen. Das Loch hatte er sich gemeinsam mit Tiger stechen lassen. Reflexartig versicherte sich Alois mit seiner Hand, ob das Schmuckstück noch steckte. Es war an seinem Platz, so unverrückbar wie Uschis Schokoladenfleck. »Wenn Adrian krank ist, bleibt er zu Hause«, wiederholte seine Frau, Jabba the Hutt. Langsam reichte es Alois.

»Halt du dich da raus. Du verstehst nichts von Dingen, die keine Kalorien haben und nicht zwischen zwei Buchdeckel passen.«

»Aber von meinem Kind versteh ich was.« Ihre Stimme wurde lauter, gleich würde sie wieder kreischen, da legte ihr Adrian seine kleine Hand auf den Arm: »Mama, bitte nicht wieder streiten, der Papa hat recht, ich hab nur ein bisschen Lampenfieber, und ich will ja morgen gewinnen. Versprochen.« Er nickte und hörte gar nicht wieder auf damit, wie der Wackeldackel in Uschis Auto, den Adrian seiner Mutter zum Geburtstag geschenkt hatte, überzeugt, ihr damit einen heimlichen Herzenswunsch zu erfüllen – und als wäre dem wirklich so, hatte Uschi völlig hysterisch darüber gejubelt, während sie Alois' Geschenk, ein neues Handy, nahezu ignorierte. »Bitte nicht wieder streiten«, wiederholte Adrian. »Ich will ja spielen und meine Chance nutzen.«

Triumphierend nickte Alois seiner Frau zu. »Ganz mein Sohn, der Junge. Ein echter Kämpfer, kein Warmduscher.« Noch immer hielt er ihm seine flache Hand entgegen und wartete darauf, dass ihm Adrian »five« gab. Endlich klatschte der Junge ab. »Wenn du morgen ein Tor schießt, darfst dir am Montag im Spielzeuggeschäft eine Siegerprämie aussuchen«, flüsterte Alois ihm zu.

»Ich bin ein Mann und keine Memme, gell, Papa?«

»Das bist du, Bub! Das bist du! Ein echter Kerl, ganz wie der Papa!«

Alois Steimer war zufrieden mit sich. Er wusste, wie man mit Kindern umging. Das galt ganz besonders für seinen Sohn.

Jo saß mit ihrem Weißbier an demselben dunklen Eichentisch, an dem sie früher in der Küche ihrer Oma Dampfnudeln gegessen hatte. Heute diente das Erbstück als Ablage für Brezeln, italienische Liefergerichte und als Schreibtisch. Gerade schnitt Jo die Filmaufnahmen von ihrem Vater aus dem Wildpark Blindham zu einem kurzen Interview zusammen und tippte einen langen Begleittext dazu, in den sie alles packte, was sie im Moment wusste beziehungsweise vermutete. Der Name Tiger Wild tauchte auf, seine Hand zeigte sie nicht. Sie schaffte es kaum, auf die Aufnahme zu schauen, ohne ihren Vater Vitus an ihrer Seite und Adrenalinalarm unter ihrer Haut. Wie sollte sie derart zartbesaitet endlich Karriere machen?

Am Anfang war ihr Reporterjob nur eine Notlösung gewesen, um ihr Konto aus den roten Zahlen zu retten, aber inzwischen hatte Jo Spaß daran. Zudem verhinderte diese bezahlte Beschäftigung, dass sie zu viel an ihren Exmann dachte und eine idiotische, völlig unangebrachte Sehnsucht nach ihm entwickeln konnte. Jack hatte eine andere gevögelt, Jos Herz gebrochen und dabei kein Klischee gescheut. Am Ende schob er alles auf ein großes Missverständnis, aber eine Rosenheimerin ließ sich nicht für dumm verkaufen. »We are like Romeo and Juliet, kannst du das nicht sehen?«, heulte er nach dem Gerichtstermin, der ihre Scheidung besiegelte. Es gibt nur wenige Männer, denen Tränen stehen, aber Jack Coleman gehörte leider dazu. »You killed me, Jo! You killed me! But I will always love you«, jammerte er filmreif, bevor er mit Schwung zu einer Blondine in einen himbeerfarbenen Porsche stieg, die in ihr eigenes Tuning mindestens so viel investiert hatte wie in ihren Wagen. Jo kannte die Tussi, die sich erst an Jacks Hose und dann an seinem Herzen zu schaffen gemacht hatte. Na ja, vielleicht blieb sein Herz auch außen vor, und er hatte stattdessen seinen Kopf eingeschaltet. Jos Nachfolgerin war Jacks Karrierechance. Sie würde ihn an Daddys großem Pool in Los Angeles wichtigen Leuten vorstellen und ihm einen sicheren Platz im Haifischbecken verschaffen. Aus dem kleinen Fisch Jack konnte ein ganz großer werden, denn der Vater der Blondine war Filmproduzent. »Jackpot!«, murmelte Jo. Obwohl ihr Ex fünf Jahre jünger war als sie, hatte auch er nicht ewig Zeit. Hollywood verlangt Frischfleisch, keine faltigen Talente.

Jo stand von ihrem Schreibtisch auf und ging ins Badezimmer, um zu kontrollieren, welche Schleifspuren ihre Jugend hinterlassen hatte, bevor sie sich so lautlos auf und davon gemacht hatte. Das Gesamtbild war eigentlich noch in Ordnung. Eigentlich? Das sagte doch schon alles.

Niemand kam aus Los Angeles mit dem Gefühl zurück, das Alter spiele keine Rolle. Jo war jetzt 37, fühlte sich wie 27 und hatte den Marktwert einer 47-Jährigen, obwohl sie keine Schauspielerin war, sondern Drehbuchautorin, Regisseurin und im Moment auch Onlinejournalistin. Sie fletschte ihrem Spiegelbild die Zähne. Irgendwann würde sie es allen beweisen. »If you can dream it, you can do it«, äffte sie ihren Ex nach, der diese Weisheit von Walt Disney geklaut hatte. Goofy!

»Vergiss Jack! Vergiss ihn einfach!«, ermahnte sie sich und war froh, dass der Pazifische Ozean zwischen ihr und dieser fatalen Fehlbesetzung von Ehemann lag. Sie war nach Rosenheim zurückgekehrt, um am Ende nicht selbst noch an ein Missverständnis zu glauben, rückfällig zu werden und direkt im Bett zu landen, auf einer rosa Wolke aus Träumen unter Jacks Körper. Auf ihren Verstand war in dieser Beziehung kein Verlass, wie meistens, wenn es um Gefühle ging. »You are so emotional, Baby«, hörte sie Jack sagen. Es hatte ihn begeistert. Ja, sie war emotional, aber doch nicht blöd.

Ihr Vater Vitus hatte den beiden schon am Anfang ihr Ende prophezeit, was er allerdings bei jedem Partner seiner Tochter zu tun pflegte. Er nannte sie alle »Übergangslösung«. Keiner war ihm gut genug für sein Mädchen, sein Dirndl. Auch Jacks Nachfolger würde es nicht leicht haben, aber es war ohnehin keiner in Sicht. Dabei käme ihr eine Affäre zur Ablenkung und sexuellen Entspannung gelegen, dachte Jo. Sollte sie den Mann anrufen, mit dem sie vor Jahren den besten, weil bislang einzigen One-Night-Stand ihres Lebens hatte? Es war eine heiße Nacht, die auf dem Rosenheimer Herbstfest ihre ersten Sterne gezündet hatte, zwei Tage vor ihrem Abflug nach Amerika. Seinen Namen hatte Jo niemandem verraten, aber auch nie vergessen: Alois Steimer. Was er wohl gerade trieb und mit wem?

Sie holte ein neues Engerl aus Maxlrain an ihre Seite, mit dessen Hilfe sie ihren Artikel noch einmal überarbeiten wollte. Morgen früh sollte alles sendefertig sein. »*Rosenheim News* kennt keinen Sonntag«, war die Devise ihres Chefs. Sonntag, verdammt, morgen war Sonntag. Fast hätte sie es vergessen: Ihr Patenkind Ludwig hatte ein wichtiges Fußballspiel, und sie hatte versprochen zu kommen, dabei konnte sie sich nichts Langweiligeres vorstellen, als einen Sonntagnachmittag am Spielfeldrand zu verbringen, aber das war der Preis ihrer Freundschaft zu Marina, Ludwigs Mutter. Eine teure Angelegenheit, aber natürlich unbezahlbar. Sie seufzte. Andererseits: Hatte ihr Chef Sepp Anzenberger nicht erwähnt, der 1. FC Rosenheim wäre Tiger Wilds ehemaliges Revier gewesen? Und Tiger Wild war möglicherweise das andere Ende der Hand. Das passte doch wie die Faust aufs Auge und der Ball ins Tor. Plötzlich freute sich Jo auf ihr Sonntagsprogramm, doch bis dahin gab es noch viel zu tun. Es war zwei Uhr morgens. Sie musste schreiben. Prost, Engerl!

Jo Coleman hatte den Anpfiff verpasst, aber dafür lief ihr multimedialer Beitrag seit heute früh auf Rosenheim-News.info. Ihr Chefredakteur Sepp Anzenberger war »völlig geflasht« gewesen, auch wenn er sich eine bessere Überschrift gewünscht hätte. »Mordssauerei in Blindham!« oder »Tiger von Wildsau gefressen« hätte er »fucking besser« gefunden als »Mord im Wildpark Blindham?«, und dann auch noch mit Fragezeichen. Es hatte eine Weile gedauert, bis Jo ihn endlich zur Vernunft gebracht hatte, deshalb kam sie erst jetzt ins Jahnstadion, wo bereits viele kleine Rosenheimer über den Rasen jagten. Die Blau-Gelb-Gestreiften waren die Heimmannschaft, so viel wusste sie, aber wo war ihr Patenkind? Auch seine Mutter Marina war nirgends zu sehen. Kein Wunder bei dem Gedränge am Spielfeldrand. Die Erwachsenen standen beieinander, als wollten sie sich gegenseitig den Schweiß aus den Poren drücken. Heiß genug dafür war es. Jo wischte sich die Stirn, bevor sie sich zwischen die Zuschauer drängte.

»Jonas, beweg deinen Arsch! Du bist nicht zum Blümchenpflücken auf dem Rasen. Geh ran!«, brüllte jemand. Hysterisch gellte eine Frauenstimme dazwischen. »Hau ihn weg! HAU IHN HALT WEG!« Das menschliche Megafon war nur wenige Meter von Jo entfernt und sprang hektisch auf und ab, bevor es im Stakkatorhythmus seiner Bewegung drohte: »Jonas, jetzt beiß dich durch, sonst gibt's Fernsehverbot. Ich warne dich. JONAS!« Nach dieser

Ansage und ihren Sprungübungen ließ sich die Frau erschöpft in den grünen Campingstuhl plumpsen, der hinter ihr stand. Jo rückte auf und zwängte sich in die kaum vorhandene Lücke daneben. »Sorry, ich bin zu spät gekommen. Können Sie mir bitte sagen, wie es steht?«

Ohne Jo anzusehen, antwortete die Frau mürrisch: »Wir liegen hinten. Drei zu null für die anderen. Der TUS Bad Aibling führt – und er führt uns vor.«

Schon sprang das Megafon wieder auf. »Kämpfen, Rosenheim! Ihr müsst KÄMPFEN! Lasst euch von den Aiblingern nicht einschüchtern.« Dann zischte sie: »Scheißguter Jahrgang bei den Aiblingern und scheißguter Trainer! Jedesmal, wenn der eine Mannschaft übernimmt, steht schon bald der FC Bayern auf der Matte und schaut, was er daraus macht.«

»Genau so einen hatten wir hier auch. Einen Trainer, der wusste, was er tat. Einen, der es wirklich draufhatte. Einen mit Gschpür«, mischte sich ein Mann im Bayern-Trikot ein. »Den Tiger!« Jo hörte Ehrfurcht in der Stimme. »Der Tiger ist unersetzlich! Wenn er nur endlich wiederkommen würde.«

»Wir wissen alle, dass das nicht passieren wird. Aber klar ist, wenn der Tiger noch bei uns wär, würde das Spiel heute anders laufen«, seufzte die Camperin.

»Der Tiger?« Jo stellte sich dumm. »Ist das der verschwundene Trainer?«

»Genau der und kein Geringerer, womit ich seinen unwürdigen Nachfolger meine«, sagte der Bayern-Fan.

»Was ist eigentlich mit dem Tiger passiert?« Jo ging davon aus, dass es ihr Beitrag auf *Rosenheim News* noch nicht bis auf den Fußballplatz geschafft hatte. Die Hand und die Vermutung, sie gehöre Tiger, waren noch Insiderwissen.

Das Bayern-Trikot hob seine Schultern an, und die großen Schweißflecken auf seinem T-Shirt folgten der Bewegung. Wie alle hier hätte auch er gerne gewusst, warum der Tiger verschwunden ist, erklärte er Jo. »Sehr mysteriös das Ganze. Gerade jetzt, kurz bevor sein Bub den Sprung in die U9-Mannschaft des FC Bayerns schaffen konnte. Das versteht keiner. Also freiwillig ist der Tiger sicher nicht von uns gegangen, wenn Sie mich fragen.«

»Was ist denn genau passiert?«, fragte Jo nach.

»Das weiß nur der liebe Gott. Ja Himmelherrgott, was spielen denn die Saubuam da? Das ist doch kein Fußball! Sakradi!« Er hatte jetzt keine Zeit mehr für Jo, dafür bot die Frau auf dem Campingstuhl eine Info an.

»Vielleicht hat ihm eine Weibergeschichte das Genick gebrochen?«, unkte sie. »Er war ja schon irgendwie ein Traummann. Einer, der sich um seine Kinder gekümmert hat.« Ihr eigener Mann wäre auf diesem Gebiet leider eher ein Loser, meinte sie. Sonst wäre er ja heute hier, nicht wahr, und sie müsste ihren Jonas nicht alleine anfeuern. »LAUF, BUB! LAUF! GEH HIN! Beweg deine Haxen!«

Der Mann zu ihrer Linken winkte ab. »Geh Schmarrn! Der Tiger war zu Hause gut bedient. So eine Frau wie die Sabrina betrügt kein vernünftiger Mann, selbst wenn er die Chance dazu hat. Und Chancen hatte er wohl genug. Ihr Weiber seid ihm ja nachgelaufen wie verrückt.«

»Nur kein Neid! Aber es stimmt schon, der Tiger hatte einen Schlag bei Frauen, und Gelegenheit macht Liebe«, so die Camperin.

»Der Tiger hat nur Fußball im Kopf gehabt und seine Familie. Der Tiger war ein Familienmensch.«

Am liebsten hätte Jo die Unterhaltung mitgeschrieben oder aufgenommen. Sie versuchte sich jedes Wort zu merken, für ihre nächste Onlinegeschichte. »Randnotiz vom Fußballfeld«, das klänge doch gut, dachte sie und holte ihr Smartphone aus der Tasche, um heimlich die Aufnahmetaste zu drücken, doch leider brach die Unterhaltung der beiden an dieser Stelle ab, weil die

Bad Aiblinger ins Rosenheimer Tor getroffen hatten und sich die Gesprächspartner jetzt einig waren: Das hätte nie, niemals, passieren dürfen. Und ja, das wäre nie, niemals, passiert unter Tigers Ägide. Der Tiger hatte seine Jungs im Griff gehabt!

»Wer trainiert eigentlich jetzt Tigers Mannschaft?«, fragte Jo das Bayern-Trikot.

Sein Träger zeigte mit abfälligem Gesichtsausdruck auf die andere Seite des Spielfelds. »Der Hampelmann da drüben.«

Jo sah einen Mann, der sich die Seele aus dem Leib brüllte. »Adrian! Adrian!« Er gestikulierte wild, schlug sich verzweifelt die Hand auf die Stirn und appellierte erneut an einen Jungen namens Adrian. »Nutz deine Chance!«

Oh Gott! Sie erkannte den Mann auf den ersten Blick: Es war Alois Steimer, ihr One-Night-Stand vom Herbstfest. Jetzt brüllte er: »Carpe diem!«

Vitus Pangratz wischte sich mit einem karierten Stofftaschentuch den Schweiß von der Stirn und bereute seine Entscheidung bereits, sich ausnahmsweise an die Öffnungszeiten gehalten zu haben. Er stand am Eingang des Wildparks Blindham in der Warteschlange und verfluchte die Münchner, die mit ihrer Vergnügungssucht das Umland verpesteten. Immer wieder sonntags packten sie ihre Familien in großspurige Geländewagen und verstopften die A8 Richtung Süden. Bei Aying fuhren sie ab, um ihre ganze Bagage nach Blindham zu lenken und in seinen geliebten Wildpark einzufallen. Selbstredend verstanden sie nichts vom Parken. Nur mit Mühe hatte Vitus für seinen alten Chevi Camaro einen Platz unter den breitarschigen Monsterfahrzeugen gefunden. Jetzt stand sein Glanzstück in deren Schatten. Wie ihn dieses automobile Aufrüsten anwiderte! Auf den Straßen zählten nur noch Größe und Muskeln, Hirn und Fahrgefühl ersetzte der Bordcomputer. Es gab Momente, in denen sich Vitus ins vergangene Jahrhundert zurücksehnte. Damals hatten die Menschen noch schöne Autos und Zeit gehabt. Apropos Zeit. Ungeduldig sah er auf die Uhr. Seit er »außer Dienst« war, konnte er Stillstand noch weniger ertragen als früher im Dienst. »Warum geht denn hier nichts vorwärts?«, fragte er halblaut, aber niemand antwortete ihm.

Der Stau vor ihm trug Sonnenbrillen, die an Insektenaugen erinnerten und vermutlich die besseren Hälften der Gesichter verdeckten. Er blickte sich um und sah nicht ein natürliches Lächeln. Wahrscheinlich hatten die mutmaßlichen Münchner den Rest von Fröhlichkeit an der Tankstelle verloren. Ja mei! Wenigstens die Kinder schienen noch Spaß zu haben. Um ihn herum wuselten Leon, Luisa, Lara und Nepomuk, zumindest standen diese Namen auf neongrünen Kappen. Für derlei optische Zumutungen war die Schwarzweißfotografie gemacht.

Endlich bewegte sich die Schlange im Schneckentempo weiter, und Vitus erreichte das kleine Kassenfenster. »Grüß Gott, ein Erwachsener bitte.« Er hatte kaum ausgesprochen, da drängelte sich ein kleiner Fratz an ihm vorbei und trat Vitus auf die Zehen. Dem Fratz war das egal. »Ich will drei Packungen Wildfutter, aber zeitnah«, sagte er zur Kassiererin. Der Ton verriet: Der Kindergartenknirps war es gewohnt, Befehle zu erteilen. Pangratz allerdings auch. Erst beim Militär, dann bei der Polizei, deshalb schnauzte er den Fratz unwirsch an: »Du Kniabiesla, haben dir deine Eltern keine Manieren beigebracht? Schleich dich! Ich bin vor dir dran.« Doch der Rotzbua ließ sich nicht einschüchtern. Wahrscheinlich kannte er bislang nur Hierarchien, die so flach waren wie seine Sandalen. »Ganz ruhig, Alter«, entgegnete der Dreikäsehoch mit dem Watschengesicht und hielt nach seiner Mutter Ausschau. Sie stand hinter Vitus Pangratz.

»Mama, gib mir Geld!« Vitus drehte sich zu der Frau, die von ihrem Kind mit einer Cash-Cow verwechselt wurde. Sie holte zehn Euro aus ihrem Portemonnaie und reichte den Schein an Vitus vorbei.

»Er ist schon so selbstbewusst und eigenständig, mein Leon«, freute sie sich, bevor auch sie sich an Vitus vorbeidrängelte, um ihrem Sohn zu folgen. »Danke für Ihr Verständnis«, flötete sie ihm zu. Welches Verständnis? Trutschn! Blöde Kuh! Verzogenes Kalb!

»So geht es hier nicht, meine Dame, der Herr ist an der Reihe.« Allein die Kassiererin meinte es gut mit ihm und wies die diensteifrige Mutter auf den hinteren Platz. Dankbar lächelte Vitus Pangratz durchs Kassenfenster. Die Frau kam ihm irgendwie bekannt vor. Nur woher? Klar, aus Sauguad, das Feinschmeckerbistro am Rosenheimer Max-Josefs-Platz, wo er manchmal zu Mittag aß. Nur war ihm dort nie aufgefallen, dass sie ein so freundliches, hübsches Gesicht hatte. Plötzlich hatte es Vitus nicht mehr eilig, sondern ließ Leon und seine Gefolgschaft gerne vor. Als sie endlich den Eingang passiert hatten, sagte er zur Kassiererin: »Gegen diesen saufrechen Fratzen war meine Tochter ein Musterkind, und das war sie beileibe nicht, also nicht unter normalen Maßstäben.« Worauf er insgeheim stolz war. Lieber frech und frei als gehorsam und brav. Es war schon gut, Autoritäten in Frage zu stellen, solange es sich nicht um ihn persönlich handelte, Vitus Pangratz, Kriminalkommissar außer Dienst.

»Sich vorzudrängeln ist rücksichtslos, dafür habe ich kein Verständnis«, sagte die Frau hinter dem Fenster, bevor sie anfügte: »Mein Sohn durfte vieles, aber Rücksicht auf andere zu nehmen, das war mir bei seiner Erziehung wichtig.« Dann wünschte sie ihm einen schönen Sonntag und wollte zur Tagesordnung übergehen, doch Vitus blieb stehen, weil ihn ihre braunen Locken plötzlich an seine verstorbene Frau erinnerten. Die Warteschlange hinter sich ignorierte er. Er hatte ja selbst lange genug gewartet.

»Wie alt ist er denn, Ihr Junge?«, fragte er.

»Acht Jahre«, antwortete sie, und für einen Moment ging in ihren großen Augen das Licht aus. Kein einziger Funke blieb zurück. Pangratz kannte diese alles auslöschende Dunkelheit, die unter dem Boden eines jeden Lebens lauerte. Seine Frau war darin verschwunden, nachdem sie Johannas kleinen Bruder drei Monate nach seiner Geburt leblos in der Wiege gefunden hatte. Plötzlicher Kindstod. Ein dumpfes Summen holte Pangratz zurück ins Jetzt. Es war das Geräusch des Türöffners.

»Sie müssen dagegendrücken, dann geht die Tür auf«, sagte die

Frau und blies sich eine braune Locke aus dem Gesicht, so wie es Rosina immer getan hatte. Fasziniert schaute ihr Vitus dabei zu und überhörte das Gemecker hinter sich. Selbst als es lauter wurde: »Ja, wird's jetzt bald?« Ein Möchtegernmünchner mit aufgesetztem Dialekt, Vitus' Ohren erkannten es sofort, und nun ließ er sich erst recht nicht hetzen, sondern fragte die Frau mit den Locken: »Arbeiten Sie noch im Sauguad?« Jetzt konnte auch sie sein Gesicht zuordnen,was sie mit einem Lächeln bestätigte. Ja, sie arbeitete noch immer im Feinschmeckerbistro, nur an Sonn- und Feiertagen half sie in Blindham aus. Nun müsse sie aber wirklich weiterarbeiten. Leider. Sie zwinkerte, und Pangratz verabschiedete sich mit einem hoffnungsvollen »Auf Wiedersehen!« Er nahm sich vor, wieder öfter im Feinschmeckerbistro zu essen, und fragte sich, wer sich am Wochenende um den achtjährigen Sohn kümmerte. Vielleicht der Erzeuger? War sie geschieden? Noch ein schneller Kontrollblick. Sie trug keinen Ehering.

Alois Steimer hatte Jo nicht bemerkt. Er stand auf der gegenüberliegenden Seite des Fußballfeldes, wütete mit Armen und Beinen wie der ehemalige Borussia-Dortmund-Trainer Jürgen Klopp und sah auch noch so aus: unrasiert, mit wehendem Deckhaar und beeindruckend groß. Das Klopp-Double brüllte: »Adrian, das ist dein Ball! Der gehört dir! Dir! Gehört er!«

»Adrian, zieh durch! Jetzt zieh halt durch!«

»Mensch, halt drauf! Draufhalten! Adrian! Halt drauf!«

»Ja, was ist denn heute los mit dir? Wir sind hier doch nicht beim Ballett!«

»Adrian! Jetzt reiß dich zusammen! Zeig endlich, was du kannst!«

Hatte sie wirklich mit diesem Mann Sex gehabt?

»Scheiße!«, brüllte ihr ehemaliger One-Night-Stand, während andere begeistert »Tor! Tor! Toooor!« brüllten. Das war also die Zukunft des Fußballs? Jo schüttelte den Kopf. Sie würde ihre Kinder, sollte sie jemals welche haben, niemals aufs Fußballfeld lassen. Niemals!

Aua! Jemand zog Jo an ihren langen Haaren. »Hey, schön, dass du gekommen bist.« Es war ihre Freundin Marina, die sich in der ersten Klasse ungefragt neben Jo gesetzt und diesen Platz während der gesamten Schulzeit nicht aufgegeben hatte, selbst als Lehrer dies verlangten und bei Verweigerung des Gehorsams mit Verweisen drohten. Marina wusste schon damals, wie man die Prioritäten setzte, und Verweise waren für sie nur ein Stück Papier gewesen. Klopapier. Marina legte auf andere Dinge Wert: auf das Prädikat »beste Freundin« zum Beispiel. Das galt noch heute, auch wenn Jo und Marina sich nicht mehr so häufig sahen. Einen Grund hielt Marina an der Hand: ihr heulendes Kind. Ludwig. Für seine Taufe war Jo vor sieben Jahren extra aus Amerika eingeflogen. Jo mochte ihr Patenkind, auch wenn sie sich selten darum kümmerte, erst trennte sie ein Ozean von ihren Verpflichtungen, dann die Arbeit. Aber immerhin jetzt war sie da. »Champion, was ist los? Ich bin hier, um Tore sehen. Deine!«, sagte sie, doch Ludwig schniefte zur Antwort in das dunkelblaue »Supermom«-T-Shirt seiner Mutter und verwandelte es in eine Rotzfahne. Marina schien sich nicht daran zu stören, die Frau, die früher in glitzernden, figurbetonten Markenfetzen um die Häuser gezogen war, hatte sich optisch und inhaltlich vom »Sex-and-the-City-Girl« zur »Supermom« entwickelt. Tröstend und vorsichtig strich Mama Marina über Ludwigs gestylten Schopf und erklärte Jo: »Er trägt die Haare jetzt wie Götze. Richtig cool, findest du nicht?« Jo zuckte mit den Schultern, aber Marina sprach bereits weiter: »Der Götze ist ein Ausnahmetalent, etwas ganz Besonderes. Wie der Ludwig. Weltmeister-Tor, ich sage nur: Weltmeister-Tor.« Marina beugte sich zu ihrem Sohn, »Gell, Ludwig?«, und ordnete mit ihren Fingern seine Frisur. Eine Haarsträhne hatte sich bei der vorangegangenen Streicheleinheit von ihrem Platz gelöst. Marina klebte sie mit Spucke wieder an.

»Deine eigenen Haare könnten auch etwas Aufmerksamkeit vertragen«, bemerkte Jo.

»Mir sind jetzt andere Dinge wichtig«, schnappte Marina zurück. »Außerdem, schau dich doch selbst an.«

»Besser nicht.«

»Genau!«

Höchste Zeit, das Thema zu wechseln. »Warum weint Ludwig denn? Hätte er vielleicht lieber eine andere Frisur? Mit weniger Gel?«, witzelte Jo, und Marina strafte sie mit einem strengen Blick.

»Der Ludwig ist völlig frustriert, weil ihn diese Witzfigur von einem Trainer nicht aufs Feld lässt, stimmt's, Liebling?« Marina nickte ihrem Sohn zu. Sie nickte ständig, wenn sie mit ihrem Ludwig sprach und erinnerte Jo dabei an den Wackeldackel im Chevi Camaro ihres Vaters. Wie gemein! Sie schämte sich, so über die Frau zu denken, die ihre »beste Freundin« war. Als Ludwig ansetzte zu sprechen, fing auch Jo an zu nicken.

»Heute darf der Adrian im Angriff spielen, nur weil sein Vater jetzt unser neuer Trainer ist. Das ist so gemein! Beim Tiger durfte immer ich spielen, weil ich viel besser bin als der Adrian. Der Warmduscher! Der Loser!«

Marina nickte jetzt schneller: »Genau aus diesem Grund stellt der Steimer dich nicht auf: Du würdest seinem Adrian die Schau stehlen – und man weiß ja nie, wann Scouts am Feld stehen.«

»Scouts?«, fragte Jo und dachte automatisch an Pfadfinder, Knoten und Lagerfeuer. Falsch! Marina belehrte sie. »Na, Talentsucher vom FC Bayern, die holen sich aus den Regionalvereinen die Besten für ihre U9-Jugendmannschaft. Das ist eine Riesenchance für die Jungs.«

»Was? Du willst Ludwig zum FC Bayern bringen? Das soll wohl ein Witz sein.« Es war noch gar nicht so lange her, da hatten Jo und ihre Freundin gemeinsam über Fußball gespottet, aber jetzt war es Marina ernst.

»Selbstverständlich! Hier träumen fast alle vom FC Bayern. Besonders der Hanswurst dort drüben.« Marina deutete auf Alois Steimer. Er war vermutlich der einzige Mann, von dem Jo ihrer Freundin nie erzählt hatte. Ein Mann, der sich immer noch wie ein Irrer an der Grenze des Fußballfeldes bewegte. »Ein Borderliner«, murmelte Jo. Wer lange in Kalifornien gelebt hat, für den gehört Psychogequatsche zur Alltagssprache.

»Nein«, sagte Marina, »der Kerl kennt keine Grenzen.«

Zum ersten Mal nahm er ihren Geruch als Gestank wahr und störte sich daran. So sehr, dass Vitus Pangratz für einen Moment die Luft anhielt. Trotzdem blieb er vor dem Wildschweingehege stehen. Er hatte die Spurensicherung hinter der Absperrung vermutet, aber keine Sau war zu sehen, auch keine Bullen, was ihm zumindest die erneute Begegnung mit Kommissar Hopfinger ersparte. Trotzdem wollte er wissen, was der Kerl trieb. Er griff zum Handy und wählte seine persönliche Infonummer. Kurz darauf hatte er die gewünschte Auskunft: Hopfinger, seine alten Kollegen und die Polizeihunde hatten am Vormittag nach wenigen Stunden kapituliert: keine Körperteile, keine Knochen, keine Kleiderreste. Nichts. Die Hand, Vitus' Fund, blieb die einzige menschliche Hinterlassenschaft im Wildschweingehege. Er grinste. Für dieses schwache Ergebnis hatte eine Ärztin aus dem Münchner Tierpark Hellabrunn am Morgen die ganze Wildschweinrotte mit Betäubungspfeilen aus einem Blasrohr niedergestreckt, sogar seinen Liebling. Halali!

Pangratz überlegte, wie aus einer Leiche Wildschweinfutter wurde. Hatte sie der Mörder stückweise im Wald serviert? Die Leiche komplett in den Park zu transportieren, wäre aufwändig und auffällig gewesen. Oder hatte der Täter sein Opfer im Wald erlegt, in dem Wissen, dass Schweine alles fressen? Als passionierter Zeitungsleser erinnerte sich Pangratz an eine Geschichte aus der *Welt*: Schweine hatten in den USA ihren Farmer verspeist, einen Mann namens Terry Garner aus Riverton im Bundesstaat Oregon. Der war in den Stall gegangen, um seine Tiere zu füttern, aber die änderten an diesem Tag eigenmächtig ihren Speiseplan, und so kehrte der Farmer niemals von der Fütterung seiner Tiere zurück. Später fand sein Neffe, was die Schweine von Terry übriggelassen hatten: ein künstliches Gebiss und ein paar zerfetzte Körperteile. Tierpsychologen gingen damals davon aus, dass der Mann tot am Boden lag, bevor er von seinen Schweinen als »Aas« in die Nahrungskette eingereiht wurde. Sie ließen ihn sich schmecken, weil ihr Geruchssinn signalisierte: kalter Braten. Ein toter Mensch riecht für Tiere nicht mehr nach Zweibeiner, sondern nur noch nach Fleisch, und als solches mundet es – wenn sich die Gelegenheit bietet – auch Füchsen, Wölfen, Raben, Krähen. Selbst Hunde sind keine Kostverächter, wenn ihr Magen knurrt.

»Fressen und gefressen werden«, dachte Pangratz, und es fühlte sich dunkel an. Am Ende war alles scheißegal.

Eine feuchte Schnauze stupste ihn aus seinen Gedanken. Sie gehörte einem Terrier, der neben ihm stand und beachtet werden wollte. Vitus Pangratz schaute, wer am anderen Ende der Leine hing, und tippte auf Banker in Freizeitverkleidung. Von Typen wie diesem fühlte sich Pangratz provoziert, was in seinem Alter eher keine reife Leistung war, sondern ein Beweis von Jugendlichkeit. So interpretierte es Vitus Pangratz, der sich insgeheim doch sehr darüber ärgerte, dass nicht er es war, der offiziell die Ermittlungen in dem Mordfall »Wildfutter« führte. Sein Jagdtrieb war ihm nicht in den erzwungenen Ruhestand gefolgt. Schon wieder stupste ihn die Schnauze an. Foxterrier.

»Der will nur spielen«, sagte der Hundehalter in einem Ton, der wohl beruhigend klingen sollte. Glaubte er etwa, Pangratz fürchte sich vor Kleintieren?

»Solange sie aufrecht stehen vielleicht. In einer anderen Lage und wenn Ihr Hund richtig Hunger hat, dann frisst er Sie«, informierte er das Herrchen. Der Hundehalter musterte Vitus Pangratz von Kopf bis Fuß und wieder zurück. Nach einem abschätzenden Blick auf Vitus' Haartolle meinte er: »The King reloaded! Elvis lebt!« Dann zog er an der Leine und sagte zu seinem Tier: »Auf geht's, Goethe, mit so einem Mann wollen wir nichts zu schaffen haben. Der hat seine besten Zeiten ja ganz offensichtlich bereits hinter sich. Ein paar Jahrzehnte weit. Goethe, bei Fuß.«

Vitus hatte sich nicht verhört. Der Köter hieß tatsächlich Goethe. Die Menschen hatten vor nichts mehr Respekt. Er wandte sich ab und schaute wieder ins Gehege, während Goethe zum Abschied bellte. Fuck you, Goethe, dachte Vitus.

Konnte er seinen Augen trauen? Dort hinten unter den Buchen bewegte sich etwas. Es torkelte langsam Richtung Zaun. Eine Wildsau. Eine prächtige Wildsau. Seine Wildsau! Priscilla. Er erkannte sie sofort. Ihre breite Masse wankte bedenklich nach rechts, drohte zu kippen, bevor sie ihre Mitte wiederfand. Der Schuss mit bewusstseinsverändernden Substanzen zeigte noch Wirkung. Sie blieb in einer Schlammpfütze stehen und sah ihn aus ihren kleinen Schweinsäuglein an. Sie erkannte ihn, er wollte es gerne glauben. Langsam hob er seine Kamera und hielt diesen Moment für die Ewigkeit fest.

Zum Glück stand er jetzt allein am Zaun des Wildschweingeheges. Die meisten Sonntagsausflügler vergnügten sich mit ihren Kindern auf dem riesigen Spielplatz des Wildparks, und die anderen vertrieb der beißende Wildschweingeruch. Vitus vertraute dem Wildschwein hinter dem elektrischen Zaun seinen neuen Fall an, für den sie den Köder gewissermaßen ausgelegt hatte, anstatt auch noch den letzten Hinweis aufzufressen. Sie ersetzte ihm in diesem Moment die alte weiße Tafel aus dem Kommissariat, auf der er früher seine Gedanken geordnet hatte. »Heute lautet das Motto: Perlen vor die Sau«, lobte er sich und versprach sich erneut, den Fall schneller zu lösen als Hopfinger, diese Witzfigur. Für Vitus Pangratz war die Jagd eröffnet. Der Kommissar außer Dienst fühlte sich wieder im Spiel, dazu brauchte er keine offizielle Genehmigung. Von Papierkram hatte er sich ohnehin noch nie aufhalten lassen. Halali!

Es war eine ungute Situation, und Jo hätte den Fußballplatz am liebsten sofort verlassen. Neben ihr schmollte Patenkind Ludwig, seine Mutter Marina dampfte vor Hitze und Wut, und auf der anderen Seite des Spielfeldes wütete Steimer noch immer. Was für eine Leidenschaft, dachte Jo. Die Sonne brannte ihr auf den Kopf und verlangsamte ihre grauen Zellen, bis diese im Zeitlupentempo arbeiteten. Wie sollte sie sich bei dieser Hitze auf die Arbeit konzentrieren und über Tiger Wild recherchieren? Aber genau deshalb war sie hier, erinnerte sie sich. Vermutlich hatte ihr Vater gestern Nacht den letzten Überrest des Trainers gefunden.

Die Stimme im Campingstuhl schallte erneut über den Rasen und wiederholte sich: »Jonas! Beweg dich! Ja, mei! Jetzt geh halt hin. Das ist deiner! DEIN BALL!« Wieso blies eigentlich niemand dieses Spiel ab und gab den Jungs hitzefrei? Es konnte doch nicht gesund sein, bei über 30 Grad über den Rasen zu hetzen. Doch scheinbar war Jo die Einzige, die das so sah. »Ihr müsst alles geben!«, schrie jemand hinter ihr.

Plötzlich kam Action ins Spiel. Ein Bad Aiblinger spielte sich lässig durch die Rosenheimer Abwehr und kickte den Ball mit wenigen Schritten souverän ins Tor. Der Ball flog am Torwart vorbei, bevor der ihn auch nur fixieren konnte. Keine Chance, ihn zu halten. Nicht die geringste. Tor! Tor! Tor! Während der Torschütze auf die Knie sank, den Rasen küsste und sich feiern ließ, stampfte der Torwart wütend aufs Gras, als wolle er jeden einzelnen Halm persönlich knicken. Anschließend schmiss er sich auf den Boden, hämmerte mit den Fäusten aufs Gras und brüllte dabei eine Kaskade von kotlastigen Schimpfwörtern. Beeindruckend und beängstigend. Irgendetwas stimmte nicht mit diesem Jungen, der jetzt buchstäblich ins Gras biss.

»Der Junge muss zum Kinderpsychologen«, fasste Jo ihren Eindruck zusammen.

»Ach Quatsch!«, meinte Ludwig. »Der Elias flippt immer so aus, wenn er nicht gehalten hat. Der kann nicht anders.«

»Temperamentvolles Bürschchen!«

»Das liegt nicht am Temperament. Das liegt am Trainer«, zischte Marina. »Für den ist ›Torwarttraining‹ ein Fremdwort. Ist ja nicht sein Sohn, der im Tor was auf die Schnauze kriegt.«

»Wenn du so weitermachst, habe ich Angst, dass du auch gleich mit einem Wutanfall am Boden liegst und mit deinen Zähnen Grashalme ausreißt«, scherzte Jo, bevor sie bemerkte, dass quer übers Feld ein großer Mann auf Marina zustürmte. Im V-Ausschnitt seines verschwitzten Trikots kräuselten sich Brusthaare. Es war Alois Steimer. Zwar vermutete Jo, dass er sie nicht wiedererkennen würde, trotzdem drehte sie sich vorsichtshalber um, holte ihr Smartphone aus der Tasche und blickte angestrengt darauf. Gleichzeitig spitzte sie die Ohren. Steimers Stimme klang nicht mehr so wütend wie am Spielfeldrand, eher bittend. Schmeichelnd.

»Du, Marina, ich brauch dringend den Ludwig. Der Adrian hat mir gerade vor die Füße gekotzt, und der Elias hat einen Ball ins Tor gelassen.« Dann beugte sich Steimer zu Ludwig: »Nur du kannst uns da jetzt raushauen. Auf dich kommt's an. Bist du bereit?«

»Und ob! Immer!«, jubelte Ludwig und rannte los, bevor seine Mutter etwas sagen konnte. »Hauptsache spielen!« Steimer folgte ihm mit den Worten: »Jetzt ballern wir die Bad Aiblinger vom Rasen.«

»Klingt nach Feldzug«, sagte Jo.

»Das trifft es genau«, meinte Marina, bevor sie erklärte: »Das war Alois Steimer, Tigers Nachfolger.« Sie konnte ja nicht ahnen, dass Jo den Mann näher kannte. Sehr viel näher. Egal, jetzt musste sie endlich arbeiten. Jo erinnerte sich, warum sie hier war. Ihre Story für *Rosenheim News* brauchte dringend eine Fortsetzung.

»Hast schon von der Hand gehört?«, fragte sie Marina so beiläufig wie möglich.

»Welche Hand?«

Jo wusste, dass ihre Freundin selten im Internet unterwegs war und sich damit brüstete, »altmodisch« zu sein. Sie sah sich als Verweigerungsheldin und fühlte sich Facebook-, Instagram- und Twitter-Nutzern wie Jo moralisch und intellektuell überlegen. Internet, Fernsehen, Zucker und Fett, alles Teufelszeug. Bei dem Versuch, ihrem Kind ein Vorbild zu sein, hatte sich Marina zum Rollenmodell für personifizierte Langeweile entwickelt. Up to date war die Frau schon lange nicht mehr. Also brachte Jo ihr die News: »Im Wildpark Blindham ist eine Männerhand gefunden worden, und der Name Tiger Wild ist gefallen. Der Fußballtrainer, den kanntest du ja sicher, als engagierte Soccer-Mom.«

»Der Tiger? Seine Hand?« Aus Marinas Gesicht wich die Farbe. Sie sah plötzlich sehr blass aus, und ihr unteres rechtes Lid zuckte. »Im Wildpark? Das kann doch gar nicht sein.« Marina setzte sich auf den Rasen. Sie wirkte fassunglos.

Die Reaktion ihrer Freundin überraschte Jo.

»Sag mal, kanntest du den Mann näher?« Marina nickte. »Der Tiger war Ludwigs Trainer. Ein ganz wunderbarer Mann!«

»Und dann ist er auf einmal verschwunden.« Marina nickte wieder. »Ja, das kann sich keiner erklären.«

»Und warum trifft dich das so sehr?«

»Er war Ludwigs Trainer. Sein Mentor. Er hätte ihn groß machen können.« Sie legte ihren Kopf auf die angewinkelten Knie und versteckte sich hinter ihren Armen. »Er war so ein besonderer Mensch.« Ihre Schultern zuckten. Marina weinte.

»Noch wissen wir nicht wirklich, ob die Hand dem Tiger gehört«, versuchte Jo ihre Freundin zu beruhigen.

»Kümmert sich dein Papa darum?« Jo bejahte die Frage.

»Dann halt mich bitte auf dem Laufenden, Jo, ja? Ich muss wissen, was los ist! Unbedingt!«

»Sag mal, Marina, hattest du was mit dem Tiger?«

Marina schüttelte den Kopf. »Nein! Natürlich nicht. Wie kommst du überhaupt darauf? Du weißt doch, dass ich verheiratet bin.«

»Schau mich an!«, forderte Jo. Marina hob ihr Gesicht aus dem Versteck und wiederholte: »Nein! Ich hatte nichts mit dem Tiger!« Aber Jo kannte ihre Freundin. Früher zumindest, bevor die Mutterschaft ihre Persönlichkeit verändert hatte. Ihr rechtes unteres Augenlid zuckte damals schon genauso, wenn sie log.

Montagmorgen. Jo war auf dem Weg zur Redaktionskonferenz von *Rosenheim News* und dachte über ihre Freundin nach. Marina hatte ihre Tränen auf die Hormone geschoben. Angeblich hatte sie ihre Tage, sonst hätte sie die Vermutung, von Tiger Wild wäre nichts weiter als seine Hand übriggeblieben, nicht so aus der Fassung gebracht, und natürlich waren Fußballspiele immer hochemotionale Angelegenheiten. Logisch, wenn der eigene Sohn spielte. Da lagen die Nerven blank. Jo sollte sich nichts dabei denken. Sie kannten sich doch nun lange genug. »Jo, gerade du musst doch wissen, dass ich eine treue Seele bin.« Okay, das stimmte natürlich, dachte Jo, aber gleichzeitig erinnerte sie sich an Marinas zuckendes Augenlid. Die Freundin hatte erklärt, das wäre eine ganz normale Stressreaktion. Als Hausfrau hatte sie schließlich viel um die Ohren, doch beruhigt hatte sich Marina erst wieder, als sie sich daran erinnerte, dass ihr Sohn auf dem Spielfeld lautstarke Unterstützung brauchte. »Aber halt mich auf dem Laufenden, Jo, okay? Nur weil mein Ludwig dem Tiger so viel zu verdanken hat.«

Wie gut kannte sie Marina noch?, fragte sich Jo, während sie einem Kind auswich, das ihren Arbeitsweg mit seinem Laufrad kreuzte. »Pass doch auf!«, brüllte das Kind. »Saufratz«, dachte Jo.

Da klingelte ihr Handy. Ihr Vater, Vitus Pangratz, hatte versprochen anzurufen, sobald er Neuigkeiten hatte. Sein alter Job und seine immer noch guten Verbindungen zur Kripo Rosenheim machten sich bezahlt. »Hey, was gibt's Neues?«, fragte Jo und wollte schnell zum Wesentlichen kommen, aber leider zählte ihr Vater Manieren zum Wesentlichen –, außer er selbst hatte es eilig.

»Du wolltest sicher sagen: Hallo, Papa, wie geht es dir heute Morgen? Möchtest du mit mir zu Mittag essen?« Jo hasste es, wenn ihr Vater den Erzieher spielte, denn sobald er in diese Rolle schlüpfte, neigte er zu Selbstgesprächen, die er als Ein-Mann-Dialoge inszenierte. Jetzt war es wieder so weit. »Ja, meine liebe Tochter, das würde ich in der Tat sehr gerne. Ich kenne da ein saugutes Feinschmeckerbistro«, sprach er seinen eigenen Part.

»Papa, ich muss arbeiten, ich bin auf dem Weg in die Redaktionskonferenz. Jetzt sag schon, was weißt du von deinen alten Kollegen?«

Sie eilte über den Rosenheimer Ludwigsplatz, der seinen Namen König Ludwig I. von Bayern verdankte, aber in seinen Ausmaßen nur bescheidenen Monarchen zur Ehre gereichte. Die große und gute Stube der Stadt lag auf der anderen Seite des Mittertors: der prächtige Max-Josefs-Platz. Er ging auf Ludwigs Vater zurück, den ersten bayrischen König, und kein Geringerer als Napoleon hatte ihn dazu ernannt. Das wiederum wusste Jo von ihrem Vater Vitus, der nicht nur ein Faible für Elvis hatte, sondern auch für bayrische Geschichte.

»Heute Mittag Punkt 12.00 Uhr am Nepomukbrunnen?«, schlug er ihr jetzt vor. Es klang versöhnlich. Die Erzieher-Vorstellung war beendet.

»Abgemacht, aber ich muss jetzt wissen, was Sache ist. Papa! Jetzt!«

»Also, du willst wissen, zu wem die Hand gehörte, als sie noch winken konnte?« Die Frage erübrigte sich, aber Vitus garnierte sie genüsslich mit einer Spannungspause. Er schwieg ins Telefon, bis Jo ungeduldig »Jetzt sag schon« hervorpresste.

Vitus holte hörbar Luft. »Liebe Tochter, die Hand gehört einem Mann, der früher mit den Füßen von sich reden machte.«

Erneute Spannungspause. Tiefes Einatmen. Dann endlich die Information: »Sie gehörte einem Mann namens Marius Wild, besser bekannt als ›der Tiger‹. Ein großer Name in den kleinen heimischen Fußballerkreisen. Jetzt ist es amtlich.«

»Und wo sind die Füße und der Rest?« Das wusste bislang keine Sau, oder vielleicht doch? Jo lief jetzt schneller über den Max-Josefs-Platz.

Also wirklich. Der Tiger! Der verschwundene Fußballtrainer! Aufgeregt kürzte Jo Coleman ihren Weg in die Redaktion ab und joggte durch einen kleinen Park namens Riedergarten. Wo der Stadtapotheker vor einem Jahrhundert Heilkräuter angepflanzt hatte, trieben noch heute allerlei Wunder ihre Blüten, vom zarten Stängel bis zur giftigen Eibe, aber Jo liebte den Park aus einem anderen Grund: In einer fast zugewachsenen Ecke, weit weg von den Nutzpflanzen, war ein Kneippbecken versteckt, und an heißen Sommertagen tauchte Jo nur allzu gern ihre Füße in das kalte Wasser hinein. Nur heute blieb zum Planschen bedauerlicherweise keine Zeit. Bereits in drei Minuten musste sie in der Redaktion sein. Ihr Chefredakteur Sepp Anzenberger akzeptierte bei Konferenzen nur seine eigene Unpünktlichkeit, aber heute hatte sie wenig von ihm zu befürchten. Die News, die sie mitbrachte, waren so heiß, dass sie Anzenberger darauf braten konnte. Unter diesen Umständen durfte sie ihren Füßen doch wirklich einen Quickie im Kneippbecken gönnen, fand Jo und schlug einen Haken Richtung Vergnügen, bis sie den kleinen Wasserfall plätschern hörte und seine Frische riechen konnte.

Im Schatten schlüpfte sie aus ihren Sandalen, setzte sich auf einen Stein am Beckenrand und ließ das Wasser aufspritzen. Der Tag gehörte ihr. Nach trüben Zeiten, Herzschmerz und großen Fragezeichen freute sie sich über ihr neues Ziel: den Mordfall Tiger

Wild zu lösen. Vielleicht würde sie wenigstens als Reporterin Erfolg haben, nachdem es mit Hollywood nicht geklappt hatte. Noch nicht.

Mit ihrem frisch gewaschenen Fuß stieß Jo die Tür zu den Redaktionsräumen von *Rosenheim News* auf. Die Klinke knallte an eine himmelblau verputzte Wand. Mörtel bröckelte aufs alte Parkett und vergrößerte einen Mauerschaden, dessen Umriss an eine kleine Wolke erinnerte.

»Hey! Mehr Gefühl!«, raunzte ein neues Gesicht am sogenannten Empfang, der nicht mehr als ein Schreibtisch vor Anzenbergers Büro war. Vergangene Woche war der Platz noch verwaist gewesen, weil der Chef von heute auf morgen mit seiner »Assistentin« Schluss gemacht hatte. Es hatte lange genug gedauert, aber letztendlich war auch ihm aufgefallen, dass die Dame am Telefon keinen geraden Satz zustande brachte und die Fehler in ihren E-Mails das Rechtschreibprogramm überforderten. Allerdings kam die Einsicht erst, als Anzenberger seine Assistentin mit einem Redakteur vom *Rosenheimer Volksblatt* im Weinhaus »Zum Santa« erwischt hatte und vermuten musste, dass sie mit der Konkurrenz unter einer Decke steckte. Nun hatte er offensichtlich Ersatz gefunden.

Die Neue glich der Alten bis auf den dicken Lidstrich. Sie trug lange dunkle Haare, starkes Make-up und hautenge Kleidung mit großem Dekolleté. Anzenbergers Beuteschema setzte sich aus Schlüsselreizen zusammen.

»Ich bin Larissa, Sepps neue Assistentin.« Larissa streckte Jo lange bunte Fingernägel mit Glitzersteinen entgegen und blickte gleichzeitig kritisch auf Jos Hand. »Ich hab eine gute Adresse für dich. Meine Freundin macht Nägel wie keine Zweite«, grinste sie und hielt Jo nach dem Händeschütteln den Beweis hin, an dem sie sich offensichtlich selbst nicht sattsehen konnte, so bewundernd wie sie auf ihre Nägel blickte. »Schön, nicht wahr?«

»Auf jeden Fall nicht zu übersehen«, meinte Jo. »Hallo und willkommen!« Sie bemühte sich um einen freundlich Ton, obwohl sie Vorbehalte gegen Frauen mit starkem Make-up pflegte. Ihr eigenes kosmetisches Waffenarsenal beschränkte sich auf das Nötigste: Wimperntusche, Feuchtigkeitscreme und eine Haarbürste. Sie fühlte sich unterlegen. Insgeheim.

»Ich bin Jo, Jo Coleman, Reporterin.«

»Na, dann weiß ich Bescheid«, grinste Larissa eigentlich ganz sympathisch. Im selben Moment brüllte Anzenberger durch die Tür seines Büros: »Mädels! Wird's bald! Redaktionskonferenz! Die Männer warten schon.«

Am großen Kunststofftisch vor dem Fenster saßen ihre Kollegen: Manfred Hering, der als Ein-Mann-Show den Sport und die Lokalpolitik abdeckte und für die blonde Rosenheimer Oberbürgermeisterin Gabriele Bauer schwärmte. Daneben Sven Miesbacher, der seinem Namen alle Ehre machte und sich außerdem Kulturredakteur nannte. Wie immer hielt er sich an einer Tasse Kräutertee fest, von Koffein verstand nur Rocco Morello etwas, der Praktikant mit italienischen Wurzeln. Auch mit Computern kannte sich Rocco besser aus als viele andere, doch seinen Job hatte er keiner dieser Fähigkeiten zu verdanken, sondern allein der Tatsache, dass Roccos Vater Rosenheims angesagte Pizzeria »Papagallo« in der Adlzreiterstraße gehörte. Seit Anzenberger Rocco beschäftigte, bekam der Chefredakteur im Papagallo immer einen guten Platz, weil es Papa Morello etwas wert war, dass sich sein Sohn jetzt »freier Journalist« nennen durfte. Rocco selbst sah darin keine Zukunft, er betrachtete seine Arbeit bei Rosenheim-News als Zwischenstation und träumte vom Silicon

Valley und einer App, die ihn zum Millionär machen sollte. Seine großen Pläne verbanden ihn mit Jo, die insgeheim auch in anderen Dimensionen dachte und noch immer von einer Karriere in den USA träumte. Kein Wunder, dass Rocco ihr Lieblingskollege war. »Buon giorno, Bella!« Rocco servierte ihr einen Espresso, bevor auch er am Konferenztisch Platz nahm, und Jo deutete mit ihren Lippen zum Dank ein Küsschen an.

»Seid ihr jetzt endlich so weit?«, schnauzte Anzenberger, der es nicht leiden konnte, wenn andere Männer mehr Aufmerksamkeit bekamen als er. »News-Konferenz! Und heute verdient sie ihren Namen.« Langsam ließ er seinen Blick über die kleine Runde wandern, bevor er verkündete: »Wir haben einen echten Scoop!« und selbstzufrieden nickte. »Eine Mordssauerei! Die Hand im Wildpark Blindham!« Auf eine solche Gelegenheit hatten sie doch alle gewartet, nicht wahr? »Und *Rosenheim News* hat die Geschichte zuerst draußen gehabt, exklusiv, vor den Kollegen vom *Rosenheimer Volksblatt* und ihrer windigen Internetpräsenz.« Anzenberger konkurrierte mit der größten Tageszeitung der Region. Eigentlich konkurrierte er mit allem und jedem, aber in diesem besonderen Moment fühlte er sich konkurrenzlos, was er mit dem Stoßseufzer »Mia san halt mia« verlauten ließ.

»Die Story ist von dir, oder?«, flüsterte Rocco, der neben Jo saß. Sie nickte. Anzenberger registrierte die Vertraulichkeit und machte klar, wer etwas zu sagen hatte. Er natürlich. Schon machte er wieder den Mund auf: »Coleman, deine Gschicht war okay, aber sie war nur der Anfang. Das ist ja wohl klar. Wir brauchen eine Fortsetzung. Höchste Zeit, dass wir zum Wesentlichen kommen. Also, wem hat die Hand gehört? Ich geh davon aus, dass du die Info endlich hast.«

»Hab ich«, antwortete Jo und kostete ihren kleinen Triumph aus, indem sie in Zeitlupe an ihrer bereits leeren Espressotasse nippte, bis endlich auch Miesbacher und Hering aufschauten. Miesbacher hatte mit seinem Smartphone gespielt und Hering seine Glatze gestreichelt, als wären darunter Schätze verborgen. Das machten die beiden meistens, wenn Jo bei einem Meeting zu Wort kam, aber jetzt lenkte ihre Neugier die Aufmerksamkeit zu Jo. Sie räusperte sich. »Inzwischen hat die Polizei festgestellt, zu wem die Hand gehört. Eine DNA-Analyse hat es eindeutig ergeben. Die Hand gehört zum verschwundenen Fußballtrainer Marius Wild, genannt Tiger. Kein Zweifel.« Für einen kurzen Moment beherrschte Schweigen die Runde, aber es hielt nicht lange an, weil Hering glaubte, etwas sagen zu müssen. »Das überrascht aber jetzt hier niemanden, oder?« Kollege Miesbacher schüttelte den Kopf. »Kein Wunder, irgendwann musste es mit dem Tiger ein böses Ende nehmen.« Miesbacher klang ziemlich schadenfroh, fand Jo, und sein Grinsen passte zur Stimmlage.

»Wieso?«, hakte sie reflexartig nach.

»Das hat mit seinem Charakter zu tun. Der Kerl hatte keinen Charakter und keine Ehre.«

»Das würde ich gerne genauer verstehen.«

»Dafür braucht es nicht viel«, mischte sich Hering jetzt ein. »Der Tiger hat die Schwester vom Miesbacher sitzengelassen, um seine Sabrina zu heiraten. Das war unanständig, aber eine wie die Sabrina lässt man nicht stehen. Als Mann stimmt mir da sicher jeder zu, auch der Herr Miesbacher. Hab ich recht, Kollegen?« Anzenberger hob bestätigend den Daumen nach oben, und Hering grinste zufrieden, nur Miesbacher hatte noch immer das Bedürfnis, seine Schwester zu verteidigen. »Die Sabrina hätten damals viele gerne gehabt, du auch, gell, Hering? Hast halt nicht landen können, weil der Tiger den besseren Bums hatte. Nichts für ungut. Und jetzt versteigst dich in feuchte Träume von der Bürgermeisterin, die noch weiter von deinen Möglichkeiten entfernt ist als damals die Sabrina. Na, aber immerhin kannst deine unglückliche Liebe als Lokalpolitik verkaufen. A Hund bist scho, in gewissem Maße.« Über seine Schwester ließ Miesbacher nichts kommen, was Jo sympathisch fand. Ihr Bruder hätte sie sicher auch verteidigt. Ganz sicher.

Doch sie waren vom Thema abgekommen. Chefredakteur Anzenberger donnerte seine Faust auf den Tisch. »Zurück zur Sache! Ihr wisst Bescheid. Coleman, du bleibst an der Story dran. Als Abend-News brauch ich den nächsten Film. Lass dir was einfallen, damit wir wieder schneller sind als die Konkurrenz. Ich bau auf dich! Leute, das ist unsere Chance, uns zu profilieren. Ich will zum Leitmedium der Region werden. *Rosenheim News* soll alle in den Windschatten stellen. Zeit wird's, dass wir das digitale Zeitalter feiern und daraus unsere Party machen. Ich wiederhole: Das wird unsere Party! Wir verstehen uns?« Er sah in die Runde, bevor er seinen Schlachtruf ausrief: »Auf geht's, pack ma's, Buam! Hand drauf!«

»Und Derndl«, fügte Larissa hinzu.

»Im Journalismus bestehen nur Kerle, das gilt auch für die Frauen, man darf es ihnen nur nicht ansehen«, zwinkerte Anzenberger.

»Dann muss Jo ja ein echter Kerl sein«, meinte Larissa, und Jo konnte nicht einschätzen, wie die Neue das meinte. Es sollte ihr zumindest jetzt egal sein, wenn sie die Gunst der Stunde nutzen wollte. Das wollte Jo. Sie sah ihren Chefredakteur an. »Sepp, ich hab da noch eine Idee, die dir gefallen könnte.«

»Heute bin ich für alles offen, solange du bei der Tiger-Story weiter die Nase vorne hast. Diese Story und keine andere ist unsere Top-Priority.«

»Sepp, genau darum geht es. Ich möchte in Tigers ehemaliges Umfeld eintauchen und eine kleine Serie über den Regionalfußball starten. Im Mittelpunkt würde natürlich Tigers alte Mannschaft stehen. Das würde mir bei der Recherche helfen und uns vermutlich Klicks und Sympathiepunkte bringen. Wenn wir es nicht machen, kommt vielleicht das *Rosenheimer Volksblatt* drauf, und von der Konkurrenz lassen wir uns nicht überholen, stimmt's?«

Jos Chef musste nicht lange überlegen. »Kleine Serie? Das wird ein großes Ding! Irgendwie sind die Jungs ja Tigers Vermächtnis, nicht wahr?«, jubelte Anzenberger. »Coleman, du bist ein Stürmer, raus aufs Fußballfeld. Und meine neue Chefreporterin wirst du auch. Das ist eine offizielle Beförderung. Sehr spontan, aber verdient. Der Pokal geht an dich. Die Aufgabe, Tigers Mörder auf die Spur zu kommen, geht natürlich auch an dich. Find raus, wer's war. Wer hat unseren Lokalhelden ermordet? Gute Überschrift übrigens!«

Jo Coleman, die neue Chefreporterin, machte sich an die Arbeit. Die erste Priorität hatte sie bereits gesetzt und bei Larissa neue Visitenkarten in Auftrag gegeben. Jetzt musste sie ihre Gedanken ordnen. Bislang wussten nur die Polizei und ihre Kollegen, dass die Hand identifiziert worden war. Nun musste die Nachricht raus, bevor die Kripo ein offizielles Statement abgab und aus der Exklusivität Allgemeingut wurde. Für den Nachmittag hatte die Rosenheimer Polizei eine Pressekonferenz angesetzt, und vermutlich hatten die ehemaligen Kollegen ihres Vaters bereits die Witwe Wild informiert.

Nach einem kleinen Umweg über die Küche betrat Jo das Gemeinschaftsbüro, in dem Chefredakteur Anzenberger ihr einen Schreibtisch zugewiesen hatte. Ihr Arbeitsplatz! Wieder einmal war er nicht zugänglich. Dort, wo sie die Titelgeschichte schreiben sollte, blockierten ein hoher Papierstapel, ein gelbes Päckchen, eine Schale mit faulem Obst und eine schmale schwarze Thermoskanne den Blick zum Bildschirm. Es war wie so oft: Die Kollegen Hering und Miesbacher hatten sich ausgebreitet. Das taten sie meistens, wenn Jo von zu Hause aus arbeitete. Als sie die beiden aufforderte, ihren Platz freizuräumen, maulte Hering: »Was können wir dafür, wenn dieses sogenannte Großraumbüro zu klein für drei Redakteure ist?«

»Seit du bei uns bist, ist dieser Raum überbelegt. Das ist nicht persönlich gemeint, sondern eine Tatsache«, pflichtete ihm Kulturredakteur Miesbacher bei. Die zwei waren sich wieder einig.

»Früher war es besser«, trat Hering nach, der ohnehin fand, dass ihm als dienstältestem Mitarbeiter bei *Rosenheim News* und Leiter des Ein-Mann-Ressorts »Lokalpolitik« ein eigenes Büro zustand. Trotzdem wollte er nicht versäumen, Jo zur Beförderung zu gratulieren, denn, wie er es jovial ausdrückte: »Eine Chefreporterin hat uns ja gerade noch gefehlt.« Hahaha, lustig, lustig, aber ein bisschen Spaß wird ja wohl noch erlaubt sein.

»Stimmt schon, eine Chefreporterin hat uns echt gefehlt. Gefehlt wie ein Kropf hat sie uns«, verdeutlichte Miesbacher die Worte seines Kollegen und amüsierte sich über seinen schwachen Schenkelklopfer.

»Guter Vergleich«, freute sich Hering, bevor er sich zu sagen beeilte: »Aber nichts für ungut, Coleman, es ist auch so schon schlimm genug.«

Jo spürte eine ihr wohlbekannte Mischung aus Wut und Tränen in sich aufsteigen. Eine fatale Mischung. Es war nicht das erste Mal, dass Hering und Miesbacher sich gegen sie verbündeten, deshalb zog sie es normalerweise vor am heimischen Schreibtisch zu arbeiten, aber jetzt musste sie ein Zeichen setzen. Sie musste es schnell setzen, bevor sie die Fassung verlieren konnte. Alles, nur nicht weinen. Nicht vor diesen Idioten. Und weil ihr keine vernünftige Alternative einfiel, ließ sie sich von ihrer Wut leiten. Ohne lange nachzudenken, riss Jo das Fenster zum Hinterhof auf, packte den höchsten Papierstapel auf ihrem Schreibtisch und wuchtete ihn nach draußen. Im nächsten Moment segelten die Blätter durch die Luft nach unten. »Juchuh! Papierflieger!«, rief ihnen Jo hinterher. »Ein ganzes Geschwader.«

In der nächsten Hundertstelsekunde griff sie sich das gelbe Päckchen. Es war an Hering adressiert. Jo hatte gerade noch Zeit, »Luftpost!« zu rufen, schon landete es auf dem Pflaster des Hinterhofs. Irgendetwas klirrte zum Abschied. Wütend sprang Kollege Hering auf, der ihr bislang fassungslos zugeschaut hatte. »Coleman, bist du jetzt völlig übergeschnappt?«

»Ordentlich, ich würde es ordentlich nennen, nicht übergeschnappt. Gerade wir Journalisten sollten Worte genau wählen, das sagst du doch immer«, antwortete Jo und spielte die Gelassene. Ihre Aufräumaktion wirkte befreiend und verhinderte, dass sie heulte. Jetzt hielt sie Miesbachers Thermoskanne über den Fenstersims. Es fühlte sich wirklich gut an.

»Jetzt langt es aber! Die hat über 50 Euro gekostet. Das ist ein Designermodell«, heulte der Eigentümer auf.

»Und so ein teures Stück parkst du auf meinem Schreibtisch. Miesbacher, keine gute Idee! Aber vielleicht ist die Kanne bei dem Preis wenigstens bruchsicher. Schauen wir mal, was der Qualitätstest sagt.« Jo ließ den Griff los. Jetzt störte nur noch die Obstschale auf Jos Platz. Sie nahm das bunte Glas und ging damit zur Tür. »Ich kümmere mich heute ausnahmsweise um euren Biomüll. Betrachtet es als Entgegenkommen.«

Miesbacher beugte sich schimpfend über die Fensterbank und betrachtete, was von seiner Designerkanne übrig war, und Kollege Hering stürmte an Jo vorbei aus der Tür. Entspannt folgte sie ihm ins Foyer. Ihre Wut war buchstäblich mit aus dem Fenster geflogen. Sie sollte öfter Rumpelstilzchen spielen. Raus mit den Gefühlen, wenn es sein muss, aus dem Fenster. Hering sah das vermutlich anders. Er brüllte der neuen Assistentin am Empfang zu: »Larissa, ich bin im Hof«, und weg war er.

Larissa sah Jo fragend an, und auch Praktikant Rocco, der aus Platzmangel an einem weißen Ikea-Sideboard neben der Garderobe arbeiten musste, schien verwundert. »Alles klar?« »Jetzt schon«, sagte Jo und steckte einen angefaulten Apfel in die Tasche von Miesbachers Sommermantel, der schlapp und bleich wie sein Besitzer am Haken hing. Vitamine konnten hier nicht schaden, und außerdem hatte sie versprochen, sich um den Biomüll zu kümmern.

Als Jo ins Büro zurückkam, saß Miesbacher an seinem Platz, und Hering sammelte Papier im Hof, wobei er so laut vor sich hin schimpfte, dass einzelne Wortfetzen durchs Fenster flogen und Jo erreichten. Sie verstand »Luder« und freute sich. Wie so einige bayrische Beleidigungen drückte das Wort Luder Respekt aus, ebenso wie Hundling, Bazi, Strizzi, Sauhund und Matz. Was sagte das über die Bayern aus? Irgendwann würde sie dieser Frage in einer Geschichte nachgehen, aber jetzt hatte sie anderes vor.

Mittagspause. Jo freute sich auf das Essen mit ihrem Vater und über ihren neuen Titel. »Chefreporterin Jo Coleman«. Das klang verdammt gut, obwohl es keinen Grund gab, darauf stolz zu sein. Schwache Egos mit Karriereetiketten aufzuwerten war ein billiger Trick von Vorgesetzten. Selbst ihr Chef Sepp Anzenberger beherrschte ihn, und Jo fiel darauf rein. Sie sollte sich schämen. 37 Jahre und noch immer nichts dazugelernt. So sah es aus. Auch wenn sie sich jetzt Chefreporterin nennen durfte, war sie doch wieder da gelandet, wo sie vor zehn Jahren abgehoben war: in Rosenheim. Zurück auf Anfang. Trotzdem gab es feine Unterschiede zu früher: Sie war nicht mehr jung und pleite, sie war jetzt älter, pleite und geschieden. »Erfahrener, finanziell aufs Wesentliche konzentriert und Single«, verbesserte sie sich in Gedanken. Außerdem machte sich das Glück vielleicht gerade wieder auf ihrer Seite breit. Immerhin hatte sie eine Mordsgeschichte am Haken. Schade, dass Jack davon nichts wusste. Sie hätte ihrem Ex gerne davon erzählt, und vermutlich hätte er einen interessanten Gedanken dazu gehabt. Smartass, der er war. Ach, sie kam auch gut ohne ihn zurecht. Motiviert schritt Jo über den Max-Josefs-Platz. In diesem kleinen Moment fühlte es sich wieder so an, als würde die Welt ihr gehören. Sie wollte mehr davon.

Ihr Vater wartete am Nepomukbrunnen und sah anders aus als gewöhnlich. Vitus Pangratz hatte sich fein gemacht. »Fesch, Papa!«, kommentierte Jo sein weißes Hemd unter der schwarzen

Lederjacke. »Überraschend fesch!« Seit seiner Pensionierung hatte sie ihren Vater nur noch in ungebügelten T-Shirts gesehen, die ihm meist über die Jeans hingen. Heute saß selbst seine Haartolle exakt. Jede Strähne war an ihrem Platz. »Hast du ein Date?«, scherzte Jo.

Ihr Vater winkte ab: »Kennst mich doch.« Richtig, das Liebesleben ihres Vaters fand entweder im Verborgenen statt, oder es existierte nicht. Jedenfalls hatte Jo nach dem Tod ihrer Mutter nie eine Frau an der Seite ihres Vaters gesehen, zumindest nicht offiziell. Vermutlich hatte er heimlich ein Verhältnis mit seiner ehemaligen Sekretärin gepflegt.

Jo zückte ihr Smartphone und fotografierte Vitus. »Damit du endlich ein gutes Foto fürs Onlinedating bekommst, auf dem du nicht aussiehst, als wäre Elvis unter einer Brücke gelandet.« Sie kontrollierte die Aufnahme auf dem Display. Leider war nur der Hintergrund gelungen, was kein Kunststück war, weil der Rosenheimer Stadtplatz mit seinen prächtigen Bürgerhäusern, Arkaden und Laubengängen jedem Foto schmeichelte. Dagegen sah Vitus Pangratz grauenhaft aus. Mittagslicht. Sie hätte es wissen müssen. Ihr Vater feixte: »Ja, ja, teure Filmkurse in Los Angeles besuchen und dann nichts von Beleuchtung verstehen. Fräulein Tochter, ich muss mich schon sehr wundern. Hast du da drüben eigentlich irgendetwas gelernt?«

Jo wechselte das Thema und erzählte von ihrer Beförderung. Wie zu erwarten, fand ihr Vater den Titel »Chefreporterin« großartig. Geprägt von seiner Beamtenlaufbahn konnte selbst der alte Rock 'n' Roller nicht anders, als insgeheim auf Beförderungen Wert zu legen. »Das feiern wir!«

»Aber bitte nicht in einem alten Metzgerladen, auch wenn er jetzt Sauguad, das Feinschmeckerbistro heißt«, meint Jo und schlug ihren Lieblingsitaliener L'Osteria in der Innstraße vor. Ihr Vater liebte die Zitronenspaghetti, die es nur dort gab, aber heute wollte Vitus Pangratz partout ins Sauguad. Der ehemalige Metzgerladen würde sich inzwischen zu Recht Feinschmeckerbistro nennen, behauptete er, außerdem wäre der Service dort freundlich. Also, keine Widerrede.

Ein Schild neben der Tür pries das Tagesgericht an: »Geräucherte Chiemseerenke«. Die Aussicht auf Fisch versöhnte Jo, und sie folgte ihrem Vater zum einzigen freien Tisch am Fenster. »Papa, willst wirklich nicht draußen sitzen, bei dem schönen Wetter?«

Ihr Vater verneinte. Es sei so angenehm kühl hier im Ladenlokal, wobei er »Lokal« besonders betonte und suchend zur Theke schaute. Als eine Frau mit braunen Locken hinter der Auslage mit Wild, Fisch und nacktem Geflügel auftauchte, lächelte er wie der junge Elvis und hob grüßend die Hand. Es wirkte schüchtern. Die Frau hinter der Theke reagierte nicht.

»Vielleicht ist sie kurzsichtig«, mutmaßte Jo, die die Lage sofort erfasste und die Enttäuschung im Gesicht ihres Vaters richtig interpretierte. Er hatte sich nicht zufällig herausgeputzt. Natürlich nicht.

»Meinst wirklich, dass es an ihren Augen liegt?«

»Es gibt keinen anderen Grund, dich zu übersehen«, antwortete Jo und strich sich über eine imaginäre Haartolle. Er winkte ab, atmete ein, zog die Schultern zurück, stand auf und steuerte die Theke an. »Ich kümmere mich um unser Essen, und danach wird gearbeitet.«

Jo beobachtete ihren Vater und entschloss sich, auch endlich den Mut aufzubringen, eine bestimmte Nummer zu wählen. Seit der denkwürdigen Nacht war sie in ihren Kontakten gespeichert. Sie hatte sie nie gelöscht – aber auch nie benutzt. Jetzt hatte sie einen guten Vorwand dafür. Sie drückte die Tasten. Freizeichen, dann nahm er ab und sagte mit tiefergelegter Stimme: »Versicherungs- und Finanzagentur ›Sicher mit Steimer‹, Alois Steimer persönlich am Apparat.«

Als Vitus Pangratz zurück an den Tisch kam, hatte Jo einen Termin mit Alois Steimer vereinbart. »Papa, jetzt wird gearbeitet.« Ihr Laptop stand bereits aufgeklappt auf der kalten Marmorplatte des Bistrotischs. Sie tippte: *Hand aus dem Wildpark identifiziert. Sie gehörte Marius Tiger Wild, Fußballtrainer und Fahrlehrer.* Noch einmal fasste sie kurz die Geschehnisse des Vorabends zusammen, verlinkte zu ihrem Artikel von gestern Nacht und arbeitete an der Fortsetzung. Onlinejournalismus war ein schnelles Geschäft, und ihre Finger flogen über die Tastatur. »Gleich brauch ich deinen Input, Papa.«

Diese Fragen stellt sich die Polizei jetzt im Fall Tiger Wild. Interview mit dem erfahrenen Rosenheim-Cop Vitus Pangratz. Bereitwillig diktierte ihr Vater: *Wer hatte ein Motiv? Wer profitiert von Tigers Tod? Stand er einem Menschen im Weg? Lässt sich Selbstmord ausschließen, oder gab es dafür womöglich Gründe? Was ist passiert, bevor Tiger verschwand? Wo zum Teufel ist der Rest des Fußballtrainers? Gibt es überhaupt noch einen Rest, oder haben die Wildschweine alles aufgefressen? Und wie landete der Tiger überhaupt im Wildschweingehege?*

»Aber wehe, du stellst etwas online, bevor ich mit der Witwe geredet habe«, drohte ihr Vitus mit grimmigem Gesicht, doch schon im nächsten Moment entspannte ein freundliches Lächeln seine Züge. Die gelockte Dame, die eben noch hinter dem Tresen gestanden hatte, servierte die Chiemseerenken. Jo strich den Namen ihres Vaters auf dem Bildschirm, gab ihren Text frei und packte den Laptop weg. »Sorry, Papa, jetzt hab ich aus Versehen auf die falsche Taste gedrückt, aber vorher habe ich noch deinen Namen gelöscht.« Kein guter Stil, aber gute Arbeit. Sie war jetzt Chefreporterin.

Alois Steimer mochte gar nicht daran denken, was in seinem Kofferraum lag, verpackt in einer Plastikkühltasche von Aldi. Kümmern musste er sich trotzdem darum. Bei der Hitze würde sonst bald Verwesungsgeruch durch sein BMW-Coupé ziehen. Schuld war seine Frau Uschi-Muschi, die diesen Scheißkerl erledigt hatte. Er würde ihm keine Träne nachweinen. Im Gegenteil: Uschi-Muschi hatte ihm einen Liebesdienst erwiesen. Das zumindest musste er ihr lassen, auch wenn sie ihm dafür die Entsorgung der Leiche aufgebürdet hatte. Typisch! Bei Uschi gab es nichts umsonst, nicht einmal einen Blowjob, aber den hatte er sich nach der heutigen Aktion redlich verdient. Daran würde er sie später unter der Lotosdecke erinnern.

Jetzt fuhr Steimer mit sterblichen Überresten durch Rosenheim, vorbei am alten Lokschuppen, in dem gerade die Ausstellung »Regenwald« lief. Adrian und Uschi wollten sie unbedingt sehen, aber er fand 14 Euro Eintritt für einen Erwachsenen zu teuer. »Im Vergleich zur Allianz-Arena ein Schnäppchen«, hatte seine kulturbeflissene Uschi argumentiert. Mit ihrem schiefen Vergleich hatte sie immerhin anerkannt, was Steimer seit langem predigte: Fußball war ein Kulturgut, dessen Geschichte fast bis an die Anfänge der Menschheit zurückreichte. Jawohl, in Sachen Fußball betrachtete sich Steimer als Intellektueller.

Er kannte die Fakten genau, um bei Gelegenheit andere damit zu beeindrucken. Wer wusste denn sonst noch, dass die älteste bekannte Darstellung eines Fußballspielers aus dem Jahr 124 nach Christus stammte? Es war ein Steinabrieb aus China, bei dem die Schusstechnik bereits äußerst modern wirkte. Die Chinesen trainierten ihre Soldaten mit dem Ball, aber bei vielen Völkern war Ballspielen ein Teil der Religion. Die Japaner zum Beispiel spielten buchstäblich um die Gunst der Götter und glaubten, je länger sie beim japanischen »Kemari« den 22 Zentimeter großen Lederball in der Luft hielten – durchschnittlich waren es 300 bis 400 Stöße –, desto größer würde die Gunst der Götter ausfallen.

Steimer glaubte auch Jahrhunderte später noch an einen Fußballgott und betete, er möge Adrian zum FC Bayern aufsteigen lassen. Sollte Uschi doch allein in die Regenwald-Ausstellung gehen und 14 Euro verschwenden. Sein Sohn musste trainieren.

Er stieg aufs Gas und holte tief Luft. Da roch er es. Der Körper in seinem Kofferraum begann zu stinken. In diesem Moment verfluchte er Uschi-Muschi, die ihn zwar nicht mehr ranließ, ihn aber zur Beweisbeseitigung missbrauchte und ihn für blöd genug hielt, ihr zu glauben, sie hätte aus edlen Motiven gehandelt. »Ich wollte doch nur unsere Familie verteidigen. Ich hab's für uns getan.« Ja, ja, alles klar, Uschi.

Alois Steimer lenkte seinen Wagen auf den Parkplatz des Kathrein-Eisstadions. Dort, wo das legendäre Rosenheimer Eishockeyteam »Starbulls« zu Hause war, holte er die Aldi-Kühltasche aus dem Kofferraum und ließ sie in einen Abfalleimer aus Metall fallen. Sie plumpste auf den Grund. »Amen.«

Wieder hatte Alois Steimer bewiesen, dass ein Mann tut, was ein Mann tun muss. Fußballer waren eben doch die härteren Jungs! Auch wenn Starbulls-Kapitän Stephan Gottwald etwas anderes behauptete. In den »Rosenheimer Stadtgesprächen«, die stapelweise in den örtlichen Buchhandlungen auslagen, erklärte er den Unterschied zwischen Eishockeyspielern und Fußballern so: »Wir sind die härteren Jungs und schmeißen uns nicht bei jedem Scheiß auf den Boden.« »Was für ein Scheiß!«, fand Steimer. Seit dem WM-Finale 2014 war ein für alle Mal geklärt, wer der Härteste von allen war. Der Held auf dem Feld: Bastian Schweinsteiger. Ein Fußballer, der von 1992 bis 1998 in Rosenheim trainiert hatte, wenn auch beim TSV 1860 und nicht beim 1. FC Rosenheim, aber auf dieses Detail legte Steimer keinen Wert. Irgendwann würde sich sein Sohn Adrian in die Rosenheimer Heldengalerie einreihen. Nur darauf kam es an.

Zufrieden kickte er eine Plastikflasche über den Parkplatz und freute sich auf den Nachmittag. Eine Reporterin von *Rosenheim News* wollte ihn interviewen. Sie hatte angerufen, und irgendwie war ihm die Stimme bekannt vorgekommen. Sie klang nach Spitzenwäsche und straffer Haut. Euphorisch von seiner Heldentat und aufgeheizt von den sommerlichen Temperaturen konnte Steimer seitdem nur noch an eines denken. SEX!

Jo blieb fast das Herz stehen. Auf dem Display ihres iPhones stand klar und deutlich: »I miss you! I really do! How are you, my love?«

Die E-Mail war von Jack, ihrem Exmann. Es war die erste Nachricht seit Monaten. Jo wünschte, die Post würde sie kaltlassen, aber das Gegenteil war der Fall. Weiche Knie, Herzklopfen, Schwindelgefühle, das volle Programm. Keine Zeit zu überlegen. Aufgewühlt tippte sie zurück: »Better off without you. Leave me alone!« Ja, es ging ihr wirklich besser ohne ihn, und er sollte sie gefälligst in Ruhe lassen. Jo versuchte sich auf ihren Atem zu konzentrieren. Okay, sie war eine schlechte Lügnerin, aber diesmal würde er es nicht merken. Die Geschichte mit Jack war endgültig vorbei. Er hatte sie beendet. Und seinen Nachnamen, den hatte sie nur ihren Karriereträumen zuliebe behalten. Jo Coleman klang im internationalen Filmbusiness einfach geschmeidiger als Johanna Pangratz. Nur leider nicht in Rosenheim, wo sie häufig »Frau Kohlemann« genannt wurde, aber Rosenheim sollte nur eine Zwischenstation sein. Zum Kohlemachen, Mann!

Jo steckte das Smartphone zurück in ihre Tasche und änderte ihre Pläne. Der Appetit auf ein Eis war ihr vergangen und die Schlange vor dem Eiscafé Venezia ohnehin zu lang. Also gab es ausnahmsweise kein Dessert. Sie ahnte, dass auch ihr Vater darauf verzichten würde, wenn auch aus anderen Gründen. Er war im Sauguad geblieben und inzwischen vermutlich beim zweiten, vielleicht auch dritten Glas Wein. Wahrscheinlich trank er sich Mut an, weil er die Frau hinter der Theke zu einem Rendezvous einladen wollte. Jo hatte ihren Vater noch nie so aufgeregt erlebt und wünschte ihm in Gedanken Glück, dann stieg sie aufs Fahrrad und radelte zum Fußballplatz. Sie war mit Alois Steimer im Jahnstadion verabredet und würde zum ersten Mal bei Tageslicht mit ihm sprechen. Na ja, besonders viele Worte hatten sie auch während ihrer einzigen gemeinsamen Nacht nicht gewechselt. Hatte er überhaupt etwas zu sagen?

Alois Steimer schritt den Platz ab, als wäre ihm die Erde unter seinen Turnschuhen untertan. Dabei war sie nur eine Leihgabe vom herrschenden Fußballclub der Stadt, dem TSV 1860 Rosenheim, der großzügig und gönnerhaft seinen Rasen mit dem jungen 1. FC Rosenheim teilte. Der große TSV sah in dem kleinen Club keine Konkurrenz, sondern einen netten Versuch. Mehr nicht. Für den Traditionsverein war klar: Der TSV war die stolze Eiche und der 1. FC die Sau, die sich daran rieb, ach was, der Frischling. Schließlich war der TSV 1860 Rosenheim als Talentschmiede bekannt und definierte sich als »fußballerisches Zentrum zwischen Salzburg, Innsbruck und München«. Dagegen konnte der 1. FC Rosenheim nicht anstinken. Für den TSV 1860 Rosenheim war der FC Bayern die Benchmark. Logisch, dass die Rosenheimer »Talenttage« veranstalteten wie die großen Münchner. Ein Pfiff genügte, und die fußballbegeisterten Kinder aus dem Umland liefen auf, um im Jahnstadion zu zeigen, was sie konnten. Mit ihren Eltern im Schlepptau oder als Zugmaschine. Am Ende der Talenttage pickte sich der TSV dann jeweils die Besten heraus und verstärkte damit sein Juniorteam. Beim Gedanken daran spuckte Steimer verächtlich auf den Rasen. Er hatte im vergangenen Jahr schmerzlich erfahren, was bei der Auswahl wahrhaftig zählte: Beziehungen. Denn wäre es auf Potenzial, Ballgefühl und Kampfgeist angekommen, hätte sein Adrian den Sprung ins TSV-Team geschafft. Er war bereit gewesen, seinen Sohn den Konkurrenten anzuvertrauen. Zwecks Chancenoptimierung wollte er Adrian vom 1. FC Rosenheim zum Lokalmatador TSV 1860 wechseln lassen, schließlich hatte Letzterer bayernweit noch immer den besseren Ruf, weil er halt schon länger laut war. Hinzu kam damals, dass der Tiger, dieser Sauhund, Steimers Sohn beim Training vernachlässigt hatte und bei Turnieren auf der Ersatzbank sitzen ließ. »Mehr als einen passablen Freizeitkicker kannst aus deinem Sohn nicht machen«, war seine fadenscheinige Begründung gewesen, wo doch offensichtlich war, dass der Tiger nur seinen eigenen Sohn, den Diego, in den Vordergrund spielen wollte, damit Scouts vom FC Bayern auf ihn aufmerksam wurden. Oder zumindest die Münchner Löwen, die zwar in der 1. Bundesliga keine Rolle mehr spielten, aber immer noch für ihre hervorragende Jugendarbeit bekannt waren.

Steimer sammelte eine Zigarettenkippe vom Spielfeld auf und fragte sich, ob sie noch von Tiger stammte, der als Einziger das Rauchverbot auf dem Sportplatz ignoriert hatte, als ob für ihn keine Regeln gälten. Er war damit gut durchs Leben gekommen, aber am Ende hatte er dafür bezahlt. Immerhin spielte Tigers ältester Sohn beim FC Bayern, und dafür zollte er Tiger Respekt. Auch Alois Steimer wollte bei der Karriereplanung seines Sohnes alles richtig machen. Adrian sollte es einmal besser haben als er und nicht als Ein-Mann-Betrieb Versicherungen verkaufen müssen. Aber als Finanzexperte trat Steimer ohnehin nur noch selten auf. Wenn ihn jemand nach seinem Beruf fragte, nannte er seine neue Berufung: »Fußballtrainer.« Heimlich und lautlos fügte er hinzu: »Alois Steimer, Vater des Erfolges.« Er schob die Zigarettenkippe in seine Hosentasche und schaute auf die Uhr.

Wo blieb diese Kohlmann nur? Er musste in dem Interview unbedingt anbringen, dass der 1. FC Rosenheim endlich ein eigenes Stadion bräuchte, um bei Turnieren und Trainingszeiten nicht immer auf den guten Willen der Konkurrenz angewiesen zu sein.

»Steimer-Stadion«, das hätte Klang. Er schritt weiter und stellte sich Jubel auf den Zuschauerplätzen vor. »Alois Steimer!«, hallte es an sein Ohr. »Alois Steimer!« Ja wirklich, da rief jemand. Es war Jo Coleman, die ihn aus seinen Träumen riss.

Es gefiel Jo, wie Alois Steimer in arterhaltender Manier mit seinen Schritten den Platz für sich beanspruchte. Ein Alphatier, das keine Zweifel an sich und seiner Potenz ließ. Anziehend und abstoßend zugleich. Sicher kein Mann fürs Leben, aber für eine Nacht. Nun gut, die hatte sie bereits gehabt. Jo nahm sich in diesem Moment fest vor, ihr Interesse an Alois Steimer würde rein beruflicher Natur bleiben. An der Seitenlinie des Fußballfeldes rief sie seinen Namen: »Alois Steimer!« Er stutzte nur kurz, dann joggte er auf sie zu. Sportlich, dynamisch, muskulös. Ein Bild von einem Mann, das selbst eine glänzende Jogginghose von Adidas nicht zerstören konnte.

Fragend sah er sie an und kniff dabei die Augen zusammen, bevor seine Erinnerungen einsetzten und er sie herzlich begrüßte. »Mei, Madl, dich kenn ich doch! Mei Madl vom Herbstfest! Von dir hab ich geträumt!« Jo spürte, wie ihr Gesicht die Farbe wechselte. Gleichzeitig mahnte ihre innere Stimme: Vorsicht vor Kerlen, die erwachsene Frauen »Madl«, »Mädel« oder »Mädchen« nennen, dahinter steckt immer ein Problem. Entweder sind sie sexuell verklemmt, oder sie nehmen dich nicht für voll. Oder beides. Verklemmt war dieses Exemplar hier nicht, das wusste Jo aus Erfahrung. Aber offensichtlich war sie selbst verklemmt, wie sollte sie sich und Alois sonst ihre roten Wangen erklären. Mit Sonnenbrand. Natürlich. Sie hörte sich »Sonnenbrand« sagen und vergaß die Begrüßung.

»Was meinst, Madl?«

»Ich hab Sonnenbrand«, wiederholte Jo.

»A bisserl rot bist schon. Und ich hab gehofft, du erinnerst dich an unsere Nacht am Inn-Ufer. Da hab ich mich gleich geschmeichelt gefühlt von deiner zarten Röte. Also, dass ich dir jetzt noch Farbe ins Gesicht treibe, ist schon super und sagt doch etwas aus über die Qualität unseres Verhältnisses. Sonnenbrand? Das glaub ich jetzt nicht.« Überzeugt davon, die richtigen Worte gefunden zu haben, grinste er sie an.

»Bild dir bloß nichts ein. Ich bin rein beruflich hier«, erinnerte ihn Jo. Ihn und sich selbst. Sie ärgerte sich, dass sie dabei so spießig klang. Jetzt grinste sie auch noch verlegen. »Also, Alois, ich erklär dir jetzt alles.«

»Warum du dich damals nicht gemeldet hast, willst mir das endlich erklären?«

»Nein, warum ich hier bin.«

Entschlossen holte sie die Kamera aus ihrer Tasche und erklärte, sie bräuchte für ihre neue Serie »Fußballfieber« Infos und würde natürlich auch im Mordfall Tiger Wild ermitteln. »So, so.« Steimer wirkte enttäuscht, aber nur kurz, dann sagte er: »Ich kann gar nicht glauben, dass du mich vergessen hast. Nach dieser einzigartigen Nacht.« Dabei strich er ihr eine Haarsträhne aus dem Gesicht. »Immer noch so hübsch«, zwinkerte er und drängte ihr einen tiefen Blick in die Augen. »Ein Wahnsinn!«, seufzte er. »Was würde ich für eine Fortsetzung geben.«

»Die meisten Sequels sind schlechter als der Ursprungsfilm.«

»Dann kennst du Star Wars nicht, da wird es auch immer besser, und du, du bist doch ohnehin meine Prinzessin Leia«, argumentierte Alois. Hatte er sie nicht damals schon so genannt?

»Vergiss Star Wars, hier geht's um Fußball – oder ich geh gleich wieder.«

»Echt jetzt oder was?«

Jo nickte und richtete die Kamera auf ihn. »Bereit?« Steimer nickte.

»Na dann, Film ab.«

»Herr Steimer, Sie sind als Trainer der Nachfolger von Marius Wild, genannt Tiger. Tigers Mannschaft war auffallend erfolgreich. Tiger hat den 1. FC Rosenheim in der Region bekannt und zum gefürchteten Gegner gemacht. Wie schwer ist es, in die Fußstapfen eines solchen Trainers zu treten?«

Alois senkte den Kopf und überlegte. Er überlegte lange, bevor er den Kopf langsam wieder hob, in die Kamera blickte und sagte: »Der Tiger war der Beste. Wir alle vermissen ihn. Es wird nie wieder einen geben wie ihn.« Er stockte, schluckte, schloss für einen Moment die Augen, dann sprach er weiter. »Der Tiger ist unersetzlich, aber den Kindern zuliebe muss jemand die Lücke füllen, die er hinterlassen hat. Schlimm genug, dass sie ihren Trainer verloren haben, da sollen sie nicht auch noch ihren Sport verlieren.« In Steimers Augenwinkel glänzte eine Träne. Jo sah sie als Symbol für Steimers Sensibilität und war gerührt davon, was ihm nicht entging. Er holte ein Papiertaschentuch aus seiner Trainingshose und schnäuzte sich. »Ich hab einen Freund verloren. Einen Jugendfreund. Das ist ein harter Schlag. Jugendfreunde sind unersetzlich.«

»Trotzdem machen Sie weiter«, ermutigte ihn Jo zum Weiterreden.

»Genau deshalb mache ich weiter! Das bin ich dem Tiger schuldig. Wir alle sind es dem Tiger schuldig.«

Er stimmte sich selbst mit einem Nicken zu und sah Jo wieder tief in die Augen. Sehr tief. Bis dorthin, wo gerade ein paar Schmetterlinge ihre Flügel testeten. Jo konnte sie spüren.

Vitus Pangratz schwebte durch Rosenheim. Die Schmetterlinge in seinem Bauch hoben ihn über den sommerheißen Boden, und er summte Elvis' Hit »Baby let me be your loving teddybear«. Oh yeah! Er hatte ein Rendezvous mit Diana in der Tasche. So hieß sie, die schöne Frau hinter der Theke des Sauguad Feinschmeckerbistros, und er wusste es seit zwei Stunden. Kein Wunder, dass ihm nach Singen zumute war. Erst die Textstelle »I don't wanna be a tiger, cause tigers play too rough« erinnerte ihn an seine eigentliche Mission: Er wollte den Mordfall Marius Tiger Wild schneller lösen, als sein Nachfolger Kommissar Hopfinger eine Runde auf dem Bürostuhl drehen konnte. Das machte Hopfinger, der Depp, ja gerne, sich um sich selbst drehen. Vitus erinnerte sich an die kurze gemeinsame Zeit im Kommissariat, bevor sie beide befördert wurden: Hopfinger nach oben und Pangratz aufs Abstellgleis. Doch da gehörte er noch lange nicht hin, er würde es allen beweisen, und deshalb musste er sich jetzt um eine andere Frau als Diana kümmern. Diana. Diana. Oh Diana. In Deutschland lebten rund 3700 Schmetterlingsarten, und heute versammelten sie sich alle in seinem Bauch. Oh Diana! Wie hieß die Witwe von Tiger Wild doch gleich?

Er rief bei Sabrina Wild an und meldete sich als »Kommissar a. D.«, wobei er die Abkürzung für »außer Dienst« verschluckte. Sie blieb ihm gewissermaßen im Halse stecken. Konnte ja versehentlich passieren, gell? Frau Wild war zu Hause und würde auf ihn warten. Heute lief es wirklich gut mit den Frauen. Zufrieden strich sich Vitus seine pomadige Hommage an den King nach hinten, bis alle Haare wieder an ihrem Platz waren. Er schwebte noch immer. Vielleicht lag das auch ein wenig am dritten Glas Wein im Feinschmeckerbistro und nicht nur an Diana und den 3700 Schmetterlingen.

Eine Espressoinfusion im Cafe Aran würde ihn, den loving Teddybear, fit für Tigers Witwe machen. Es war ja nicht so, als ob er sich nicht zu helfen wüsste. Außerdem standen im Aran immer frische Rosen auf den Tischen, und die Blüten passten hervorragend zum bisherigen Tag. Vitus Pangratz schwebte ins alte Rundgewölbe unter den Arkaden am Stadtplatz ein, und der Duft von frisch gemahlenen Kaffeebohnen begrüßte ihn.

Eine hohe laute Stimme löste Jos Blick von Alois Steimers Augen. Ihre Konzentration schnellte drei Stockwerke höher, raus aus dem Bauch und den tiefer verorteten Bewusstseinsebenen zurück in den Kopf. Jo schaute, woher der Krach kam, und erkannte die »Camperin« vom Fußballturnier, die ihren tragbaren Sitzplatz gerade am Spielfeldrand aufbaute, direkt neben Alois Steimer. Die große Klappe mit dem Klappstuhl, dachte Jo.

»Wie immer die Ersten beim Training. Vorbildlich!«, begrüßte Alois Steimer die Frau, klatschte ihren Sohn Jonas ab und warf Jo einen bedauernden Seitenblick zu, bevor er sie als Chefreporterin von Rosenheim-News vorstellte, die an einer Serie über die lokale Jugendfußballszene arbeitete. »Eine tolle Gelegenheit, um uns zu positionieren. Wirklich, ganz toll.« Die Camperin, die sich als Monika vorstellte, begrüßte das »Medieninteresse«, und »natürlich war sie gerne bereit« etwas über den Tiger zu sagen, »in aller Bescheidenheit und nur off the record, so nennt man das doch, oder? Also zwischen uns Frauen aus dem Nähkästchen. Ich will mich ja nicht wichtigmachen.«

Sie sei für jede Information dankbar, versicherte ihr Jo, und gerade Frauen hatten ja erfahrungsgemäß oft einen ganz besonders unbestechlichen Blick auf Männer, gell! Jo praktizierte die Methode ihres Chefs »Ein bisschen Schleim hilft ungemein«. Ekelig, aber in diesem Fall wirksam. Sie beugte sich zu Monikas Klappstuhl. »Ganz im Vertrauen. Wie war denn der Tiger wirklich, abgesehen davon, dass er offensichtlich der perfekte Trainer war. Der muss doch auch Schwächen gehabt haben. Ist doch menschlich.«

»Männlich, die meisten Schwächen sind männlich«, wurde Jo korrigiert, bevor ihre Informantin genauer wurde: »Aber bei Tiger waren sie weiblich, wenn du mich fragst.« Sie unterbrach sich kurz, um sich bei Jo zu versichern, ob »du« als Anrede okay sei. Schließlich wäre man ja auf dem Fußballplatz und außerdem in Bayern, wo das Du traditionell zwischenmenschliche Barrierefreiheit ausdrückte. »Das förmliche Sie steht doch irgendwie immer im Weg«, fand die Frau, die Freundinnen »Moni« nannten. »Früher, in meinen wilden Jahren, war ich als Moni Peperoni unterwegs. Wie aus dem Lied der Spider Murphy Gang. Moni, Moni, Moni, scharf wie Peperoni! Des war'n noch Zeiten! Aber nicht, dass du jetzt einen falschen Eindruck von mir bekommst. Heute bin ich eine brave Hausfrau und Mutter.«

»Freilich, Moni«, sagte Jo und wechselte für die Fünfminutenfreundin in ihre Muttersprache: den bayrischen Dialekt. In Rosenheim wog er als vertrauensbildende Maßnahme schwerer als jeder Titel, jede Markenjeans und jedes Auto. Obwohl sich auch letztere Kriterien bewährten, aber da Jo meist nur Secondhandklamotten trug und ihr Fuhrpark sich auf ein Fahrrad beschränkte, musste sie sich allein auf die bayrische Mundart verlassen. Später, irgendwann später, wenn es das Geld endlich schaffte, auf ihrem Konto zu bleiben und sich dort zu sammeln, wollte sie sich auch um die Kunst der Äußerlichkeiten kümmern und im »Beo«-Laden am Stadtplatz oder ein paar Häuser weiter beim Trachten Unterseher ein neues Dirndl fürs Herbstfest kaufen, das sie wie alle Rosenheimer nur die »Wiesn« nannte.

Sie setzte das Interview mit Moni fort, duzend und bayrisch.

»Sag mal, hat er vielleicht ein Gspusi gehabt, der Tiger?«, erkundigte sie sich nach einem möglichen Verhältnis.

Moni senkte die Stimme: »Lange hab ich geglaubt, er hätte was mit der Diana, aber irgendwann hat er die Marina immer so angegrinst, was ja nichts bedeuten muss, aber zwischen ihm und der Diana war die Atmosphäre seit dem Gegrinse Richtung Marina weniger gut. Als Frau hat man für so etwas ja Antennen. Verstehst? Und dann ist die Diana sowieso von der Bildfläche verschwunden.« Moni stellte ihr Gesicht auf Betroffenheit ein und suchte mit niedergeschlagenen Augenlidern den Horizont. Er endete am Fußballfeld, über das gerade eine großformatige Frau marschierte, die einen Jungen in Fußballkleidung an der Hand führte. Die beiden sahen nicht aus, als wären sie freiwillig hier.

Beim Anblick der Neuankömmlinge lächelte Moni, als hätte sie auf die beiden gewartet, und winkte lebhaft. »Ja, servus, Uschi! Auch schon da! Obendrein pünktlich! So ein Engagement kennt man ja von dir gar nicht. Gab es kein kulturelles Alternativprogramm?« Sie kicherte. »Nichts für ungut, Uschi. Ich hab nichts gegen Kultur. Wir verstehen uns, gell?«

Jo wurde auf »ein andermal« vertröstet, weil Moni mit Uschi »dringend etwas besprechen musste« und Uschi so spontan nicht vor die Kamera wollte, nein, auch nicht mit mehr Vorlaufzeit. »Wenden Sie sich an den Trainer, der ist ganz scharf auf gute Presse«, verwies sie Jo an Alois und musterte sie dabei abschätzend. Jo fiel das betonte Siezen auf. Sie ließ die beiden Frauen allein und notierte im Geiste die Fragen des Tages: Hat mich Marina angelogen, als sie ein Verhältnis mit Tiger abstritt? Die Hinweise hatten sich gerade verdoppelt: erst das zuckende Augenlid beim Fußballturnier und jetzt das von Moni Peperoni beschriebene Gegrinse zwischen Marina und Tiger. Ohne Grund gibt es nichts zu Grinsen! Und wer war Diana?

Sie sah zu Alois Steimer, der inzwischen inmitten einer kleinen Gruppe Jungs stand und mit ihnen scherzte. Während ihn Jo dabei beobachtete, schwindelte sich noch eine weitere Frage als blinder Passagier auf die Liste: Gibt es im richtigen Leben wirklich Fortsetzungen, die es mit Star Wars aufnehmen können? Sollte sie dem One-Night-Stand einen Second-Night-Stand folgen lassen?

Was würde dabei herauskommen? Die Rechnung Eins plus Eins ging in der Liebe selten glatt mit Zwei auf, sondern ergab meist Sex mit anschließender Null, aber im Rechnen war Jo noch nie gut gewesen – und in der Liebe und den schmutzigen Randbezirken derselben auch nicht. Sie sollte beim Schreiben und Lesen bleiben und mit nichts oder dem Schlimmsten rechnen. Siehe Jack. Andererseits war Sommer, und sie hatte schon lange nicht mehr …

»Wir sehen uns!«, rief Alois ihr über das Spielfeld zu, als könne er ihre Gedanken lesen. Jo lächelte, doch bevor sie ihm antworten konnte, tat es die Frau neben Monika, die sich offensichtlich genauso angesprochen fühlte wie Jo. »Ja, aber komm nicht wieder zu spät zum Abendessen! Es gibt Wurstsalat, ich hab heute Lyoner gekauft.« Na servus, alte Wursthaut! Diese Frau gehörte zu Alois Steimer. Er hatte eine Familie. Natürlich, irgendjemand musste seinen Sohn auf die Welt gebracht haben, und das nächste Kind wuchs scheinbar schon unter dem weiten T-Shirt seiner Gattin heran. Hatte Jo in den vergangenen Minuten je an eine Fortsetzung des nächtlichen Mehrakters gedacht? Blöde Idee! Sie musste arbeiten, und außerdem brachen nur kalifornische Schlampen mit Porsche in Ehen ein, denen moralisch minderbemittelte Typen wie Jack die Autotür öffneten. Ja, es tat immer noch weh. Ihre große Liebe war zur Bruchrechnung geworden und die Scheidung am Ende zum kleinsten gemeinsamen Nenner.

Schönes Haus, dachte Pangratz, als er vor Tiger Wilds ehemaligem Domizil in der Eichendorffstraße stand. Entweder war es geerbt, oder Wilds Fahrschule lief gut, denn Schnäppchen in bevorzugter Lage gab es auf dem Rosenheimer Immobilienmarkt schon lange nicht mehr, weder zum Kaufen noch zum Mieten.

Im Garten kickte ein kleines Mädchen einen WM-Ball über den Rasen. Als es Pangratz am Tor bemerkte, stürmte es zu ihm. »Bist du der Kommissar? Ich bin die Amelie. Die Mama wartet schon auf dich.« Dann rief sie, für die ganze Nachbarschaft hörbar: »Mama, die Polizei ist wieder da! Diesmal ein Mann mit komischer Frisur, und ein bisschen dicker als der andere ist er auch. Er hat eine kleine Wampe.«

»Du Dirndl, hör mal zu«, verteidigte sich Vitus. »Das kleine Polster hier«, er tätschelte seinen Bauch, »passt bei weitem nicht in die Kategorie ›Wampe‹. Hast mi?« Die Kleine lachte, »Alles klar, Herr Kommissar«, und lief ins Haus, dabei hörte er sie sagen: »I gang gern auf die Kampenwand, wann i mit meiner Wampn kannt.« Kleines Luder, dachte Vitus. Er mochte das Mädchen auf Anhieb.

Vitus' frühere Kollegen waren bereits am Vormittag bei Sabrina Wild gewesen. Trotzdem wirkte die Witwe gefasst, froh, endlich Gewissheit über das Schicksal ihres Mannes zu haben. Vitus fand, sie hatte auch von seiner Seite die Wahrheit verdient. Also stellte er sich als der vor, der er war: ein Kommissar außer Dienst, der bei einer Fotosafari im Wildpark zufällig Tigers Hand gefunden hatte und sich jetzt für den Fall verantwortlich fühlte. Sein Nachfolger Harald Hopfinger sah das natürlich anders und sollte deshalb besser nichts von Vitus' Engagement erfahren. Kein Problem, meinte Sabrina Wild, sie hielt ohnehin nichts von dem »langen Elend«. Nur zu gut erinnerte sie sich daran, wie er ihr nach Tigers Verschwinden Hysterie unterstellt hatte und ihrem Mann eine außereheliche Affäre. Hopfinger wollte damals partout nicht glauben, dass nur ein Verbrechen Tiger am Heimkommen hindern konnte. »Ich solle mich beruhigen, meinte er, der Depp.«

Vitus nickte verständnisvoll, obwohl er ausnahmsweise seinen Nachfolger verstand. Hopfinger hatte sich am geltenden Recht und an der Polizeistatistik orientiert: Erwachsene dürfen ihren Aufenthaltsort frei wählen, auch ohne ihren Angehörigen Bescheid zu geben, und wenn keine ernsthafte Gefahr bestand, war es nicht der Job der Polizei, sie aufzuspüren. Außerdem erledigte sich die Hälfte aller Vermisstenfälle bereits in der ersten Woche, und über 80 Prozent klärten sich innerhalb eines Monats auf. Nur drei Prozent werden länger als ein Jahr vermisst.

Sabrina Wild blickte aus dem Fenster und sagte, wenigstens bliebe ihr dank Vitus erspart, sich beim Amtsgericht um eine »Todeserklärung« für Tiger bemühen zu müssen, was frühestens nach einem Jahr möglich gewesen wäre.

»Frau Wild, Sie müssen doch gehofft haben, dass Ihr Mann wieder auftaucht.«

Kopfschütteln. »Wie gesagt, ich wusste, dass etwas Schlimmes passiert ist. Tiger hätte mich und die Kinder nie im Stich gelassen.«

»Ihre Kinder haben vermutlich auf ein Wunder gewartet.«

»Nicht lange, weil ich nichts davon halte, Kinder anzulügen.

Sie verdienen die Wahrheit wie jeder Erwachsene auch.« Die Wahrheit, dachte Vitus, was ist das schon. Jeder Mensch baut sich seine eigene zusammen und blendet damit die Wahrheiten der anderen aus. Auch er hatte seine eigene Wahrheit, aber zumindest hielt er sie nicht ins Licht, sondern ließ sie als Schatten auf seiner Seele liegen. Es war der einzige Platz, an dem sie noch Gewicht hatte. Wo waren sie stehengeblieben? Egal, das Gespräch brauchte ohnehin eine neue Richtung.

»Sein Wagen wurde am Sportplatz gefunden«, sagte Vitus und klang, als verkünde er eine Neuheit, obwohl er nur Bekanntes erzählte. Trotzdem stieg Sabrina Wild darauf ein. »Er hatte sein Team wie jeden Mittwochnachmittag trainiert und kam am Abend nicht zurück.« Normalerweise wäre ihr Sohn Diego mit Tiger beim Training gewesen, aber der lag an diesem Tag mit Fieber im Bett, sonst wäre vielleicht alles anders gekommen. Leider sah das auch das Kind so: Diego hatte Schuldgefühle.

»Sie müssen Ihrem Sohn da raushelfen«, sagte Vitus heftiger als beabsichtigt. Sabrina verschränkte die Arme vor ihrem Körper und senkte den Kopf. Er entschuldigte sich und fragte vorsichtig, ob sie sich überlegt habe, professionelle Hilfe für sich und ihre Kinder in Anspruch zu nehmen.

»Haben Sie das gemacht?«, fragte sie und warf ihren Kopf fast angriffslustig zurück.

»Wie meinen Sie das?«

»Meine Eltern haben Ihre Frau gekannt. Bei uns in der Familie ist damals viel darüber gesprochen worden, und ich habe vermutlich mehr gehört, als ich hören sollte. Es war eine Tragödie.« Sie öffnete ihre Arme wieder und legte sie auf den Tisch. Wortlos kamen sie darin überein, dass das Thema erledigt war, und Vitus bog das Gespräch erneut um eine Kurve.

»Wer hat Ihren Mann zuletzt gesehen?«, fragte er so klar und distanziert, wie es sich für einen Profi gehörte. Er war wieder in seiner Rolle aufgeräumt. Sabrina Wild antwortete ihm: »Es war Kommissar Hopfingers Frau Monika.« Sie hatte Tiger nach dem Training geholfen, die Stangen, Hütchen und Bälle aufzuräumen, bevor sie mit ihrem Sohn Jonas nach Hause gefahren war. »Normalerweise ging ja die Marina dem Tiger immer zur Hand, aber an diesem Abend war es die Monika.« Was wohl daran lag, dass ausnahmsweise Marinas Mann Jürgen das gemeinsame Kind zum Training begleitet hatte.

»War Ihr Mann ein Frauentyp?«, fragte Vitus vorsichtig. Bei einem Mann, den alle Welt »Tiger« nannte, lag die Vermutung nahe.

»Er war mein Typ«, antwortete die Witwe. »Meiner allein. Wir waren uns treu, wenn Sie das meinen.« Sie sah Vitus Pangratz an und fügte hinzu: »Er war die Liebe meines Lebens.« Es klang pathetisch, aber ehrlich, und im nächsten Moment würde sie ihr Gesicht hinter ihren Händen verstecken und weinen. Er ahnte es, und ihm graute davor, denn obwohl Vitus in den vergangenen Jahren viele Tränen gesehen hatte, würde er sich nie an den Anblick weinender Menschen gewöhnen können. Seine Seele war ein strapaziertes Sensibelchen, das sich jetzt am liebsten weggeduckt hätte, um die schluchzende Sabrina Wild nicht zu sehen. Zum Glück beruhigte sie sich schnell wieder und machte ihm ihre Sicht der Dinge klar: »Ich glaube nicht an Zufälle, Herr Pangratz. Es war Bestimmung, dass gerade Sie Tigers Hand gefunden haben.« Überzeugt davon, Tiger habe aus dem Jenseits den Kommissar auf die Fährte des Mörders gestoßen, bat sie Vitus, alles zu tun, um den Täter zu finden. Er versprach es, wie er es in den vielen Fällen zuvor versprochen hatte. Bis auf ein einziges Mal hatte er seine Versprechen immer eingelöst.

Meist gehörten die Täter zum sozialen Umfeld des Opfers. Die Erfahrung hatte Vitus gelehrt: Jeder ist fähig, seinen Intimpartner zu töten. Fachleute wie der Psychiater Andreas Marneros bestätigten es. Sein Buch »Intimizid – die Tötung des Intimpartners«, stand in Pangratz' Regal. Endete eine Liebe mit Mord, war der Auslöser fast immer eine Kränkung. In vier von fünf Fällen sind Männer die Täter, aber Sabrina Wild könnte die weibliche Seite der Statistik stützen, auch wenn er es der schmalen Frau, die ihm gegenübersaß, nicht zutraute.

»Wer könnte Ihrem Mann Böses gewollt haben?« Sabrina Wild wusste es nicht und verwies auf Tigers gutes Herz. »Er war immer für die anderen da. Seine ganze Freizeit hatte er der Trainerarbeit geopfert. Und alles ehrenamtlich.«

»Viel Zeit für die Familie kann da nicht mehr geblieben sein, oder?«, klopfte Vitus wie nebenbei prüfend die Zufriedenheit der Ehefrau und Mutter ab.

»Das war nie ein Problem. Wir waren uns einig darin, dass es die Sache wert war«, erklärte Sabrina Wild, ohne lange zu überlegen. Tigers Engagement kam schließlich auch den eigenen Söhnen zugute. Der Älteste namens Franz – leider hatte Beckenbauer damals die Patenschaft abgelehnt – spielte bereits im Jugendteam des FC Bayern, und sein jüngerer Bruder Diego – bei Maradona hatten sie gar nicht erst angefragt – wollte auch zum Rekordmeister. Für dieses Ziel hatte er mit seinem Vater trainiert.

»Sie sind sehr stolz auf Ihre Söhne.«

»Und auf meinen Mann. Er hat alles für unsere Buben getan.«

»Wie ging es Tiger mit dem Rest seines Teams? Ein erfolgreicher Trainer muss doch hin und wieder auch unpopuläre Entscheidungen treffen, die nicht jeder sofort versteht. Da ist Ärger doch programmiert, gell …?«

»Der Papa hatte mächtig Ärger, und zwar mit den Russen. Die Russen haben ihn verdroschen«, mischte sich plötzlich eine Kinderstimme ins Gespräch. Die kleine Amelie hatte sich unbemerkt unter dem Tisch versteckt. Jetzt hob sie keck die karierte Decke mit ihrem Kopf hoch. »Das ist wirklich wahr, stimmt's, Mama?« Sabrina Wild nickte. »Undank ist der Welten Lohn. Es ist einfach so.« Dann erzählte sie von einem russischen Fußballtalent namens Vladimir »Vladi« Nowikow. Ein Junge, für den Tiger alle Türen geöffnet hatte.

»Mein Mann hat ihm die Chance zum sozialen Aufstieg ermöglicht.«

Konnte ja niemand ahnen, dass das Kind nicht das Zeug dazu hatte und auf dem Weg nach oben schlappmachte. Beim Fußball zeige sich eben der wahre Charakter. »Tiger oder Schmusekatze«, grenzte Sabrina Wild die Möglichkeiten ein, dann stand sie auf und nahm ein Foto von der Wand.

Jo musste sich abkühlen und trat schwitzend in die Pedale Richtung Happinger See. Er lag südlich von Rosenheim, vor einem Bergpanorama, das auf jeder Leinwand überzeichnet gewirkt hätte, aber in natura einfach malerisch war. Besonders wenn die Sonne Streulicht darüberwarf und die Berge zum Glühen brachte.

Jo legte ihr Mountainbike auf die Wiese und zog sich bis auf die Unterwäsche aus. Blöd, dass sie ihren Bikini nicht dabeihatte. Hoffentlich erkannte sie niemand in ihrem abgetragenen Baumwollslip mit den bunten Punkten. Früher wäre sie nackt am Ostufer ins Wasser gestiegen, aber seit Kollege Hering hatte verlauten lassen, dass er sich dort gelegentlich frei machte, mied Jo die inoffizielle FKK-Stelle.

Endlich im klaren Wasser hörte sie in der Ferne das Rauschen der A8, aber den größten Teil der Motorengeräusche fingen die Bäume und Büsche rund um den See auf. Jo schwamm mit kräftigen Zügen in die Seemitte und dachte nach. Alois Steimer war also verheiratet. Was hatte sie denn angenommen? Vermutlich war er es bereits bei ihrer ersten Begegnung gewesen, obwohl ihr damals kein Ehering aufgefallen war. Aber was will man erwarten nach einem Abend auf dem Herbstfest? Ihre Beobachtungsgabe löste sich erfahrungsgemäß in der ersten Mass auf, und nach der zweiten hatte sie Alois getroffen. Jetzt war sie nüchtern und abgekühlt und ordnete den Trainer in die Kategorie »Vergiss ihn« ein, dort wo auch ihr Exmann Jack hingehörte. Sie tauchte ihren Kopf unter Wasser und schwamm unter der Oberfläche weiter, bis ihr die Luft ausging.

Als Jo aus dem Wasser watete, kam ihr ein bekanntes Gesicht entgegen. Es gehörte dem Kollegen Hering, der in der einen Hand sein Telefon hielt und in der anderen ein Helles. Süffisant lächelnd musterte er sie von oben bis unten und blieb einen Augenblick zu lange an ihrem Slip hängen, der im nassen Zustand preisgab, dass sie keine Unterleibsglatze trug. »Unrasiert! Hab ich's doch gewusst, aber der Miesbacher wollte es nicht glauben. Die Wette hab ich gewonnen.« Er zückte sein Handy. »Es fehlt nur noch der Beweis.« Sofort schützte sich Jo mit ihren Händen und drehte sich schneller um, als Hering fokussieren und fotografieren konnte.

»Du bist doch eine Spielverderberin, Coleman. Erst machst du dem Kollegen Miesbacher die Thermoskanne kaputt, und jetzt zerstörst auch noch seine Fantasie von einer gepflegten Einfahrt. Coleman, Coleman.« Er räusperte sich, um tief und theatralisch anzufügen: »Chefreporterin Coleman natürlich. Mit Haaren auf den Zähnen und Haaren…«

Jo drehte sich wieder um, riss dem Idioten das Handy aus der einen Hand und ließ es in das volle Bierglas der anderen Hand plumpsen. »Zum Wohl!«

Noch immer saß Vitus Pangratz am Küchentisch der Witwe Wild. Vor ihm lag ein gerahmtes Mannschaftsfoto. Pangratz sah einen Mann im Trainingsanzug, der einen silbernen Pokal in die Höhe stemmte, umringt von strahlenden Kindern. »Das war vor gut zwei Jahren. Links vom Tiger steht unser Franz, rechts daneben Vladi Nowikow. Die beiden waren die besten Spieler des ganzen Turniers.«

Kein Wunder, dass die Jungs dem Scout vom FC Bayern aufgefallen waren, der wie immer beim Chiemgau-Cup im Publikum saß. Am Ende des Tages wollte der Talentspäher Franz nach München holen. Das Trainerengagement seines Vaters hatte sich gelohnt. »Es war einer der glücklichsten Tage in Tigers Leben«, beschrieb die Witwe den Erfolg.

»Jetzt ist der Franz der Star der U12 beim FC Bayern«, krähte Amelie, die ihren Platz unter dem Tisch nicht aufgeben wollte.

Aus dem Leistungstief, in das er nach dem Verschwinden seines Vaters gefallen war, hatte sich Franz wie ein Profi befreit. »Ich schieß immer noch für den Papa Tore«, sei seine Devise, erzählte Frau Wild.

Nur der kleine Diego habe seine Spielfreude und seinen Biss noch nicht wiedergefunden. »Dabei war es Tiger so wichtig, dass Diego die gleiche Chance bekommt wie Franz, weil beide Jungs außerordentlich begabt sind. Die haben es in den Genen, das Talent vom Tiger.«

»Und was ist aus dem kleinen Russen geworden?«, wollte Pangratz wissen. Tigers Witwe signalisierte mit Schultern und Händen eine bedauernde Geste. Vladi Nowikow und seine Familie waren nach dem Chiemgau-Cup am Boden zerstört gewesen, weil auch sie vom FC Bayern geträumt hatten. »Die Familie hat ihre ganze Freizeit dem Fußball untergeordnet.« Sabrina Pangratz holte Luft. »Und dann kam Tigers großes Herz ins Spiel.«

Überzeugt von Vladis Potenzial legte er den Eltern nahe, in die Fußballkarriere ihres Sohnes zu investieren und den Hoffnungsträger auf die Deutsche Sportprivatschule in Bad Aibling zu schicken.

Pangratz hatte von der Einrichtung gehört – und von den hohen Kosten. Rund 2000 Euro monatlich wurde pro Schüler kassiert. Ein Batzen Geld für eine Familie mit durchschnittlichem Einkommen.

Aber Sabrina Wild rechnete anders. Langfristig, wie sie betonte. Bei der Talentförderung müsse man langfristig denken. Außerdem kostete die Schule ohne Internat »nur« 750 Euro monatlich. »Jetzt überlegen Sie mal, Herr Kommissar, was ein Bayernspieler im Vergleich dazu verdient. Millionen! Mario Götze vermutlich knapp 17 im Jahr. 17 Millionen Euro!«

Aber der junge Spieler hatte es verdient, fand Sabrina Wild. Man müsse sich nur vor Augen halten, was von den Profis verlangt wurde. Sie rannten, schwitzten und arbeiteten sich öffentlich die Knochen auf. Als Laufburschen für Vereine, Vermarkter und Sponsoren schafften sie das große Geld heran, von dem sie am Ende ohnehin nur einen kleinen Teil abbekamen. Also wirklich, wenn jemand hart für sein Gehalt arbeitete, dann doch wohl unsere Fußballprofis, die Weltmeister! Wer sonst macht Deutschland so glücklich wie seine Fußballer? Na bitte! »Und da wollen Sie über Geld diskutieren.«

»Nicht in jedem Kicker steckt ein Götze.«

Sabrina Wild winkte ab. »Selbst wenn am Ende keine Fußballkarriere herauskommt, lohnt sich die Sportschule wegen ihrem hochmodernen Lernkonzept. Da werden ambitionierte Persönlichkeiten geformt.«

»Und Vladi? Was ist aus Vladi geworden.«

»Der hat nach zwei Jahren das Handtuch geschmissen. Einfach aufgegeben.« Sabrina Wild schüttelte den Kopf. »Waschlappen!«, rief Amelie unter dem Küchentisch. »Alles klar, Herr Kommissar!«

Dummerweise hatten sich Vladis Eltern für die Schule Geld geliehen und völlig verschuldet. Als Vladi aufgab, machten sie Tiger für ihre finanzielle Misere verantwortlich. Angeblich hatte er Vladis Talent völlig überbewertet und die Familie zu einer falschen Entscheidung gedrängt. So ein Schmarrn! Vladi scheiterte am Ende schließlich nicht an mangelndem Talent, sondern an seiner Persönlichkeit.

»Vielleicht war der Druck zu hoch«, sagte Pangratz.

Sicher, die Eltern hätten Druck gemacht, die Schule sicher auch ein wenig. War ja nicht abzusehen, dass das Kind keinen Druck aushält. »Und Druck gehört nun einmal dazu, wenn man ein Diamant werden will. Es ist, wie es ist.« Nur die Nowikows wollten das nicht einsehen und rächten ihre Niederlage, indem sie Tiger drei Schlägertypen auf den Hals hetzten. Sie waren vermummt, aber er hatte Vladis großen Bruder an der Stimme erkannt.

»Hat ihn Ihr Mann angezeigt?«

»Ich hab ihm dazu geraten, aber mein Tiger fand, dass die Familie Nowikow auch so schon genug Sorgen hatte. Großes Herz, wie gesagt.«

Vitus notierte sich den Namen Nowikow.

Heute sehen wir uns aber oft«, begrüßte Vitus freudig seine Tochter. Mittags im Sauguad und nun auch noch zum Abendessen. Er hatte sie mit der Aussicht auf Neuigkeiten im Fall Tiger in den Biergarten des Flötzinger Bräustüberls gelockt, früher allseits bekannt als Flötzinger-Löchl.

»Weißt, Johanna, Rosenheim hat als Bierstadt eine große Tradition. Im 17. Jahrhundert gab es hier 13 Brauereien, und zwei davon sind noch übrig: der Auer Bräu und der Flötzinger Bräu.« Die Hitze des Tages verabschiedete sich mit wohltuender Wärme. Das perfekte Biergartenwetter!

»Zum Wohl!« Die Bedienung im Dirndl stellte zwei Weißbiere auf den Tisch. Die Gläser waren bis zur Kante gefüllt, genauso wie ihr Dekolleté.

»Schöne Blumen«, freute sich Vitus und ließ offen, ob er die Schaumkronen oder den Busen der Kellnerin meinte. Jo musterte ihren Vater kritisch. Er wirkte heute so außerordentlich beschwingt und fröhlich. Das musste an der Thekenfrau vom Sauguad liegen, denn dass er am nächsten Abend ein Rendezvous mit Diana – »wie die römische Göttin der Jagd« – hatte, wusste Jo bereits, aber im Moment war sie an anderen Neuigkeiten interessiert.

»Welchen Eindruck hat die Witwe auf dich gemacht?«, unterbrach sie das Speisekarten-Studium ihres Vaters, der die Bierempfehlungen zu den Hauptgerichten als Nachhilfe für Touristen abtat. Er entschied sich für geschmorte Ochsenbackerl.

»Meinst, Sabrina Wild hatte ein Motiv, ihren Mann umzubringen?«, insistierte Jo.

»Das hat vermutlich jede Frau. Wenn ich da an deinen Jack denke, wolltest du dem nie an den Kragen? Ich hätte dir geholfen.«

»Schlechter Witz, obwohl ein Mord vermutlich billiger als die Scheidung gewesen wäre.«

Vitus nickte versonnen. »Daran hab ich auch schon gedacht.«

»Papa!«

»Wenn's wahr ist!«

Dann endlich teilte er seine Neuigkeiten und zog am Ende das Fazit: Ja, er konnte glauben, dass die Ehe von Tiger und Sabrina Wild so etwas wie glücklich war, zumindest im Rückblick. Aber das Herz sei nun mal eine Mördergrube, das dürfe man als guter Ermittler nie vergessen.

»Apropos, er hatte ein gutes Herz, fand seine Frau.«

Geile Überschrift, dachte Jo und hob ihren Laptop auf den Tisch.

Vitus fand das gar nicht lustig. »Ein Wort über mein Gespräch mit der Witwe, und unsere Zusammenarbeit ist auf der Stelle beendet. Das ist deine letzte Chance, nachdem du mich heute Mittag so ausgeschmiert hast.« Er meinte es ernst, also fütterte Jo die Website Rosenheim-News.info mit Zahlen aus der Polizeistatistik zum Thema »Vermisstenfälle«, die ihr Vater auswendig kannte und die Jo online abglich. Dann erzählte er ihr von den schlagkräftigen Russen, und sie beschlossen, dieser Spur morgen nachzugehen. Als die Ochsenbackerl endlich vor ihm standen, wollte Vitus nicht mehr über die Arbeit reden. »Nur eines noch, Johanna. Frag doch mal die Marina, ob der Tiger finanzielle Probleme hatte. Die hat doch sicher noch gute Kontakte zu ihren alten Kollegen in der Bank.« Immerhin wohnte die Familie Wild selbst für Rosenheimer Verhältnisse äußerst großzügig. Vitus schnitt in die zart geschmorte Ochsenbacke und freute sich auf die Delikatesse, nur eines stieß ihm vorher noch auf: »An dem Abend, als der Tiger verschwunden ist, hat Marinas Mann ausnahmsweise das Kind vom Training abgeholt. Sag mal, Jo, was hältst du eigentlich vom Jürgen?«

»Also, ich hätt ihn nicht geheiratet.«

»Hmmm«, meinte Vitus. »Das spricht jetzt leider für den Jürgen.«

»Guten Appetit, Papa!«

Sollte sie Marina gleich anrufen und befragen? Die mutmaßliche Ehebrecherin, deren angetrauter Langeweiler das Mordopfer kurz vor seinem Verschwinden gesehen hat. Ach, Quatsch! Sie bildete sich etwas ein! Außerdem hatte sie sich redlich eine Pause verdient. Jo schmiss sich auf ihr altes Bettsofa und überlegte, wie sie den Rest des Abends gestalten sollte. Der Stand der Dinge im Fall Tiger Wild war inzwischen multimedial auf Rosenheim-News.de online, dafür hatte sie gesorgt, und Steimers emotionales Statement machte sich gut in ihrem Beitrag, das hatte sie mehrmals überprüft. Gerade spielte sie wieder die Sequenz ab. Um Alois zu sehen? Lächerlich.

Sie könnte sich mit Marina zum Cocktailtrinken im Rizz treffen, aber dort würde sie vermutlich auch ihrem Chefredakteur Sepp Anzenberger begegnen. Egal. Hauptsache, ihre Freundin würde ihr Kind ausnahmsweise dem Erzeuger anvertrauen und sich freinehmen, für einen Mädelsabend wie früher und der einen oder anderen delikaten Frage zum Fall Tiger Wild. Wozu hatte Marina den Kindsvater geheiratet, wenn er seinen Aufsichtspflichten nicht nachkam? Es konnte doch nicht angehen, dass Jürgens einziger Beitrag zur Vaterschaft sein Sperma war. Leider ließ sich darüber mit Marina nicht diskutieren. Wollte sie Marina trotzdem und wirklich treffen? Ja, wollte sie.

»Du, Jo, sei mir nicht böse. Ich kann nicht weg. Der Jürgen ist mit seinen Freunden beim Grillen am Floriansee, aber komm doch vorbei«, antwortete die Freundin. »Ein Abend auf der Terrasse ist doch auch nett und billiger obendrein.« Seit Marina Vollzeit als Hausfrau und Mutter arbeitete, verdiente sie kein Geld und sparte am Vergnügen. Mutterschaft kann nicht gut für den Kopf sein, dachte Jo und machte sich auf den Weg.

Sie genoss die Fahrradfahrt am Inn-Ufer, den Geruch des Wassers und das leise Paddel-Plätschern zweier Kajakfahrer, die sich vom grünlichen Fluss im müden Licht des Tages treiben ließen. Im Mittelalter waren hier ganze Schiffszüge unterwegs gewesen, mit Seidenballen, Salz, Tabak, Vieh und Waffen an Bord. Der Warenstrom floss von Tirol zur Donau und mit der Donau nach Wien und Budapest. Auf diesem Weg wurde Wohlstand nach Rosenheim gespült, was hier jedes Schulkind wusste und erst recht die Tochter von Vitus Pangratz. »Danke, Papa, Lektion gelernt«, murmelte Jo in die noch immer warme Abendluft, als es in ihrem Rucksack piepste. Eine E-Mail.

Schon wieder Jack.

»I dream of making love to you!«

»Just fuck yourself«, tippte Jo zurück und bedauerte, dass er im Gegensatz zu ihr darauf vermutlich nicht angewiesen war. Die nächste Nachricht würde sie nicht so schnell beantworten. Ach was, die nächste Nachricht würde sie nicht einmal mehr lesen.

Sollte sie Marina von ihrer gelegentlichen Sehnsucht nach Jack erzählen? Früher wäre das keine Frage gewesen, aber seit ihre Freundin Mutter war, schien sie sich ausschließlich für ihr Kind zu interessieren. Nichts gegen Ludwig, aber als Nabel der Welt qualifizierte er sich nur in Marinas Augen, und als Gesprächsthema ermüdete er Jo schneller als eine Mass Bier. Sie gähnte demonstrativ und fläzte sich in den Gartenstuhl. Inzwischen saß sie seit einer Stunde und einer gefühlten Ewigkeit bei Marina auf der Terrasse, zwischen Blumentöpfen und einem riesigen Gasgrill, und hörte sich Ludwig-Geschichten an. Wie schlau er doch sei, wie sozial, sensibel und dabei so talentiert im Fußball. Jo gähnte noch einmal demonstrativ, Marina ließ sich davon nicht stören. »Sauerstoffmangel!«, diagnostizierte sie. »Langeweile«, widersprach Jo, aber nur in Gedanken, während die stolze Mutter schwärmte: »Der Ludwig, das wird einmal ein richtig toller Mann.«

»Vielleicht kommt er nach dem Vater«, stichelte Jo, der es nun wirklich reichte, doch Marina schien den fiesen Unterton nicht zu hören. Sie musste deutlicher werden.

»Wie geht es ihm eigentlich, deinem lieben Mann?«

»Ach der Jürgen! Der läuft so nebenher mit, wenn er ausnahmsweise zu Hause ist und nicht im Büro oder mit seinen Spezeln beim Sporteln.« Arbeit und Sport, das seien eindeutig Jürgens Prioritäten.

»Und damit gibst du dich zufrieden?« Jo mochte es nicht glauben. Marina, die Frau, die früher gleichberechtigte Partnerschaften als Standardmodell gefordert hatte, war wie weiches Wachs in die traditionelle Rollenvorgabe geflossen und steckte jetzt darin fest. Die Hausfrau und Mutter wischte ein nur für sie sichtbares Mikrobröselchen vom Tisch. »Weißt, Jo, man kann nicht zwei Leben in einem führen: Mutter und Karrierefrau, das funktioniert nicht. Am Ende kommen dabei immer nur halbe Sachen heraus, und alle leiden.«

»Es soll Menschen geben, die es schaffen, sich aus zwei besseren Hälften ein ausgewogenes Ganzes zu bauen.«

»Jo, du hast ja keine Ahnung, wovon du sprichst, so ohne Familie, als Single. Keine Bindung. Keine Verantwortung.« Ach ja, waren sie jetzt wieder an diesem Punkt? Jo spürte, wie die Wut aus ihrem Bauch noch oben dampfte. Ja, sie war Single, ja, sie hatte keine Kinder, aber sie hatte Augen im Kopf und ein funktionierendes Hirn. Es war an der Zeit, ihrer Freundin die Wahrheit zu sagen. Sie legte los: »Marina, du hast deinen Beruf aufgegeben, bist finanziell abhängig geworden, trägst T-Shirts, auf denen Supermom steht, und träumst davon, dass dein Kind eines Tages beim FC Bayern spielt. Dich selbst gibt es gar nicht mehr in deinem Leben, da ist nur noch Platz für Ludwig.« Jo holte tief Luft, dann schoss sie weiter: »Außerdem saugst du täglich Staub, liest nur noch Kochbücher und forderst von deinen Besuchern, sich die Hände zu waschen, bevor du sie begrüßt. Da stimmt doch was nicht! Wenn ich der Jürgen wäre, würde ich wahrscheinlich auch in den Sport und die Arbeit flüchten, und wenn ich Ludwig wäre, würde ich mir eine Mama wünschen, die noch etwas anderes kann als Mama sein. Und von den Häkelarbeiten im Wohnzimmer will ich gar nicht erst reden.« So, jetzt war es wieder einmal gesagt. Marina sah Jo schockiert an. Sie brauchte einen Moment, um die Vorwürfe zu verdauen, dann hatte sie eine Erklärung parat.

»Ich bin eben der Ganz-oder-gar-nicht-Typ und außerdem

anders als du. Und ich schmeiße nicht sofort hin, wenn es schwierig wird. So wie du die Beziehung zu Jack. Die eine haut ab, die andere gibt alles. So sieht es aus.« Touché. Jo war die, die abhaute.

»Der Kerl hat mich betrogen«, verteidigte sie sich.

»Ja und? Es sind nicht immer die Bösen, die fremdgehen. Manchmal sind es auch die Guten, und die haben dafür ihre Gründe«, ließ Marina verlauten und klang dabei irgendwie komisch. Die Guten und die Bösen. Wahrscheinlich hatte Marina zu viele Kinderbücher vorgelesen. Oder war da etwas anderes? Hatte Marina eine Affäre? Die Neugierde boxte Jos Wut aus dem Weg. Den größten Teil davon hatte sie vorhin ohnehin schon ausgespuckt. Außerdem stritten sich Jo und Marina nicht zum ersten Mal auf dem Minenfeld »Mutter, Beruf etc.«.

»Von welchem Fremdgänger mit guten Gründen sprichst du? Von dir? Vom Tiger? Von einem anderen?«, hakte Jo ein.

»Hätte man ihm nicht verdenken können, dem Tiger, wenn er fremdgegangen wäre.« Marina wischte wieder irgendetwas vom Tisch, das nur sie sah.

»Dir hätte man es auch nicht verdenken können«, meinte Jo, aber Marina schüttelte den Kopf. »Glaub mir endlich, Jo, da war nichts mit dem Tiger, und da ist nichts mit irgendeinem anderen Kerl!« Sie wollte nicht mehr über das Thema sprechen, und schon gar nicht wollte sie im Zusammenhang mit Tiger Wild auf irgendwelchen News-Websites auftauchen, das sollte sich Jo gefälligst hinter die Ohren schreiben. Wie gut, dass Marina dieses Thema ansprach, meinte Jo. Es erinnerte sie an den Auftrag ihres Vaters. Wenigstens Vitus könnte Marina doch bei seiner Arbeit behilflich sein. »Mein alter Herr will nämlich den Tod von Tiger aufklären, weil er es seinem Nachfolger nicht zutraut, aber das nur unter uns«, weihte Jo ihre Freundin ein. Es würde sich auch nur um einen kleinen Gefallen handeln, um den Vitus sie bitten wollte. Kurz und gut, ihr Vater bräuchte die Info, ob Tiger finanzielle Probleme gehabt hatte.

Marina reagierte gereizt. »Woher soll ich das wissen?«

»Na, weil du immer noch die besten Kontakte zu den örtlichen Banken hast. Du brauchst nur eine alte Kollegin anzurufen, schon hast du die Information, die Vitus braucht.«

»Sagt dir das Wort Bankgeheimnis etwas?«

»Das Wort Freundschaft sagt mir mehr.«

»Mich in diese Position zu bringen finde ich nicht sehr freundschaftlich«, meckerte Marina und weigerte sich, »auf kriminelle Weise hinter Tiger herzuschnüffeln«.

Jo verkniff sich zu bemerken, dass Marina ihre Freundschaft inzwischen meist als Schaufenster für Ludwig verstand. Außerdem musste sie pieseln, was man in Bayern mit »b« schrieb. »Ich bin ja froh, dass du auf die Toilette gehst«, rief ihr Marina hinterher. »Mein Ludwig ist ein geborener Wildbiesler, der am liebsten draußen …« Den Rest verstand Jo nicht, aber sie konnte ihn sich denken: Der Wunderknabe markierte sein Revier gerne unter freiem Himmel, wie ein junger Hund. In Rosenheim sollte er sich dabei besser nicht erwischen lassen, hier wurden »Wildbiesler« inzwischen zur Kasse gebeten. 100 Euro plus 23,50 Euro Verwaltungsgebühr waren die Regel. Ob die auch für Minderjährige galt?

Jo öffnete die Tür zu Marinas Badezimmer und erschrak. Auf dem Toilettendeckel lag der nächste Beweis von Marinas aufgeblühter Spießigkeit: ein rosafarbener Kunststoffbezug. Wahnsinn!

»Ja mei, den gab's günstig beim Discounter um die Ecke. Der ging weg wie das Billigfleisch in der Tiefkühltruhe daneben. Weißt, Jo, so ein Plüschbezug ist inzwischen voll retro, und außerdem bleibt mein Popo warm, wenn ich Ludwig beim Zähneputzen zuschauen muss.« Jo hatte ja keine Ahnung, wie schwierig es war, ein Kind zur Zahnhygiene anzuhalten. Das Putzen ging ja noch, aber die Reinigung mit der Zahnseide, da brauchte der Kleine wirklich noch Hilfe. Dem Zahnfleisch zuliebe, außerdem machte sie es ja gerne.

»Bitte, bitte schenk mir noch was ein, randvoll«, bettelte Jo, die Unerfahrene in Kinderfragen. Vielleicht konnte Alkohol dem Abend noch eine gute Wendung geben. Sie wagte es kaum zu hoffen, aber tatsächlich, Marina hatte eine echte, interessante Neuigkeit. Eine Überraschung, mit der Jo kaum mehr gerechnet hatte. Schon gar nicht nach der Streiterei von vorhin, aber die Freundin kündigte an, sie wolle wieder arbeiten und zumindest in Teilzeit aus ihrem Hausfrauen- und Gluckendasein aussteigen. Vorerst versuchsweise, um zu sehen, ob der Ludwig damit zurechtkam.

»Gehst zurück in die Raiffeisenbank?«, fragte Jo.

Auf gar keinen Fall. Marina hatte keine Lust mehr, unter Druck Fondssparpläne zu verkaufen, die sie selbst nicht durchschaute. Nein, sie wollte sich selbstständig machen, flexibel für ihre Familie bleiben und am Ende richtig Kohle verdienen. Nach langer heimlicher Suche und vielen Überlegungen hatte sie das Richtige für sich und ihre Situation gefunden. Marina unterbrach ihren Redefluss mit einer Pause, um Spannung aufzustauen und dann die Neuigkeit als große Welle zu Jo schwappen zu lassen.

»Achtung, jetzt kommt's: Ich werde eine Dildofee.« So wie andere Tupperschüsseln vertrieben, wollte Marina künftig mit »Zauberstäben« handeln. Begeistert erzählte sie von Produkten namens »Herzensbrecher«, »Hugo« und »Prinz«, für die es eine »riesige Zielgruppe« gäbe, nicht nur Singles. »Jede Frau will kommen, gell?!« Nur trauten sich die wenigsten in einen Sexshop, egal ob in der Fußgängerzone oder im Internet. Marina würde sich um diese Klientel in einem Umfeld kümmern, in dem sich die Frauen zu Hause fühlten: in ihren Privatwohnungen und Eigenheimen, mit Prosecco, Partylaune und Sextoys.

»Und was sagt Jürgen dazu?« Jetzt war es Jo, die aus Versehen in die Rolle der Spießerin schlüpfte, und Marina, die die Lässige gab. »Ach, mein Gatte glaubt, was er glauben will, und ich helfe ihm dabei. Jürgen meint, ich steige ins Tuppergeschäft ein.« Das sei im Moment besser für alle, weil sie keine Lust hatte, mit ihrem Mann zu diskutieren, und außerdem bräuchten Frauen schon lange nicht mehr die Zustimmung ihrer Männer, um Geschäfte zu machen. Yipeah! Marina war doch noch die Alte. Glücklich über diese Entdeckung prostete Jo ihrer Freundin zu. »Hast ein paar Vorführmodelle da?«

Steimer spürte, wie die Lotosbettdecke auf seiner Brust immer schwerer wurde. Sie drückte ihm den Schweiß aus den Poren, als wäre sie nicht mit Synthetik, sondern mit heißen Steinen gefüllt. Schuld war die Problemfrau an seiner Seite, für die er noch am Vormittag Spuren beseitigt hatte. Ohne von ihrer Lektüre aufzusehen, hatte Uschi soeben verkündet: »Ich gehe mit Adrian ins Ballett.«

Eine Kindervorstellung in München. Einfach wunderbar, fand sie. Zugegeben, sie hatte viel Geld für die Karten bezahlt, aber Adrian sollte sehen, dass es noch andere Dinge im Leben gab als Fußball. Kunst und Kultur zum Beispiel. Darunter Musik und Tanz. Leider hatte sie übersehen, dass der »Schwanensee« am selben Tag gespielt wurde wie der Chiemgau-Cup, aber »das sollte dann wohl so sein«. Er, Alois Steimer, sah das anders. Ganz anders, um genau zu sein, und es war an der Zeit, Uschi-Muschi zu sagen, was Sache war.

»Du gibst die Karten zurück, Adrian spielt Fußball.«

»Der Junge freut sich aufs Ballett.«

»Weil er bei BALLett an Ball denkt.«

»Weil er eine musische Seele hat.«

»Er ist ein Fußballer.«

»Das willst du glauben.«

»Das sehe ich.«

»So wie du schaust, siehst du eh nur, was du sehen willst.«

»Nein, dich seh ich schließlich auch.«

»Sehr charmant, du Arsch. Jetzt geht Adrian erst recht mit ins Ballett.«

Er musste Uschi-Muschi zur Vernunft bringen. Das war er Adrian und sich selbst schuldig.

»Du weißt genau, dass die Scouts vom FC Bayern beim Chiemgau-Cup sein werden«, appellierte er an ihren gesunden Menschenverstand beziehungsweise an den Teil, der noch nicht weichgetanzt war von Ballettfantasien und Zumba für Fette, von der VHS als »Zumba für Big Girls« angepriesen. Mrs Big antwortete spitz: »Umso besser, wenn ich unserem Kind diesen Druck ersparen kann und dir die Enttäuschung hinterher.« Blöde Kuh in Big.

Er wechselte die Tonart. »Geh, Schatzi, du nimmst unserem Sohn eine große Chance. Das kannst du doch nicht wollen. Bist doch seine Mama. Du willst doch auch sein Bestes. Das wollen wir doch beide. Schatzi, überlegt doch mal. Der Adrian kann es weit bringen, wenn wir ihn unterstützen. Wir beide.«

»Ach, Blödsinn! Du bist doch der Einzige, der Adrian beim FC Bayern sieht.« Dann sah sie ihm tief in die Augen, kippte ein Kilo Zucker in ihre Stimme und säuselte: »Schatzi! Ich will ganz sicher das Beste für ihn. Da hast schon recht! Schatzi!« Diese Frau verarschte ihn doch, oder? Am besten ignorieren, dachte er, und beim Thema bleiben.

»Wer sagt denn, dass nur ich unseren Adrian beim FC Bayern sehe?«

»Das hat der Tiger gesagt«, antwortete Uschi, und Alois hörte den Triumph in ihrer Stimme.

»Der Tiger sagt jetzt gar nichts mehr.«

Steimer war es, der nun etwas zu sagen hatte, und er würde Uschi-Muschi schon zeigen, wer das letzte Wort verdiente. Sie nicht, sondern er. Basta!

Die Russen hatten keine Lust auf Presse. Als Jo die Familie Nowikow anrief, wollte sich Vater Igor weder zu seinem Sohn Vladi noch zu Tiger Wild äußern. War das klar, »Frau Kohlmann«? Jetzt ja, antwortete Jo in den piependen Telefonkanal, den Herr Nowikow bereits entschieden verlassen hatte. Der zweite Versuch der telefonischen Kontaktaufnahme lief auch nicht besser. Wieder legte Igor Nowikow auf. Eine wortlose Blitzreaktion. Jo blieb nichts anderes übrig, als ihren Vater um Hilfe zu bitten. Eine gute Idee, wie sich herausstellte, denn als Vitus Pangratz eine Stunde später zum Hörer griff und sich als »Kommissar Pangratz« meldete, bevor er lautlos »a. D.« hinzufügte, stimmte Vladis Vater einem Besuch des »Herrn Kommissars« mürrisch zu. Er hätte zwar nichts zu sagen, aber wenn es sein müsse, dann bitte wenigstens nicht vor 11 Uhr. »Meine Frau hat Nachtdienst. Sie arbeitet hart.«

Jo und Vitus blieb genug Zeit zum Frühstücken in einem Café namens Arche, das genauso aussah, wie es hieß: ein großes, bauchiges Holzschiff, das an einer Wiese an der Rathausstraße gestrandet war, nicht weit entfernt vom Inn. Die Arche war ein Überbleibsel der Landesgartenschau. Jo saß an Deck und checkte unter einem gelben Sonnenschirm ihre Kamera und ihr Aufnahmegerät, während ihr Vater überlegte, was er am Abend anziehen sollte – zu seinem ersten Rendezvous mit Diana, der Frau aus dem Sauguad-Feinschmeckerladen. Jo verstand nicht, dass ihr Vater lange überlegen musste.

»Du hast doch sowieso keine große Auswahl«, sagte sie.

»Das ist ja das Problem.«

»Wo triffst du sie denn, deine Diana?«

»Ich hab einen Tisch beim Winkler in Aschau reserviert. Schien mir angemessen. Oder?«

Zum ersten Date in ein Sternerestaurant? Jo fand, ihr Vater übertrieb ein wenig, aber sie war eine gute Tochter und bot ihm an, später mit ihm einkaufen zu gehen. Als Beraterin. Vitus wirkte erleichtert. Er hatte sie gut erzogen, seine Johanna. »Dann kannst mir auch helfen, die richtigen Blumen auszusuchen, gell?« Jo nickte. Er konnte sich auf sie verlassen.

»Hoffentlich macht sich meine nächste Verabredung genauso viel Mühe und Gedanken wie du mit deiner Diana.«

»Welche Verabredung?«, wollte Vitus sofort wissen.

»Noch ist keine in Sicht«, beruhigte ihn Jo.

»Es wäre ohnehin das Beste, ich würde dir einen aussuchen.« Vitus wirkte, als glaubte er tatsächlich, was er da sagte. »Die arrangierten Ehen früher waren nicht die schlechtesten.«

»Ich arrangiere mich selbst«, meinte Jo und verschwieg, was genau sie damit meinte: Seit gestern Abend besaß sie, dank Marina, ein Spielzeug von der Dildofee, das seinen Zweck erfüllte. Sie war entspannt wie lange nicht mehr eingeschlafen und fühlte irgendwie noch immer die angenehme Vibration in ihrer Hand. Verdammt, das war ihr Handy, das einen Anruf von Marina ankündigte. Sie hatte heute Morgen »aus sicherer Quelle erfahren«, dass Tiger mit keinen ernstzunehmenden finanziellen Problemen belastet war. Das Haus war geerbt, die Fahrschule lief, und von gelegentlichen kleinen Kontoüberziehungen abgesehen war alles im grünen Bereich gewesen. »Danke dir, Marina!« Wenn es darauf ankam, konnte sie sich eben doch auf Marina verlassen, deshalb musste Jo auch endlich aufhören, ihr eine Affäre mit Tiger oder einem anderen Streuner zu unterstellen. Wenn Marina wirklich einen Grund zu lügen hätte, wäre Jo doch die Erste, mit der sie ihn teilen würde. Sie hatten sich immer alles gesagt. Seit der Schulzeit. Der One-Night-Stand mit Steimer zählte in diesem Fall nicht. Jo hoffte, dass Marina Tiger nicht als ähnlichen Fall, der nicht zählte, betrachtete. Nein, tat sie nicht. Schluss mit dem Misstrauen! Jetzt ging es um Fakten. Jo gab die Marina-Infos zu Tigers Finanzen brühwarm an ihren Vater weiter, aber der war in Gedanken bereits beim Abendessen, obwohl er sein Frühstück noch nicht angerührt hatte. Sie erbarmte sich seines Croissants. Jetzt hatte sie ihrem Vater so lange eine neue Liebe gewünscht, aber jetzt, wo sich womöglich eine anbahnte, empfand sie die Begleiterscheinungen als störend. Sie würde ihre Selbstsucht später gutmachen, indem sie ihm beim Shoppen zur Seite stand, aber jetzt war die russische Familie wichtig.

Eine Stunde später standen Jo Coleman und Vitus Pangratz vor einem Hochhaus an der Innsbrucker Straße und klingelten bei Familie Nowikow. Aus dem grauen Betonklotz konnte nicht einmal das Sonnenlicht eine angenehme Nuance herauskitzeln. Vielleicht hatte der Bau innere Werte, niedrige Mieten und viel Raum. Es war den Bewohnern zu wünschen. Jo drückte erneut auf den Klingelknopf, diesmal länger, nur eine Sekunde von penetrant entfernt. Doch wieder summte kein Türöffner, stattdessen schraubte sich ein lautes Heulen in ihre Ohren. Es pfiff durch die Straße, flankiert von blauen Lichteffekten: eine Polizeisirene. Sie kam näher und näher, bis sie mit quietschenden Reifen vor dem Hochhaus hielt.

Kommissar Harald Hopfinger schälte seine beachtliche Länge aus dem Polizeiauto und marschierte auf Vitus und Jo zu. Ärger stand ihm ins Gesicht geschrieben und verzerrte es unschön.

»Das geht zu weit, Herr Pangratz!«, herrschte er Vitus an, der neben Jo stand. Auf eine Begrüßung verzichtete er.

»Gott zum Gruße, Herr Hopfinger! Keine Ahnung, wovon Sie reden.« Hopfinger war der einzige Kollege gewesen, den Pangratz bis zuletzt gesiezt hatte.

»Sie täuschen falsche Tatsachen vor. Ich könnt Sie hinhängen, Herr Kommissar AUSSER DIENST und außer Rand und Band Pangratz.« Dann erklärte er, was schiefgelaufen war. Herr Nowikow hatte dummerweise versucht, Vitus im Kommissariat zu erreichen, und war direkt bei Hopfinger gelandet, weil dessen Sekretärin mit »Sonderaufgaben« beschäftigt war.

»Herr Nowikow wollte den Termin um eine Stunde verschieben, und ich hab ihm versprochen, dass ich Ihnen die Nachricht persönlich überbringe.«

»Das war ein Missverständnis, mehr nicht«, wiegelte Pangratz ab. Hopfinger verdrehte die Augen, obwohl er die Situation genoss. Seine Gesichtszüge hatten sich bereits entspannt.

»Ich bin mir sicher, das würden nicht alle so sehen. Aber wenn Sie mir sagen, Herr Pangratz, welche Spur Sie zur Familie Nowikow führt, lasse ich die Sache vielleicht auf sich beruhen, unserer gemeinsamen Vergangenheit zuliebe«, lockte er.

»Gemeinsam war in unserer Vergangenheit wenig, wenn ich mich recht erinnere«, meinte Vitus und war sich sicher, sich recht zu erinnern.

»Auf jeden Fall ist es hier und heute Ihre Pflicht, die Polizei zu unterstützen.«

»Polizei, das ist jetzt Ihr Job, Herr Hopfinger. Sie wollten ihn ja unbedingt, aber wie es aussieht, läuft es mit der Jobperformance nicht so richtig. War doch Ihr Lieblingswort, oder?«, provozierte Vitus weiter. »Noch keine heiße Spur, Herr Kommissar? Soll ich Ihnen zur Hand gehen, nachdem ich Ihnen bereits die Hand gereicht habe? Buchstäblich.«

Jo überlegte fieberhaft, wie sie das Teufelchen aus dem Sattel stoßen konnte, das ihren Vater gerade voranpeitschte. Sie musste die Aufmerksamkeit auf sich lenken.

»Herr Hopfinger, Sie diskutieren mit dem Falschen. Ich bin an allem schuld, weil ich meine Stimme verstellt habe und unter dem Namen meines Vaters bei den Nowikows angerufen habe. Zuerst habe ich es als Journalistin versucht, aber mit Journalisten will ja niemand reden, nur der Polizei kommt keiner aus, gell? Erst recht nicht echten Rosenheim-Cops.« Sie senkte ihren Kopf ein wenig und lächelte mit Augenaufschlag. Peinliche Jobperformance, aber einen Versuch war es wert. Und ob! Als sie Hopfinger die Fortsetzung ihrer Lügengeschichte servierte, verbreiterten sich seine Lippen auf freundliche Art. Ganz besonders als sie die Reumütige spielte. Ja natürlich, sie hatte einen Fehler gemacht, aber wir alle machen hin und wieder Fehler, und sie zumindest hatte ihren Fehler eingesehen und ihrem Vater Vitus die Sache gebeichtet. Zugegeben, erst im letzten Moment, aber besser spät als nie. Sie plädierte auf mildernde Umstände und hoffte, der »Herr Oberkommissar Hopfinger« würde sie ihr gewähren.

»Herr Hopfinger, ich bin mit meinem Vater nur aus einem Grund hier, um mich persönlich bei Herrn Nowikow für mein Verhalten zu entschuldigen.«

»Eine Erziehungsmaßnahme«, erklärte Vitus, der jetzt dankbar auf ihren Zug aufsprang. »Manche Kinder muss man eben noch im Erwachsenenalter erziehen, weil man vorher nicht damit fertig wird. Sie haben doch Kinder.«

»Einen Sohn«, sagte Hopfinger stolz, als ob Vitus Pangratz das nicht wüsste. »Einen Stammhalter, der den Namen Hopfinger in die Zukunft tragen wird.«

»Wenn er nicht später den Namen seiner Frau annimmt«, stichelte Vitus. Hopfinger ignorierte ihn und wandte sich Jo zu. »Was wollten Sie denn ursprünglich von den Nowikows?«, fragte er mit einer breiten Spur Milde in der Stimme.

Jo erzählte, sie sei durch ihr Patenkind Ludwig auf die Rosenheimer Jugendfußball-Szene aufmerksam geworden. »Wirklich beachtlich, was da geleistet wird! Ich finde, das verdient öffentliche Anerkennung.« Und für sie als Reporterin sei das natürlich obendrein ein tolles Thema, das Menschen bewegt: Mütter, Väter, Kinder und Fußballfans, von denen es in der Stadt wirklich genug gab. Darüber lohnte es sich zu berichten. »Gell?« Hopfinger nickte. »Sehen Sie, Herr Hopfinger, und weil mein Chefredakteur Sepp Anzenberger derselben Meinung ist wie Sie und ich, arbeite ich jetzt an der Serie ›Fußballfieber‹. Sie läuft bald online auf *Rosenheim News*. Unbedingt anklicken.«

Hopfinger überlegte einen Moment, bevor sich seine Miene wieder verfinsterte.

»Die Presse lebt von schlechten Nachrichten. Wahrscheinlich wollen Sie den Fußball in den Dreck ziehen. Mir können Sie nichts vormachen.«

»Mein Patenkind würde nie wieder mit mir sprechen.«

»Wo spielt der Kerl? TSV oder 1. FC?«

»Beim 1. FC Rosenheim.«

Anerkennendes Nicken.

»In welcher Mannschaft?«

»In Alois Steimers Team.« Hopfinger reckte seinen rechten

Daumen nach oben: »Da spielt mein Jonas auch. Die Jungs sind genial. Da hat der Tiger gute Arbeit geleistet.«

»Der Jonas? Jetzt sagen Sie bloß, Sie sind der Mann von Monika? Von der Moni!« Jo heuchelte Begeisterung und war froh, dass sie sich an den Namen der lauten »Camperin« erinnern konnte und daran, dass sie einen »Jonas« angefeuert hatte. Ja, die Moni, die gehörte zu ihm, obwohl er Monika vorzog. Er war nicht so für Abkürzungen. »Wir haben uns neulich so nett auf dem Fußballplatz unterhalten, Ihre Frau und ich.«

Wirklich? Na, dann würde er noch einmal ein Auge zudrücken. Vielleicht könne sie seinen Jonas ins rechte Licht rücken. Schade ja nicht, wenn die Jungs früh genug lernten, mit der Presse umzugehen. Hähähä, Sie wissen schon, zwinker, zwinker. »Mein Bub hat es nämlich echt drauf, wie der Thomas Müller und genauso witzig.«

»Ist mir schon aufgefallen«, log Jo und bemerkte, dass sich ihr Vater nur mit Mühe ein Grinsen verkneifen konnte, aber Hopfinger verdarb Vitus den Spaß im nächsten Moment.

»Und, was haben die Nowikows mit Ihrer Fußballserie zu tun?«, fragte er.

»Ihr Sohn Vladi ist ein großes Talent. Er ist vom 1. FC Rosenheim in die Kaderschmiede nach Bad Aibling gewechselt, in das Deutsche Fußballinternat.«

»Haben die einen Geldscheißer?«, fragte Hopfinger, ebenso überrascht wie beeindruckt.

Jo hob die Schultern. »Keine Ahnung.«

»Na, dann kommen Sie mal, das werden wir zwei schon herausfinden. Ihr Herr Vater kann ja hier unten auf Sie warten.«

Im Wohnzimmer der Familie Nowikow war eine Person zu viel: Harald Hopfinger, aber das sah nur Jo so. Er selbst gefiel sich in der Rolle des Helfers und als Verfechter der Pressefreiheit. Gönnerhaft legte er ein gutes Wort bei der russischen Familie für die Chefreporterin von *Rosenheim News* ein. »In einer echten Demokratie darf man der Presse kein Bein stellen, Sie verstehen mich? Da muss man Seite an Seite stehen und zusammenarbeiten.« Im Freistaat Bayern regiere schließlich nicht Putin, sondern die Freiheit, und für dieses hohe Gut müsse sich jeder Einzelne einsetzen, auch die Neubürger der Stadt, belehrte Hopfinger mit feierlicher Stimme Herrn und Frau Nowikow in ihrem Wohnzimmer. Dann senkte er sich selbstzufrieden in das royalblaue Samtsofa und stieß mit seinen Schienbeinen an den Glastisch, auf dem Frau Nowikow Tee und süßes Gebäck serviert hatte. »Spasibo!«, bedankte sich Jo, die neben Hopfinger saß und hoffte, mit ihrem russischen Wortschatz die Stimmung zu lockern. Leider hatte sie mit »Spasibo« bereits die eine Hälfte ihres Wortschatzes aufgebraucht, und die zweite erschien ihr im Moment unpassend verschwendet. »Na sdorove!« Prost! Also wiederholte sie: »Spasibo!«

Ihr gegenüber saßen Vladis Eltern und starrten unbeeindruckt an die Wand hinter Jo und Hopfinger. Jo folgte den Blicken zu einem goldgerahmten Kunstdruck von Edgar Degas' Balletttänzerinnen.

»Sie lieben Ballett?«, fragte Jo.

»Ich habe früher am Bolschoi getanzt«, sagte Galina Nowikow

und fügte leise hinzu: »Vladi hätte auch ein guter Tänzer werden können, aber er wollte unbedingt Fußball spielen.« Ihr Mann nickte.

»Ich habe gehört, Ihr Sohn ist ein großes Talent und geht auf die Sportschule in Bad Aibling?« Jo beugte sich vor, um die Distanz zwischen ihr und dem Ehepaar Nowikow um ein paar Zentimeter zu verringern.

»Jetzt nicht mehr. Wir haben ihn in die Astrid-Lindgren-Schule eingeschrieben, auf der anderen Seite unserer Straße.«

»Wirklich?« Jo spielte die Überraschte. »Er geht nicht mehr auf die Sportschule? Wie kam es dazu? Hat er sich verletzt?«

»Die Schule hat unseren Vladi krank gemacht«, erzählte seine Mutter. »Die Konkurrenz war zu groß, hart und gemein.«

»Mobbing?«, fragte Jo, aber Frau Nowikow verstand nicht, was sie damit meinte, und bevor Jo es ihr erklären konnte, mischte sich Hopfinger ein.

»Die Schule ist sehr teuer. Eine Privatschule. Ich will Ihnen nicht zu nahe treten, aber wie konnten Sie sich das leisten?« Irritiert blickte Herr Nowikow auf. »Wir arbeiten, meine Frau und ich, Tag und Nacht. Kinder sind die Zukunft. So sehen wir das.«

»Wir würden alles für unser Kind tun«, bestätigte Galina Nowikow. »Alles.«

Da bemerkte Jo einen Schatten hinter der Glastür zum Wohnzimmer und fragte nach der Toilette.

Im Flur traf sie auf einen jungen Mann um die zwanzig, der an der Wand lehnte und sich als Dimitrij vorstellte, Vladis großer Bruder. Er hatte das Gespräch hinter der Tür belauscht

»Lassen Sie meine Eltern in Ruhe, die haben schon genug Sorgen!« Jo ging nicht darauf sein, sondern fragte: »Bist du zu Besuch?«

»Ich wohne hier. Meine Eltern sind auf meinen Mietzuschuss angewiesen.«

»Wegen der Fußballschule?«

»Genau deswegen! Das war eine riesige Fehlinvestition! Aber auf mich wollte ja niemand hören. Und jetzt stehen wir da mit den Schulden. Meine Mutter arbeitet sich als Nachtschwester halb tot, und mein Vater schuftet als Brauereiarbeiter wie ein Gaul, und schuld daran ist der Tiger.«

»Das verstehe ich nicht.« Dimitrij war bereit, es ihr zu erklären. Er erzählte Jo von Tiger, der Vladis Talent völlig überschätzt hatte und dem kleinen Bruder genauso wie den Eltern Flausen in den Kopf gesetzt hatte. Am Ende glaubten alle, dass Vladi eine große Zukunft als Fußballer bevorstand und die ganze Familie Teil dieser Zukunft sein könnte. Selbst er, Dimitrij, war auf Tigers Versprechungen hereingefallen.

»Du musst ziemlich wütend auf den Tiger gewesen sein.« Dimitrij nickte.

»Und dann hast du ihn dir mit deinen Kumpels geschnappt und zugeschlagen.«

Jo rechnete damit, dass Dimitrij alles leugnen würde, aber das Gegenteil war der Fall. Er meinte: »Es hat den Richtigen getroffen.«

»Wolltet ihr Geld?«

»Er war meiner Familie etwas schuldig, eine ganze Menge sogar, aber der Tiger sah das anders.«

»Und, hast du dir das gefallen lassen?«, provozierte Jo.

»Was hätte ich sonst tun sollen, ihn umbringen?«

»Zum Beispiel. Hast du's?«

»Das ist doch verrückt!« Dimitrij stieß sich von der Wand ab und verschwand hinter einer Tür, an der die Ankündigung eines Boxkampfs klebte. Jo erkannte Dimitrij darauf.

Als sie ins Wohnzimmer zurückkehrte, saß Igor Nowikow auf ihrem Platz und schenkte Hopfinger ein Glas Wodka ein und eine russische Weisheit: »Willst du satt werden, setze dich zur Gastgeberin, willst du besoffen werden, setze dich zum Gastgeber.« Na, endlich konnte Jo den zweiten Teil ihres russischen Wortschatzes anbringen. »Na sdorove!« Prost! Klar, sie trank auch einen, es war ohnehin keine Frage, die ihr Gastgeber stellte, sondern eine Aufforderung.

Als sie sich verabschiedete, um pünktlich an Vladis Schule zu sein, war Jo nicht mehr nüchtern. Bei jedem Schritt schwappte ihr Wodka ins Hirn. Es war nicht bei einem Glas geblieben. »Na sdorove! Na sdorove! Na sdorove!«, wiederholte sie ihre übersichtlichen Russischkenntnisse. Aneinandergereiht klangen sie fast wie ein vollständiger Satz. Mit Mühe versuchte sie das Gespräch mit Dimitrij zu rekapitulieren. Er hatte eine Mordswut auf Tiger gehabt, und es ging um Geld. Geld oder Liebe, ging es eigentlich noch um irgendetwas anderes auf dieser Welt? Macht vielleicht? Die kam mit Geld oder Liebe. Tja, ihr Exmann Jack hatte beides auf eine Karte gesetzt: die amerikanische Barbie. Ach, kaum trank Jo ein bisschen Wodka, schon schwemmte sie die russische Melancholie nach Amerika, zu dem Mann, den sie für ihren Seelenverwandten gehalten hatte. Stupid Girl! Na sdorove!

Gleich würde die Schule aus sein, und sie wollte Vladi abholen. In ihrer Tasche kramte sie nach einem Pfefferminzbonbon, an die Mär, man könne Wodka nicht riechen, glaubte sie nicht. Hoffentlich war Vladi ein freundliches Kind und machte es ihr leicht. Außerdem musste sie ihren Vater Vitus auf den neusten Stand bringen.

Gerade als Vitus sein Handy wieder in die Hosentasche stecken wollte, klingelte es erneut. An der Nummer erkannte er seine Informationsquelle. Vermutlich hatte sie die Obduktionsergebnisse für ihn. Er spürte das alte Kribbeln, seinen Jagdinstinkt. Seine Informantin verstand das – und sie verstand ihn. Die treue Seele war die Einzige, die auch am bitteren Ende seiner Laufbahn zu ihm gehalten hatte, obwohl es sie fast ihren eigenen Job gekostet hätte.

»Die Hand war zwischendurch tiefgefroren gewesen«, sprudelte es in Vitus' Ohr. Ihr Sprechtempo war enorm, wenn sie aufgeregt war. »Eisgekühlter Tiger. Tiger eisgekühlt«, sang sie ihm zur Melodie von »Eisgekühlter Bommerlunder« vor. Es war ihre Unart, widerliche Ohrwürmer auf sein Musikgehör loszulassen, wohlwissend, dass sich die Melodien den ganzen Tag dort winden würden, wo für Elvis reserviert war. Doch schon wurde seine Informantin wieder sachlich. »Diese Information darf selbstverständlich nicht an die Presse gelangen, auch nicht an deine Tochter.« Es war Täterwissen. »Ja klar«, beruhigte er die Frau am anderen Ende der Leitung, während er sich fragte, ob im persönlichen Umfeld von Tiger noch andere Einzelteile seines Körpers unter null Grad lagerten. Als könne sie seine Gedanken lesen, sagte seine Quelle: »Das will Harald Hopfinger herausfinden, der geniale Rosenheim-Cop.« Vitus freute sich über den Spott in ihrer Stimme und darüber, dass sie immer noch wusste, wie man ihm eine Freude machen konnte. Die Gute.

Jo wartete an der Astrid-Lindgren-Schule unter einer roten Silhouette von Pipi Langstrumpf und starrte auf die Eingangstür. Das Gebäude schien ruhig und verlassen, bis endlich eine Gruppe Jungen nach draußen lärmte, mindestens die Hälfte in kurzen Hosen und Fußballtrikots. Hinter dem wilden Trupp kickte mit großem Abstand ein Junge eine durchsichtige Plastikflasche vor sich her. Zwei Mädchen spazierten mit rosafarbenen Pony-Schulranzen an Jo vorbei und unterhielten sich über ihre Nachmittagsplanung. Jo sprach die beiden an. Ob sie Vladi kannten? Klar, das sei der Junge, der eine Plastikflasche mit einem Fußball verwechselte. Irgendetwas schoss der immer vor sich her. Vladi schien es nicht eilig zu haben, denn er zirkelte mit seinem Ersatzball über den Schulhof. Als die Plastikflasche in Jos Nähe landete, passte sie zurück. Der Junge sah sie erstaunt an, bevor er sie in sein kleines Spiel miteinbezog. Noch immer umspülte der Wodka Jos Gehirn, und sie musste sich konzentrieren, um die Flasche zu treffen. Eine Weile kickten sie auf dem gepflasterten Vorhof der Schule hin und her, bevor Jo fragte: »Spielst du im Verein?«

»Früher schon.«

»Beim TSV?«, stellte sich Jo dumm.

»Beim 1. FC Rosenheim«, antwortete der Junge entrüstet.

»Ist das hier wie in München: eine große Stadt, zwei große Vereine?«, hakte sie nach.

»Genau«, bestätigte Vladi, und der 1 FC Rosenheim sei für diese Stadt, was der FC Bayern für München war, auch wenn das die Loser vom TSV anders sahen. Natürlich hatte er bei den Siegern gespielt.

»Und jetzt nicht mehr?« Jo gab sich erstaunt. Er schüttelte den Kopf.

»Da muss ja was Schlimmes passiert sein. Den 1. FC Rosenheim verlässt man doch sicher genauso wenig freiwillig wie den FC Bayern.«

»Stimmt.« Nur reden wollte er darüber nicht. »Vergangenheit. Außerdem war die Sache privat. Und jetzt muss ich nach Hause.« Er donnerte die Plastikflasche gegen einen parkenden Jeep, Marke Monstertruck.

»Hey!«

»Trifft keinen Armen, sondern einen Angeber«, rechtfertigte sich Vladi, und Jo widersprach nicht. Autos hatten sie noch nie sonderlich interessiert. Sie träumte von autofreien Städten, in denen Fußgänger und Fahrradfahrer sich so breitmachen durften wie ein Hummer-Truck, anstatt Angst zu haben, von ihm überrollt zu werden.

»Hast du vielleicht beim berühmten Tiger trainiert?«, wagte Jo noch einen Versuch.

»Du kennst ihn?« Der Junge schien beeindruckt.

»Wer kennt ihn nicht?«

Für einen Moment strahlte Vladi. Ja, der Tiger war der Beste. Der Allerbeste. Einen besseren Trainer als den Tiger, den gab es nicht.

»Er hat dich auf die Bad Aiblinger Fußballschule gebracht, stimmt's?«

Mit dem Strahlen war es jetzt vorbei. Misstrauisch musterte Vladi die Reporterin. Dann wusste er, was er von ihr zu halten hatte. »Du willst mich ausfragen. Voll krass hinterhältig.« Dann lief er davon. Jo unterdrückte den Impuls, ihm nachzulaufen. Er hatte recht, sie war eben »voll krass hinterhältig« gewesen und sollte ihn in Ruhe lassen.

Ohnehin klingelte schon wieder ihr Handy. Ihr Chef Sepp Anzenberger wollte sie sehen. »Dringend«, präzisierte seine neue Assistentin Larissa. »Sehr dringend.«

In der Redaktion wurde Jo von Larissa mit einem bedauernden Lächeln begrüßt. Sepp Anzenberger war gerade in einem Termin. Kollege Hering war beim Chef, Jo musste sich noch ein wenig gedulden. Plötzlich war nichts mehr dringend.

»Sorry, dass du dich extra beeilt hast. Kennst ja den Sepp«, entschuldigte ihn Larissa.

»Du kennst ihn vielleicht besser«, meinte Jo, die hochgradig von der Situation genervt war und ein Ventil brauchte. Außer Larissa war niemand in der Nähe, aber die ließ sich nicht aus der Ruhe bringen, sondern tippte bereits wieder auf der Tastatur, blind im 10-Finger-System. Ihre Augen waren auf dem Bildschirm gerichtet. Ohne davon aufzusehen, sagte sie emotionslos: »Möglich, dass ich den Sepp besser kenne.«

»Shit!«

Jo hatte sich umsonst beeilt und ihren Vater mit schlechtem Gewissen alleine zum Shoppen für sein Date geschickt. Zum Glück kam ihr Lieblingspraktikant eine Spur schneller um die Ecke gebogen als ihr Ärger.

»Espresso gefällig, Bella?«, fragte Rocco und lächelte. Seine strahlenden Zähne saßen so perfekt wie sein Anzug. Er sah aus wie der italienischen Männer-*Vogue* entstiegen. Mit diesem Stilexperten hätte Vitus einkaufen gehen sollen. Lässig schlenderte er voraus in die Miniküche und deutete Jo an, ihm zu folgen. An die Arbeitsplatte gelehnt wartete er auf ihre Espressobestellung, aber sie hatte ausnahmsweise anderes im Sinn.

»Der Chef will mich dringend sehen. Also, er wollte mich dringend sehen. Weißt du, was ansteht?«

»Keine Ahnung, sonst hätte ich es dir doch schon längst gesagt.« Wie wahr, auf Rocco konnte sie sich verlassen. Er war ihr einziger Kollege, für den Freundlichkeit und Teamarbeit keine Fremdwörter waren, und damit war er das charmante, kooperative Gegenteil von Hering. Widerwillig dachte sie an die Begegnung mit dem Idioten am Happinger See. Wenigstens hatte sie sein Handy ertränkt. Ob er deshalb beim Chef war? Altes Verklaghaferl, olle Petze!

In diesem Moment öffnete sich die Tür zu Anzenbergers Büro, und Hering schritt erhobenen Hauptes heraus. Er trug ein Kurzarmhemd, das Rocco nicht einmal als Putzlappen akzeptiert hätte. Als er Jo in der Küchentür sah, formte er aus Daumen und Zeigefinger eine imaginäre Pistole, zog sie aus der Hüfte und zielte auf sie. »Peng!« Anschließend blies er genüsslich den Rauch vom Lauf seines handgemachten Revolvers. Es war eine lächerliche Geste, aber Jo fühlte sich getroffen. »Der Typ hat nur Knallpatronen«, flüsterte ihr Rocco von hinten zu, da trat schon der nächste Revolerheld aus dem Chefzimmer. Anzenberger höchstpersönlich. Kopfnickend wies er Coleman und Hering an, ihm in den Konferenzraum zu folgen, und instruierte Larissa, den Rest der Redaktion zusammenzurufen.

»Setz du dich doch bitte neben mich, Jo.« Anzenberger bot ihr ungewohnt freundlich den Stuhl zu seiner Rechten am Konferenztisch an. Nach einer kurzen Begrüßung in die Runde richtete er sich an Jo. »Bevor wir zur Sache kommen, will ich wissen, was du Neues im Fall Tiger für uns hast. Also!« Die Lobeshymne von Alois Steimer auf Tiger Wild war ja irgendwie rührend und wurde oft angeklickt, aber jetzt wollte Anzenberger endlich harte Fakten. Was sagte die Witwe? Die Polizei? Gab es eine heiße Spur? Sie war doch schließlich keine Anfängerin, oder? Ihr Chef musterte sie kritisch. Von einer Chefreporterin erwartete er mehr als sentimentale Schmachtfetzen à la Hollywood und ein paar Allgemeinplätze zur Polizeiarbeit von einem namenlosen Rosenheim-Cop, hinter dem er doch sicher ihren Vater vermuten durfte. Apropos, sie kam doch aus Hollywood, wenn er sich recht erinnerte. Hatte sie nicht Spielfilm gelernt? Wurscht, weil jetzt nur eines wichtig war, die entscheidende Frage: Was hatte sie heute schon für ihren Arbeitgeber geleistet? »Der Job hier finanziert dein Leben, oder irre ich mich?«

Jo überlegte. Sie wollte Vladi und seine Familie nicht vorführen, also beschränkte sie sich auf die Fußballfakten und verschwieg den großen wütenden Bruder. Die Miene ihres Chefs hellte sich trotzdem auf. Bingo! Ihm gefiel die Geschichte, die er daraus machen wollte: »Fatale Fehleinschätzung. Tiger hinterlässt Verwüstungsspur. Familie ruiniert sich für Fußballkarriere ihres Sohnes. Kein Erbarmen an Eliteschule in Bad Aibling. Super Story! Good Job, Coleman! Good Job! Geht doch.«

Zufrieden klopfte Anzenberger auf der Tischplatte Beifall, sich oder Jo, das war nicht klar zu erkennen. Dann wurde er wieder ernst. Er hatte eine wichtige Nachricht für die Redaktion: Es gab übereilte Entwicklungen zu korrigieren. Er stützte seine Unterarme auf den Tisch und beugte sich in Jos Richtung, es fehlten nur noch geschätzte 30 Zentimeter, und er hätte sie küssen können. Jo wich zurück, während Anzenbergers Stimme wie Schmieröl aus seinem Mund tropfte. »Coleman, da ist was schiefgelaufen.« Er sah sie vorwurfsvoll an, bevor er ihr die Neuigkeit servierte. »Ich hab nachgedacht. Du bist nicht die Richtige.«

»Wie bitte?« Jos Stimme wackelte verunsichert durch den Raum.

»Du bist nicht die Richtige für den Job der Chefreporterin. Nimm es nicht persönlich. Es war ja auch mehr ein verrückter Vorschlag als eine Beförderung, wenn man es genau betrachtet.«

»Können wir das bitte unter vier Augen besprechen?«

Nein, nein, das wäre nicht nötig, fand ihr Chef. Er hatte ganz bewusst den Kollegenkreis gewählt, die Entscheidung betraf schließlich nicht nur Jo, sondern irgendwie alle, nicht wahr. Außerdem stand er als Chef für das moderne Prinzip offene Kommunikation und Transparenz ein. »Damit sind doch alle d'accord?« Natürlich war es eine rhetorische Frage, aber Hering und Miesbacher fühlten sich bemüßigt zu nicken wie zwei Wackeldackel, die auf einer Hutablage Autofahren durften. Anschließend setzten sie sich aufrecht hin, bereit jedes Stöckchen zu apportieren, das ihnen Anzenberger zuwerfen würde. Rocco verdrehte die Augen, und Larissa lutschte an einem blauen Kugelschreiber, ohne dass ihre roten Lippen darauf abfärbten. Anzenberger beobachtete sie einen Moment mit glänzenden Augen, bevor er sich räusperte und sich erneut Jo zuwandte, die sich in diesem Moment wünschte, weniger assoziativ zu denken, aber ihr Chef lenkte ihre grauen Zellen ohnehin sofort wieder in eine andere Spur. Sie könne sich doch sicher vorstellen, meinte er, dass nicht alle in der Redaktion von der spontanen Idee begeistert waren, sie zur Chefreporterin zu berufen. Kollege Miesbacher zum Beispiel, er deutete mit dem Finger auf ihn, hielt sie für zu unerfahren, emotional und impulsiv. »Miesbacher glaubt, du gefährdest dich und unseren Nachrichtendienst«, präzisierte er. »Der Kollege sorgt sich um dich.« Der Besorgte nickte eifrig mit einem hinterhältigen Grinsen im Gesicht, bevor er sagte: »Coleman hat einfach zu viel Temperament und zu wenig Vernunft. Ich hab Ihnen ja erzählt, was passiert ist.«

»Ich kann es immer noch nicht glauben. Sag mal, Coleman, stimmt es, dass du Unterlagen und Teekannen aus dem Fenster geworfen hast?«, fragte ihr Chef.

»Wie bitte? So ein Quatsch!«, mischte sich Rocco ein. »Die Herren Miesbacher und Hering sollten einfach das Fenster schließen, bevor sie das Fensterbrett als Ablagefläche benutzen. Kaum fällt das Fenster zu, ist alles weg«, verteidigte er Jo.

»War das so?«, hakte Anzenberger nach, und Jo bestätigte mit ungutem Gefühl die kleine Schwindelei, weil ihr die Wahrheit inzwischen peinlich war. Außerdem, wie hätte Rocco dann dagestanden? Einem edlen italienischen Ritter in den Rücken zu fallen, gehörte sich einfach nicht.

»Naja, ein Chaos haben die beiden schon in ihrem Büro, der Hering und der Miesbacher«, meinte nun auch der Chef. »Das kann einem schon mal zu viel werden. Die Herren müssen halt künftig ein bisschen besser aufräumen.«

Damit war für Anzenberger zumindest dieses Thema erledigt. Er hatte ohnehin Wichtigeres auf seiner Agenda. »Zurück zu unserem eigentlichen Anliegen, dem Posten des Chefreporters.« Jo wurde mulmig im Magen. Sie spürte eine Niederlage auf sich zukommen, obwohl Anzenberger aufmunternd zwinkerte, bevor er Hering ins Visier nahm, »den verdienten Redakteur der ersten Stunde«.

Eine ultimative Lobhudelei begann: Kollege Hering war von Anfang an bei *Rosenheim News* an Bord. Mit seinen guten Beziehungen ins Rathaus und seiner Kompetenz im Regionalsport hatte er sich zu einem unersetzlichen Mitarbeiter entwickelt, zu einer wahren Stütze. Kurz: Hering kannte die wichtigen Leute in Rosenheim und wusste, was er über sie schreiben durfte und was nicht, um die Werbeeinnahmen nicht zu gefährden. Davon lebten sie schließlich bei *Rosenheim News*. »Wir sitzen alle in einem Boot. Verstehst, was ich meine, Coleman?« Jo schüttelte den Kopf. Sie verstand nichts, dafür ahnte sie Schlimmes.

»Der Hering braucht einen Titel. Das bin ich ihm schuldig, sonst heuert er woanders an. Damit hat er mir gedroht, der harte Hund.« Anerkennend nickte Anzenberger zu seinem Redaktionsmitglied und signalisierte Verständnis für die Erpressung. Wie konnte er es Hering auch übelnehmen, fragte er laut, jeder müsse sehen, wo er bleibt. Lange Rede, kurzer Sinn: »Unser geschätzter Kollege Hering wird Ressortchef Politik und Sport«, verkündete Anzenberger.

Erleichtert atmete Jo auf. Damit konnte sie leben, solange sie Chefreporterin bleiben durfte. »Gratuliere, Kollege«, rief sie ihm über den Tisch zu. Den zweiten Teil des Satzes hörte nur Rocco: »Zur erfolgreichen Erpressung.«

Aber Anzenberger war noch nicht fertig. Er stützte den Kopf in seine Hände und sah Jo bedauernd an, bevor er »die Folgen der Beförderung« verkündete: »Coleman, die Fußballgeschichte und der Fall Tiger liegen jetzt in Herings Händen. Natürlich bist du auch noch involviert: Du darfst ihm zuarbeiten.« Das Thema wäre damit dort, wo es hingehöre. Jo dürfe nicht vergessen, dass Sport traditionell Herings Ressort sei.

»Hier geht es nicht um Sport, sondern um Mord«, berichtigte Jo.

»In diesem Fall macht das keinen Unterschied.«

»Und wenn ich nein sage?«

Anzenberger grinste. »Ober sticht Unter, wie man in Bayern sagt. Und jetzt frag dich mal, wer bei uns beiden oben ist und die Stichwaffe besitzt.« Er griff kurz unter den Konferenztisch, um auch dort die Lage zurechtzurücken. Wieder einmal glaubte Jo, sie sei im falschen Film gelandet.

Natürlich solle Jo nicht leer ausgehen, versicherte Anzenberger wohlwollend. Im Gegenteil. »Schau, Coleman, uns fehlen die typischen Frauenthemen. Da kannst du dich profilieren. Am besten, du sprichst mit der Larissa. Die kennt sich aus mit Mode und Kosmetik, aber du wirst selbstverständlich die Ressortleiterin.«

»Chefreporterin und Ressortleiterin?«

»Ressortleiterin. Chefreporter wird der Miesbacher. Den darf ich nicht leer ausgehen lassen. Der braucht auch einen Titel, sonst wird er noch neidisch auf den Hering, und das wäre ganz schlecht für die Psychohygiene in der Redaktion. Verstehst?« Zumindest Miesbacher verstand und nickte zustimmend. Chefreporter Miesbacher. Jetzt nur nicht heulen, ermahnte sich Jo. Kündigen wäre die bessere Alternative, aber den Mordfall Tiger Wild, den wollte sie sich nicht nehmen lassen. Sie biss sich auf die Lippe und ließ sich von ihrer inneren Stimme zuflüstern: »When the going gets tough, the tough get going.« Die Stimme klang nach Jack, als ob sie nicht schon genug Ärger hatte. »Fuck you!« Jo stand auf und verließ den Raum.

Nur 50 Minuten Fahrt von Rosenheim nach München und Alois Steimer war an seinem Ziel, dort, wo er sein wollte. In seiner Traumwelt: auf dem Trainingsgelände des FC Bayern München mit seinen fünf Rasenflächen, von denen zwei sogar beheizbar waren. Rasenheizungen! Wahnsinn, dachte Steimer und starrte fasziniert auf das Grün vor ihm, das gepflegter war als Uschis Frisur. Neben ihm stand Adrian und blickte über den Zaun, der zwischen Zuschauer und Stars verlief. Er hatte seinem Sohn spontan schulfrei gegeben und ihn mit »einer Magen-Darm-Geschichte« entschuldigt. Es war nur eine kleine Lüge, die stabil an der Wahrheit lehnte, denn Adrian klagte in letzter Zeit häufig über Bauchschmerzen. Kein Wunder, bei der Jo-Jo-Küche seiner Mutter. Entweder Uschi-Muschi servierte schwere bayrische Kost, die sich wie Zementknödel im Magen breitmachte, oder fettarme Diätspeisen, die weder schmeckten noch wirkten. Wenn sie wenigstens an Uschis Bauchringen zehren würden, aber nicht einmal das schafften sie. Seine Frau würde nie mehr aussehen wie früher, sondern Jabba the Hutt bleiben, ein Fettberg, den er nicht besteigen durfte. »Wurscht, egal!«

Gipfelgefühle versprach er sich inzwischen ohnehin auf einem anderen Terrain, und das hieß Jo. Sie war, anders als Uschi, in Form geblieben, mit Brüsten, die er nicht am Bauch einsammeln musste, und einem Arsch, der sich nicht wie Hefeteig anfühlte, wenn man ihn knetete. Er erinnerte sich nur zu gut daran, wie er damals, nach dem Herbstfest, die besten Teile ihres Körpers erobert hatte, und gestern Abend unter der Dusche hatte er sich mit dieser Fantasie stimuliert. Er wollte wieder Hand an Jo legen, an ihren Busen, ihren Hintern und – also »Muschi« wollte er dazu nicht sagen, es klang einfach zu sehr nach Uschi. Er dachte an den Witz, den Tiger einst erzählt hatte: Nach einem One-Night-Stand fragt der Mann seine Bekanntschaft: »Wie heißt du eigentlich?« »So wie das süße Ding da unten, nur ohne den ersten Buchstaben«, flötete sie. Der Mann überlegte kurz, bevor er verwundert fragte: »Echt jetzt, Otze?« Alois konnte darüber lachen. Uschi natürlich nicht. Und Jo? Ob sie Humor hatte? Sicher war Jo nicht so verklemmt wie seine Frau. Sie mochte Sex und hatte es nötig, so wie er – Gemeinsamkeiten verbinden. Mit Jo würde er den Sommer zum »summer of love« machen. Hey, gute Idee, genialer Einfall, er sollte ihr diesen Song von Stefan Dettl schenken. »Summer of love«, was für ein Lied, was für ein Versprechen. Der Frontmann von LaBrassBanda brachte Alois' Gefühle immer auf den Punkt, wahrscheinlich weil sie aus der gleichen Gegend stammten. Nur dass Dettl schon lange kein Chiemgauer Geheimtipp mehr war, sondern mit seiner Bläsercombo ganz Deutschland einheizte, während Alois' Licht noch immer unter dem Scheffel stand. Er verklopfte Versicherungen, anstatt für Bayern München zu arbeiten. Als Jugendtrainer, Spielerberater, völlig egal, Hauptsache, er würde hier im Bayern-Hauptquartier in der Säbener Straße zu tun haben. Er schaute sich um und fühlte sich bereits wie daheim. Wenn alles nach Plan ging, würde er bald nicht mehr im Zuschauerbereich stehen, sondern dort, wo er seinen Platz sah.

Dieses höhere Ziel vor Augen hatte er das öffentliche Training des FC Bayern als Incentive für Adrian geplant. Wie sein Brötchengeber aus der Versicherungsbranche setzte auch Alois auf »Motivation durch Gratifikation«.

»Schau dir die Tricks genau an, Bub, damit du etwas lernst«, forderte er seinen Sohn auf und zeigte aufs Feld.

Alle waren da: Götze, Müller, Ribéry, Robben und Neuer. Bald würde auch Arturo Vidal mitspielen. Beim nächsten Friseurbesuch mit Adrian würde er wieder ein Bild von dem Chilenen mitnehmen, damit der Style am Ende stimmte. Und sobald sein Sohn einen Vertrag beim FC Bayern hatte, würde sich Alois das Vereinsabzeichen des FC Bayern tätowieren lassen. Es würde sein erstes Tattoo werden, Adrian zu Ehren und um sich selbst zu feiern. Er sah zu seinem Sohn, der neben ihm stand, eingeschüchtert von dem Staraufgebot auf dem Rasen.

»Unsere Helden«, schwärmte Alois und zeigte aufs Feld zu den Spielern. Sein Sohn nickte beeindruckt, bevor er zu Alois aufsah. Alois genoss dieses Gefühl, er und sein Sohn, ein starkes Team, verbunden durch eine gemeinsame Leidenschaft. Fußball! In diesem Moment war das Leben perfekt. »Du, Papa?« Adrian wollte etwas sagen.

»Du, Papa, darf ich mit deinem iPhone spielen?«

»Wie bitte?« Steimers Stimmung wechselte abrupt. »Sag einmal, spinnst du? Geht's dir zu gut? Da fährt man mit dir zum FC Bayern, jeder normale Junge würde sich darüber freuen, und du, du ...« Ihm fiel nichts ein. Doch: »Adrian, Bub, du tickst doch nicht richtig! Gehirngewaschen von deiner Mutter!«

»Darf ich jetzt bitte mit dem iPhone spielen? Mir ist so langweilig.« Steimer holte das Gerät aus seiner Hosentasche und reichte es seinem Sohn, bevor er frustriert in die Knie ging, um in der Russenhocke seine Enttäuschung zu verarbeiten.

Warum konnten Kinder nicht schätzen, was man ihnen bot? Wahrscheinlich fehlte ihnen der Weitblick. Adrian garantiert. Der undankbare Kerl sollte froh sein, dass er nicht vor hundert Jahren gelebt hatte, als Fußball in Deutschland als »lächerliche Fußlümmelei« verrufen und – schlimmer ging immer – bayrischen Gymnasiasten der Sport untersagt war. Völlig verrückt! Nur Uschi zeigte dafür Verständnis. Mehr noch: Sie wollte Adrian in solch eine Bildungsbürger-Formatieranlage stecken. Bereits jetzt traktierte sie den Jungen mit Übungen zum Übertritt ins Gymnasium. In der zweiten Klasse! Der Alten musste das Fett ins Gehirn gestiegen sein. Anders war es nicht zu erklären. Künftige Fußballstars brauchten kein Abitur, sondern Zeit zum Training. Basta.

»Weiß die Mama eigentlich, wo wir sind?«, fragte Adrian, der kleine Rockzipfelhänger und sah kurz von seinem Spielzeug auf.

»Ich hab ihr eine SMS geschickt. Sie wünscht uns viel Spaß.« Gelogen. Geschenkt!

Alois richtete sich wieder auf und blickte auf Pep Guardiola, der auf dem Spielfeld gestikulierte. Es war an der Zeit, dass er auch selbst wieder in die Rolle des Trainers schlüpfte. Entschlossen riss er Adrian das iPhone aus der Hand. »Aufgepasst, Bub, jetzt wird gelernt.« Er zeigte auf die Bayern-Spieler: »Bei jedem Schuss das Bein richtig durchschwingen wie die Profis, schau gut hin, Adrian. Den Ball bei der Annahme nicht abstoppen, sondern mitnehmen. Hörst mir zu, Adrian? Jetzt pass halt auf!«

Doch Adrian krümmte sich plötzlich neben ihm. »Papa, ich hab Bauchweh.«

Jo saß an ihrem Lieblingsplatz im Riedergarten und stampfte ihre Füße ins kalte Wasser des Kneippbeckens. Leider war ihr Kopf nicht ebenso leicht zu kühlen. Sepp Anzenberger hatte sie degradiert. Ihre Karriere bei *Rosenheim News*, die gestern noch viel versprochen hatte, war jetzt auf Frauenthemen reduziert, auf das, was ihr Chefredakteur darunter verstand. Mode und Kosmetik.

»Zefix! Des depperte Gracherl.« Wenn Jo richtig wütend war, fiel sie in ihre Muttersprache zurück. Die bayrische Mundart bezeichnete mit »Gracherl« das genaue Gegenteil von einem »gestandenen Mannsbild« und von einer süffigen Mass. »Grachel« war das richtige Wort für Limonade und Schwächlinge.

Jo schimpfte weiter. »Lackl, Watschengsicht, Kniebiesler, Lätschenbeni, Saudeifi, Saubeitl, Wuidsau!«

Der bayrische Wortschatz – Perlen vor die Säue. Da vibrierte ihr Smartphone. Eine SMS.

»Prinzessin Leia, lass uns den Sommer feiern. Bussi Alois.« Als Anhang hatte er eine Musikdatei geschickt. »Summer of love« von Stefan Dettl.

Summer of love, summer of happiness
Du bist schee, schau di o
D Sunn scheint di o
Summer of love, summer of happiness
Wo d Bleame schee bliahn
spuins unser Liad
Summer of love

Jo wippte jetzt mit ihrem Fuß sanfte Wellen in das Kneippbecken und spielte das Lied wieder und wieder. Langsam löste sich ihre Wut auf. Sommer, Sonne und Musik, da störte so eine dumme Wut, verursacht durch das Rindvieh Anzenberger, nur. Sie hörte noch einmal »Summer of love«, dann rief sie Alois an. Sie hatte ohnehin nichts Besseres vor und wollte sich entspannen. Wenn er es »love« nennen wollte, sollte ihr das recht sein. Einen ganzen »summer of love«. Wieso nicht? Sie hatte viel aufzuholen und nichts zu verlieren. Gell?!

Vitus Pangratz hätte mit Diana in Rosenheim bleiben sollen und ins Wirtshaus gehen. Zum Johann Auer, zum Stockhammer oder ins Weißbräustüberl. Seine Stadt war voll von Gasthäusern, in denen man sich wohl fühlen konnte und anständig essen, aber er musste ja unbedingt auf fein machen. Fein! Als ob Vitus Pangratz jemals in diese Kategorie gepasst hätte. Jetzt saß er da in seinem neuen Anzug, in der Residenz Heinz Winkler, und kam sich inmitten von Großkopferten und Geldigen vor wie ein Firmling oder Konfirmant. Mit schweißnassen Händen führte er das Löffelintermezzo zum Mund und ordnete die bunten Häufchen auf dem Silber zwischen dem zweiten und dritten Gang ein. Fünf Gänge sollten es insgesamt werden, und am Ende des Menüs würde er pro Person 155 Euro plus Getränke und Trinkgeld bezahlen, aber das Geld war nicht sein Problem. In diesem Punkt hatte er vorab gewusst, was auf ihn zukam. Nur auf den Rest war er nicht vorbereitet gewesen: In seinem Hals hatte sich ein Knoten breitgemacht, der verhinderte, dass sich sinnvolle Sätze oder auch nur Wörter von seinen Stimmbändern schwingen konnten. Sein Hirn war wie leergeblasen. Vitus Pangratz saß in einem Sternerestaurant – und spürte, wie sein eigener Stern verblasste. Was war nur aus ihm geworden? Er konnte sich selbst weder oberhalb noch unterhalb der Gürtellinie verorten.

Sex, Drugs and Rock 'n' Roll, die heilige Dreifaltigkeit war ihm über die Jahre abhandengekommen. Nur Elvis war ihm geblieben und die Hoffnung auf eine blaue Wunderpille namens Viagra.

Doch obwohl er die doppelte Dosis eingenommen hatte, versagte er noch vor dem wahren Härtetest. Nur sein – ja, wie sollte er ihn nennen – er hatte in den vergangenen sechs Jahrzehnten keinen anständigen Namen für sein Geschlechtsteil gefunden, also sein, naja, der da unten, der stand seit zwei Stunden aufrecht.

Vitus hatte eine hartnäckige Erektion, Kopfschmerzen und Sehstörungen. Wie es schien, löste Viagra gerade bei ihm alle möglichen Nebenwirkungen aus. Fehlte nur noch, dass sein Blutdruck sank.

»Man mag es gar nicht essen, so schön sieht es aus, gell«, sagte Diana und bewunderte die Komposition auf ihrem Teller wie ein Kunstwerk. Sie hatte sich dezent geschminkt und wirkte auf Vitus attraktiver denn je. Wunderschön und geheimnisvoll. Wie konnte er nur glauben, dass die Göttin der Jagd sich mit einem Hirschen wie ihm zufriedengeben würde? Künstlich standhaft in der Mitte und weich in der Birne. Jetzt wurde ihm auch noch schwindelig. Alles um ihn herum drehte sich. »Vitus?«, hörte er Dianas Stimme. »Vitus, geht's dir nicht gut?«

Er blieb ihr eine Antwort schuldig, stattdessen rutschte ihm das Besteck aus der Hand und schepperte auf das weiße Porzellan. Er gab buchstäblich den Löffel ab. Dann versank er im Erdboden. Alles um ihn herum wurde schwarz. In einem tiefen dunklen Loch hörte er sich lallen: »I am all shook up.« Hatte Elvis in seinem Hit über Viagra gesungen?

Alois Steimer vermied die Autobahn Richtung Chiemsee. Er wollte den Abend romantisch beginnen und steuerte Jo übers Rosenheimer Hinterland, vorbei an Getreidefeldern, dessen tiefgelbe Stoppeln von rotem Klatschmohn gesäumt waren. Durch Mischwälder, in die das Abendlicht Schattenfiguren zauberte, und über sanfte Hügel, die den Simssee einbetteten, den kleinen Bruder des großen Chiemsees. Dazwischen ein paar Bauernhöfe, Kirchtürme und Wirtschaften.

»Der liebe Gott hat es gut mit uns Bayern gemeint«, philosophierte Alois hinter dem Steuer, weil er sensibel wirken wollte und weil er seine Heimat wirklich liebte, diese Naturschönheit, bei der einem nur das Herz aufgehen konnte. Wie die meisten seiner Landsleute glaubte er, dass sie den Allmächtigen auf ihrer Seite hatten. Die besten Feste, die meisten Feiertage und imposantesten Architekturdenkmäler verdankten sie schließlich dem lieben Herrgott. Und natürlich Ludwig II., dem Märchenkönig. Der liebe Gott, der Kini und die Bayern, das war eine ewige Win-win-Situation.

»Glaubst an ihn?«, fragte Jo, die viel zu ernst und schweigsam neben ihm saß.

»An wen?«

»Na, an Gott. Glaubst an Gott?«

»Ja freilich, Bayern ist doch ein einziger Gottesbeweis!«

»Nein, ernsthaft, Alois.«

Ernsthaft! Als ob er sich eine Frage wie die nach dem lieben

Gott jemals ernsthaft stellen würde. Warum sich mit Fragen plagen, bei denen man die Antworten nicht schon vorher wusste? Oder? Trotzdem durfte Alois jetzt nichts Falsches sagen. Frauen erwarteten interessante Antworten, so viel hatte er gelernt, also versuchte er es mit der Wahrheit.

»Mei, Jo, du verlangst zu viel von mir. Wie soll ich die großen Fragen des Lebens beantworten, wenn mein Hirn gerade in meiner Hose sitzt und dort wilde Fantasien entwickelt? Daran bist du schuld, Prinzessin Leia. Kaum bist zu mir ins Auto gestiegen, ging es los mit den Fantasien in der unteren Bewusstseinsebene.«

Na, wie gefiel ihr seine Antwort? Prüfend sah er sie von der Seite an und sah, dass sie lächelte. Da nahm er ihre Hand.

»Fühl mal. Dein alter Spezi. Erinnerst du dich noch an ihn?«

Er drückte mit ihrer Hand den Aufstand in seiner Hose nieder und scherzte: »May the force be with you.« Sie ließ es geschehen. Ein gutes Zeichen, fand Alois und summte die Melodie von »Summer of Love«.

So ein Ständer war ein ehrliches Kompliment, das Jo heute gerne annahm. Ihre Hand fühlte sich wohl, dort, wo sie war. Kurz dachte sie an Jack. Sexuell hatte er sie niemals enttäuscht. Die Erinnerung an ihren Exmann und der reale Schwanz von Alois unter ihrer Hand waren in Kombination erregend. Jo fühlte, wie ihr Puls schneller wurde, ihr Atem tiefer ging und ihre Schamlippen feucht wurden. Sie wollte Alois dort haben, wo das Leben gerade zusammenlief und zu pulsieren begann: unter ihrem Spitzenslip. Langsam raffte sie ihren weiten Sommerrock mit der noch freien Hand nach oben. Hübsch hatte sie sich gemacht. Aufgemascherlt. Für Alois. Der legte gerade seine rechte Hand auf ihren Oberschenkel.

»Soll ich uns ein schönes Platzerl suchen?«, fragte er. Jo musste nicht überlegen. Sex würde sie auf andere Gedanken bringen. Sie wollte sich Anzenberger und den Ärger im Büro aus dem Kopf vögeln lassen und die Erinnerung an Jack sowieso. Alois schob seine kräftigen Finger höher zwischen ihre Schenkel und streichelte sich zielsicher weiter, bis er ihre Antwort auf seinen Fingern spürte. Er bog in einen Waldweg ab, rumpelte über Wurzeln, Steine und durch Schlaglöcher. Mit einer Hand lenkte er den Wagen, mit der anderen Jo. Sie schloss ihre Augen und lehnte ihren Kopf zurück. Alois war ein guter Fahrer.

»Fuck! Der Hampera! Der Haring!« Alois' Handy klingelte und vibrierte auf der Mittelkonsole. Augen wieder auf, Kopf vor. Es gab Menschen, die riefen immer im falschen Moment an. Fluchend verließ Alois' Hand Jos Höschen und griff zum Handy. Jo konnte auf dem Display lesen, wer anrief. Er hieß »Ballaballa!« »Fuck! Was will denn der Hopfinger, der Hampera, schon wieder?«, stöhnte Alois und berührte die grüne Taste.

Als Vitus Pangratz langsam wieder zu sich kam, hielt Diana seine Hand, streichelte mit der anderen seine Wange und sah ihn besorgt an. Irgendwie auch liebevoll. Mit einem lässigen Lächeln, gelang es ihm, die Falten auf ihrer Stirn zu entspannen. »Alles okay!«, behauptete er. Männer seines Jahrgangs verstanden noch etwas von der Kunst, ein Kerl zu sein, vorausgesetzt, sie waren im Vollbesitz ihrer Kräfte und nicht ausgezählt von einer sogenannten Wunderpille. Aber selbst am Boden gaben sich echte Kerle nicht geschlagen, sondern souverän. Zumindest bemühten sie sich ehrlich um den Anschein. So wie er. Vitus Pangratz.

»Geht's wirklich wieder?«, fragte ihn Diana. Ihre großen Augen auf seine gerichtet, tief und dunkel wie ein Moorsee. Eine braune Locke kitzelte seine Wange. Sie beugte sich jetzt über ihn, und ihr Gesicht kam dem seinen so nah, dass er ihren Atem fühlen konnte. Obwohl es Vitus selbst im Liegen noch schwindelte, spürte er, dies war ein guter Moment, um Diana seine Gefühle anzudeuten und einen Kuss zu wagen. War es das tatsächlich? Nutze den Moment, ermutigte er sich und hob seinen Kopf. Zog sie den ihren zurück? War da die Idee einer Bewegung? Eine Schrecksekunde? Fühlte sie sich bedrängt? Nein, ihre Lippen kamen den seinen langsam entgegen. Nur noch wenige Zentimeter lagen zwischen Vitus, Diana und ihrem ersten Kuss. Sie ließen sich nicht aus den Augen. Es schien, als würde es in diesem Moment nur sie beide geben und die magische Anziehung zwischen ihnen. Es war Glück in Zeitlupe. Kitsch in den besten

Jahren. »Love me tender«, dachte Vitus, bevor er endlich aufhörte zu denken.

Den Notarzt bemerkten sie erst, als er Diana eine Hand auf die Schulter legte und sie von Vitus zurückzog. »Der Herr braucht jetzt etwas anderes«, meinte er und begann, Alois' Blutdruck zu messen. Als er mit seiner Untersuchung fertig war, stellte er seine Diagnose: »Sie hatten eine kleine Synkope, also eine kurze Ohnmacht.« Dann beugte er sich zu Alois und fragte nach »Vorerkrankungen, Medikamenten, Alkohol- und Drogenkonsum – Aufbaumittel jeder Art, Sie verstehen?«. Vitus verstand, konnte aber unmöglich vor Diana zugeben, dass er auf Nummer sicher gehen wollte.

»Vielleicht bin ich ein bisschen blau, Sie verstehen, was ich meine«, antwortete er deshalb und hoffte, der Notarzt würde die Andeutung diskret behandeln.

»Blau? Ah, so blau, verstehe, Viagra«, grinste der Mediziner und wollte Vitus zur Beobachtung mit ins Krankenhaus nehmen. Von wegen! Vitus wünschte dem taktlosen Mediziner eine Erektionsstörung in die Hose, protestierte entschieden gegen eine Einweisung ins Krankenhaus und hielt an seinem Ursprungsplan fest. »Ich bleibe hier, auf eigene Verantwortung.« Schließlich hatte er für rund 350 Euro vorausschauend die Gartensuite der Residenz Winkler gebucht und vom kulinarischen Vorspiel fehlten auch noch ein paar Gänge. Er spürte, wie seine Lebensgeister zurückkehrten. Den Rest des Löffelintermezzos würde er sich in der Suite servieren lassen. Mit Diana. Und dann kam das Dessert. Irgendwie würde es ihm schon gelingen, sich dafür anzurichten. Er war doch ein Stehaufmännchen, immer gewesen. Langsam erhob er sich vom Boden und führte Diana mit wackeligen Beinen in die Gartensuite.

Hopfinger, es passt grad gar nicht«, meldete sich Alois und blickte bedauernd zu Jo auf den Beifahrersitz. »Was?« Alois riss die Augen auf. Offensichtlich drang eine Hiobsbotschaft zu ihm durch. »Das kann doch nicht wahr sein!« Er lauschte. »Wie, defekt? Der Jonas ist defekt? Am Knie, die Bänder? Also, das können wir jetzt gar nicht brauchen.« Er schlug sich mit der flachen Hand auf den Kopf, bevor er weitersprach. »Sicher nur das Wachstum. Hauptsache, er ist fit bis zum Chiemgau-Cup. Du, darum müsst ihr euch kümmern. Die Mannschaft braucht den Jonas, sag ihm das, und die Moni soll mit ihm Radl fahren, das sagst du ihr, und gebt's ihm noch ein paar Gummibärchen, wegen der Gelatine. Die schmiert ja.« Er schlug sich erneut mit der flachen Hand auf den Kopf. »Ja, freilich nur die Psyche! Ich bin doch nicht deppert! Na, nichts für ungut. Ja, Hopfinger, passt schon. Servus. Naa halt! Wo ich dich grad dran hab: Gibt es eigentlich was Neues im Fall Tiger?« Er starrte durch die Windschutzscheibe. »Berufsgeheimnis? Schmarrnbene, jetzt hab dich nicht so. Beamtenbeleidigung? Na servus!« Dann legte er auf. »Der Sohn defekt am Knie, der Vater defekt am Hirn«, urteilte Alois, bevor den Wagen auf dem Waldweg parkte.

»Um was ging's denn?«, fragte Jo. Er winkte ab.

»Ach, lass uns keine Zeit verschwenden, wir haben Besseres zu tun. Bist bereit für einen echten Höhepunkt?«

Jo grinste.

»Na, dann komm!« Er stieß die Autotür auf, ging um den Wagen und öffnete mit einer angedeuteten Verbeugung ihre Seite.

Eine zeitlose halbe Stunde später lehnte sich Jo befriedigt an die Wand eines Jägerstandes, hoch über dem Boden. Es roch gut im Dachgeschoss des Waldes zwischen Tannen, Fichten und den anderen Gewächsen.Ein Eichhörnchen kletterte am Stamm des Nachbarbaums hoch und verschwand in seinem Kobel, gefolgt von seinem Oachkatzlschwoaf. Weiter oben saß ein Eichelhäher auf einem Ast, spannte die Flügel und hob ab. Jo fühlte sich wie der Vogel. Leicht wie eine Feder und weit über den Dingen. Ein Schwanz, der wusste, was er zu tun hatte, war eben durch nichts zu ersetzen, auch nicht durch das batteriebetriebene Geschenk von Marina.

Kein einziges Mal hatte sie an Jack gedacht, auch nicht an Anzenberger. Allein die Sorge, ob die Holzkonstruktion ihrer Leidenschaft standhalten würde, hatte sie für einen Moment abgelenkt, aber Alois konnte sie beruhigen. Er kannte sich aus mit Statik und Holz. Bevor er ins Versicherungsgeschäft eingestiegen war, hatte er Zimmermann gelernt. Sogar auf der Walz war er gewesen. Jetzt saß er neben ihr in dem Bretterverschlag mit Schießscharte und grinste in den lichten Wald hinaus. Durch die Bäume war in der Ferne der Simssee zu sehen. »Gerade die richtige Menge Holz vor der Hütte«, fand Alois, dann kniete er vor ihr nieder und nahm ihre Brüste ihn die Hand. »Jetzt glaub ich noch mehr an den lieben Gott.« Dann nutzte er seinen Mund und seine Zunge für andere Dinge als Reden.

Als sich Jo für die Wohltat revanchierte, zog ein Lüftchen durch den Wald, der Simssee glitzerte im Abendlicht, und seine Wellen schaukelten ein Segelboot. »Das letzte Mal, als ich im Wald war, war's nicht so schön«, stöhnte Alois.

Der Blick aus der Terrassentür der Gartensuite war grandios, alles andere gediegen. Vitus lehnte am Fensterrahmen und sah zu den Felszacken, die die Kampenwand krönten. Die Natur gefiel ihm besser als die blassrosa Seidenhaut des üppigen Polstersofas, das vermutlich mit den Möbeln aus poliertem Holz harmonierte. Kirsche oder Mahagoni? Er war kein Schreiner. Kunstkenner war er auch nicht, sonst hätte er den alten Schinken mit Obstkorb im breiten goldenen Rahmen vielleicht zu schätzen gewusst. Ob Diana dieser Einrichtungsstil gefiel? Er konnte sie gerade nicht fragen, sie war im Bad, um sich frisch zu machen. Auf dem niedrigen Couchtisch stand eine Champagnerflasche im Eiswürfelbad. Seine Rettung. Ein kleiner Schluck würde helfen. Die Stunde der Wahrheit nahte, und sein Erfahrungsschatz schien auf Anfängergröße zu schrumpfen, nachdem er stundenlang den Aufstand erprobt hatte. Miserables Timing! Wusste Vitus überhaupt noch, wie das ging, Beischlaf, Sex, Liebe machen, schnackseln? Wenn er schon bei der Suche nach dem passenden Wort versagte. Er hörte, wie sich die Badezimmertür öffnete. Action! Im letzten Moment dachte er an Elvis, der ihm seine berühmten Worte zuzuflüstern schien: »Entweder du hast Rhythmus, oder du hast ihn nicht, und wenn du ihn hast, hast du ihn überall.« Auf sein Rhythmusgefühl konnte Vitus bauen, wenn ihn nur sein Instrument nicht im Stich lassen würde. Alter war nichts für Feiglinge.

Er nahm seinen ganzen Mut zusammen, um Diana zu verführen. Oder verführte sie ihn? Sie posierte im Spitzenkorsett vor dem Spiegel wie Betty Page, nur nicht so selbstbewusst. Als Junge hatte Vitus Fotos des legendären amerikanischen Pin-ups zwischen seinen Unterhosen im Schrank versteckt, jetzt machte Diana seine feuchten Träume wahr. Beinahe singend lockte sie ihn. »It's now or never.« Aber als Vitus sie aus ihrer Reizwäsche befreien wollte, wurde Diana unsicher.

»Das Leben hat seine Spuren hinterlassen«, entschuldigte sie sich. Sie war spät Mutter geworden, und die Schwangerschaft hatte sie gezeichnet, das Alter gab ihr den Rest. Tag für Tag.

»Ich bin fast 50.« Es klang, als würde sie ihm eine Untat beichten.

»Für sein Alter muss man sich nicht schämen«, beruhigte Vitus sie. »Im Gegenteil.« Er stimmte den Evergreen »Older women are beautiful lovers« an. Nicht von Elvis, sondern von Ronnie McDowell, aber auch gut. Sie lachte.

»Wenn wir so weitermachen, wird unsere erste Nacht noch ein Musical.«

»Ich glaub, ein Liebesfilm wär mir lieber«, gab Vitus zu und meinte eigentlich »Porno«. Als er es aussprach, schien sie zu erschrecken, oder bildete er sich das nur ein?

»Einen langsamen, zärtlichen Softporno. Altersgerecht«, erklärte er zwinkernd.

»Darf ich die Regie übernehmen?«

»Ich bitte darum!«

Seine Hauptdarstellerin war eine begnadete Filmemacherin, und er nahm ihre Anweisungen gerne entgegen. Bis zum Happy End, als sich alles in Wohlgefallen auflöste.

Danach wurde Vitus schneller müde, als es der Anstand erlaubte. In seinem Alter war es schwer, Gewohnheiten zu ändern. Außerdem bot die Matratze seinem Rücken angenehmen Widerstand, während ihn das Kopfkissen wie eine Wolke aufnahm und Diana ihm das Haar aus dem Gesicht streichelte, an seinen zugedachten Platz. »Ich bin schon so lange nicht mehr neben einer Frau eingeschlafen«, seufzte er glücklich. Hoffentlich würde er nicht schnarchen.

Er wachte auf, weil er seinen Kopf drehte und seine Wange auf etwas Feuchtem landete. Sein Kissen war nass. Er öffnete die Augen, ohne in der Dunkelheit etwas zu erkennen, dafür hörte er ein leises Schniefen. Diana weinte. Es war mitten in der Nacht.

»Herzerl, was ist denn los?«

»Ach Vitus…«

Er lud sie wortlos ein, den Kopf auf seine Brust zu legen. Dort weinte sie weiter, während er ihren Rücken streichelte. Nach einer Weile sprach sie endlich.

»Es hat nichts mit dir zu tun, Vitus. Gar nichts. Es ist nur, also, ich hab einen großen Fehler gemacht und möchte jetzt nicht den nächsten machen.« Alarmiert fragte Vitus: »Bin ich der Fehler? Gibt es einen anderen?« Ja, so musste es sein. Eine Frau wie Diana war nicht alleinstehend. Das waren Männer wie er.

Sie schniefte. Bereute sie es bereits, hier mit ihm zu liegen?

»Wir hatten es doch so schön miteinander«, erinnerte er sie an den gemeinsamen Abend und ahnte, wie jämmerlich er dabei klang. War es wirklich schön für eine Frau, wenn der Mann bewusstlos in die Knie ging? Wahrscheinlich hatte sich Diana den Abend anders vorgestellt. Er konnte es ihr nicht verdenken.

»Diana, sei einfach ehrlich zu mir. Ich bitte dich.« Sie sollte kein Mitleid mit ihm haben, darum würde er sich selbst kümmern.

»Wir können ja Freunde bleiben«, schlug er vor. Er war so ein blöder Saubeutel.

»Nein, nein, Vitus«, beruhigte sie ihn. »Nicht du, sondern der Tiger war der Fehler. Marius Tiger Wild. Ich weiß auch nicht, warum ich gerade heute Nacht von ihm geträumt hab.«

Am nächsten Morgen wachte Jo in ihrer kleinen Wohnung auf. Allein. Alois hatte sie vor dem Haus abgesetzt und war in sein Familienleben zurückgekehrt. Zu seinem Sohn, nicht zu seiner Gattin, wie er betonte. Seine Ehe bestand ohnehin nur noch auf dem Papier, behauptete er. Eine Erklärung, die vermutlich 80 Prozent aller Ehebrecher bemühten. Jo wollte ihm trotzdem glauben, obwohl wahrscheinlich auch ihr Exmann diesen Spruch gedroschen hatte, bevor er auf die Produzententochter und von dort auf die Karriereleiter gestiegen war. Inzwischen war ihr Ex Jack dick im Geschäft, und dass in Amerika »dick« nichts anderes als »Schwanz« bedeutete, passte irgendwie. Fand Jo.

Sie hatte ihn heute Nacht gegoogelt, in den Stunden zwischen Hochsitz und Weckerklingeln. Warum sie das gemacht hatte? Sie wollte sich weder die Frage stellen noch die Antwort hören. Laut Branchendienst stand die Finanzierung für Jack Colemans ersten Spielfilm, und er hatte einen jungen Shootingstar für die Hauptrolle verpflichtet. Jo hätte ihm den Erfolg gerne gegönnt, aber er ließ ihre eigene Niederlage nur umso größer erschienen: die Karriere als Drehbuchautorin und Regisseurin auf der Startbahn abgebrochen, den Chefreporter-Titel abgesprochen, die Reportagereihe verloren und dann ein Flitscherl geworden. »Flitscherl« hatte ihre Mutter leichtlebige, liederliche Frauen genannt, die sich als Gspusi von Verheirateten hergaben. Von Schlampen unterschieden sie sich nur auf geistiger Ebene. Dem typischen

Flitscherl unterstellte man Naivität und Vergnügungssucht, die bayrische »Schlampn« galt immerhin als ausgekocht und selbstbestimmt. Jo fragte sich, in welche Kategorie sie fiel. Ach, auch schon egal! War sie für Alois' Ehe, die ohnehin nur noch auf dem Papier bestand, verantwortlich? Nein!

Aber für die armseligen Bruchstücke ihrer Karriere war sie verantwortlich. Wahrscheinlich würde keine Erfolgsstory mehr daraus werden, aber ihrem Chefredakteur Sepp Anzenberger und dem Kollegen Hering, denen wollte sie es zeigen. Der Fall Tiger gehörte ihr. Ohne Jo hätten die Schnarchnasen erst durch die Konkurrenz davon erfahren. Vermutlich als Letzte.

Sie schaltete ihren Computer an und tippte die Recherche des gestrigen Tages zusammen: Sie hatte einen Mann mit Motiv gefunden: Vladis großen Bruder. Okay, vielleicht war er nur eifersüchtig gewesen, aber der Spur wollte sie trotzdem folgen. Heute würde sie die private Sportschule in Bad Aibling besuchen, um mehr von der Familie Nowikow zu erfahren – und sie musste ihren Vater erreichen. Obwohl er ein Frühaufsteher war, ging er nicht ans Telefon. Eigenartig. Sie versuchte es erneut.

Es klingelte an der Tür. Alois mit Frühstück? Wie romantisch! Jo sprang aus ihrem Bett. Fast wäre sie über Bücher, Magazine und Klamotten gestolpert, die auf dem Boden lagen. Trotzdem war sie ihrem Besucher nicht schnell genug. Jetzt hämmerte er schon an die Tür. »Das nenne ich Leidenschaft«, freute sich Jo, holte Luft, drehte den Schlüssel und drückte die Klinke nach unten.

»Du? Um diese Zeit?« Es war Rocco, ihr Lieblingspraktikant. In der Hand hielt er eine Tüte vom Bäcker Bergmeister und seine silberne Espressokanne von Bialetti. »Frühstück, Bella!«, flötete er und wedelte ihr mit der Papiertüte den Duft von frischen Brezen in die Nase. Jo inhalierte die Verheißung, obwohl sie selbst lieber bei der Feinbäckerei Wolter einkaufte. Also, er kaufe lieber regional, und »der Wolter kommt aus München, was für einen echten Rosenheimer eine andere Welt ist«. Rocco war ein Lokalpatriot durch und durch. Wie so viele hier hielt er Rosenheim für Bayerns beste Stadt, in Deutschlands bester Lage – und obendrein näher an Italien als München. Das sagte ja wohl alles.

Jo nahm ihm die Bergmeister-Brezen-Tüte aus der Hand. Auch ohne Rocco standen die Leute mittags beim Wolter Schlange bis auf den Ludwigsplatz hinaus. Der Bäckermeister verstand es, ihrem Gaumen zu schmeicheln und ihrer Eitelkeit Zucker zu geben mit Statements wie: »Münchner kaufen Dinge, weil sie etwas darüber gelesen haben. Rosenheimer vertrauen ihrem

Geschmack und ihrem gesunden Menschenverstand. Das ist der Unterschied.« Selbstverständlich stimmten ihm die Rosenheimer zu und fraßen ihm aus der Hand, von Rocco abgesehen. Der holte sich eine Bergmeister-Breze aus der Tüte und biss genüsslich hinein.

Auch wenn Jo einen anderen erwartet hatte, freute sie sich über den Frühstücksgast. Rocco hatte nicht nur Brezen und Espresso mitgebracht, sondern auch einen Plan. Sie sollte gut zuhören, ermahnte er sie, denn er hatte über ihre berufliche Zukunft nachgedacht. Stolz, breitbeinig und mit in die Hüften gestemmten Händen präsentierte er ihr das Ergebnis, als würde er vor großem Publikum sprechen. Seine Ansage war klar.

»Lass dich von Anzenberger am Arsch lecken und mach dein eigenes Ding. Einen Nachrichtenblog, bei dem du die Themen setzt. Selbstverständlich mit allen Mitteln der Kunst. Film, Fotos, Text, Animation. Ich helf dir dabei. Auf Kollegen wie den Hering und den Miesbacher kannst verzichten, da sind wir uns einig, und einen Redaktionsraum hast auch schon. Obwohl …«

Kritisch sah er sich in ihrem unordentlichen Einzimmerreich um.

»Mit diesem Blick betrachtet sonst nur mein Vater meine Wohnung.« Jo hatte erwartet, dass Rocco ihre Unordnung als charmantes, kreatives Chaos verstehen und beurteilen würde. Stattdessen meinte er: »Na ja, ein bisschen aufräumen würde nicht schaden, und ich frag mich natürlich, wo mein Schreibtisch stehen soll. Andererseits bin ich es sowieso gewöhnt, keinen eigenen Schreibtisch zu haben, und unsere jetzigen beengten Verhältnisse machen sich später gut in unserer Gründerstory, wirst sehen.«

Jo gefiel der Gedanke auf Anhieb, und Rocco kam zum nächsten Punkt.

»Wir müssen nur noch überlegen, wie dein Baby heißen soll. Es braucht einen Namen, mit dem es den Markt aufmischen kann.«

»Unser Baby«, korrigierte ihn Jo.

»Bella, ich bin zu jung für solche Verpflichtungen.«

Rocco wollte irgendwann seinen »American Dream« leben. Ja klar, die App, die er erfinden wollte, Silicon Valley. Der große Erfolg, bevor er 30 wurde. Er hatte ja noch ein paar Jährchen. Genug Zeit, um Jos Blog auf die Beine zu helfen, aber binden, nein, Bella, binden konnte er sich nicht. Jo sollte nehmen, was sie von ihm bekommen konnte, das musste reichen.

»Glaub mir, Jo, du machst eine große Nummer daraus, und die Tiger-Story ist die ideale Startrampe.« Also, wie sollte Jos Blog heißen?

Sie warfen sich Buchstabenbälle zu, viele aus der untersten Schublade, manche aus dem Oberstübchen. Sie versuchten es auf Bayrisch, auf Englisch und mit einer unsäglichen Kombination von beidem. Alles landete auf einer langen Liste und fast alles wurde wieder gestrichen. Am Ende standen nur noch

Innviertler.info

Adabei.info

Innside-rosenheim

und innsider.info auf dem Zettel.

Rocco verzog das Gesicht. »Jo, wir müssen DICH zur Marke aufbauen. Du musst mit DEINEM Namen bürgen. Außerdem wäre es geschmeidig, wenn schon die Webadresse verraten würde, worum es geht.«

Rocco schlug »Rosenheim-Jo.info« vor.

»Fällt dir nichts Besseres ein?«

Doch! Rocco klopfte sich auf die Schulter.

»Wir erweitern dein Einzugsgebiet: Chiemgau-Jo.«

»Klingt, als wäre ich ein bayrisches Cowgirl. Wie wär's mit Chiemgau-News.info?«

»Nee, ein Burner ist das auch nicht.«

Sie kamen nicht weiter, das tat nur der Zeiger ihrer Uhr. Oh, Shit, in wenigen Minuten würde die Redaktionskonferenz beginnen. Sollte sie Rocco wirklich begleiten, nachdem sie bei der letzten Sitzung von Anzenberger öffentlich degradiert wurde und mit einem »Fuck you« die Redaktion verlassen hatte? Ja, sie würde sich nicht einfach verdrücken, sondern vorerst ein Doppelleben führen. Als Unternehmerin in eigener Sache und als Ressortleiterin für Frauenthemen.

»Rocco, wie verdiene ich mit meinem Blog eigentlich Geld?«

»Darum geht's doch nicht, Bella. Vorerst nicht.« Noch einmal sah er sich mit kritischem Blick in ihrer kleinen Bude um. »Sieht ohnehin nicht so aus, als hättest du hohe Fixkosten, und bei deiner Garderobe verausgabst du dich auch nicht.«

»Soll ich mir vielleicht an Larissa ein Beispiel nehmen?«

»Also ich hab keine Hemmungen, meine Trümpfe auszuspielen. Schau mich an.« Rocco drehte sich einmal um sich selbst. Ja, er sah gut aus. Enges italienisches Hemd, eine Jeans, die saß, und eine Frisur, die noch nie vernachlässigt wurde. Rocco zwinkerte. »Hey Bella, das hast du gar nicht nötig, nur oberflächliche Typen wie ich glauben, dass Kleidung eine Haltung kommuniziert. Du brauchst dazu nur Köpfchen. Darauf kannst du dir etwas einbilden, ehrlich.« Dieser Stronzo nahm sie auf den Arm.

Apropos, wollte er jetzt wissen, hatte sie schon einen neuen Verdächtigen im Fall Tiger? Vielleicht der Trainernachfolger, der in ihrem Filmchen so erbärmlich schauspielerte mit Pipi in den Augen und Pathos in der Stimme? »Alois Steimer?«, den konnte er doch nicht meinen. »Doch, genau den. Der Typ ist ein Arsch, das habe ich in der kurzen Sequenz erkannt.«

»Ich hab einen ganz andern Eindruck«, verteidigte ihn Jo und fing an, in ihrem Zimmer aufzuräumen. Immerhin wurde jetzt eine Redaktion daraus.

Vitus Pangratz hob einen leeren Pappbecher mit Plastikdeckel vom Boden auf und warf ihn in den nächsten Abfalleimer. Treffer! Er ballte die Faust und freute sich darüber, anstatt sich wie sonst über die anonymen »Saubären« aufzuregen, die ihren »Coffee-to-go«-Müll allen anderen vor die Füße warfen anstatt in den Abfalleimer. Doch selbst im Abfalleimer regten ihn die Wegwerfbecher auf. Knapp drei Milliarden landeten allein in Deutschland jährlich im Müll. Aber heute schwebte er über den traurigen Zustand der Welt hinweg über den Rosenheimer Max-Josefs-Platz. Er war glücklich. Daran konnten auch Kaffeebecher und Tiger Wild nichts ändern, der Kerl, der zur Hand gehörte. Unter Tränen hatte ihm Diana vergangene Nacht ein Verhältnis mit dem ehemaligen Trainer ihres Sohnes gestanden. »Ich hab einen großen Fehler gemacht«, klagte sie sich an und beteuerte, wie sehr sie die Sache bereue. Tiger war schließlich verheiratet – und jetzt war er tot. »Vitus, du kannst dir gar nicht vorstellen, wie schuldig ich mich fühle. Ich bin katholisch erzogen worden, da glaubt man daran, dass Sünden bestraft werden. Der Tiger hat für seine Sünde bezahlt, aber was passiert jetzt mir?« Sie fühlte sich noch immer als Ehebrecherin und glaubte, das Glück mit Vitus nicht verdient zu haben. Es kostete Vitus große Mühe, sie zu trösten. Am Ende hatte er es mit seinem Rhythmusgefühl geschafft, nachdem er sich vergewisserte hatte, wann Tiger und Diana ihr Verhältnis beendet hatten. »Lange bevor er verschwunden ist.« Sie hatten einfach nicht zusammengepasst. Das Verhältnis hatte sich ergeben, weil Diana einsam war und Tiger der Fußballtrainer ihres Sohnes Simon. Allein durch das häufige Training sahen sie sich regelmäßig, aber dann konnte Simon nicht mehr spielen. Nein, darüber wollte sie nicht reden, nicht in einer solch wunderbaren Nacht. Ob er ihren Sohn kennenlernen dürfe? Schwierig, weil der Simon, der brauche keinen Ersatzvater mehr. Das würde Vitus doch verstehen? Natürlich! Ach Diana, Göttin im Korsett, Hauptsache, er durfte sie kennenlernen. Er konnte es kaum erwarten, sie wiederzusehen. Gerade hatte er sie in die Arbeit begleitet, bis zum Eingang vom Sauguad. Jetzt wollte er schnell noch zu Blumen Fritz, dort würde man ihm helfen, die passenden Blüten für sie zu wählen. Konnte er bereits Rosen wagen?

Auf dem Weg zum Blumenladen passierte er die Seitentür der Sankt-Nikolaus-Kirche und entschloss sich spontan, ihr einen Besuch abzustatten. Bevor er eintrat, sah er zum Turm der Kirche hoch. Mit seinen 65 Metern ragte er als Erkennungszeichen aus dem Rosenheimer Stadtbild heraus, als stolzer Mast eines prächtigen Kirchenschiffs. Vitus ging seit Rosinas Tod regelmäßig in Kirchen, aber nur außerhalb der Gottesdienste. Mit der Ruhe und den Kunstgeschichten, die er dort fand, hatte er seinen Kopf über Wasser gehalten, als die Wellen des Lebens hochschlugen und drohten ihn zu ertränken. Diesmal kam er mit einem anderen Gefühl in die Kirche: Dankbarkeit.

Vitus setzte sich auf eine Holzbank und sah sich um. St. Nikolaus war der puristische Gegenentwurf zu barocken bayrischen Postkarten-Kirchen, weil die Rosenheimer dem Konzept »Gott ist Licht« Raum gegeben hatten. Freiraum. Hier war nichts überladen, nicht einmal der Glaube selbst. Vitus beobachtete bunte Lichtreflexe, die an einer polierten Marmorwand seine Gefühle für Diana vorzutanzen schienen. Oder wirkte das Viagra immer noch nach, und er hatte Halluzinationen? Schmarrn! Es war die

Sonne. Sie durchdrang die prächtigen Glasfenster der Kirche, von denen eines die Magier »Siegfried & Roy« gespendet hatten. Siegfried Fischbacher, heute weltberühmter Zauberer, war in Rosenheim aufgewachsen und der Stadt verbunden geblieben. In ihren Straßen hatte er als Kind das Startkapital für seine Weltkarriere gefunden. Damals träumte er davon, sich ein Zauberbuch zu kaufen. Fünf Mark sollte es kosten. Ein unermesslich hoher Betrag für das Kind aus bescheidenen Verhältnissen. Dann plötzlich lag das Geld vor seinen Füßen auf dem Rosenheimer Asphalt. Als Ministrant war sich der junge Siegfried sicher, dass dies kein Zufall war, sondern eine göttliche Fügung. Er kaufte sich das Zauberbuch, lernte seine ersten Tricks und wurde später ein Star in Amerika. Vitus gönnte ihm den Erfolg, das taten die meisten Rosenheimer. Sie waren stolz auf den Magier aus ihrer Stadt, und als Siegfried Fischbacher in Las Vegas große Shows abzog, hatten Besucher aus Rosenheim freien Eintritt. Zu guter Letzt hatte er den Rosenheimern auch noch ein Kirchenfenster für die St.-Nikolaus-Kirche geschenkt. Unter dem prächtigen »Zauberfenster« stand »Siegfried & Roy gift for the ages«. »Danke«, murmelte Vitus in die Stille und meinte einen noch viel größeren Zauberer, sollte es ihn denn doch geben. Hier und heute konnte er fast an den Herrgott glauben. Bevor er die Kirche verließ, bekreuzigte er sich zum ersten Mal nach drei Jahrzehnten Pause wieder und griff dafür in das Weihwasser neben der Tür. Es hinterließ eine angenehme Kälte auf seiner Stirn.

Im Freien suchte er auf seinem Handy nach einer Nachricht von Diana. Hätte ja sein können, dass sie ihm etwas mitteilen wollte. Ihre Sehnsucht zum Beispiel. Aber er fand nur eine Nachricht aus dem Kommissariat von seiner ehemaligen Assistentin, die in wenigen Worten zusammenfasste, welche Fortschritte der amtierende Kommissar im Fall Wild gemacht hatte: »Gefriertruhe von Witwe Wild sauber. Hopfinger weiß nicht weiter. Depp, der depperte. Vermutet jetzt Selbstmord im Wildpark.« Pangratz grinste. Sein Nachfolger kam nicht weiter, das las er gerne.

Die zweite Nachricht war von seiner Tochter Johanna, die wissen wollte, wie sein Rendezvous gelaufen war. Unmöglich, ihr die ganze Wahrheit zu sagen, also tippte er: »Schöner Abend. Ein Gentleman genießt und schweigt.« In seinem Alter musste das erlaubt sein.

»15 Uhr in der Kunstmühle?«, erwiderte Johanna.

Seine Tochter liebte das laute Café mit angeschlossener Rösterei. Zum Glück würde es heiß genug werden, um auf der Terrasse neben dem Wasserlauf zu sitzen. Also gut.

Vitus überlegte. Musste er seiner Tochter von Dianas Affäre mit Tiger erzählen? Johanna würde wie jeder vernünftige Mensch mit kriminalistischem Spürsinn ein mögliches Motiv sehen, aber der Kommissar a.D. hatte in Dianas Herz geschaut. Eine Mördergrube sah anders aus. So viel war sicher. Außerdem hatten sie ein Recht auf Intimsphäre, seine Diana und er.

Hallo, Kollegin«, wurde Jo in der Redaktion von Larissa begrüßt. Die Frau, die vor einer Woche als Empfangsdame ihres Chefs begonnen hatte, freute sich »wahnsinnig« darauf, mit Jo im neugegründeten »Frauenressort« zusammenzuarbeiten. »Wirklich wahnsinnig!« Sie würden das Kind schon schaukeln zusammen, nicht wahr? Es war ja jetzt ihr gemeinsames Baby, schwärmte Larissa. Für den Start hatte sie auch schon eine »extraheiße Idee«, ob Jo bitte einen Moment Zeit hätte. Larissa lief Jo hinterher in die kleine Kaffeeküche, und noch bevor Jo einen Espresso trinken konnte, wusste sie, was Larissa unter »extraheißer Idee« verstand: »Trends bei Intimfrisuren, da gibt es jetzt ganz geile Sachen. Ich hab' dem Sepp das Thema bereits vorgeschlagen. Er ist völlig begeistert.« Besonders von ihrem eigenen Style, dachte Jo, sie konnte sich ausrechnen, wo Larissa ihr Thema vorgeschlagen hatte. Im Bett ließ sich Anzenberger vermutlich alles andrehen. Da brüllte er auch schon aus seinem Büro: »Konferenz! Antreten, meine Damen und Herren!« Doch Larissa wollte unbedingt noch wissen, was Jo davon hielt und ob sie nicht auch einen kreativen Beitrag leisten könne. Kein Problem, meinte Jo. Sie hätte bereits die Überschrift im Kopf: »Neue Schnittmuster«.

»Geil!«, meinte Larissa. »Aber das klingt ein bisschen nach Nähen. Wie wäre es denn mit Muschi-Mode?«

»Du bist begabt, Larissa. Du hast es echt drauf.«

»Weißt, Jo, der Sepp sagt dasselbe, aber von dir hätte ich eine andere Reaktion erwartet.«

Wieder schrie Anzenberger: »Wird's jetzt bald, meine Damen, oder müsst ihr noch eure Frisuren richten?«

Wie Indianer um ein Lagerfeuer saßen Hering, Miesbacher, Rocco und der Chef um den Kunststofftisch in Anzenbergers Büro. Allerdings würde keine Friedenspfeife kreisen, das machte der neue Chefreporter Hering mit seiner ersten Ansage klar: »Coleman, ich brauch alle Infos zum Fall Tiger.« Jo missfiel der Ton, und Häuptling Anzenberger missfiel das Timing. Die Konferenz eröffne kein anderer als er, stutzte er Hering die Federn, bevor er sich höchstpersönlich nach Fortschritten im Fall Tiger erkundigte. Jo bedauerte, es gäbe nichts Neues.

»Ist nicht dein Ernst, oder? Was hast denn gestern den ganzen Tag gemacht?«

»Mich um Frauenthemen gekümmert.«

»Braves Mädchen! Larissa hat auch schon fleißig vorgearbeitet.« Anzenberger nickte seiner Vorzeigefrau aufmunternd zu. »Erzähl doch mal, was du herausgefunden hast.«

»Doggy-Style ist momentan total en vogue«, erklärte Larissa.

»Geht's jetzt um Sex?«, fragte Miesbacher hoffnungsvoll und setzte sich aufrecht hin. Larissa klärte ihn auf: In gewissen Kreisen ließen sich Frauen die Silhouetten von Hunden auf den Venushügel rasieren, weil ihnen die Vorstellung gefiel, sich von Vierbeinern bewachen zu lassen. Ehrlich? Das Wort »Schoßhündchen« bekam für Jo eine völlig neue Bedeutung. Sie schlug es als Überschrift vor, aber Larissa meinte, »Schoßhündchen« würde den Möglichkeiten des Themas nicht gerecht werden, es gab schließlich auch noch andere »Styles«. Sie begann die Kunstform der »Intimrasur« so anschaulich zu erörtern, dass sich Kulturredakteur Miesbacher am Kräutertee verschluckte, Hering kurz unter den Tisch greifen musste, um die Lage zu ordnen, und Anzenberger Larissa mit Blicken auszog. Nur Rocco blieb ruhig. Wer zur Generation Porno gehörte, brauchte mehr Anregung als die Vorstellung von Schamhaarfrisuren oder Intimglatzen, vermutete Jo. Als Überschrift schlug Larissa jetzt »Haarige Angelegenheit« vor. Die Männer über 30 konnten nur noch nicken, aber ausgerechnet Rocco meinte: »Schreibt doch Muschi-Mode drüber.«

»Und was kannst du uns bieten?«, fragte Anzenberger, als Jo versuchte, unauffällig ihre E-Mails auf dem Smartphone abzurufen. Marina hatte ihr geschrieben. Es war eine Einladung zur ersten Dildoparty ihrer Freundin. Sie kam genau zur rechten Zeit. Perfekt! Jo wusste, welches Thema sie Anzenberger vorschlagen würde.

»Dildos! Höhepunkte zum Kaufen«, sagte sie. Der Mann, der eben noch über das Thema Intimfrisuren gejubelt hatte, musterte Jo kritisch. »Was ist denn das für ein schwules Thema, Coleman?« Das sei ein neuer Trend, erklärte Jo, wohl wissend, dass Trend ein Schlüsselwort für Anzenberger war. Sie erklärte: »Immer mehr Frauen kaufen sich Sexspielzeug. Das ist Hilfe zur Selbsthilfe.«

Anzenberger verzog angewidert das Gesicht. Es wäre ja wohl bekannt, dass nur Frauen, die keinen abbekamen, auf solche Mittel zurückgreifen müssten, und seine Leserinnen, also, die stellte er sich anders vor, nicht als sexuelle Randgruppe, was im Grunde auch nur ein anderes Wort für Mauerblümchen war.

»Oder was meinst du, Larissa?«, beifallheischend wandte er sich an seine Assistentin, zu der er einen besonders persönlichen Zugang zu haben schien. Was sie antworten würde, war absehbar. Jo wollte gar nicht hinhören, aber es hätte auch nicht gut ausgesehen, sich die Ohren zuzuhalten. Also, was hatte die Frau hinter der Farbfassade mit Muschi-Mode im Kopf zu sagen? Sie würde Jos Vorschlag sabotieren, was anderes war nicht zu erwarten. Doch Jo irrte sich gewaltig.

»Sexy Thema!«, urteilte Larissa. »Ich hab gehört, dass Frauen heute auf Dildopartys gehen wie früher zu Tupperabenden. Und mit so einem Spielzeug können auch Paare Spaß haben.« Sie fuhr sich langsam durch die geföhnten Haare und sah ihren Chef an.

»Echt?«, Anzenberger klang nicht überzeugt, aber Larissa entwickelte Kampfgeist und wechselte die Strategie.

»Naja, Sepp, man muss der bitteren Wahrheit ins Auge sehen, die Zahl der richtig guten Kerle da draußen ist begrenzt. Nicht jede hat das Glück…« Sie unterbrach sich und zwinkerte Anzenberger zu. Billiger Trick, aber Jo fing an, Larissa ein wenig zu mögen, und wechselte in ihre Spur: »Klar, so ein Dildo ist ein Trostpreis, aber wir machen daraus eine geile Nummer. Versprochen, Chef!«

Anzenberger sah fragend in die Runde, bei Rocco blieb sein Blick hängen. Sein Praktikant verkörperte für ihn die junge Zielgruppe, außerdem legte er Wert auf die begehrten Fensterplätze in der Pizzeria von Roccos Vaters. »Alles cool, Chef, fast ein Servicethema und gut fürs Image. Die Leserinnen werden dich für deine Offenheit lieben.«

Anzenberger war überzeugt, und Hering fand, es war an der Zeit, seine Pläne zu verkünden. Er wollte sich heute mit dem Vorstand des 1. FC Rosenheim treffen. Wenn Coleman schon nichts Neues zum Fall Tiger beitragen konnte, so blieb wenigstens er am Ball. Er kannte schließlich die wichtigen Leute in Rosenheim und die Spielregeln des Medienbusiness: »News, News, News!«

Und Miesbacher? Der wollte seine Aufgabe als Kulturredakteur wahrnehmen und über Volksmusik berichten. Es gab eine tolle Szene in der Region. »Sie müssen sich die Neurosenheimer anhören. Unbedingt«, fiel ihm Rocco ins Wort.

»Neurosenheimer? Das klingt nach Zugroasten, nach Reingschmeckten«, meckerte Miesbacher. Er war ein Ignorant. Die »Neurosenheimer« kannte inzwischen ganz Bayern. Sie waren eine vierköpfige Alpensound-Truppe, die auf volksmelodische Noten Texte mit Hintersinn legten und u. a. die Bundesstraße 15 als bayrische Route 66 besangen. Kurz und gut: Musik, die ihre

Landsleute mit feinem Humor dort abholte, wo sie gerade standen, mitten im Leben mit all seinen Auswüchsen, aber davon wiederum verstand Miesbacher nichts. Was konnte man von einem Kulturredakteur, der Kräutertee statt Rotwein trank, erwarten?

»Also, die Neurosenheimer, die kenn ja sogar ich«, meinte Anzenberger und bezweifelte, ob das Thema neue Volksmusik, darunter der trendige »Tradimix«, bei Miesbacher in guten Händen war, schließlich wollte *Rosenheim News* über die modernen Strömungen schreiben, über die »Trends«.

»Von moderner Volksmusik war keine Rede. Tradition ist das Rückgrat der Volksmusik. Ohne Tradition keine Volksmusik«, verteidigte sich Miesbacher, aber Anzenberger wollte nichts mehr von ihm wissen. »Miesbacher, in diesem Fall bist du draußen. Du klingst ja wie von gestern.« Der Chefredakteur beauftragte Rocco mit dem Thema. Damit war die Konferenz beendet, nur Larissa wurde noch gebraucht. Wahrscheinlich träumte Anzenberger davon, ihr Schoßhündchen zu streicheln. Jo verabschiedete sich. Es war höchste Zeit. Sie wollte in die Fußballschule nach Bad Aibling, um herauszufinden, woran Vladi Nowikows Karriere im Vorstadium gescheitert war.

Das Trainingsgelände war leicht zu finden: Gigantische weiße Bälle auf grüner Wiese markierten das Ziel, doch Jo wusste, dass die Riesenbälle nicht das Geringste mit Fußball zu tun hatten und auch nicht mit Christos und Jeanne-Claudes Verpackungskunst, dafür viel mit Misstrauen und politischen Schachzügen. Verbargen sich doch unter ihren gespannten Hüllen Abhöranlagen aus Zeiten des Kalten Krieges. Jetzt, wo sich nicht nur die Erde langsam erwärmte, waren sie immer noch nicht ausgemustert, sondern eingezäunt und ein beliebtes Motiv, um Bad Aibling zu bebildern, insbesondere im Zuge des NSA-Abhörskandals 2014, der die Anlage deutschlandweit ins Bild gerückt hatte. Vom Sonnenlicht angestrahlt leuchteten die runden Gebilde in der Farbe der Unschuld. Nur aus direkter Nähe sah man die Schmutzspuren auf der weißen Kunststoffoberfläche. Jo wollte sich die Monumente des Misstrauens näher ansehen und lief über einen großen Parkplatz darauf zu. Vielleicht konnte ihr der Wachmann hinter dem Zaun weiterhelfen, der mit seinem Schäferhund patrouillierte.

Er hielt das Tier eng an der Leine, und Jo vermutete, dass sein eigener Spielraum nicht viel größer war, denn der Mann reagierte nicht auf ihre Rufe, sondern starrte weiter geradeaus auf ein imaginäres Ziel. Sie musste sich selbst zurechtfinden auf dem großen Areal, das einst den Nazis als Fliegerhorst diente und nach dem Zweiten Weltkrieg von den Amerikanern vereinnahmt wurde, die dort erst Flüchtlinge und Waisen unterbrachten und später eigene Soldaten. Unter amerikanischer Führung wurde die Mangfall-Kaserne zu einem Stück USA im Bad Aiblinger Ortsteil Mietraching, mit eigenem Burgergrill und Basketballhalle. Nachdem die Amis das Gelände verlassen hatten, stand es vorübergehend still und leer, bevor neues Leben – und eine private Sportschule einzogen.

Nur wenige Meter neben den riesigen Lauschbällen, auf der anderen Seite des Zauns, waren Fußballfelder angelegt. Sehr grün für diese Hitze. Kunstrasen? Jo konnte niemanden fragen. Vermutlich hatten die Jungs gerade Mittagspause, und außerdem war es zu heiß, um zu trainieren. Sie machte sich auf die Suche nach dem Schulgebäude, denn irgendwo mussten die Kinder doch noch etwas anderes lernen als Fußball.

Zwei Männer im Trainingsanzug kamen ihr entgegen, über der Schulter trugen sie jeweils ein großes Netz mit Fußbällen. Ja, sie wussten, wo das Schulgebäude war, und wiesen ihr gerne den Weg. »Sie arbeiten wohl an der Schule?«, tippte Jo. Richtig geraten, der eine war Torwarttrainer, der andere für die Feldspieler zuständig. Jo gab sich beeindruckt und begeistert. »Ein Traumjob, nehme ich an, bei den Talenten.«

»Möchte man meinen. Wollen Sie Ihr Kind anmelden?«, fragte der Torwarttrainer, und Jo nahm den Ball an. »Würden Sie dazu raten? Es kostet schließlich einen Haufen Geld.«

»Ob es sich lohnt, kommt immer aufs Kind an. Ohne Biss kommt man hier nicht weit, aber wer den hat, der kann alles schaffen, und wir unterstützen ihn dabei mit idealen Bedingungen.«

»Aber am Ende stehen immer nur 11 Mann auf dem Platz. Da bleibt doch immer ein Rest, der an der Konkurrenz oder sich selbst scheitern muss«, vermutete Jo.

»Logisch! So ist Fußball, und so ist das Leben. Aber der härteste Gegner ist immer der eigene Schweinehund«, lachte der Torwarttrainer.

»Den kenn ich gut, den Schweinehund«, scherzte Jo, bevor sie sich als Reporterin vorstellte und erklärte, warum sie eigentlich hier war: Im Zuge einer Geschichte über den 1. FC Rosenheim wollte sie Vladi Nowikow besuchen, um mit ihm über seinen alten Verein zu sprechen.

Die beiden Trainer sahen sich an und schüttelten den Kopf. »Oh, dann sind Sie leider umsonst hier. Vladi hat hingeschmissen. Schade um den Kerl, wir hätten ihn gerne weitertrainiert.«

»Der Vladi, das kann ich nicht glauben, nach allem, was ich über ihn gehört habe, war er die Spielfreude in Person, ein echtes Ausnahmetalent«, gab sich Jo überrascht.

»Das mit dem Talent stimmt und mit der Spielfreude auch, aber beides allein macht noch keine Karriere.« Wie sie das meinten, wollte Jo wissen, aber die Trainer hatten es plötzlich sehr eilig. »Mehr können wir Ihnen dazu leider nicht sagen, Fräulein.« Und servus, sie hätten jetzt zu tun. Wer von seinen Schützlingen Pünktlichkeit und Disziplin erwarte, müsste als gutes Vorbild vorangehen.

Alois Steimer saß mit seinem Sohn beim Kinderarzt und ließ den Blick unruhig durch den Raum wandern. An der Wand hingen gerahmte Kinderzeichnungen, bei denen ganz offensichtlich mehr der Wille als das Talent den Pinsel geführt hatte. Immerhin war auf jedem der bunten Bilder ein Mann mit Stethoskop zu erkennen, was dem Betrachter die Entschlüsselung der Werke leichter machte. »Haben das Ihre Kinder gemalt?«, fragte Alois, um die Atmosphäre zwischen ihm und dem Kinderarzt ein wenig aufzulockern. Er fand den Herrn Doktor unangebracht ernst und vermutete Dünkel unter seinem bunten Hemd, auf dem sich Comicfiguren tummelten. Normalerweise übernahm Uschi die Arzttermine seines Sohnes, aber diesmal wollte er sich selbst kümmern, um herauszufinden, woher Adrians ominöse Bauchschmerzen kamen. Nun gut, besser Bauchschmerzen als Probleme mit der Leiste oder den Bändern, wie sie der wehleidige Hopfinger-Bub hatte. Aber der entscheidende Chiemgau-Cup rückte näher, und wenn Adrian wieder an den Spielfeldrand kotzen würde, hätte Alois sich die Mühen der vergangenen Monate sparen können. Dann hätte er nicht Tigers Platz einnehmen müssen. Grrrrhhh! »Die Bilder hat meine Frau gemalt«, sagte der Arzt in seine Gedanken hinein. Der Mann hatte Humor, und Alois war höflich genug, sich für den Witz mit einem herzhaften Lachen zu bedanken. »Der war gut!«, sagte er jovial, bis er bemerkte, dass der Herr Doktor seine ernste Miene bewahrt hatte. »Meine Frau ist Künstlerin«, stellte er klar. »Oh, ach so, hmmm. Sehr bunt. Also, sehr schön, wollte ich sagen. Wirklich nett. Ich mag ja naive Kunst«, stotterte Alois in die peinliche Situation hinein.

»Dann lade ich Sie gerne zur Ausstellung meiner Frau ein«, meinte der Arzt, zog einen Flyer aus seinem Schreibtisch und reichte ihn Alois Steimer, der ihn in der Mitte knickte und in seine Hemdtasche schob. »Eigentlich bin ich ja wegen meinem Sohn hier.«

»Organisch kann ich nichts finden«, meinte der Arzt, nachdem er Adrians Bauch mit dem Ultraschall untersucht hatte. Er gab dem Jungen Papiertücher, damit er das Gel von seiner Haut wischen konnte, und bat ihn im Wartezimmer auf seinen Vater zu warten. Er wollte allein mit Alois Steimer sprechen und sah ihn durchdringend an. Sekundenlang, bis sich in Alois' Magen ein ungutes Gefühl ausbreitete. Was, wenn Adrian ernsthaft krank war? Was hieß das schon, »organisch kann ich nichts finden«? Zählte zum Beispiel Blut als Organ? Und hatte er Adrian vielleicht nur deshalb aus dem Raum geschickt, um dem Kind die Wahrheit zu ersparen? Alois hatte das Gefühl, am Rande eines Abgrunds zu stehen. In diesem Moment war ihm sogar Fußball egal. Jetzt zählte nur noch Adrian.

»Jetzt sagen Sie schon, Herr Doktor, was hat er denn, mein Bub. Ist es etwas Ernsthaftes?«

Sein Gegenüber nickte. Alois' Herz begann zu rasen.

»Jetzt reden Sie halt endlich!«

»Ich vermute hinter den Beschwerden Ihres Kindes seelische Ursachen.«

Seelische Ursachen, also nichts Ernsthaftes! Alois fiel ein ganzes Bergwerk von der Brust, und am liebsten hätte der den Arzt unter den Steinen begraben. Ihn so zu erschrecken!

»Mei, da bin ich aber froh!«, entfuhr es Alois, erleichtert, wie er war.

Der Arzt sah ihn irritiert an. Ob es in der Schule Probleme gebe?

Ganz im Gegenteil, meinte Alois, Adrian gehörte zu den Besten seiner Klasse. Aber jetzt, wo der Herr Doktor so direkt frage, hatte er doch eine Befürchtung. Ob vielleicht der ungesunde Ehrgeiz seiner Frau dem Kind schaden würde? »Stellen Sie sich vor, Herr Doktor, die bereitet ihn schon in der zweiten Klasse auf den Übertritt ins Gymnasium vor, jeden Nachmittag muss der arme Kerl üben und lernen, dabei hat meine Frau selbst kein Abitur. Ich sag's Ihnen, mein Adrian soll den Traum seiner Mutter leben: Abi und Studium.« Wieder einmal wurde Alois bewusst, wie unmöglich und unerträglich Uschi-Muschi war. Auch der Arzt fand, es wäre wirklich sehr früh, bereits in der zweiten Klasse fürs Gymnasium zu pauken. Ob der Junge wenigstens einen sportlichen Ausgleich habe, erkundigte sich der Doktor, Bewegung sei enorm wichtig und helfe, Schulstress abzubauen. »Sport«, das war Alois' Stichwort. Jetzt endlich hatten er und der Arzt eine gemeinsame Sprache gefunden, und Alois konnte glänzen.

»Selbstverständlich bewegt sich der Bub«, bestätigte er. »Ich kümmere mich persönlich darum. Sie müssen wissen, mein Adrian ist ein sehr talentierter Fußballer, und ich bin sein Trainer.«

»Hhhmm«, machte der Kinderarzt, musterte Alois, sah die Entschlossenheit in seinem Gesicht und folgerte: »Sie haben Großes mit ihm vor, Herr Steimer?« Der Mann schien seine Attitüde zu wechseln und gab sich als jovialer Menschenkenner, aber Alois spürte sofort, woher der Wind wehte. Von so einem lauen Lüftchen, der sich die Malereien seiner unbegabten Frau an die Wand hing, würde er sich nicht umpusten lassen.

»Fußball ist ein Spiel, Herr Doktor, das nur Erwachsene ernst nehmen. Für Kinder ist es ein Spaß, ein Kick mit Freunden – und genauso soll es sein. Mir geht es auf dem Platz nicht ums Gewinnen, sondern darum, gemeinsam etwas zu erreichen. Natürlich, das gebe ich hier gerne zu, habe ich auch noch eine andere Motivation, die nur meinen eigenen Sohn betrifft.«

Der Arzt musterte ihn kritisch und nickte wissend, aber Alois würde ihn überraschen. Er holte Luft und senkte die Stimme, als würde er ein großes Geheimnis verraten. »Ich will Quality Time, so sagt man doch, mit meinem Sohn verbringen.« Adrian solle sehen, dass Noten nicht das Wichtigste im Leben seien, er wolle seinem Kind helfen, den Druck abzubauen, den seine Frau ausübte. Natürlich war auch beim Fußball ein Quäntchen Ehrgeiz im Spiel, aber das kam von den Kindern selbst. Er, zum Beispiel, müsste seine Jungs regelmäßig daran erinnern, dass es nicht darum ginge, Bayern-Spieler zu werden, sondern darum, im Team das Beste aus sich herauszuholen. »Herr Doktor, Fußball ist ein soziales Spiel, das geht nur miteinander.« Alois Steimer riss sich selbst mit, so überzeugend war sein Auftritt. Ja, er war ein begnadeter Sprücheklopfer, darum hatte er früher mehr Versicherungen als andere verkauft. Damals, als er noch motiviert war und Incentive-Reisen mit allen Extras reizvoll fand. Der Kinderarzt schien ihm endlich zu glauben und gratulierte Steimer zu seiner gesunden Einstellung. Respekt! Er kenne auch Eltern, die Kinder wie Profis behandelten, um sie später auf einer Fußballschule wie der in Bad Aibling unterzubringen. Es solle ja über 30 solcher Einrichtungen in Deutschland geben, habe er gehört, da könne man sich doch ausrechnen, wie groß die Konkurrenz sei und wie gering die Chancen für ein einziges Kind. Er schloss mit dem schmeichelhaften Satz: »Adrian kann froh sein, einen vernünftigen Vater wie Sie zu haben.« »Man tut, was man kann, Herr Doktor. Es ist ja mein Einziger«, gab sich Alois bescheiden, obwohl er die Meinung des Arztes zu 100 Prozent teilte, wenn auch aus anderen Gründen. Nur Loser lassen sich einschüchtern. Alois Steimer gehörte nicht dazu und auch Adrian nicht, dafür würde er sorgen.

Der Kinderarzt hakte das Thema Fußball ab, aber nicht die Suche nach den seelischen Ursachen, obwohl doch eigentlich längst alles klar war: Adrian war topfit, und am Rest war Uschi schuld mit ihrem Bildungswahn. »Nicht selten reagieren Kinder sensibel auf Beziehungskrisen ihrer Eltern«, meinte der Herr Doktor. Die nächste Bestätigung: Uschi verdarb wirklich alles. »Treffer, Herr Doktor, es ist in der Tat nicht leicht mit meiner Frau, weder für Adrian noch für mich.« Alois gelangte zu der Diagnose, die er vorausgesehen hatte: Uschi-Muschi machte seinen Sohn krank. Sie war an allem schuld. Aber als der Arzt das Wort »Paartherapie« aussprach, winkte er dankend ab. Seine Frau wäre dazu nicht bereit. Lügner! Aber was gingen den Arzt seine Probleme an, wo er selbst doch bereits die Lösung kannte: Er brauchte keine »Hilfe von außen«, sondern eine neue Frau. Die Alte musste er nur noch loswerden, damit Jo ihren Platz einnehmen konnte. Irgendwo liefen sicher noch ein paar hungrige Wildsäue rum. Schäm dich, Alois, schalt er sich selbst. Wie konnte er nur so etwas denken? Die armen Tiere würden an Herzverfettung zugrunde gehen.

Jo hatte das Schulgebäude gefunden. Ein langer Betonbau mit wenigen Stockwerken. Trotz frischem Make-up vom Malermeister war ihm seine Vergangenheit als Kaserne noch anzusehen. Aber hinter den Mauern wehte inzwischen ein moderner Wind. Hier mussten sich junge Männer nicht mehr einer militärischen Rangordnung unterwerfen, sondern nur noch dem Leistungsprinzip. In seinem Rahmen wurden wahrhaft »großartige Persönlichkeiten« ausgebildet. Das zumindest versprach die Website des »Deutschen Fußball Internats«, und ein Zitat von Gottlieb Daimler unterstrich den Anspruch: »Das Beste oder nichts.« Schwarz oder weiß, gewinnen oder verlieren. So funktionierte Fußball, aber was machte dieses System aus Jugendlichen wie Vladi? Seit unter den alten Griechen sportliche Wettkämpfe populär geworden waren, orientierten sich Leibesübungen an militärischen Standards und Erfordernissen. Heute rüsteten sich Büromenschen in »Bootcamps« für den beruflichen oder persönlichen Nahkampf und minderjährige Fußballer für das Gefecht nach oben. »That's life!«, würde Jack, ihr elendiger Ex, jetzt sagen und weitere hundert Liegestützen machen. Jo seufzte, vielleicht sollte sie sich auch für ein Bootcamp anmelden. Sie dachte an das Buch von Heidi Klums Figurcoach, das irgendwo in ihrer Wohnung herumlungerte, und an die DVD von Gwyneth Paltrows Trainerin, die vermutlich darunter verstaubte. In einem anderen Leben und wenn die Sonne nicht mehr so schweißtreibend heiß brannte, würde sie sich um die beiden kümmern. Vorausgesetzt, sie waren in ihrem Chaos zu finden. Tolle Sportler, sich von ein bisschen Unordnung unterkriegen lassen. Mit welchen Nullen trainierten Paltrow und Klum eigentlich?

Mit nassen Flecken unter dem untrainierten Bizeps stand Jo im Sekretariat der Sportschule und stellte sich vor. Rosenheim-News.de war eine kleine Größe am regionalen Nachrichtenmarkt, und Jo wurde freundlich begrüßt. Erst als sie nach Vladi Nowikow fragte, dem ehemaligen Zögling des legendären Tiger Wilds, zuckte die Sekretärin bedauernd mit den Schultern. Der Junge war leider nicht mehr an der Schule. Jo gab sich überrascht. »Was ist passiert?«

Leider könne man sich nicht dazu äußern, aber »off the record« war es ein Jammer, diesen talentierten netten Jungen gehen zu lassen. So eine Verschwendung von Potenzial! Seine Trainer hatten versucht, ihn zu halten, aber der Junge hatte sich entschieden. Vorpubertät vielleicht? Irgendwann kommen Buben ja in ein schwieriges Alter. Sie wisse, wovon sie spreche, meinte die Sekretärin. Jo auch? »Haben Sie Kinder, vielleicht sogar kleine Fußballer?« Jo schüttelte den Kopf, der Kinderfrage ging sie gerne wortlos aus dem Weg, außerdem wollte sie über Vladi sprechen.

»War Geld vielleicht das Problem? Die hohen Schulgebühren?«, fragte Jo. Nein, diese Frage konnte die Sekretärin nun wirklich nicht beantworten, das verstehe Frau Coleman doch sicher. »Datenschutz, im Schatten der Abhöranlagen«, hihi. Der Geschäftsführer? Der war leider unterwegs. Aber wenn *Rosenheim News* eine Reportage über die Schule drehe, lasse sich sicher ein Termin finden. Sehr freundlich. Danke. Auf Wiedersehen! Hinterher war man nicht immer schlauer!

Auf der Wiese vor dem Schulgebäude lief Jo ein ungefähr 14-jähriger Junge vor die Nase, der versuchte seinen Fußball oben zu halten, mit Füßen, Knien, Brust und Kopf. Es gelang ihm mit spielerischer Leichtigkeit. »Cool!«, kommentierte Jo. Ein stolzes Grinsen zog die Mundwinkel des Ballkünstlers in die Breite. Er kam näher. Mit seinen O-Beinen schob er dabei lässig den Ball vor sich her.

»Wollen Sie Ihr Kind anmelden?«, fragte er.

Warum hielt man sie heute schon zum zweiten Mal für eine Mutter, wo sie sich selbst doch noch als Jugendliche sah. 37 war nur eine Zahl, oder? Es musste an der Umgebung liegen. Wie auch immer, in diesem Moment schlüpfte Jo in die Mutterrolle, ihrem Job zuliebe.

»Kannst du die Schule empfehlen?«

»Klar doch! Hier wird man auf eine Profilaufbahn vorbereitet. Voll geil!«

Jo nickte. »Und du willst Profi werden?«

»Natürlich, was sonst? Ich folge meinem Traum und hab eine ganz klare Vision. Soll ich Ihnen meine Vision beschreiben?«

»Sowieso!«

»Ich will ein Spieler wie der Schweinsteiger werden. Ein Held auf dem Feld. Dass die Bayern den gehen lassen. Ich werd jetzt Manchester-United-Fan. Also, der Schweinsteiger ist ein zentrales Motiv meiner Zielcollage. Die hängt über meinem Bett und motiviert mich jeden Tag. Seine neue Verlobte gefällt mir auch, obwohl ich die Sarah Brandner noch hübscher fand. Ich würde die ja gerne trösten. Die klebt jetzt auch auf meiner Zielcollage. In Dessous.«

»Zielcollage?«, wunderte sich Jo.

»Na logisch, ich muss doch wissen, wo ich hinwill, wenn ich mich auf den Weg mache. Da brauche ich Bilder im Kopf, die mir das Ziel zeigen. Visualisieren heißt das Fachwort. Das gehört zum effizienten zielorientierten Selbstmanagement. Sie verstehen?« Eigentlich verstand Jo zu wenig von dieser Disziplin, aber das wollte sie vor diesem Ausbund an Zielorientierung und Selbstoptimierung nicht zugeben. Also versuchte sie es mit einer einfachen Rechnung: »Am Ende kann nicht jeder in der ersten Liga spielen, die meisten deiner Mitschüler bleiben vermutlich auf der Strecke – oder in einem Regionalverein, was in deinen Augen vielleicht dasselbe ist.« Diesmal nickte er. Klar, in der Provinz wolle niemand landen, und natürlich wusste er, dass sich die großen Vereine inzwischen selbst um ihren Nachwuchs kümmerten, aber das mache ihn nur umso entschlossener. Er klemmte sich den Ball unter seinen Arm, strich seine Haare nach hinten und schaute Jo in die Augen. Er wolle ihr jetzt mal ein Geheimnis verraten. Sie solle gut zuhören, dann wisse sie auch, ob diese Schule für ihren Sohn das Richtige sei, beziehungsweise ob er der Richtige für diese Schule sei. Ihr fiktiver Sohn, ach ja, sie hatte ihn schon wieder vergessen. Jo wäre eine schlechte Mutter.

»Ich bin ganz Ohr.«

»Im Sport wie im Leben bleiben nur die Entschlossenen im Spiel. Menschen, die ein Ziel haben. Menschen, die bereit sind, sich diesem Ziel leidenschaftlich unterzuordnen. Nur die stehen am Ende oben.« Er ballte die Hand zur Faust. Um diesen Jungen musste sich Jo vermutlich keine Sorgen machen, wenn er es als Fußballer nicht schaffen würde, könnte er immer noch Phrasen dreschen und als Motivationstrainer arbeiten. Vielleicht sogar in seiner alten Schule.

Sie hatte nur noch eine Frage: »Was wird aus den Jungs, die am Ende nicht oben stehen?« Im Stillen fügte sie hinzu: Nachdem sie ihre Kindheit und Jugend dem Fußball untergeordnet haben, ohne die Zeit, Freundschaften außerhalb ihrer kleinen Sportwelt zu pflegen oder gar noch andere Interessen zu entwickeln.

»Sie meinen die Loser?«

»Ein fieses Foul oder ein Unfall kann jeden treffen, und dann ist Schluss mit der Karriere. Das hat nichts mit Loser zu tun.« Dummkopf.

Er zuckte mit den Schultern. Angst sei kein guter Ratgeber, meinte er, aber wer es auf dem Feld nicht weit brachte, bekam hier wenigstens eine hervorragende Schulbildung. Voll modern und gar kein Vergleich zu den heruntergekommenen Regelschulen, erklärte er. Schließlich bräuchten Fußballer heute auch Leistungsvermögen im Kopf, nicht nur in den Beinen. Kluge Köpfe wie Oliver Bierhoff waren ein gutes Beispiel, wie sich Fußballträume fortsetzen ließen. Sie wisse ja wohl, dass Oliver Bierhoff aus einem »guten Stall« stamme, was zu Bierhoffs aktiven Zeiten noch ungewöhnlich war für einen Fußballer. Heute dagegen war der Sport nicht nur im Ansehen ein paar Klassen weiter oben, auch die Spieler hatten ein anderes Format, Sie verstehen? Elitedenken? Was war dagegen einzuwenden? Es konnte doch nur gut sein, wenn die Besten die Führung übernahmen. Welche Alternative gab es denn? Er warf ihr seinen Ball zu und ließ seine Zähne blitzen. Wahrscheinlich hatte das Bürschchen mehr Medientraining auf dem jungen Buckel als sie selbst. Sie warf den Ball zurück und wechselte das Thema, obwohl sie eigentlich schon genug von diesem Kerl hatte.

»War Vladi in deiner Klasse?«

»Welcher Vladi? Der Russe?«

Jo nickte.

»Nee, der war bei den Jüngeren, hatte aber so seine Probleme, weil er nicht mithalten konnte.«

»Ihm fehlte wohl das Zeug für die erste Liga?«

»Na ja, am Talent lag es nicht, aber er hatte einfach nicht die richtigen Voraussetzungen. Sponsoringmäßig.«

Begabung alleine reiche nicht, man bräuchte auch das nötige Kleingeld, um nicht wie ein Loser herumzulaufen. Die Außenwirkung war ein nicht zu vernachlässigender Faktor. Daran bemaßen sich später Werbeverträge. Man musste einfach ein Typ sein. Eine Marke für sich. Eine Rampensau mit Style. Sie verstehe sicher, was er meine, oder?

»Wurde er gemobbt, weil er nicht mithalten konnte?«, fasste Jo zusammen. Verächtlich blickte der Junge sie an. »Gemobbt werden Opfer, und für die ist hier kein Platz.« Er nahm seinen Ball. »Sorry, ich muss jetzt zum Einzeltraining, und Ihrem Sohn wünsche ich viel Erfolg, wo auch immer.« Weg war er, der Gehirngewaschene. Armer Junge! Sie schlüpfte aus ihrer Mutterrolle. In einer Stunde würde sie wieder Kind sein. Sie war mit ihrem Vater verabredet.

Jo freute sich auf Vitus und über den freien Tisch auf der Terrasse der Kunstmühle. Gewöhnlich überstieg die Beliebtheit des Cafés sein Platzangebot. Der Rosenheimer Bevölkerungsquerschnitt, von der jungen Mutter bis zum alternden Geschäftsmann, trank hier bevorzugt seinen Kaffee – oder inhalierte ihn. Die Bohnen wurden im Haus geröstet und schickten ihren Duft durch die hohen Räume. An den Wänden hingen käufliche Kunstwerke und warteten auf Interessenten. Aktuell leuchteten computerbearbeitete Blumenbilder hinter Acrylglas. Die Kunstmühle hatte sich gemacht und konnte sich wieder sehen lassen. Ihre Zeit als heruntergekommenes Mauerwerk war vorbei, dank fantasievoller Investoren, die dem alten Backsteingebäude einen neuen Sinn gegeben hatten. Vor rund 150 Jahren wurden hier noch Roggen und Weizen gemahlen. Daher auch der Name Kunstmühle, nicht wegen der Wanddekoration.

Zufrieden genoss Jo ihr riesiges Stück Himbeertorte, obwohl sie im Fall Tiger noch nicht wirklich weitergekommen war. Vielleicht sollte sie sich auch eine Zielcollage basteln wie der junge Ballkünstler von heute Vormittag. Aber wer will sich schon das Bild einer angenagten Hand übers Bett hängen? Pfui Deifi *(bay. Teufel)*! Der Täter war eine Sau, und damit war der Fall gelöst, zumindest bis der Kuchen gegessen war und keine zermanschten Himbeeren mehr auf ihrem Teller lagen, wo sie unerwünschte Assoziationen provozierten.

»Johanna!« Ihr Vater kam schwungvoll durch die große Glastür auf die Terrasse und umarmte sie. Zwei Frauen am Nebentisch blickten interessiert auf. Heute standen Vitus seine Elvis-Tolle und die Lederjacke hervorragend. Verjüngt sah er aus. Verliebt. »Sauguad, Diana!«, dachte Jo. Überzeugt davon, dass Vitus seine positive Ausstrahlung der Dame verdankte. Hoffentlich meinte sie es gut mit ihrem Vater. Er war jetzt in einem Alter, in dem er Sex und Gefühle nicht mehr trennen konnte. Ganz im Gegensatz zu ihr selbst. Wirklich? Hatte sie nicht den ganzen Vormittag auf eine Nachricht von Alois gehofft? Vergeblich obendrein.

Jo musste sich auf ihre Arbeit konzentrieren und erzählte Vitus vom Besuch in der Fußballschule und von der Idee, sich online selbstständig zu machen. Ihre Degradierung erwähnte sie nur in einem Nebensatz, aber der entging ihrem Vater nicht. Seine tröstenden Worte: »Scheiß auf den Titel.« Es käme allein auf die Arbeit an, und da brauche sie endlich Fortschritte. »Der Fall Wildfutter ist noch lange nicht gelöst.«

»Wildfutter. Klingt gut, fast wie ein Regionalkrimi. Da lässt sich doch etwas draus machen«, meinte Jo, aber ihr Vater hatte für Wortspielereien nichts übrig. Also fragte sie: »Gibt's Neuigkeiten aus dem Kommissariat?«

»Ja!«

»Und!« Jo trieb ihren Vater mit einer ungeduldigen italienischen Geste an, die für Rocco typisch war.

»Sabrina Wilds Gefriertruhe ist sauber. Es waren keine Spuren von Tiger zu finden.« Jo wusste längst, dass Tigers Hand vorübergehend auf Eis gelegen hatte, aber sie hielt sich an ihr Versprechen, niemandem auch nur ein Sterbenswörtchen davon zu erzählen.

»Kann deine Diana etwas zur Sache beitragen?«, fragte Jo eher spaßeshalber, aber Vitus wurde ernst. Dianas Sohn Simon habe früher bei Tiger Wild trainiert, erzählte er.

»Und jetzt?«

»Jetzt trainiert er nicht mehr beim Tiger.« Diese Information musste genügen, weil Diana nicht darüber reden wollte und er das respektiere. »Außerdem bin ich nicht scharf auf die Rolle als Ersatzvater, ich hab schon mit dir genug zu tun.«

»Sonst gibt es nichts zu erzählen?«, fragte Jo neugierig.

»Der Rest ist privat«, behauptete Vitus.

»So weit seid ihr also schon. Ihr kennt euch doch kaum!«

»Ach Johanna, davon verstehst du nichts.«

»Du meinst, von der Liebe verstehe ich nichts.«

»Bislang bist den gegenteiligen Beweis schuldig geblieben! In deiner Sammlung unpassender Männer fehlt eigentlich nur noch ein Verheirateter.« Er sah sie kritisch an. »Oder täusch ich mich da?«

Jo dachte gar nicht daran, ihr kleines Stelldichein mit Alois zu verraten. Außerdem gab die Beziehung zu Alois bislang nichts her, was man einem Vater erzählen konnte. Punkt. Aus. Amen. »Weißt, Papa, das ist privat!«

Die Kellnerin servierte ihrem Vater einen Eiskaffee, ohne Sahne, dafür mit einer Extrakugel Eis. Sommer! Zeit, die unterkühlte Stimmung am Tisch mit einem Themenwechsel aufzuheizen.

»Lass uns arbeiten, Papa. Wir sind hier nicht im Urlaub.«

»Gut, dann fang schon mal an, Johanna.«

Er löffelte das Vanilleeis in seinen Mund, und Jo stellte die entscheidende Frage, wie sie es von ihm gelernt hatte: »Cui bono? Wer profitiert von Tigers Tod?« Sie mussten noch einmal ganz von vorne anfangen. Zurück auf Los. Weit waren sie ohnehin nicht gekommen.

»Seine Frau?«, fragte Vitus und nippte am Glas. »Ein bisschen zu süß. Eiskaffee ist meistens zu süß, wenn man ihn nicht selbst macht.«

»Du hast Sabrina Wild getroffen«, erinnerte Jo ihren Vater.

Also gut, er war bereit, das Eis in seinem Kaffee der Sonne auszuliefern und zu berichten. Für den leitenden Ermittler Hopfinger war die Witwe bislang die Hauptverdächtige, obwohl er nichts gegen sie in der Hand hatte, nicht einmal eine fällige Lebensversicherung. Vitus war wohlinformiert. »Die Quellen fließen immer noch in meine Richtung«, triumphierte er über seinen Nachfolger. Apropos Lebensversicherung. Es gab nur Ausbildungsversicherungen, die Tiger zu Lebzeiten für seine Söhne abgeschlossen hatte, bei seinem Nachfolger Alois Steimer. Vielleicht sollte er sich den genauer anschauen.

»Der Alois Steimer, der ist in Ordnung«, sagte Jo.

»Was hast du mit diesem Versicherungstandler zu schaffen?«

»Du, da geht es nur um Fußball, Papa, weißt doch, die Arbeit. Die Serie für *Rosenheim News.*« Sie grinste so unschuldig wie möglich.

»Mir kannst nichts vormachen.«

»Geh, Papa, ich bin doch erwachsen.«

»Definitionssache.«

»Privatsache!«

Aber da sie schon beim Thema waren: »Hat der Tiger in fremden Revieren gewildert?«, fragte Jo und dachte an Marina, die alles abgestritten hatte. Vitus dachte an Diana, zögerte einen Moment und schüttelte dann den Kopf. Vielleicht war der Tiger keine Raubkatze, sondern eine treue Hauskatze gewesen? »Er hatte eine hübsche, nette Frau«, sagte Vitus.

»Na und?«

»Na ja, eine glückliche Beziehung setzt man doch nicht aufs Spiel.« Vermutlich dachte er an Jack.

»Du musst ja wissen, wovon du redest.« Der Satz rutschte Jo von ihrer ohnehin lockeren Zunge. Kaum war er draußen, hätte sie ihn am liebsten geschluckt.

»Ich rede von deinem Ex«, präzisierte Vitus.

»Und ich rede von dir«, sagte Jo, obwohl sie die Vergangenheit ruhen lassen wollte. In den letzten zwanzig Jahren war ihr das gut gelungen. Aus welchen Niederungen ihre alte Wut plötzlich wieder auftauchte, konnte sie sich nicht erklären, aber der unausgesprochene Vorwurf war stark genug, um ihrem Vater die Schultern niederzudrücken. Plötzlich saß der eben noch kraftvolle Vitus mit einem unsichtbaren Gewicht auf dem Rücken vor ihr. Sie kannte diese Haltung. Jahrelang hatte er so am großen Küchentisch gesessen, nach Rosinas Tod. Neben ihm Jo, gegenüber der leere Platz seiner Frau und der Platz, an dem Beppo hätte sitzen sollen. Damals blickten sie beide ins Nichts. So wie jetzt.

»Es war damals keine glückliche Beziehung, das weißt du, Johanna«, verteidigte sich Vitus und legte ihr die Hand auf den Arm. Er saß wieder gerade. »Komm, lass uns weiter überlegen.« Sie nickte. »Magst auch einen überzuckerten Eiskaffee?« Sie nahm das Versöhnungsangebot an, dann überlegten sie weiter.

Gab es Verdächtige im Verein? Es sah nicht danach aus, Vitus hatte seine Quelle angezapft und sich umgehört. »Laut Protokoll überwiegend Besserwisser und Neider, allen voran der neue Trainer, besagter Alois Steimer, der Versicherungsvertreter.« Er wollte wohl nicht anerkennen, dass Tigers Sohn Diego mit mehr Talent ausgestattet war als sein Adrian.

»So ein Schmarrn!«, unterbrach Jo und erinnerte Vitus an Steimers rührenden Nachruf vor ihrer Kamera.

»Vielleicht ist er ein guter Schauspieler?«

Nein, das glaubte Jo nicht. Sie war überzeugt: »Da schlägt ein Herz in seiner Brust.«

»Wie bei jedem lebenden Exemplar, Ausnahmen bestätigen die Regel.« Vitus dachte wieder an Jack, und Jo ahnte es. Irgendwie war in diesem Treffen »der Hund drin«.

»Papa!«

»Sag mal, ich hab das Gefühl, du kennst diesen Steimer doch näher, Tigers Lückenfüller.« Vitus konnte es nicht lassen, aber Jo wiederholte, was sie ihm bereits gesagt hatte, sie kenne Alois nicht wirklich, und das war immerhin die halbe Wahrheit. Wen kannte sie schon wirklich? Vermutlich nicht einmal sich selbst. Keine reife Leistung für eine 37-Jährige.

»Also bleiben uns noch nicht einmal die üblichen Verdächtigen«, fasste ihr Vater zusammen.

»Und jetzt?«, fragte Jo.

»Jetzt trinkst du einen süßen Eiskaffee und lässt es dir gutgehen.«

»Wo ist denn dein Ehrgeiz geblieben, Vitus Pangratz? Doch nicht etwa auf der Matratze?« Ihr Vater deutete eine Luftwatschen an, und im selben Moment vibrierte endlich ihr Smartphone.

Es war nicht wie erhofft eine Nachricht von Alois, sondern von ihrem Exmann.

»Jo, we need to talk. Please skype with me. Love you! Jack, yours forever.« Nichts war so billig wie Jacks Worte. Er besaß einfach zu viele davon, aber sie hatte ihm nichts mehr zu sagen. Ihr Wort war etwas wert. Wahrlich! So klang Selbstgerechtigkeit? So what!

»Met someone new. Nothing to talk about. Wish you happiness. Jo.« Genau, sie hatte einen Neuen. Das durfte er ruhig wissen. Dafür opferte sie gerne ein paar ihrer wertvollen Worte.

Die nächste Nachricht, die sie tippte, war freundlicher. Sie war an Alois adressiert, den Lückenfüller, der genau passte. Vielleicht auch in ihr Leben. Zumindest jetzt, und mehr als jetzt war sowieso nie zu haben.

Uschi-Muschi hatte auf Alois gewartet, in schwarzen Leggins und einem weiten lila Leinensack, der sie alles andere als umschmeichelte. Sie lehnte ihr Gewicht an den Türrahmen und hielt Alois sein Handy entgegen wie eine Rote Karte, aber den Platzverweis bekam Adrian. Uschi schickte ihn ins Kinderzimmer. Oh Scheiße! Alois hatte sein Handy vergessen, und Uschi hatte es gefunden. Im Vorbeigehen riss er es ihr aus der Hand. »Gib her! Das geht dich gar nichts an.«

»Das seh ich aber anders. Ich hab die SMS von der Schlampe gelöscht. Elektronische Geräte sollten nicht feucht werden.« Ihr anzüglicher Ton und ihr umfangreicher Auftritt reizten Alois. Mit ihrer bloßen Anwesenheit attackierte dieses Weib nahezu alle Sinne, es fehlte nur noch, dass sie schlecht roch. Er holte tief Luft. Sie roch schlecht. Knoblauch. Sie hatte Knoblauch gegessen. Ihm blieb auch nichts erspart. Sie löste sich vom Türrahmen und stemmte die Hände an den Ort, wo sich bei ihr Rettungsringe stapelten und bei Jo die Taille saß. Bevor Uschi auch nur den Mund aufmachen konnte, wurde er laut: »Am besten, ich nehm mein Handy mit in unser Bett, da bleibt es garantiert trocken und fantasiefrei. Gell, Uschi-Muuuuuhschi!«

Himmelherrgott, von dieser Frau hatte er sich zur Ehe nötigen lassen. Sie war es, die um seine Hand angehalten hatte, öffentlich, unter einer gestreiften Zeltplane zwischen Tuba und Akkordeon auf der Bühne des Rosenheimer Herbstfestes – nach seiner dritten oder vierten Mass. Er war nicht mehr zurechnungsfähig gewesen, aber nachdem ihn das ganze Flötzinger-Zelt als Ja-Sager erlebt hatte, war sein Schicksal besiegelt. Ein halbes Jahr später heiratete ihn Uschi, und der goldene Ring, den sie an seinen Finger steckte, war nichts anderes als eine Handschelle im Kleinformat. Er hätte darauf verzichten können, aber Männer mit weichem Herzen und Anstand sind geliefert auf dieser Welt. Außerdem war Uschi damals noch nicht fett, sondern fesch und kam den ehelichen Pflichten nach.

Die Türglocke durchbrach seine Gedanken, und im nächsten Moment polterte Adrian die Treppe herunter und stürzte zur Haustür. »Ich schau schon!« Es war der Bofrost-Mann, der seinen Kleintransporter mit Tiefkühlkost vor dem Haus geparkt hatte. »Sag ihm, unsere Tiefkühltruhe ist noch voll, und dann gehst wieder nach oben spielen«, instruierte Uschi ihren Sohn. Sie war schließlich noch nicht fertig mit ihrem Mann, das gab sie Alois deutlich zu verstehen, und er wusste, was er jetzt zu tun hatte: die Nerven bewahren, die Kurve bekommen und den Ball flach halten.

Alles andere würde er nach dem Chiemgau-Cup klären. Im Moment zählten nur Adrian und seine eigenen Karrierepläne. Darauf musste er Rücksicht nehmen. Zur Beruhigung holte sich Alois ein frisches Helles von Flötzinger aus dem Kühlschrank und setzte sich an den Küchentisch, wo das *Rosenheimer Volksblatt* auf ihn wartete. Er suchte den Sportteil, was sonst, aber Uschi war schneller, zerknüllte die wichtigen Seiten und pfefferte den Papierball auf den Boden. »Null Ballgefühl«, kommentierte der Spezialist. Es rutschte ihm einfach so raus. Nerven behalten ging anders. Sakradi!

»Arschloch! Hast du nichts zu deiner Verteidigung zu sagen?«, bellte sie. Ihr Gesicht rötete sich, und das Sackkleid über ihrer

Brust hob und senkte sich. Jetzt erkannte er einen kleinen braunen Fleck auf Herzhöhe. Schokolade, garantiert. Schon wieder. Er starrte darauf, während er sich eine Antwort überlegte. Dann hatte er sie: »Ich soll mich verteidigen? Sag mal, geht's noch? Mir steht eine Entschuldigung zu. Ich warte auf eine Entschuldigung von dir. Was bildest du dir eigentlich ein? Schnüffelst hinter mir her, unterstellst mir weiß Gott was, und glaubst alles, was du liest.« Angriff war seit jeher die beste Verteidigung.

»Es war ziemlich eindeutig, was dir diese Frau geschrieben hat.«

»Genau, die Jo hat es geschrieben. Die Jo. Nicht ich. Und was kann ich dafür? Nichts! Es gibt halt Frauen, die stehen auf mich. Du hast früher auch dazugehört.«

Sie pustete verächtlich eine Knoblauchfahne aus ihrem Mund. Widerlich. »Die Jo, so, so, und ich hab gedacht, dir schreibt ein Mann.«

»Das ist ja wohl die Höhe! Ja, glaubst jetzt, ich bin schwul oder was? Du bist wirklich die Letzte!«

»Hab ich's doch gewusst! Es gibt wirklich eine Frau, und du bescheißt mich nach Strich und Faden.«

»Was hast denn du für eine Wortwahl, du Pritschen!«

»Als ob es darauf noch ankommt!«

Nein, diese Situation würde er nicht bei einem Bier aussitzen können, er musste sie aktiv retten. Adrian zuliebe und dem Haushalt. Wer sollte sich sonst darum kümmern, wenn nicht Uschi? Alois überlegte. Er brauchte eine gute Story. Mit der richtigen Story lässt sich alles verkaufen, nicht nur Versicherungen, auch Gefühle, ob echt oder nicht. Die richtige Story ist das A und O. Er musste Uschi nur dazu bringen, ihm zuzuhören.

»Komm, setz dich zu mir, Uschi. Ich schenk dir ein Bier ein und danach die reine Wahrheit.« Sie zierte sich, aber als er aufstand, ihr den Stuhl einladend hinstellte, ein zweites Bier aus dem Kühlschrank holte und mit Limo ein Radler mixte, so wie sie es gerne hatte, zwei Teile Limo, ein Teil Bier, ließ sich Uschi widerwillig nieder und verschränkte abweisend die Arme vor ihrer Oberweite.

Nachdem er ihr zugeprostet hatte, erzählte er ihr von Jo Coleman, der Frau, die bei *Rosenheim News* als Reporterin arbeitete und für eine Fußballserie verantwortlich war. Daher kannte er sie. »Du hast sie doch neulich auch auf dem Platz gesehen, erinnerst du dich? Unser Alter, durchschnittliches Aussehen, ganz nett, aber nichts Besonderes.« Ja, und diese Frau, die auch nur ihre Arbeit machte, hatte ein Problem: Ihre Mobilverbindung war gehackt worden. Vermutlich die Rache ihres Exmannes, der ein wirklich mieser Typ sein musste, aber Männer waren zu allem fähig, wenn ihr Stolz verletzt war oder wenn man ihre Pläne durchkreuzte. Das dürfe Uschi nie vergessen. Immer schön vorsichtig sein, Schatzi, gell. Sie wurde hellhörig.

»Hast du mir gerade gedroht?« Ihre Augen verengten sich zu Schlitzen und erinnerten ihn daran, dass Uschi eine gefährliche Frau war, aber er war bereit, der Gefahr ins Auge zu sehen, und wollte jetzt endlich wissen, was in der SMS von Jo gestanden hatte, aber Uschi wiederholte sich. »Du hast mir wirklich gerade gedroht!« Kruzifünferl, die Vorstellung wurde immer anstrengender für ihn.

»Gedroht? Dir? Der einzigen Frau, die ich geheiratet habe? Ach Uschi, gegen dich hätte ich doch gar keine Chance«, schnurrte er. »Geh, schau, wie ich schau. Hast mich denn gar nicht mehr gern?« Er warf ihr einen Dackelblick zu wie der Monaco Franze seinem Spatzl. Der ewige Stenz aus der legendären bayrischen Kultserie war der Held seiner Jugend gewesen, neben Beckenbauer, Rummenigge und Maradona.

»Uschi, jetzt sag schon. Wo ist denn meine Uschi von früher? Sag ihr doch, dass ich sie gerne wiederhätte. Meine Uschi.« Er fand sich überzeugend und applaudierte sich innerlich. »Uschi?«

Ein Grinsen zog über ihr Gesicht, doch Alois konnte den Gemütszustand dahinter nicht klar einordnen. Kannte er diese Frau überhaupt?

»Jo will wissen, ob sie für die Reportage noch einmal beim Training zusehen darf. Sie hätte da noch eine Lücke zu füllen, schreibt sie – oder ihr Exmann, der Hacker.« Uschis Stimme war so kalt wie das Glatteis, auf das sie Alois geführt hatte. Diese Matz!

In Jos Wohnung brach Hektik aus. Schuld daran war ihr Lieblingspraktikant. Rocco war voller Tatendrang. Er machte sich an Jos Computer breit, tippte mit zwei Fingern und einem beachtlichen Tempo, um eine Webadresse aufzurufen. Ihre! »Ich hab mich jetzt doch für ›Innsider Info‹ entschieden«, meinte ihr technikaffiner Kollege, bevor er geduldig erklärte, wie sie ihren neuen Arbeitsplatz mit Texten, Fotos und Filmen füllen konnte. Genial. »Dieser Blog ist deine Unabhängigkeitserklärung«, freute sich Rocco. Damit es vorerst keinen Ärger mit Anzenberger und den anderen Nasen von *Rosenheim News* gäbe, sollte sie unter Pseudonym arbeiten. Ob sie eine Idee hätte? Klar doch, »Rosi Heim«. Rosi Heim von *Innsider Info*. Sie ernannte sich auf der Stelle zur Chefredakteurin und Rocco zu ihrem Stellvertreter. Diese Positionen konnte ihnen so schnell keiner mehr nehmen. »Salute!« Rocco hatte an alles gedacht, sogar an Prosecco.

Vitus kassierte eine Absage, die sich wie ein Korb anfühlte. Leider hatte Diana am heutigen Abend keine Zeit. Sie musste im Garten von Kommissar Hopfinger regionale Köstlichkeiten servieren, weil der einen runden Geburtstag feierte und Sauguad, das Feinschmeckerbistro als Caterer gebucht hatte. Kurz: Hopfinger, sein unwürdiger Nachfolger im Kommissariat, war schuld, dass er Diana nicht sehen konnte. So gerne sich Vitus unter die Gäste gemischt hätte, um Diana wenigstens auf diese Weise nahe zu sein, so sehr verbot es ihm sein Stolz. Obwohl er eine offizielle Einladung hatte, die er vermutlich seiner Sekretärin und Informantin Liesel Dirscherl verdankte. Seiner treuen Liesel, der guten Haut. Jahrelang hatten sie als perfektes Team zusammengearbeitet. Sie war seine rechte Hand gewesen, und als solche hatte er sie behandelt – nicht wie ein Lehrmädchen, das man zum Brotzeitholen schickte. Im Gegenteil. Um die Leberkässemmeln am Vormittag hatte er sich selbst gekümmert und sie seiner Assistentin im Silberpapier serviert. Hopfinger dagegen delegierte der guten Seele vorzugsweise niedrige Aufgaben und private Angelegenheiten – wie Geburtstagseinladungen. Trotzdem war Liesel garantiert auf der Feier, wie alle anderen wichtigen Kollegen auch. »Dem Hopfinger fressen wir die dünnen Haar vom Kopf und saufen ihn arm!«, war die Devise, wie er aus informierten Kreisen wusste. Liesel hatte im Sauguad ein bayrisches Büffet bestellt. Vom zusammengedrückten »obazden« Camembert bis zu Fleischpflanzerl und Rettich, genannt Radi, würde es alles geben, was den Gaumen erfreute. Jetzt, wo Vitus darüber nachdachte, verspürte er plötzlich einen gewaltigen Hunger. Sein Magen knurrte, und sein Herz seufzte. Er beschloss, auf seinen Körper zu hören. Ja, er würde dem langen Lulatsch die Ehre geben – und Diana sehen. Irgendwann würde sie schließlich Feierabend haben, und dann wäre er vor Ort, um sie nach Hause zu begleiten, Hand in Hand oder Arm in Arm.

Begeistert von seinem Entschluss legte Vitus eine alte Platte von Elvis auf – er hatte sie alle, jede einzelne – und kümmerte sich um die perfekte Welle auf seinem Kopf. Als er in seine abgegriffene Lederjacke schlüpfte, sang er mit dem King im Duett »Burning love«. »Ooh, ooh, ooh, I feel my temperature rising …«

Herr Pangratz, Sie hier?« Es kostete Hopfinger offensichtlich Mühe, seinem Besucher freudige Überraschung vorzutäuschen, wo er doch verständlicherweise geschockt war. Er konnte sich nicht erinnern, Pangratz auf seine Gästeliste gesetzt zu haben, aber der ehemalige Kollege wedelte frohgemut die Karte mit der goldenen 50 vor seiner Nase. »Ich hab Ihre Einladung gerne angenommen«, sagte Vitus und gratulierte zum Alter, das oft schneller als die Weisheit kommt. Ja, er wisse, wovon er spreche, fügte er versöhnlich hinzu. Schließlich wollte er Diana sehen und keinen Streit riskieren.

»Jetzt kommen's halt rein. In Gottes Namen«, bemühte sich Hopfinger und schüttelte Pangratz die Hand wie ein Laiendarsteller, dessen Rolle Höflichkeit vorsah. Vitus übernahm seinen Part des Schauspiels mit dem gleichen Engagement und schwärmte bemüht: »Sie leben in Neubeuern. Respekt, Herr Kollege! Da haben Sie sich ja ein ganz exklusives Plätzchen gesichert. Eine Residenz im hochgepriesenen Kulturdorf, das verspricht Leben auf höchstem Niveau.« Vitus klang wahrlich wie ein Immobilienmakler. »Früher Kuhdorf, heute Kulturdorf.« Er gab sich beeindruckt, was Hopfinger vermutlich angemessen fand, bei seiner feinen Adresse und der adeligen Nachbarschaft, auf die er im nächsten Moment hinwies. »Es ist ein großes Geschenk, Enoch Freiherr von und zu Guttenberg in der Nachbarschaft zu wissen. Neubeuern hat ihm viel zu verdanken.«

Enoch Freiherr von und zu Guttenberg schwang hier den Taktstock, seitdem er in den sechziger Jahren die berühmte Chorgemeinschaft Neubeuern gegründet hatte. Der Vater des ehemaligen Verteidigungsministers Karl-Theodor zu Guttenberg wurde mit seinen Sängern in den Konzertsälen der Republik gefeiert, das wusste sogar Vitus, obwohl er sich nicht für klassische Musik interessierte. Für ihn, Johanna und viele andere war der bedeutendere Kulturknotenpunkt im Ort »Auers Livebühne« über der Schlosswirtschaft. Hier trat Marie Marie an der Elektroharfe auf und Hans Söllner mit der Gitarre. Hier spielten die Bananafishbones und die Neurosenheimer. HMBC bliesen ihre Melodien in die Welt, und die Bad Aiblinger Boygroup Levantino hob ab. Und vor ein paar Wochen spielte Jesper Munk hier seinen archaischen Blues, und Vitus saß begeistert im Publikum. Das nächste Konzert wollte er mit Diana besuchen. Wo war sie überhaupt? Er sah sich in Hopfingers gepflegtem Garten um und stellte sich vor, wie sein Nachfolger an dienstfreien Wochenenden den Rasen frisierte und die Hecke manikürte. Fehlten nur noch die Gartenzwerge.

»Wie wär's mit einem Aperitif für den King?« Es war Diana. Sie hielt ihm lächelnd ein Tablett mit »Aperol Sprizz« hin. »Ein kühles Bier wär mir lieber.« Diana versprach, sich darum zu kümmern. Sie konnte sich auch nicht erklären, warum zum bayrischen Büfett Prosecco Aperol serviert wurde. Eine Anweisung der »Dame des Hauses«. Und da kam sie auch schon, besagte Dame, im Blümchenkleid. »Mei, Herr Pangratz, dass Sie uns die Ehre erweisen! Ich hab ja schon immer gesagt, erwachsene Männer dürfen nicht streiten wie Schulbuben, und der Klügere gibt nach. Wer das ist, haben Sie heute klargemacht.« Die Frau, die sich als Monika, Moni, – wir brauchen uns doch nicht zu siezen – Hopfinger vorstellte, drückte Vitus an ihren weichen, großen Busen. Es fühlte sich fast ein wenig zu gut an, obwohl er sich heute nicht mit Viagra gedopt hatte.

»Ist das für mich?«, fragte Monika Hopfinger und zeigte auf die folienverpackten Dosen in Vitus' Hand. Jetzt erst bemerkte er, dass er sein Geschenk nicht überreicht hatte: Gewürze von Alfons Schuhbeck. Der Koch, den der Rosenheimer Kabarettist Peter Kirmair nur »Ingwer-Fonse« nannte, hatte am Stadtplatz einen Gewürzladen eröffnet. Irgendwann war Vitus mit einer Auswahl Schuhbeck-Kräutern zwangsbeglückt worden. Es war lange her, denn als er sie heute vom Küchenregal nahm, lag eine dicke Staubschicht auf der Geschenkfolie. Vitus musste kräftig pusten, bevor er Schuhbeck mit zur Party nehmen konnte. Jetzt überreichte er Frau Hopfinger sein Geschenk.

»Monika, du kochst doch gerne.«

»Hat das der Harald erzählt?«

»Richtig geschwärmt hat er von deinen Künsten!«

»So ein Lügner!«

»Ja, mit der Wahrheit nimmt er es nicht so genau.« Vitus grinste unschuldig, und Monika Hopfinger wusste nicht, woran sie war. »Schlechter Scherz!«, beruhigte er sie. »Das will ich hoffen!« Aber jetzt musste sie sich ohnehin um die »geladenen Gäste« kümmern. Vitus wäre ihr sicher nicht böse. Auf gar keinen Fall. Er wollte ohnehin nach einem bekannten Gesicht aus seiner Vergangenheit suchen. Er drehte sich suchend um und scannte die Köpfe der Anwesenden, als Moni Hopfinger kreischte: »Vorsicht, Vorsicht, dass kein Unglück passiert. Da steht der Fritzi.« Vitus wäre fast über einen Gartenzwerg gestolpert. Er hatte die bunte Figur im Schatten eines dicken Buschs nicht bemerkt, dafür betrachtete er sie jetzt genauer: Der Zwerg namens Fritzi vor ihm zog die Hose herunter und zeigte Vitus sein nacktes Kunststoffhinterteil. »Den hab ich dem Harald geschenkt«, erklärte Moni.

»Zum Geburtstag?«

»Zum Hochzeitstag.«

»Na, hallöchen, Popöchen! Frau Hopfinger, Sie gefallen mir.«

»Moni! Und du! Ich bin so frei, Vitus! Und das mit dem

Gartenzwerg, das darfst jetzt nicht falsch verstehen. So ein kleiner Gartenzwerg hat eine große Vergangenheit als germanisches Kulturgut, obwohl es ja Leute gibt, die glauben, seine Mütze weist auf eine anatolische Abstammung hin. So ein Schmarrn!«

»Aber Fritzis nackter Hintern, der weist doch auf ganz was anderes hin.«

»Du Schlawiner! Aber jetzt muss ich wirklich weiter«, sagte Moni Hopfinger und zog mit einem lauten »Ja mei, dass ich euch endlich wiedersehe! Guad schaut's ihr aus!« zu einer Gästegruppe, allesamt im Trachtenlook.

Die Frau, die von hinten auf ihn zukam, nahm Vitus erst wahr, als sie ihn am Ärmel zupfte.

Es war Liesel Dirscherl, seine ehemalige Sekretärin, die inzwischen undercover als zuverlässige Informantin für ihn arbeitete, obwohl ihr offizieller Chef jetzt Hopfinger hieß. Die Freude, Vitus wiederzusehen, strahlte aus ihren Augen wie die Sonne zur Mittagsstunde. Liesel leuchtete und prostete ihm mit Prosecco Aperol zu. »Chef, ich muss es dir einfach sagen, du fehlst mir so!« Dabei schwappte die Hälfte ihres Glases auf sein weißes Hemd und breitete sich als roter Fleck über seinem Herzen aus.

»Das macht doch nichts«, kommentierte Liesel den Flüssigkeitsverlust. »Das Glas ist ja noch halb voll, nicht halb leer. So wie wir. Mensch, Vitus, wir sind ja auch noch halb voll, so altersmäßig, verstehst. Ich mein, da ist noch was drin in unseren Leben. Wir müssen es nur rausholen. Verstehst, Vitus? Wir müssen alles aus unserem Leben rausholen, bevor es zu spät ist. Ich hab das jetzt endlich verstanden.« Sie nahm einen Schluck aus ihrem Glas, bevor sie weitersprach. Der Saft des Lebens, der dürfe doch nicht verschwendet werden. Jetzt erst recht nicht, in diesem Alter, predigte sie mit missionarischem Eifer. Wer weiß, wie viel wir noch zum Schlucken kriegen. Gell, Vitus? Sie leerte ihr Glas, damit die bessere Hälfte nicht übrigblieb.

»Da fehlt nicht viel, und die Frau ist betrunken«, hörte er plötzlich Dianas Stimme, die aus der Menschenmenge in Hopfingers Garten aufgetaucht war und jetzt zwischen Vitus und Liesel stand. Mit überbetonter Freundlichkeit wandte sie sich an Vitus' ehemalige Assistentin: »Wollen Sie noch ein Glaserl, gnädige Frau, jetzt ist es eh schon wurscht.« Aber gerne! Leer gegen voll, bei so einem gutem Tausch, wer würde da schon nein sagen. Sie hatten schließlich was zu feiern, der Herr Kommissar und sie. »Wiedervereinigung!« Liesel hielt Diana ihr Glas hin, lächelte sie dankbar an und schaute ihr lange ins Gesicht. Irgendetwas schien ihren Blick festzuhalten. Es war Liesel anzusehen, dass sie nachdachte.

»Geh, Sie kenn ich doch!« Noch ein gründlicher Blick, dann jubelte Liesel: »Ja freilich!«

»Klar kennen Sie mich«, unterbrauch Diana, »aus dem Feinschmeckerbistro.« Und jetzt müsse sie wieder los, sie war schließlich zum Arbeiten hier, nicht zum Partymachen, sonst hätte sie natürlich gerne an den Wiedervereinigungsfeierlichkeiten teilgenommen, meinte Diana mit spitzem Unterton, bevor sie Vitus zuflüsterte: »Bist ja in bester Gesellschaft, zumindest in feuchtfröhlicher«, wobei sie die Betonung auf »feucht« legte, vielleicht täuschte sich Vitus aber auch. Zwei Frauen auf einmal überforderten ihn. Er wollte Diana folgen, weil er das Gefühl hatte, etwas klären zu müssen, doch Liesel hielt ihn zurück.

»Chef, jetzt fällt's mir wieder ein, woher ich die Frau kenn. Nicht aus dem Sauguad. Zumindest nicht nur. Ihr Gesicht hab ich mir aus einem anderen Grund gemerkt. Ich sag's dir, das ist die Reifenstecherin. Hunderprozentig!«

»Reifenstecherin? Geh, Liesel, da musst du dich täuschen.«

»Ich täusch mich nur in Männern, das weißt du genau!«

»Ach Liesel!« War die Frau eifersüchtig, oder wurde sie auf ihre alten Tage hysterisch? Verständlich wäre es ja. Liesel war endgültig raus aus dem gebärfähigen Alter und immer noch ledig, eine »Übriggebliebene«, wie man in Bayern zu sagen pflegte, bevor solche Wörter als politisch inkorrekt aus dem Sprachschatz sortiert wurden.

»Das ist die Reifenstecherin. Ganz sicher, Chef, du kennst mein

Gedächtnis. Darauf ist Verlass«, beharrte sie. Ihr phänomenales Erinnerungsvermögen hätte ihm schon oft auf die Sprünge geholfen. Nicht wahr? Deshalb solle er ihr jetzt gut zuhören. »Aufgepasst, Chef!« Ihr Glas war bereits wieder leer, ihre Stimme rollte aus dem Mund, aber sie ließ sich nicht von ihrer Überzeugung abbringen: Ohne Zweifel war Diana dabei erwischt worden, wie sie die Reifen eines Fußballtrainers zerstochen hatte. »Jetzt halt dich fest, Chef, das waren die Reifen von dem Tiger, aber der wollte keine Anzeige erstatten – und jetzt, jetzt ist er tot. Womöglich abgestochen. Abgeschlachtet. Vielleicht hat sie an den Reifen nur geübt. So leicht kommst ja nicht durch das dicke Profil, da musst schon entschlossen zustechen. Ich glaub, die hat ein Metzgermesser benutzt.«

Nein. Vitus wollte nicht glauben, dass Diana die Reifen des Mannes zerstochen hatte, mit dem sie nur eine unbedeutende Affäre verband, also verbunden hatte. Entweder Liesel Dirscherl irrte doch, oder der Tiger musste Diana schwer verletzt und enttäuscht haben. Wahrscheinlich hatte er sie benutzt, ausgenutzt. Dann wäre es ihm nur recht geschehen. Was sind zerstochene Reifen im Vergleich zu einem zerbrochenen Herzen? Wovon sprachen sie hier eigentlich? Außerdem war Diana eben eine leidenschaftliche Frau. Er selbst hatte sich davon überzeugen dürfen.

»Liesel, hör auf! Sie wird schon ihre Gründe gehabt haben, wenn es denn wirklich so war! Prost!«

Aber Liesel bohrte trotzdem weiter: »Was sagt denn dein Instinkt dazu, Chef?«

»Dass ich bieseln muss, das sagt mein Instinkt.« Vitus Pangratz ließ Liesel Dirscherl stehen.

Rocco schnarchte in Jos Bett. Sie hatten fast die ganze Nacht durchgearbeitet und waren dann wie Geschwister eingeschlafen. Jetzt betrachtete sie seine entspannten Gesichtszüge und die feine Speichelspur auf seiner Wange. So alt wie Rocco durfte ihr kleiner Bruder nie werden. Ihre Eltern hatten ihr damals erklärt, die Engerl hätten Beppo aus der Wiege geholt, weil sie ihn im Himmel brauchten, aber Jo hatte deutlich gespürt, dass er nirgends so sehr gebraucht wurde wie in der Familie Pangratz auf der Erde. Im Grunde hatte sich daran bis heute nichts geändert, nur dass seit langem auch ihre Mutter fehlte. Jo ahnte, dass ihr Unterbewusstsein daraus sein eigenes Ding drehte, und manchmal machte es ihr damit Druck. Dann glaubte Jo, sie müsse drei Leben in einem unterbringen, versuchte es und scheiterte gewöhnlich. Wie glücklich und selbstzufrieden Rocco dagegen aussah. Er machte immer eine »bella figura«, die keine Zweifel an seinem Seelenzustand ließ, sondern signalisierte: Der Kerl ist rundum in Ordnung. Rocco hatte für seine Ausgeglichenheit eine einfache Erklärung: »Alles, was ich habe, verdanke ich Pasta«, behauptete er, weil er Sophia Loren verehrte. Im Restaurant seiner Eltern hing die Schauspielerin als überlebensgroßes Schwarz-Weiß-Foto an der Wand. Bildschön! Rocco hatte eine Sprechblase darauf gezeichnet: für den berühmten Pasta-Spruch der Loren. Dabei stellte er fest, dass auch er alles Pasta verdankte. Gewissermaßen.

Jo deckte Rocco vorsichtig mit einer dünnen Decke zu und

schlüpfte leise aus ihrer Wohnung. Diesmal würde sie sich ums Frühstück kümmern und bestimmen, welche Brezen auf den Tisch kamen.

Die paar Meter über den Ludwigsplatz, vorbei an einer Burger-Braterei bis zur Feinbäckerei Wolter legte sie in wenigen Minuten zurück und genoss dabei, wie sich Rosenheim dem neuen Tag entgegenstreckte. Links von ihr wurden Buden für den Bauernmarkt aufgebaut, rechts plätscherte ein kleiner Bach unter der Terrasse einer Wirtschaft, und der Himmel über ihr war so blau, wie man es von einem bayrischen Himmel erwarten durfte. Jo atmete die morgendliche Aufbruchsstimmung ein, und in ihre Nase zog der Duft frischer Semmeln und Brezen, der aus der Tür der Bäckerei entwich, über die Köpfe der Wartenden hinweg. Wie so oft bildete sich beim Wolter eine Schlange, doch heute hatte sie einen Höhepunkt. Ein großer Mann mit breiten Schultern ragte daraus hervor. Sie erkannte ihn sofort: Alois Steimer.

»Was machst du denn hier?«

»Hey, Prinzessin Leia, das trifft sich ja gut. Ich wollte gerade Brezen für dich holen.« Dieser Tag fing gut an. Da fiel ihr ein, dass Rocco ihr Bett belegte.

Gemeinsam mit Alois spazierte Jo im Morgenlicht über den Rosenheimer Marktplatz. Die historischen Häuser mit den pastellfarbenen Teints erzählten vom unaufgeregten Wohlstand und dem feinen Geschmack ihrer früheren Bewohner und von ihrer norditalienischen Seele. Jo hatte Rosenheim in Kalifornien vermisst, so sehr, wie sie jetzt Kalifornien in Rosenheim vermisste. Allerdings nicht in diesem Moment: Alois drückte gerade ihre Hand in der seinen, bevor er sie wieder losließ. »Weißt es ja, in Rosenheim kennt jeder jeden. Auf jeden Fall unter den Wichtigen. Es ist schon schade, dass wir uns offiziell noch nicht sehen lassen können. Noch nicht.« Sein Bedauern klang ehrlich, vorausgesetzt, »ehrlich« klang tief, männlich und rau.

Alois versprach ein ideales Versteck, und die beiden hatten es nicht weit bis zu ihrem Ziel. Sie frühstückten in Alois' Versicherungsagentur, weil Jo den attraktiven jungen Italiener zu Hause in ihrem Bett nicht erklären wollte. Außerdem hatte sie Alois mit dem Versprechen von »hervorragendem Kaffee« gelockt. Leider hatte er dann nur Kapseln in eine Maschine gesteckt. Wie George Clooney, aber das machte die Sache auch nicht besser. Weder für Alois noch für Clooney. Sollte sie ihm sagen, was Umweltschützer des Freiburger Ökoinstituts von seiner Art, Kaffee zu brauen, hielten? Sie hatte kürzlich einen Artikel darüber geschrieben. »Enormer Ressourcenverbrauch, hoher Energiebedarf und ein geringer Recyclinggrad.« Die Kapseln waren Müll, und ihrem

Inhalt fehlte es an Lebensgefühl, das in silbernen Espressokannen brodelte. Sie belehrte ihren Möchtegern-Barista, und Alois musste nur kurz überlegen, bevor er versprach: »Prinzessin Leia, für dich koch ich den Kaffee auch in der Kanne.« Sie würde ihm bei Gelegenheit eine schenken.

»Schöner Ausblick«, wechselte Jo das Thema. Durch das Schaufenster von Alois' Büro konnte sie ins »Esbaum«-Viertel mit seinen kleinen Läden schauen, doch leider gehörte zu dem schönen Ausblick auch der Einblick: Jeder Passant konnte in Alois' Büro sehen. Nur deshalb saß Jo noch immer auf dem blaugepolsterten Stuhl, der für Kunden gedacht war, und nicht auf seinem Schoß.

»Magst die Jalousien nicht herunterlassen?«, fragte sie.

»Eigentlich meinst meine Hose.« Er grinste.

»Bingo!«

Trotzdem weigerte er sich, die Jalousien zu schließen, und erklärte, Transparenz gehöre zu seiner Geschäftsphilosophie, deshalb wären die Jalousien immer oben. Alles andere würde auffallen, und als »Bavarian Businessman« müsste er auf seinen Ruf achten, so leid es ihm auch täte. Enttäuschend, fand Jo, die gerade an ihren Ausflug in den Jägerstand gedacht hatte. »Prinzessin Leia! Lächeln! Es gibt immer eine Lösung«, meinte Alois, beugte sich über den Schreibtisch, senkte seine Augenlider und leckte sich langsam und genüsslich die Oberlippe.

»Hier gibt's ein Bad, Jo. Das hat keine Fenster und lässt sich abschließen.« Er machte eine kleine Pause, legte seine Stimme tiefer und flüsterte: »Ich muss wirklich dringend.« Er erhob sich und blieb einen Moment breitbeinig auf der anderen Schreibtischseite stehen. Auf Augenhöhe von Jo zeichnete sich deutlich eine Einladung unter seiner Jeans ab. »Komm, Jo, du wirst es nicht bereuen.« Mit dem Zeigefinger deutete er ihr an, ihm zu folgen, dann schloss er die Eingangstür ab und verschwand um die Ecke.

Jo folgte Alois durch eine weiße Kunststofftür, auf der zwei Bilder klebten: Auf dem einen hob eine Dackeldame im Dirndlkleid ihr Bein, auf dem anderen bieselte ein Dackelherr in Lederhose. Offenbar war das Bad für zwei gedacht. Doggystyle? Dazu war der Boden zu hart. Jo stützte sich an den hellblauen Fliesen ab und hielt dem Mann den Rücken frei. Um alles andere kümmerte sich Alois. Das konnte er wirklich gut. Mit dem Rhythmusgefühl eines Tangotänzers taktete er sich auf Jo ein. Er vergaß für einen kurzen Moment seine Ehe und den Chiemgau-Cup. Jo vergaß für einen langen Moment alles.

Als Jo ihre Hose hochzog, telefonierte ihr Liebhaber bereits nebenan im Ladenbüro. Seine laute Stimme drang durch die Tür, und Jo hörte mit steigender Spannung zu.

»Natürlich verstehe ich, dass du endlich abschließen willst, aber so eine Hektik. Das bringt doch nichts.« Pause.

»Auf die paar Tage kommt es doch jetzt auch nicht mehr an.« Pause.

»Ich bin nicht deine Versicherung, ich bin nur ihr Vertreter.« Pause.

»Das war jetzt unverschämt, wo dein Nachwuchs ohne mich gar nichts hätte.« Pause.

»Also, Sabrina, wir können das jetzt drehen und wenden, wie du willst, es gibt Bearbeitungszeiten, und im Moment wird in der Zentrale eben etwas langsamer gearbeitet.« Pause. Stille.

»Kein angenehmer Anruf, oder?«, fragte Jo, als sie aus dem kleinen Bad kam. Ja, das könne man so sagen. Sabrina Wild war am Telefon gewesen, Tigers Witwe. Vor Tigers Verschwinden hatte Alois ihr geraten, Ausbildungsversicherungen für ihre Söhne abzuschließen. Versicherte Person: der Alleinverdiener Tiger. Seine Familie abzusichern war ja wohl das Mindeste, was man vom Versorger verlangen konnte. Es konnte ja immer was passieren. Rückblickend hatte Alois die Familie Wild gerade noch rechtzeitig darauf aufmerksam gemacht.

»Als hättest du es geahnt«, sagte Jo.

»Was geahnt?« Alois verstand nicht, was sie meinte.

»Dass der Tiger nicht mehr lange leben würde.«

»Hätte ich das geahnt, hätte ich ihm eine fette Lebensversicherung verkauft. Aber die wollte er nicht. Er meinte, sein Leben sei nicht in Gefahr. Siehst, so kann man sich täuschen.«

»Bekommt die Witwe jetzt viel Geld raus?«

Alois verneinte, die Verträge würden erst bei Volljährigkeit der Kinder fällig, aber bis dahin übernähme die Versicherung die Beiträge – jetzt, wo der Tiger nicht mehr sei, aber das dauere halt seine Zeit. Die Kollegen in der Zentrale könnten schließlich auch nicht hexen.

»Und warum drängelt Sabrina Wild so?«

»Es geht um die Beiträge. Wahrscheinlich wird das Geld langsam knapp. Vom Tiger kommt nichts mehr rein, seine Fahrschule steht leer, aber die Miete dafür läuft trotzdem weiter, und die Sabrina arbeitet nicht. Blöde Situation, wirklich.« Na, wenigstens war die Ausbildung der Kinder gesichert, dank ihm. Kann ja nicht jeder Profifußballer werden, und er war eben ein fürsorglicher Typ.

»Ein edler Ritter«, sagte Jo und wusste selbst nicht, ob sie ironisch oder leicht zu beeindrucken war.

»Ein Jedi-Ritter«, korrigierte er mit einem Augenzwinkern,

aber seine Arme ruhten ernsthaft auf einer Schreibtischunterlage mit dem schwarzmaskierten Darth Vader.

»Apropos, Prinzessin Leia, darf ich dich noch zu einer Runde auf dem Laserschwert einladen?« An diesem Morgen wurde Jo Coleman zum Star-Wars-Fan, indem sie sich ein zweites Mal von Alois zwischen hellblauen Badezimmerfliesen in ferne Galaxien katapultieren ließ. Sie musste nur die Augen schließen.

»Meine Frauenquote ist gut, gell?«, fischte Alois anschließend nach einem Kompliment. Er nutzte den Klodeckel als Sitzunterlage und hatte Jo auf seinen Schoß gezogen, dabei streichelte er ihren Rücken, von seinem höchsten Punkt bis zum tiefsten. »Wie steigerungsfähig ist denn deine Quote?« Also, an ihm sollte es nicht liegen …

Vitus Pangratz lief die Prinzregentenstraße entlang am Gillitzerblock vorbei, und wäre er nicht ausgesprochen schlecht gelaunt gewesen, hätte er an den Namensgeber der alten Bürgerhäuser gedacht: Thomas Gillitzer, ein Metzger aus dem Oberpfälzer Wald, der in der Gründerzeit zum Bauherrn wurde und in Rosenheim einen beeindruckend eleganten Gebäudekomplex errichten ließ. Für die Architektur seiner 15 Wohn- und Geschäftshäuser hatte sich Gillitzer in der Weltstadt inspirieren lassen, während er als Gastarbeiter im »Grand Hôtel du Louvre« Wein ausschenkte und gleichzeitig Ideen für sein späteres Hotel »Deutscher Kaiser« sammelte. Er eröffnete es 1897 in Rosenheim. Für Vitus war Thomas Gillitzer der Lorenz Adlon des Südens. Rosenheim und Berlin standen damals auf einer Höhe, im Detail gesehen, aber auf die Details kam es an. Obendrein trennten den Berliner Hotelier Lorenz Adlon und den bayrischen Selfmademan Thomas Gillitzer nur zwei Jahre Altersunterschied. »Respekt«, murmelte Vitus im Vorbeigehen, bevor er wieder in den Gleichschritt mit seiner schlechten Laune fiel.

Er wollte sich Diana nicht als Messerstecherin vorstellen, auch wenn ihre Opfer nur gefühllose Gummireifen waren. Jede Tat war letztendlich eine Charaktersache. Sie erzählte von den Wesenszügen des Täters. Was sollte Vitus davon halten, wenn die Frau, in die er sich Hals über Kopf verliebt hatte, ihre Wut mit Messern auslebte? Was sagten die zerstochenen Reifen über ihre angeblich bedeutungslose Beziehung zu Tiger Wild aus? Nein, ganz so einfach konnte er doch nicht über Liesel Dirscherls Info hinweggehen. »Von nix kimmt nix«, murmelte Vitus eines der vielen bayrischen Mantras, die Kindern hierzulande noch vor ihrer ersten Mass eingeflößt wurden. Diana würde ihm alles erklären, redete sich Vitus ein, nur gestern hatte sich leider nicht mehr die Gelegenheit dazu ergeben, weil er dafür sorgen musste, dass die betrunkene Liesel sicher nach Hause kam. Als ihr ehemaliger Chef fühlte er sich noch immer für sie verantwortlich, und Liesel wusste seine Fürsorglichkeit zu schätzen. Noch im Auto, vor ihrer Haustür, hatte sie sich mit einem langen Kuss bedankt, der Vitus' Lippen öffnete und Platz für Liesels unternehmungslustige Zunge machte. Er genoss es, bis sein moralischer Zeigefinger dazwischenging. An den folgenden Dialog erinnerte er sich Wort für Wort.

»Ich hab dich immer schon gern gehabt, Chef.«

»Das hab ich gar nicht gemerkt«, schwindelte er.

»Genau das war ja das Problem«, lallte Liesel und lud ihn auf einen Kaffee ein. Sie bräuchte jetzt wirklich dringend Koffein, und alleine könnte sie sich verbrühen, in ihrem Zustand. »Chef, da brauch ich jetzt deine Hilfe.« Sie appellierte an Vitus' ausgeprägten Beschützerinstinkt, und außerdem hatte er eine Tasse Kaffee auch bitter nötig. Er musste ohnehin aussteigen, um Liesel aus seinem Chevi Camaro zu helfen. Irgendwie tat sie ihm leid, irgendwie mochte er sie schon immer, und außerdem, hätte er sie aus dem Wagen schubsen sollen? Na also! Er musste sie in ihre Wohnung begleiten. Ein Gentleman genießt und schweigt. Schwamm drüber! Über sein schlechtes Gewissen und die Sache mit den Reifen! Heute war ein neuer Tag.

Gleich würde er Diana sehen, wenn auch nur hinter der Theke. Vitus war mit seiner Tochter im Sauguad, das Feinschmeckerbistro zum Mittagessen verabredet. Und da kam Jo auch schon um die Ecke gebogen, aus einer Richtung, aus der er sie nicht erwartet hätte, und ausnahmsweise ohne Fahrrad.

»Johanna, warst Am Esbaum shoppen?« Dumme Frage, sie hatte keine Tüten in der Hand, aber dafür ein Strahlen im Gesicht und eine Sturmfrisur, die an diesem windstillen, sonnigen Vormittag nicht mit dem Wetter zu erklären war.

»Servus, Papa!« Sie umarmte ihn schwungvoll und bemerkte seine angeschlagene Laune.

»Was schaust du denn so zwider, Herr Kommissar?«

Auf den letzten Metern zum Feinschmeckerbistro erzählte er seiner Tochter dann doch von Tigers aufgestochenen Reifen, und auch die Affäre zwischen dem Trainer und Diana ließ er nicht aus. Er hatte nichts zu verbergen und Diana auch nicht.

»Da schau her!«, meinte Johanna, der heute jeglicher Ernst zu fehlen schien. War da ein Mann im Spiel? Er dachte an ihr Gespräch in der Kunstmühle und an diesen Alois Steimer.

»Soag amoi, du hast doch einen neuen Tschamsterer?«

Als ob sie das bayrische Wort für Bettgeselle nicht verstehen würde, sah ihn seine Tochter fragend an, dann lachte sie los. So laut, dass es schon fast dreckig klang. »Ja, Papa, du bist nicht der Einzige mit einem amourösen Abenteuer. Es ist Sommer. Ein Summer of Love!«

Vitus Pangratz wusste sofort: Es war nicht der Richtige für seine Tochter. Wieder nicht. Oh mei, oh mei!

»Jetzt schau halt ein bisserl freundlicher! Wir sind da«, ermahnte ihn Jo.

Sie waren am Sauguad angekommen, aber der Tag wurde für Vitus auch hier nicht besser. Anstatt Diana schon durch die Scheibe zu sehen, zeichnete sich hinter dem Schaufenster der ehemaligen Metzgerei der Umriss eines langen dünnen Mannes ab.

»Ja Kruzifünferl, der hat mir grad noch gefehlt.«

Servus, Vitus! Schön, dich so schnell wiederzusehen!« Es war Hopfinger, der Hopfinger.

»Grüß Sie, Herr Kollege! Sie treibt wohl auch der Hunger ins Feinschmeckerbistro?«, bemühte sich Vitus Pangratz.

»Ja sapperlot, Vitus, wir haben uns doch gestern aufs Du geeinigt.« Er patschte Pangratz auf den Rücken, als würde er dort das Erinnerungsmögen vermuten, aber daran lag es nicht. Vitus war der gestrige Abend sehr wohl gegenwärtig, leider auch der Moment, in dem ihm Harald – »Freunde nennen mich Harry« – das Du aufgedrängt hatte. Den notwendigen Schnaps zur offiziellen Besiegelung hatte dann Diana in kleinen Gläsern serviert, genannt Stamperl. »Prost! Prost! Dass die Gurgel nicht verrost!« »Sauf' ma, sterb' ma, sauf' ma ned, sterb'n ma a, also sauf' ma.« Gab es ein Bundesland mit besseren Trinksprüchen? Vitus war für den Länderausgleich.

Aber nein, es war nicht der Hunger, der Hopfinger ins Sauguad trieb. Der Kommissar wollte zu Diana Maier, verriet er seinem Vorgänger. Seine Sekretärin, die Frau Dirscherl, hatte ihn heute Vormittag an die Sache mit den Reifen erinnert: Diana Maier war dabei erwischt worden, wie sie Marius Tiger Wilds Reifen aufgestochen hatte, aber Herr Wild wollte damals partout keine Anzeige erstatten. Er meinte, das könne er der Frau nicht antun. »Also«, räusperte sich Harry Hopfinger, »wenn mir eine in mein Heiligstes stechen würde, dann wär alles aus.« Vitus musste kurz an seinen geschätzten Wagen denken, ein echtes Unikum, aber er war sich sicher, Diana würde seinem Camaro niemals etwas antun. Er würde ihr niemals Grund dazu geben. »Und dann, Vitus, dann war der Mann verschwunden. Nur wenige Monate nach der Sache mit den Reifen. Und als Wildfutter ist er dann wieder aufgetaucht. Da läuft es selbst einem hartgesottenen Kommissar wie mir kalt den Rücken runter.« Womöglich war Tiger dasselbe Schicksal widerfahren wie seinen Reifen? Dieser Frage müsse man nachgehen, nur deshalb war Harry Hopfinger hier, obwohl das Essen im Sauguad auch nicht zu verachten war.

»Der Tiger war ein Prackl Mannsbild, wie man bei uns sagt, und die Diana Maier ist eine zierliche Person«, gab Vitus zu bedenken. Unter zierlich verstehe Harry etwas anderes, außerdem brauche man keine Kraft, um einen Mann abzustechen. Anatomische Basiskenntnisse und ein scharfes Messer reichten völlig, aber jetzt müsse ihn sein neuer Freund Vitus entschuldigen, denn Harry hatte eine Befragung zu führen. Ob ihm Vitus die Verdächtige bitte an den Tisch ans Fenster schicken würde? »Sowieso, Harry!«, stimmte Vitus zu, denn das gab ihm die Gelegenheit, kurz mit Diana zu sprechen.

»Der Kommissar versucht dich mit Tigers Tod in Verbindung zu bringen. Lass dich nicht einschüchtern, der hat nichts gegen dich in der Hand«, raunte er ihr zu, während er ihr so unauffällig und zärtlich wie möglich eine Locke aus dem Gesicht streichelte. Aber seine Berührung war in diesem Moment nicht willkommen. Diana wischte seine Hand aus ihrem Gesicht und erwiderte kälter als nötig: »Ich weiß, dass mir nichts passieren kann.« Sie sah ihm in die Augen. »Das Schlimmste habe ich schon hinter mir, und von einem Mann werde ich auch nicht zum ersten Mal verarscht. Nur von dir hätte ich etwas anderes erwartet.« Dann wandte sie sich ab und ging zu Hopfingers Tisch. Ihre Hüften schwangen, als wolle sie sich den Weg freistoßen. Vitus verstand die Welt nicht mehr. Warum mussten Frauen nur so kompliziert sein?

Jo nahm ihren Vater mit zum Fußballtraining. Er brauchte Ablenkung: Diana hatte ihm im Sauguad die kalte Schulter gezeigt, und Hopfinger meinte, etwas »Durchtriebenes« in der Frau Diana Maier erkannt zu haben. »Als ob der jemals etwas anderes erkannt hätte als seinen eigenen Vorteil«, schimpfte Vitus – und da war sie wieder, die alte Wut. Sein Nachfolger war für seine vorzeitige Pensionierung verantwortlich, so sah es Vitus. Selbst wenn auf der anderen Seite der Medaille stand, dass er selbst den Anlass dazu gegeben hatte. Nach Jahren als nahezu tadelloser Kommissar, immerhin nach außen, hatte er nur einmal vor Zeugen die Beherrschung verloren. Daraus hatte ihm Hopfinger hinter seinem Rücken einen Strick gedreht. Und jetzt war er gezwungen, zu diesem Arschloch »Harry« zu sagen. Er wünschte, er wäre nie auf Hopfingers Party gewesen. Außerdem wäre ihm Diana dann noch wohlgesonnen. Hoffentlich bildete sich wenigstens Liesel nichts auf gestern Abend ein. Sie war betrunken gewesen, und er hatte ihr aus der Verlegenheit geholfen. Er war eben doch mehr Rock 'n' Roller als braver Beamter, auch wenn vermutlich nur er selbst sich so sah. Für ein wilderes Image war er früher zu diskret gewesen. Und von Liesel hatte er all die Jahre die Finger gelassen, gegen ihren Willen. So viel Beherrschung musste ein Witwer erst einmal aufbringen. Er war schon in Ordnung, so wie er war, auch wenn er manchmal daran zweifelte. Aber Verdrängung gehörte für Kommissare zum Tagesgeschäft. Vitus hatte viel Übung darin. Nur der Ärger über Hopfinger, der stellte sich ihm heute so massiv in den Weg, dass er nicht darüber hinweggehen konnte.

»Dieses Granatenarschloch!«

»Lass gut sein, Papa.«

Jo versuchte ihn zu beruhigen, während sie durch den Riedergarten liefen. Sie spürte, wie ihr Vater vor Wut dampfte, und die Tageshitze erhöhte die Temperatur. Zum Glück war noch Zeit für einen kurzen Zwischenstopp am Kneippbrunnen, bevor Steimer seine Jungs trainierte und sie vorgeben würde, aus rein beruflichem Interesse dabei zu sein. Sie konnte das Wasser schon riechen und es plätschern hören. »Komm, Papa!« Es würde sein Mütchen hoffentlich etwas kühlen. Jo zog ihre Schuhe aus und lief durchs Gras auf ihren Lieblingsplatz zu, das Kneippbecken.

Leider stampfte dort bereits jemand wie Rumpelstilzchen durch das Wasser. Es war ein Fisch auf Beinen, schlüpfrig, glatt, wendig, und wenn er den Mund aufmachte, kam Luft heraus. »Verdammt!« Jo kannte ihn. Es war Hering.

Der Kollege verwandelte mit hochgekrempelten Hosenbeinen den Ausdruck Wassertreten in reine Gewalt. Jo wollte auf der Stelle umdrehen und erklärte ihrem Vater: »Der arbeitet bei *Rosenheim News,* und zwar bevorzugt gegen mich. Er ist jetzt frischgebackener Chefreporter, dieser Dipferlscheißer.« Noch hatte Hering sie nicht entdeckt. »Komm, Papa, wir gehen, bevor ich ausfällig werde.« Jetzt war es an ihr, ihr Mütchen zu kühlen.

Doch Vitus war nicht in der Stimmung, auf überhitzte Mütchen Rücksicht zu nehmen und Ärger aus dem Weg zu gehen. Im Gegenteil. Er strich seine Haartolle nach hinten, hakte seine Daumen in seine vorderen Gürtelschlaufen und schritt wie ein zu allem bereiter Cowboy zum Kneippbecken. Von Altersweisheit war ihr Vater in diesem Augenblick so weit entfernt wie vom Himalaya. Jo war gezwungen, ihm zu folgen. Hitze, Wut und Liebe kochten jedes Hirn weich, und Vitus Pangratz' Betriebstemperatur war im hochroten Bereich.

Kaum hatte Hering Jo und ihren Vater erkannt, rief er: »Ah, die Fachfrau für Dildos!« Ihren Vater begrüßte er mit den Worten: »Habe die Ehre, der berüchtigte Kommissar Pangratz – außer Dienst, aber immer im Einsatz. Sauguad, Herr Kommissar.« Scheinbar hatte auch Hering zu viel Sonne abbekommen, oder seine Schwärmerei für die blonde Oberbürgermeisterin hatte eine neue Hoffnungsstufe erreicht, zwischen Größenwahn und Wahnsinn. Männer wie Hering neigten dazu, sich zu überschätzen. Aber Vitus Pangratz handelte nicht mit mildernden Umständen, wenn es um die Ehre seiner Tochter ging, und er hatte gerade ganz deutlich das Wort »Dildo« verstanden. Oder hatte er sich verhört? »Was haben Sie da gerade gesagt?« Vitus baute sich vor Hering am Beckenrand auf. Seine Wut auf Hopfinger rumorte in seinem Bauch und mischte sich in diesem Augenblick mit der Abneigung gegenüber Hering. Jetzt fiel ihm auch ein, woher er diesen Typen kannte: Er war früher manchmal auf Pressekonferenzen seiner Dienststelle aufgetaucht und hatte die dümmsten Fragen gestellt. Und dieser Depp, dieser damische, bildete sich jetzt ein, etwas zu sagen zu haben. Schon wieder öffnete er sein Fischmaul.

»Ihr Fräulein Tochter steigt ins Sexgewerbe ein, gewissermaßen zumindest, das sollten Sie als Vater doch wissen.« Ohne es zu ahnen, traf Jos ungeliebter Kollege die Achillessehne von Vitus Pangratz. Sie hatte sich in ihrer Jugend mit Nacktfotos ihre erste Reise in die USA finanziert. Ja, sie brauchte das Geld. Dumm nur, dass die Fotos einem Kollegen von der Sitte in die Hände gefallen waren und anschließend natürlich ihrem Vater. Doch davon konnte Hering nichts wissen, es sei denn, die eigentlich harmlosen Aufnahmen wären im Netz gelandet, und Hering trieb sich dort auf der Suche nach nackter Haut herum, wenn es ihm am

Ufer des Happinger Sees zu kalt war oder zu bedeckt. Tja, Jo Coleman, irgendwann ist die Vergangenheit immer schneller, als man laufen kann. War es jetzt wieder so weit? Vorsichtshalber musste sie ihren Vater von Hering weglocken. Sie hakte sich bei ihm ein.

»Papa, komm, wir haben noch etwas vor. Ich erklär dir alles, auch das mit den Dildos.« Doch der Beschützerinstinkt ihres Vaters war geweckt und sprungbereit. Breitbeinig stellte er sich an den Beckenrand.

»Noch ein falsches Wort zu Johanna, und Sie lernen mich kennen, Sie Lackl!«

Aber auch Hering hatte seinen Stolz.

»Was ist? Wollen Sie wieder Ihre berühmte Faust schwingen?«

Jo sah, wie das Blut in Vitus' Gesicht stieg. Auch die Vergangenheit ihres Vaters hatte heute Siebenmeilenstiefel an.

»Durchatmen, Papa! Durchatmen.«

Aber weder Vitus noch sein Herausforderer waren in Stimmung für Deeskalation. Stattdessen hüpfte Hering plötzlich wie ein Boxer von einem Bein aufs andere und verteilte Schläge in der Luft. »Float like a butterfly, sting like a bee«, zitierte er den großen Muhammad Ali. Tänzle wie ein Schmetterling, stich wie eine Biene. Hatte er etwas getrunken? Eingeworfen? Oder war es allein die Hitze, die ihm zu Kopf stieg? Auch Vitus sicherte sich jetzt einen stabilen Standpunkt, indem er die Beine noch breiter stellte und die Arme anwinkelte.

»Trau dich nur, Kommissar außer Dienst! Dich würd ich nur zu gerne wegen Körperverletzung anzeigen. Das gäbe immer noch eine schöne Schlagzeile, so nach dem Motto: Der Prügelkommissar, er hat es wieder getan«, lockte Hering Vitus zum Kampf. Durch die Luft summten Testosteron und eine Biene.

Die nächsten Sekunden erlebte Jo wie in Zeitlupe, aber sie

konnte den schlechten Film, der da vor ihren Augen ablief, nicht anhalten: Hering holte aus. Er holte weit aus. Sein Schwung war gewaltig, und seine Faust sauste ohne Geschwindigkeitsbegrenzung durch die Luft. Das Tempo zog Herings Körper hinter sich her und brachte ihn aus der Balance. Er folgte seiner Hand und schwankte nach vorne. Reflexartig stieß ihn Vitus zurück. Hering suchte Halt am eisernen Handlauf des Beckens, drehte sich um 90 Grad, die Biene schwirrte auf ihn zu. Er fasste sich erschrocken an den Kopf und sackte zusammen. Wasser spritzte auf, dann tauchte er der Länge nach im knietiefen Kneippbecken unter. Blubb. Blubb.

»Eine Kreislaufschwäche«, meinte Vitus und beobachtete die Luftblasen, die aus Herings Nase stiegen. Daneben trieb eine tote Biene. Jo zeigte darauf und sagte: »Die sollten wir posthum auf den Namen Muhammad Ali taufen.«

Wo blieb Prinzessin Leia nur? Alois Steimer stand auf dem Fußballplatz und ließ seine Jungs Bälle passen. Ein paar zimperliche Muttis hatten ihren Kindern »hitzefrei« gegeben, dabei zählte vor dem Chiemgau-Cup jede einzelne Trainingseinheit. Die Mütter, auf die Verlass war, hatten sich ein schattiges Plätzchen im Stadion gesucht oder gleich das Weite. Sie wussten: Ihre Kinder waren bei Alois Steimer in guten Händen. Für ernsthafte Verletzungen gab es den Notruf, und in allen anderen Fällen halfen Gummibärchen. »Trinkpause!«, brüllte Steimer. Er wollte sich auch um seinen eigenen Flüssigkeitshaushalt kümmern. Jetzt, da seine körperliche Fitness wieder gefragt war. Er dachte an Jos magischen Ort am Fuße des Venushügels. Rosenrot, eng und feucht. Die besagte Lücke. Dort wollte er Büßer sein. Sein Blut floss in die Richtung, die ihm seine Fantasie vorgab, und leistete Aufbauarbeit. Schnell trug er ein Zelt am Körper und hatte keinen Ort, um sich zu verstecken. So was Blödes. Alois griff nach seiner Wasserflasche und schüttete sich den Inhalt über den Kopf, aber die Dusche war nicht kalt genug. Er hob einen Ball auf und hielt ihn vor seine Trainingshose aus Kunststoff. Er hätte nicht auf die Unterhose verzichten sollen, aber bei der Hitze war alles zu viel. Alles, außer Fußball und Jo. »Alois!«, rief jemand. Er erkannte die Stimme sofort. Sie gehörte Sabrina Wild. Auch in diesem Fall musste er den Ball hochhalten. Tigers Witwe sah immer noch verdammt gut aus.

Sie stand mit ihrem Sohn Diego am Spielfeld. Wollte sie das unangenehme Telefonat vom Vormittag fortsetzen? Musste sie da unbedingt das Kind hineinziehen? Seit Alois den Platz von Tiger eingenommen hatte, war Diego nicht mehr zum Training erschienen. Schade um sein Talent, gut für Adrian. Also alles bestens soweit. Aber jetzt stand Diego da und hatte Stollenschuhe an und das aktuelle Bayern-Trikot mit passender Hose. Alois ahnte, was das zu bedeuten hatte, und seine Befürchtung wurde von Sabrina bestätigt. »Diego will beim Chiemgau-Cup mitspielen. Du musst ihn aufstellen. Das ist wohl klar.«

Scheiße! Ein anderes Wort fiel ihm nicht ein. Diego war eine Gefahr für Adrian. Dieses kleine Supertalent ließ jeden anderen verblassen, sogar Steimers Sohn. Aber jetzt nur nichts anmerken lassen. Ruhig, Alois, ganz ruhig, ermahnte er sich. Sein Zelt war bereits abgebrochen. Immerhin das.

»Sabrina, mal ehrlich, wie soll denn das gehen, bei Diegos Trainingsrückstand?«

Sie ignorierte seinen Einwand. Über solche Kleinigkeiten wollte sie nicht diskutieren. Ihr Punkt war ein anderer: »Du musst den Diego aufstellen, das bist du dem Tiger schuldig.«

Brachte die Frau da nicht etwas ganz Entscheidendes durcheinander? Nein, das glaubte sie nicht. »Provozier mich nicht, Alois, ich kann auch anders.« Er glaubte ihr aufs Wort und schickte Diego auf den Rasen. Sollte er doch mit Adrian trainieren, das würde seinem Sohn zugutekommen, und für Sonntag würde er sich etwas einfallen lassen. Diego würde Adrian nicht die Schau stehlen, so wie Tiger früher ihm. Diese Geschichte würde sich nicht wiederholen und nicht fortsetzen. Dafür würde er, Alois Steimer, sorgen. Er war es sich schuldig und seinem Sohn Adrian auch.

Sabrina stand immer noch da und bohrte mit ihrem Blick in seine Innereien. Sie mochte sich fragen: War da etwas Dunkles am Grund von Alois Steimer? Aber sie würde es nicht finden. Seine Geheimnisse waren gut versteckt.

»Jetzt schau halt nicht so, Sabrina«, versuchte er es mit einem federleichten Flirt. Nach diesem Prinzip verkaufte er Frauen auch Versicherungen, aber Tigers Witwe war heute immun. Sie hatte nachgedacht.

»Erst hast du meinem Tiger die Ausbildungsversicherung für unsere Kinder eingeredet, dann ist er kurz darauf verschwunden, und du hast seinen Platz eingenommen.« An Zufälle wollte sie nicht glauben. Verdächtigte sie ihn? Unfassbar!

»Der Tiger war mal mein bester Freund.«

»Mag sein, aber seitdem ist viel passiert.«

Wortlos drehte sie sich um. Sie trug Shorts wie mit 16.

Sabrina setzte sich zu den anderen Müttern in den Schatten. Das große Hallo, mit dem sie begrüßt wurde, schallte zu ihm. Ein Haufen durchgedrehter Emojis. Dass Frauen immer so übertreiben mussten. Außerdem war die Falsche gekommen, ein Phantom aus der Vergangenheit statt seiner Prinzessin Leia. Ihr Sohn Diego stand neben ihm, fingerte an seinem Trikot herum und fragte: »Alles klar, Trainer?« In Diegos Augen glitzerten Tränen. Alois legte ihm den Arm um die Schulter und sagte: »Freilich, komm an deinen Platz.« Er war ja kein Unmensch. Das Kind konnte nichts dafür.

Vitus Pangratz hievte Hering aus dem Kneippbecken. Wie ein nasser Sandsack hing der Idiot in seinen Armen. Am liebsten hätte er ihn zurück ins Wasser gestoßen, aber Johanna tat das einzig Richtige und rief den Notarzt. Das Rosenheimer Krankenhaus war nicht weit. Dann schoss sie Fotos mit ihrem Smartphone.

»Du hast Nerven!«

»Das können wir vielleicht noch brauchen.« Man wusste ja nie. Der Bienenstich schwoll an und rötete sich. Jo machte eine Nahaufnahme.

»Pack lieber mit an«, ächzte ihr Vater. Sie griff sich Herings Fußknöcheln, und gemeinsam legten sie das leblose Gewicht auf die heißen Pflastersteine neben dem Becken.

»Lebt er noch?«, fragte Jo, und Vitus suchte nach Herings Puls. Wo blieb nur der Notarzt?

Über die Wiese kam ein Mann gerannt. Jo kannte ihn vom Sehen. Er war Journalist beim *Rosenheimer Volksblatt,* und sie waren sich bei Pressekonferenzen einige Male über den Weg gelaufen. Anstatt zu fragen, ob er helfen könne, wollte er wissen, was passiert sei. Typisch! Jo erklärte, dass Hering plötzlich ohnmächtig im Becken zusammengebrochen war. Womöglich ein allergischer Schock? Sie zeigte auf den Bienenstich in seinem Gesicht. Glücklicherweise waren sie und ihr Vater gerade vorbeigekommen, sonst wäre der Mann vermutlich ertrunken. »Mein Vater hat ihn gerade noch rechtzeitig aus dem Wasser gezogen.«

»Sie kommen mir so bekannt vor«, rätselnd schaute der Journalist Vitus an, als wäre sein Gesicht ein Sudoku-Feld. Genau! Jetzt hatte er des Rätsels Lösung: Vor ihm stand Kommissar Pangratz. DER Kommissar Pangratz.

»Außer Dienst!«, betonte Vitus und kniete sich neben Hering, um ihn in die stabile Seitenlage zu bringen. Ihm graute vor der Mund-zu-Mund-Beatmung, aber für eine kleine Erfrischung sorgte er gerne. Mit der Hand spritzte er Wasser in Herings Gesicht. Keine Regung. Musste er wirklich seine Lippen auf das Schandmaul legen? Vitus beugte sich über das Gesicht des Bewusstlosen. Da, endlich, war die Notarzt-Sirene zu hören. Seine Rettung. Sie kam näher. Er nutzte die Chance, um Hering die Watschn zu geben, die er verdient hatte. Links einen Patscher, rechts einen Patscher und dazu der Text: »Jetzt kommen's doch bitte wieder zu sich.« Dann drehte er sich zu seinem Zuschauer um und sagte: »Bei der Alkoholfahne wundert es mich nicht, dass er die Besinnung verloren hat. Riechen Sie es auch?« Er nickte. Womöglich hatte der Mann einfach eine bessere Nase als Pangratz, der die Alkoholnote spontan erfunden hatte. Wer seine Tochter beleidigte, dem schob er mit Vergnügen alles unter, sogar ein Alkoholproblem. Hatte er nicht den Namen der Bürgermeisterin gelallt, als er zu Boden ging? Unerfüllte Liebe? »Man redt ja nicht, man sagt ja bloß«, berief sich Vitus auf eine bayrische Redewendung. Um dumme Sprüche waren die Weiß-Blauen nie verlegen. »Na ja, die Frau Bürgermeister hat eben Geschmack«, meinte sein Gesprächspartner, bevor er sich mit einer angedeuteten Verbeugung präsentierte. »Hannes Putzer vom *Rosenheimer Volksblatt*.« Jetzt erinnerte sich auch Vitus wieder. Putzer war damals sehr fair und kompetent mit dem »Rosenheim-Cop im Ausnahmezustand« umgegangen, also mit ihm. »Aus Ihnen wird wohl nie der gemütliche Dicke aus dem Fernsehen«, stellte der Journalist fest, und es schien ihm zu gefallen.

Minuten später lag Hering auf der Krankentrage. Wieder bei Bewusstsein. Der Notarzt deutete auf Vitus und vertonte die Sachlage für seinen Patienten: »Dieser Mann hat Ihnen das Leben gerettet. Er hat Sie aus dem Wasser gezogen.« »Er hat mich geschlagen«, beschwerte sich das »Watschengesicht«. »Er hat Sie ins Leben zurückgeholt«, wiederholte der Notarzt. Er stand auf, zog sich seine Handschuhe aus und beglückwünschte Vitus für seine gute Reaktion. »Stopp! Noch einmal von vorne«, ging Putzer dazwischen. Er brauchte ein Foto, dann schrieb er etwas in ein schwarzes kleines Notizbuch. Er hatte eine Geschichte und einen Helden gefunden. Selbst die Überschrift war bereits fertig: »Echter Rosenheim-Cop rettet Menschenleben«.

»Dieser Hering ist ja nicht einmal im Wasser in seinem Element«, flüsterte Putzer Vitus zu und erklärte »off the record«, dass der Mann auf Presseveranstaltungen eine echte »Gewandlaus« sei, ein lästiger, aufdringlicher Mensch. Natürlich übertrieb er damit ein wenig, aber das machten alle, in diesem Jahr sogar der Sommer. Tatütata, weg war der Hering. Und auch Jo hatte eine Geschichte für ihren neuen Nachrichten-Blog *Innsider Info*. Das Fußballtraining musste heute ausfallen.

»Hast heute Abend schon etwas vor?«, fragte Vitus.

»Da geh ich auf eine Dildoparty«, informierte ihn Jo. »Rein beruflich.«

»Ich glaub, ich hätte dich abwatschen sollen und nicht diesen sauren Hering.«

»Du hast schon den Richtigen getroffen«, beruhigte ihn Jo. »Ich erklär's dir ein anderes Mal.« Dann ließ sie ihn stehen. »JOHANNA!« Sie winkte. »Papa, du bist doch erwachsen.«

Alle Parkplätze vor Marinas Haus waren belegt. Vermutlich waren die meisten Gäste der Dildoparty schon da. Hätte Jo doch nur ihr Fahrrad genommen, anstatt zur Assistentin ihres Chefs ins Auto zu steigen. Larissa drehte nun schon die fünfte Extrarunde um den Block und sah blendend dabei aus. Wie üblich hatte sie sich in Schale geworfen und noch ein Abend-Upgrade mit großem Ausschnitt daraufgesetzt. »Immerhin suche ich mir heute einen Ersatzmann aus«, erklärte sie Jo. »Einen zum Aus- und Einschalten.«

Trotzdem sah sie ihre Fahrt zur Dildoparty als Dienstreise und weigerte sich, mit ihren hohen Absätzen auch nur ein paar Meter zu laufen, was die Chance auf einen Parkplatz erhöht hätte. Aber auch fahren konnte sie mit ihren Schuhen nicht, deshalb drückte sie barfuß aufs Gaspedal. Autofahrerinnen wie Larissa gefährdeten Fahrradfahrerinnen wie Jo und verdienten es, in ihrer misslichen Lage allein gelassen zu werden. »Lass mich schon mal aussteigen und komm nach, wenn du jemand fürs Valet-Parking gefunden hast.« Eine Vollbremsung später, und Jo stand vor Marinas Haus.

Noch bevor sie die Klingel drücken konnte, öffnete ihr Jürgen im Radfahrer-Outfit die Tür. Hatte sie gerade alle Autofahrer verflucht und alle Fahrradfahrer in den Himmel gehoben? Sie hatte dabei eines vergessen: Männer in hautengen Kunststoffanzügen sahen lächerlich aus, besonders an der wunden Stelle, für die sie sich vermutlich auf den Sattel schwangen: ihrer Männlichkeit. Jo bemühte sich nicht hinzuschauen. Aber ihr Blick ging seinen eigenen Weg und landete wieder dort, wo es im Moment nicht viel zu sehen gab. Das änderte sich auf der Stelle, als Larissa in der Einfahrt vor dem Haus auftauchte, wo Jürgens Limousine glänzte. Larissas, genauer: Anzenbergers Wagen stand mit laufendem Motor mitten auf der Straße. Er wartete wohl darauf, dass sich jemand seiner annahm. Diesen Jemand hatte Larissa mit sicherem Instinkt aufgespürt: Jürgen. Marinas Mann stand bereits stramm für sie. Es war ein Leichtes, ihm die Autoschlüssel in die Hand zu drücken, bevor sie sich – Brüste voraus – an ihm vorbei ins Haus schmeichelte. Sie murmelte etwas von sportlichen Männern, die alles tragen konnten, diese Lügnerin, aber ihr Opfer wickelte sich freiwillig um ihre gepflegten Finger mit den neonblauen Farbspitzen.

»Dass so eine Frau zu einer Tupperparty geht…«, da fiel Jürgen dann auch nichts mehr ein. Er hatte ohnehin zu tun: Erst musste er Larissas Leihwagen parken und danach mit seinen Freunden in die Berge radeln. Zum Feierabendbier, während seine Frau mit Dildos handeln würde, aber davon wusste er scheinbar nichts. Der Jürgen in seiner Radlerhose.

»In den USA lassen sich nicht nur Frauen Implantate einsetzen«, flüsterte Jo im Vorbeigehen, das war sie ihrer Freundin Marina schuldig.

»Häh?« Er schien verunsichert.

»Na da, wo man hinschaut.« Jürgen verstand nichts. Wie meistens. Erst recht keine Frau.

»Endlich seid ihr da!« Marina hatte im Wohnzimmer einen Stuhlkreis aufgebaut, und bis auf zwei Plätze waren bereits alle belegt. »Das ist die Uschi, das ist die Monika, und das ist die Sabrina. Unsere Söhne spielen in einem Team. Apropos, hoffentlich wacht Ludwig nicht auf.« Zwei ehemalige Arbeitskolleginnen aus der Raiffeisenbank waren außerdem da.

Es konnte losgehen, aber vorher wollte Monika noch gesagt haben, dass sie nur aus Freundschaft hier war, nicht etwa, weil sie Hilfsmittel nötig hätte, und sie hatte Sabrina mitgebracht, weil Tigers Witwe einen lustigen Abend nötig hatte. Moni dagegen, betonte sie, war verheiratet und ihr Eheleben intakt. Also, insistierte sie, es fehlte ihr an nichts, aber sie hatte auch nicht Nein zu Marina sagen wollen. »Betrachtet mich als Gesellschaftsdame, nicht als Kundin.« Hihihi! Sehr witzig, Frau Hopfinger. Uschi Steimer verdrehte die Augen. Und Sabrina? Die musterte Marina.

Vitus Pangratz überlegte. Sollte er seine Gitarre vom Speicher holen? Es war eine verrückte Idee. Er hatte seit Jahren nicht mehr gespielt, genau genommen, seit sich Rosina entschieden hatte, diese Welt, ihn und Johanna zu verlassen. Er fragte sich, ob sie im Himmel angekommen war, denn auf ein Zeichen von oben hatte er bislang vergeblich gewartet. Von unten oder von der Seite war auch nichts gekommen. Alle Gesprächsversuche mit seiner toten Frau endeten als Monologe. Es war eindeutig: Nicht einmal ihr Geist wollte noch etwas mit ihm zu tun haben. Irgendwann hatte er es akzeptiert und aufgehört, Rosen auf ihr Grab zu stellen, er wollte ihr nicht weiter zur Last fallen mit seinen Versöhnungsversuchen. Vitus machte sich nicht gerne lächerlich. Apropos lächerlich, seine Gitarre ließ er besser dort, wo sie seit Jahren stand: auf dem Dachboden. Vermutlich völlig verstimmt. Er war zu alt, um sich lächerlich zu machen – oder endlich alt genug, um sich nicht mehr darum zu kümmern, was andere vielleicht lächerlich fanden.

Eine kleine Serenade könnte Diana aufheitern und versöhnen. Über die Wahl des richtigen Songs musste er nicht lange nachdenken. Elvis legte ihm die passenden Worte in den Mund: »Don't be cruel, to a heart that's true.« Er schwang seine Hüfte. Aua. Wenigstens seine Stimme war noch annähernd intakt. Früher war sie richtig gut gewesen. Sie hielt jedem Elvis-Song stand – auch auf der Bühne. Vor dem Tod seiner Frau war Vitus in seiner Freizeit als Imitator des Kings aufgetreten, nicht nur auf Polizeifesten. Das waren Zeiten! Damals war er ein begehrter Mann gewesen, so wild wie sein Hüftschwung und so wetterfest wie die Welle auf seinem Kopf. Leider war die Frisur das Einzige, was sein Leben als alleinerziehender Vater überdauert hatte. Und seine Plattensammlung. Der Rest seines Ichs war in die Rolle des braven Beamten, fürsorglichen Vaters und Spießers geschlüpft. Am Ende war er zu dem Menschen geworden, den die anderen heute in ihm sahen. Nur Diana blickte tiefer. Er fühlte sich von ihr gesehen. Ein gutes Gefühl, das er bis zu der Nacht in Winklers Gartenlounge vergessen hatte. Vitus beschloss, heute Rock 'n' Roll zu leben. Er stieg die Treppe zum Speicher rauf und sang dabei: »I don't want no other love, baby, it's just you I'am thinking of…« Elvis war bereit zur Wiederauferstehung. Elvis is back!

Das Einsteigermodell, die »kleine Raupe Nimmersatt«, lag träge auf dem Tisch. Als klassischer Dildo konnte sie sich nicht selbst bewegen, sondern brauchte eine helfende Hand oder eine glatte Fläche, um sich daran festzusaugen. »Die Raupe ist dann gewissermaßen alleinstehend. Ein perfekter Partner fürs Bad«, hatte Marina erklärt, bevor sie Nimmersatt ruhen ließ und aus ihrer rotgestrichenen Holzschatzkiste »Paul« und »Fritz« auspackte.

»Heißen nicht auch Heidi Klums Brüste so?«, fragte Sabrina dazwischen.

»Nein, die heißen Hans und Franz«, berichtigte Moni Hopfinger eifrig, dabei drückte sie ihre eigenen Prachtstücke nach oben. Marina bedankte sich für den konstruktiven Beitrag und bat alle, sich wieder auf Paul und Fritz zu konzentrieren, den Modellen für fortgeschrittene Liebhaberinnen ihrer selbst. »Für Frauen, die das Wort Eigenliebe mit Leben füllen wollen.« Marina erklärte die Vorzüge der beiden Vibratoren, dann ließ sie Paul und Fritz auf dem Wohnzimmertisch tanzen. Professionelle Amateure, die sie waren, bewegten sie sich in leuchtendem Rot und quietschfidelem Grün. Während der kleinen Showeinlage von Paul und Fritz füllte die Dildofee die Gläser ihrer potenziellen Kundinnen mit Prosecco auf. »Prickelnd«, bemerkte Larissa. »Das verstehe ich unter geile Typen!« Hahahaha! Die Stimmung stieg auf feucht und fröhlich. Die beste Voraussetzung für den Anschauungsunterricht.

»Uschi, jetzt bist du dran!« Marina drückte Uschi Steimer den roten Tänzer so in die Handfläche, als sollte sie den Vibrator befriedigen und nicht anders herum. Uschi kicherte verlegen, aber Marina meinte nur: »So ist es richtig, Uschi, lachen lockert, und jetzt fühl mal, was dieser begabte Hausfreund dir bieten kann.« Ermunterndes Nicken begleitete ihre Worte. »Und jetzt, Uschi, jetzt stell ihn dir an der richtigen Stelle vor. Da, wo es besonders guttut.« Bedeutungsvolle Pause, ein Blick in die Runde, dann verkündete Marina eindringlich: »Ihr wisst ja, Frauen, ihr habt euer Glück selbst in der Hand – und eure Orgasmen. Die gesunde Basis von Liebe ist Eigenliebe. Das gilt auch für Sex. Ach was, das gilt ganz besonders für Sex.«

Marina predigte vor einer Kulisse aus weißen Ikea-Möbeln, in deren Regale pseudopsychologische Bücher eingereiht waren, mit Titeln wie »Liebe dich selbst«, »Alles ist möglich« und »Lebe deinen Traum«. Endlich kam der Freundin die Lektüre zugute, dachte Jo, die selbst lieber auf gedruckte Ratschläge dieser Art verzichtete. Ob das nun gut war oder Ignoranz?

»Mit so einem Vibrator in der Hand bekommt der Begriff Frauenbewegung eine ganz neue Bedeutung«, fand Larissa und hielt ihn hoch wie eine Flagge des Feminismus.

»Damit kann man zumindest im Schlafzimmer dafür sorgen, dass die Frauenquote stimmt. Also orgasmusmäßig«, ergänzte die Raiffeisenfrau, die sich bisher zurückgehalten hatte, aber plötzlich glänzende Augen und rote Flecken am Hals bekam.

Auch Uschi zeigte eine körperliche Reaktion. Ihr war das Blut in den Kopf gestiegen und vermutlich nicht nur dorthin. Sie kicherte wieder verlegen, während sich die batteriebetriebene Erektion in ihrer Hand benahm, als wäre sie dort, wo sie eigentlich hingehörte. »Haben wollen!«, riefen Uschis Augen, was nicht nur

Marina zufrieden registrierte, sondern auch Jo. Sie wollte sich Alois' Laserschwert nur ungern im ehelichen Pflichteinsatz vorstellen. Sollte sich Frau Steimer doch mit Paul oder Fritz vergnügen. Dazu waren die beiden geschaffen, und wie Jo inzwischen wusste, erledigten sie ihren Job gut, zumindest als Lückenfüller. Schon wieder dieses Wort. Es verfolgte Jo, seit sie Alois kannte. Jetzt rutschte es auch noch aus ihrem Mund. Ja, bestätigte Marina, so könne man die Kunststoffhelden auch nennen. Was die Verkäuferin nicht sagte, war, dass am Ende selbst dem leistungsfähigsten Kunststoffhelden zwei starke Arme fehlten. An einen Jedi-Ritter im Hochstand kam so ein Ersatzstück jedenfalls nicht heran. Jo taxierte Uschi, obwohl sie sich nicht mit Alois' Gattin messen wollte. Zu spät. Uschi zwinkerte ihr zu. Sie hatte schon lange nicht mehr so viel Spaß gehabt, gestand sie der Runde. Zustimmung von allen Seiten. Auch von Jo, aber natürlich war sie nicht zu ihrem Vergnügen hier, sondern zur Recherche. Nicht vergessen, ermahnte sie sich, und hörte Marina wieder aufmerksam zu. Sie war eine geborene Verkäuferin.

Die Nasenspitze, erklärte ihre Freundin, sei besonders empfindlich, aber natürlich nur ein sehr schwacher Vergleich. »Fühl mal!« Sie neckte Sabrina mit einem Dildo, der am unteren Ende ein Ballettröckchen zu tragen schien. »Die Freude jeder Klitoris«, erörterte die Dildofee, während sich Sabrinas Nasenspitze färbte.

»Aber warum sind die denn alle so bunt?«, wollte Moni Hopfinger wissen, »und nicht wie in echt?« Sie vermisste eine realistische Nachbildung: »The real thing.« Natürlich hatte die Dildofee auch darauf eine Antwort.

»In Farbe sehen diese Sextoys wie harmlose Spielsachen aus, das ist wichtig, damit sich Männer nicht bedroht fühlen, wenn sie mitspielen dürfen.« Aber mal ehrlich, welcher menschliche Prototyp konnte schon dem Fortschritt standhalten? Hihihi.

»Diese Kerle erledigen ihren Job, ohne vorher schlappzumachen. Da zieht sich keiner zu früh aus der Verantwortung.«

Alle lachten, nur eine nicht. Sabrina Wild. Tigers Witwe fing an zu weinen. Ganz plötzlich und heftig.

Diana wohnte in einem Mehrfamilienhaus, darüber hätte Vitus nachdenken sollen, als er sein Liebesständchen für sie plante. Jetzt schwitzte er mit seiner alten Gitarre vor ihrem Zuhause und passte nicht ins Alltagsbild. »Ja, ist denn heute schon Fasching?«, fragte eine Passantin mit kurzen Shorts und schweren Einkaufstüten, bevor sie sich vor Lachen fast verschluckte. Sie war nicht die Einzige, die sich über Vitus amüsieren sollte. Im nächsten Moment brüllte eine Männerstimme von oben: »Elvis lebt! Er lebt! In Rosenheim. Yeah! Rosenheim rockt!« Begeistert schwenkte der Depp im Unterhemd einen Grillanzünder in der Luft, als wäre er auf einem Konzert und nicht auf einem grauen Balkon mit geblümtem Sonnenschirm im ersten Stock.

Vitus fragte sich, ob es eine gute Idee gewesen war, den weißen Anzug mit Glitzersteinen anzuziehen. Er schien in dem Koffer neben der Gitarre auf ihn gewartet zu haben. Euphorisch, dass er nur ein wenig am Wanst zwickte, hatte Vitus beschlossen, es seinem Auftritt für Diana an nichts mangeln zu lassen, schon gar nicht am passenden Bühnenkostüm. Viva Las Vegas! Aber heute war der King of Rock 'n' Roll in Rosenheim. Der Mann im ersten Stock schwenkte noch immer seinen Grillanzünder und rief: »Diana, komm raus. Diana, das musst du dir ansehen!« Wer auch immer der Kerl war, Vitus würde ihn an die Wand spielen.

Als Dianas Lockenkopf neben dem Kerl im Unterhemd erschien, legte Vitus los. Im glitzernden Kunststoffanzug sang er um seine Liebe. Über ihm der weiß-blaue Himmel und die Hoffnung, unter ihm der dünne Boden und die drohende Blamage. Doch er stand über allem. Entschieden schlug er die Gitarrensaiten und rockte los, als wäre er Elvis höchstpersönlich. »Don't be cruel…« Die Hüfte machte mit. Oh yeah!

Erst am Ende des Songs schaute Vitus wieder nach oben. Mit den letzten Gitarrenklängen verabschiedete sich auch seine Selbstsicherheit. Er brauchte ein Zeichen, vom lieben Gott, Rosina oder Diana, wer auch immer ihm beistehen wollte. Die Abendsonne blendete ihn, aber er sah sie dennoch: seine Unterstützer. Es waren mehr als die drei. Innerhalb von wenigen Minuten war sein Publikum gewachsen. Einige standen auf den Balkonen, andere vor dem Wohnblock und auf dem Gehweg. Sie kamen vom Baden oder waren auf dem Weg in den Biergarten. In bester Sommerlaune applaudierten sie, und jemand rief sogar: »Zugabe! Zugabe!« Er war der King. Wo war seine Queen?

Diana stand bewegungslos auf einem Balkon, und er wagte es, ihren Blick zu suchen. Endlich lächelte sie und warf ihm eine Kusshand zu. Oh yeah! Auch sie wollte mehr hören. Sollte sie haben. Vitus war dabei, sein erstes Konzert seit Jahren zu geben. Für die neue Frau seines Lebens. Er schlug die Akkorde an. »Come on and be my little good luck charm!« Rechte Hüfte, linke Hüfte. Er hatte es noch drauf. Oh yeah! Er spielte um sein Leben, sein Liebesleben. Vor ihm begann ein altes Paar zu tanzen, Wiegeschritt, Kick, absetzen, Kick, absetzen, Wiegeschritt. Der Sechser-Grundschritt in offener Haltung. Und dann stand sein »Good luck charm«, die Glücksbringerin, plötzlich neben ihm, schlang ihre Arme um seinen Hals, riss ihm dabei fast die Gitarre vom Leib und küsste ihn. Wie im Film. Hollywood war in Rosenheim. Die Versöhnung geglückt. Das Leben rockte.

Und was machte der Kerl im Unterhemd auf dem Balkon? Er hielt nun nicht mehr den Grillanzünder, sondern seinen Daumen nach oben. Diana flüsterte in Vitus' Ohr: »Kommst mit hoch?« Er war der King und sie seine Queen.

Taschentücher wurden gereicht, Prosecco nachgeschenkt, verständnisvoll genickt und »Mmmhhhhsss« lang gezogen. Moni strich beruhigend über Sabrinas Rücken, und eine Raiffeisenfrau wiederholte in Endlosschleife: »Okay, okay, okay.« Aber Tigers Witwe schien nichts zu erreichen. Sie saß schluchzend auf dem Sofa und erinnerte sich an Tiger. Er war ihr Traummann und ein begnadeter Liebhaber gewesen. Sie vermisste ihn so sehr, auch nachts. Aber sich deshalb einen Dildo zu kaufen? Das wäre doch wie fremdgehen. Nicht wahr? Wo doch ihr Tiger auch keine Möglichkeit mehr hatte. Alles aufgefressen. Alles. Sabrina heulte auf bei der Vorstellung. Schrecklich. Und Marina drückte sich die Hand vor den Mund. Das Bild der Wildsau, die sich über Tiger Wild hermachte, war zum Heulen und zum Übergeben. Doch es dauerte nur ein paar Sekunden, und Marina hatte sich wieder gefangen. Sie kniete sich vor die weinende Sabrina und sagte: »Ich versteh dich so gut, aber der Tiger würde doch sicher lieber eine kleine Entspannungshilfe in deinem Bett sehen als einen anderen Mann.« Außerdem, wer wisse denn schon wirklich, ob nicht auch der Tiger zwischendurch in fremden Revieren gewildert hatte. Der Tiger war schließlich auch nur ein Mann.

Das hätte die bis dahin souveräne Gastgeberin nicht sagen sollen, denn augenblicklich schwenkte die Frauenrunde ihren Fokus auf sie. Alle stellten scharf. Es war wirklich unsensibel, was sie da eben von sich gegeben hatte. Wenn je ein Mann treu war, dann wohl der Tiger. Auf Händen getragen hatte er seine Sabrina, obwohl man als Fußballtrainer immer auch von einigen vernachlässigten, notgeilen Müttern umgeben war. »Stimmt's, Marina?«, stichelte Monika Hopfinger. Die Stimmung drohte zu kippen, und der ganze Dreck würde in Marinas Richtung rutschen. Eine war immer das Bummerl, wie Jos Mutter früher zu sagen pflegte. Sie musste ihrer Freundin aus der Verlegenheit helfen, bevor sich die Dildodamen zusammenrotten und Paul und Fritz als Hauer benutzen würden. Da ging zum Glück die Tür auf.

Jürgen kam ausnahmsweise im richtigen Moment. »Hallo, Mädels!«, begrüßte er alle, aber sah dabei nur eine an: Larissa, die gerade mit einem Set »Liebeskugeln« spielte, die von Marina als »Muschi-Hanteln« angepriesen wurden und den Beckenboden in Form bringen sollten, was wohl besonders für Frauen mit ausgeweitetem Geburtskanal wichtig war, deshalb auch »Mutti-Hanteln« genannt. Erst als Larissa zurückstarrte, wanderte Jürgens Blick weiter bis zum Wohnzimmertisch, wo Fritz und Paul inzwischen stillstanden. »Ist das die neue Produktpalette von Tupperware?«, fragte Jürgen und sah endlich die Frau an, mit der er verheiratet war, sein Gesicht ein riesiges Fragezeichen.

»Die Weiterentwicklung gewissermaßen. Die beiden hier sind Sondermodelle, sie können immer«, erklärte ihm Marina und zeigte auf die Ständer namens Fritz und Paul. Larissa ergänzte: »Ein großes Ding für Frauen, die sich nicht nur in der Küche vergnügen wollen.«

»Tja, wer aufrechte Männer will, der kauft sich am besten welche«, sagte die Bankerin. Die Frauen waren sich wieder einig, dank Jürgen. So sehr hatte er seiner Gattin schon lange nicht mehr geholfen. Das sah wohl auch Marina ein. Versöhnlich sagte sie: »Im Kühlschrank ist noch Tiramisu. Geh, schleich dich. Sei so lieb.«

»Weißt eigentlich, was das auf Deutsch heißt, Tiramisu?«, feixte Moni.

»Wilder Weiberhaufen«, schimpfte Jürgen mit rotem Kopf. »Jetzt reicht's mir.« Noch ein letzter prüfender Blick auf Fritz und Paul, bei denen er Maß zu nehmen schien, dann zog er sich zurück. Der Retter des Abends.

»Wie heißt denn seiner?«, die Raiffeisenfrau konnte es einfach nicht gut sein lassen. Marina verzog das Gesicht. »In unseren wilden Zeiten nannten wir ihn Tiger.« Sie kicherte. Aber damals gab es auch noch einen Dschungel zu durchforsten. Inzwischen sei sie glattrasiert, wie ihre Ehe.

»Das ist doch ganz normal«, meinte Moni Hopfinger versöhnlich, und selbst Sabrina lächelte wieder. Also ihr Tiger, der hatte es gerne haarig. »Echt?«, fragte Marina und klang dabei ehrlich verwundert, irgendwie angefasst. Wieder hatte Jo das ungute Gefühl, ihre Freundin Marina verband mehr mit dem Tiger als das Hobby ihres Sohnes. Sabrina nickte. Ja, der Tiger fühlte sich im Dschungel am wohlsten. »Warum überrascht dich das so?« Die Frage war an Marina gerichtet. »Ja, mei, also, vielleicht, weil er so moderne Ansichten hatte. Im Training zum Beispiel. Da dachte ich, das zieht sich durch sein Leben.« »Geh, Marina, red doch nicht so einen Schmarrn«, meinte Moni Hopfinger und streckte Marina ihr leergetrunkenes Glas entgegen. Auf dem Tisch standen jetzt drei leere Flaschen Prosecco, und Marina köpfte mit zittriger Hand die vierte Flasche. Und klapp, klapp, klapp ging ein Nähkästchen nach dem anderen auf. Die Frauen hatten sich was zu sagen.

Als Jo wieder mit Larissa in Sepps Wagen saß, den Jürgen freundlicherweise in seiner Einfahrt geparkt hatte, wusste Jo mehr, als ihr guttat: Marina machte sich über Tigers Vorlieben Gedanken, und Alois wuchsen, laut Uschi Steimer, regelmäßig Warzen am Schwanz. Oder wollte sie damit nur Jo abschrecken? Ganz geheuer war ihr diese Frau Steimer jedenfalls nicht. In der weichen Körpermasse schien ein harter Brocken zu stecken. Armer Alois!

Vitus war zum ersten Mal in Dianas Wohnung und sah sich um. Die Möbel erinnerten ihn an den Ikea-Katalog aus seinem Briefkasten. Keine Ahnung, wie der Papiermüll dort hingekommen war. Er kaufte nichts bei den Schweden. »Billiges Zeug kommt einen am Ende immer teuer zu stehen«, war die Devise seiner Rosina gewesen, und wo sie recht hatte, hatte sie recht. Trotzdem fühlte er sich in Dianas Wohnzimmer wohl. Helles Birkenfurnier bestimmte den Grundton, die Bücherregale waren vollgestellt, und auf der durchgesessenen Sofagarnitur verbreiteten buntgemusterte Kissen gute Laune. Vitus lehnte sich zurück. Dem Raum war der gute Wille seiner Bewohnerin anzusehen, aber auch ihre beschränkten Mittel. Mit ihm an seiner Seite sollte es Diana besser haben, schwor sich Vitus und nickte dabei einem der Geweihe zu, die an der Wand hingen. Wie er aus den Prospektbeilagen seiner Tageszeitung wusste, waren Jagdtrophäen heutzutage ein beliebtes Dekorationsmaterial, zusammen mit anderem Heimatkitsch, den Möbelhäuser anboten: vom röhrenden Hirschen auf Leinwand bis hin zu Brotzeitbrettern mit Dackeln in Tracht. Es wurde über jede Geschmacksgrenze hinweggetrampelt, aber der ganze Plunder, auf gut bayrisch »Graffel«, passte hervorragend zu den modernen Glitzerdirndlfetzen und räudigen Lederhosen, mit denen Münchner inzwischen das Rosenheimer Herbstfest stürmten. Schön war das nicht, aber durfte sich ein Mann, der als Elvis-Imitat auf einem abgewohnten Sofa saß, darüber erheben? Die Macht der Tracht bahnte sich eben ihre eigenen Wege.

So wie die Liebe. Apropos, wo blieb Diana eigentlich? Sie wollte sich in der Küche um Getränke kümmern. Brauchte sie Hilfe?

Ihr Kopf hing über der Spüle, und ihr Gesicht war kreidebleich. Sie stützte sich an der grauen Arbeitsplatte der Küchenzeile ab. Neben ihr stand eine Flasche Sekt.

»Der Kreislauf, es ist nur der Kreislauf«, entschuldigte sich Diana. »Mein Blutdruck ist im Keller. Die Hitze macht mich fertig.«

Bei derartigen Problemen hatte seine verstorbene Frau auf Champagner geschworen. Später war sie auf Markensekt umgestiegen, und am Ende bediente sie sich im Discounter. Je höher ihr Verbrauch wurde, umso tiefer sanken ihre Ansprüche an die Qualität der Getränke, bis sie bei Abfüllungen landete, die Namen wie die Flasche neben Diana trugen: »Amor Cava«. Vitus mochte nicht daran denken.

Er fasste Diana unter. »Wir bringen dich ins Bett und legen deine Beine hoch.«

»Elvis, du kommst ja wirklich schnell zur Sache, aber so schnell bekommst du mich heute nicht ins Bett.« Sie lachte. »Wieso, ist dein Bub zu Hause?«, fragte er. Die Kinderzimmertür war deutlich als solche zu erkennen, weil kleine Fußbälle und der Name Simon daran klebten. »Ich bin allein.« Na dann! Sie schüttelte den Kopf. Immer noch blass.

Ein Glas Sekt und ein Moment auf dem Sofa würden ihr für den Moment genügen. »Nimm's nicht persönlich, Vitus. Es hat nichts mit dir zu tun.« Davon war er ausgegangen, aber nachdem sie es so explizit betonte, zweifelte er daran. Hatte es doch etwas mit ihm zu tun? Mit seinem weißen Glitzeranzug? Wollte sie etwa nicht mit Elvis ins Bett?

Da saßen sie nun, er mit seinen Fragen, sie mit ihrem Sektglas, in den Tiefen der Polster und blickten auf das Geweih an der Wand. »Hab ich selbst geschossen«, sagte Diana stolz.

Diana musste scherzen. Eine gefühlvolle Frau wie sie ging doch nicht auf die Pirsch und schoss Rehböcke ab. Vielleicht auch Kitze? Bei der Jagd galt schließlich der Grundsatz: jung vor alt. Sein Schwager Bertl hatte es ihm demonstriert, als ihn Vitus ein einziges Mal zur Jagd begleitet hatte. Es hatte gut angefangen. Damals. Sie saßen auf einem Hochsitz, der Wind raschelte durch die Bäume, Vögel zwitscherten, und Vitus beobachtete mit Bertl ein Reh und ihr Kitz beim Äsen. Mutter und Kind. Die Natur schien im Einklang. »Schau sie dir an, die zwei«, sagte sein Schwager. »So eine Harmonie!« Vitus nickte. Er hätte in diesem Moment gerne schon die Spiegelreflexkamera gehabt, die er sich später kaufen würde. Die Harmonie der beiden Tiere berührte ihn. Da hob die Ricke den Kopf, als würde sie etwas wittern. Ihr Instinkt trog sie nicht. Sie konnte wittern, womit Vitus nicht rechnen konnte: Bertls Kaltblütigkeit. Sein Schwager legte in einer ruhigen, geschmeidigen Bewegung sein Gewehr an und zog durch und schoss. Bumm! Treffer! Der Jäger freute sich, aber die Rehmutter sprang noch Stunden später um ihr totes Kind herum. Hin und her. Immer wieder. Völlig verzweifelt. Vitus, der in seinem Beruf schon viel Schreckliches gesehen hatte, fiel dazu nur eines ein: heimtückischer Mord – und leider auch Rosina vor Beppos Kinderbett.

»Warum erschießt du nicht auch noch die Mutter? Siehst nicht, wie die leidet?«, herrschte er seinen Schwager damals an.

»Die kommt schon darüber weg. Im nächsten Jahr hat sie ein Neues.«

Seitdem konnte er Bertl nicht mehr leiden. Er hatte seit Jahren keinen Kontakt mehr zu ihm. Aber in diesem Moment erinnerte ihn Diana an diesen grausamen Idioten und versicherte ihm stolz, sie scherze nicht, sondern mache ihrem Namen alle Ehre. Diana, die Jagdgöttin.

Zum Beweis hing die Krone dieser Schöpfung an ihrer Wand. Nicht als Dekoration, sondern als Trophäe, für die Blut geflossen war. Als wäre es eine große Leistung, erzählte sie ihm, wie sie den Rehbock erlegt hatte. »Ein prächtiges Tier!« Aber hinterher war der Bock nur noch ein Kadaver, weil er Diana über den Weg gelaufen war. »Fleisch fressen, aber sich über Jäger erheben«, hatte ihm Bertl damals hinterhergerufen, und Diana argumentierte jetzt ähnlich. Welcher Mörder würde seine Tat nicht rechtfertigen?

An seine Schulter gelehnt, schien Diana seine Irritation nicht zu bemerken, sondern erklärte ihm seelenruhig den Unterschied zwischen Hirsch und Rehbock: »Hirsche haben ein größeres Geweih.« Und Walt Disney sei übrigens ein kapitaler Fehler unterlaufen, als er Bambi einen Hirschen als Vater andichtete, wo doch die Mutter ein Reh war. »Völlig absurd!«, urteilte die Jagdgöttin. »Isst du eigentlich gerne Wild?«, fragte sie. »Ich mein, solange es mit Vornamen nicht Tiger heißt.« Wie bitte? Kleiner Scherz! Ihre Wangen waren inzwischen wieder rosig. Der Sekt schien zu wirken. Langsam knöpfte sie Vitus' weißen Glitzeranzug auf und machte klar, »wo sie jetzt wildern wollte«. Er war ihre Beute. Aber Vitus war die Lust vergangen. Er dachte an den Rehbock, das Kitz und an all die Tiere, die er in seinem Leben verspeist hatte. Andererseits, war Jagen nicht die humanste Art Tiere zu töten, wenn nicht gerade Typen wie Bertl ein Gewehr in der Hand hielten? Aber hielten nicht immer die Falschen die tödlichen Waffen in den Händen? Kriminalkommissare natürlich ausgenommen. Und Diana? War sie die Richtige?

Sie hatte ihn in der Hand. Buchstäblich. Ihr Griff wurde fester, aber er hatte auch einen Willen. Mit wahrer Größe versuchte er sein körperliches Aufbäumen niederzuringen. Der Versuch endete als klägliches Stöhnen, aber seine Frage drang durch: »Hast du denn überhaupt einen Jagdschein?« Sie stutzte kurz.

»Na, dafür schon, mein Lieber.« Ihre Hand bewegte sich jetzt auf und ab. Die Jägerin wusste, was sie tat. Sie lockte ihr Opfer in die Falle. Aber so leicht wie der Wurmfortsatz seiner Männlichkeit wollte sich Vitus nun doch nicht erlegen lassen. Er war kein Freiwild. Obwohl er Dianas saftige Göttlichkeit wittern konnte, versuchte er seine Erregung zu drosseln, mit allen Mitteln. Er dachte an Hundehaufen, Käsefüße und saures Lüngerl, aber erst als er an den bayrischen Ministerpräsidenten dachte, konnte er wieder einen klaren Gedanken fassen. Im Filmarchiv seines Kopfkinos rief er eine Szene ab, die Horst Seehofer auf dem Münchner Jägerball zeigte. Vitus musste seinerzeit beruflich anwesend sein und Seehofers feierlich gefärbte Ansage ertragen: »Die Jagd gehört zu unserer bayrischen Lebenskultur und bleibt ein Stück bayrische Lebenskultur. Allzeit ein kräftiges Waidmanns Heil.« Unter 12,5 Millionen Bayern gab es rund 50 000 Jäger. Da sollte noch einer sagen, der Ministerpräsident kümmere sich nicht um Minderheiten. Solange sie Loden trugen, war Horst ihr Mann, aber er wollte ohnehin nicht erneut kandidieren. Waidmanns Dank!

»Hast keine Lust mehr?«, sorgte sich Diana, die nun nicht mehr viel in der Hand hatte. Aber sie ließ nicht locker. Aufgeben gehörte nicht zu ihrem Repertoire. »Von so einer kleinen Schlappe lassen wir uns aber nicht entmutigen, gell, mein Herzerl?«, meinte sie. Das war nun wirklich keine große Sache, in der Tat nicht, hahaha, und kam in seinem Alter schon mal vor, sie war ja auch nicht mehr die Jüngste, gell. Deshalb passten sie ja so gut zusammen. Vitus, Herzerl, Schatzi. »Love me tender!« Dann benutzte sie ihren Mund nicht mehr zum Reden, sondern zur körperlichen Zwiesprache.

Vitus konnte an nichts mehr denken, nicht an den Rehbock an der Wand und nicht an den Hirschen in der Regierung. Das Fachwort für seinen Zustand war brunftig, das fiel ihm gerade noch ein. »Dianaaaahhh!«

Wenn die Jagd vorbei ist, wird ein ›Totsignal‹ auf dem Jagdhorn geblasen«, erzählte Diana. Vitus' Kopf lag auf ihrem weichen, warmen Bauch, den Dehnungsstreifen säumten und dessen Hautoberfläche Risse durchzogen. Hier hatte eine Schwangerschaft Spuren hinterlassen. Narbenland. Ein verlassener Ort. Zart streichelte er darüber, aber Diana bat ihn nicht hinzusehen. Sie schämte sich. Vitus dachte an das Kind, das sich hier Platz gemacht hatte. Sie sprach kaum von ihm, und nirgends waren Fotos zu sehen. Warum eigentlich?

»Simon ist tot.«

Und dann begann Diana zu erzählen. Schon als Kind hatte sie von einer großen Familie geträumt, früh geheiratet und die Pille abgesetzt, aber nichts passierte. Nach einem Jahr versuchte sie es mit Hausmitteln: Sie maß ihre Scheidentemperatur, trank Kräutertees und lagerte ihr Becken hoch nach dem Sex, der sich inzwischen auf Besamung reduziert hatte. Nichts passierte. Sie ließ sich von ihrem Frauenarzt untersuchen, der keine medizinischen Hürden zwischen ihren Eierstöcken und ihrer Gebärmutter sah. Bei ihr stimmte alles. Also drängte sie ihren Mann zum Arzt, aber der ging zu seiner Geliebten. Ihr wurde übel, und sie dachte, es wäre der Trennungsschmerz. Sie wurde dicker, und sie dachte, es wären Frustpfunde, sie ging zum Arzt, und der sagte: »Glückwunsch! Sie sind schwanger.« Vier Wochen nach ihrer Scheidung kam Simon auf die Welt. Sein Vater interessierte sich nicht für seinen Sohn, aber Diana rückte das Kind ins Zentrum ihres Lebens.

»Simon war mein Ein und Alles.«

Zu seinem dritten Geburtstag schenkte sie ihm einen Fußball und meldete ihn beim 1. FC Rosenheim an. Er war der jüngste Spieler und in einer Mannschaft mit Tigers großem Sohn Franz, der schon bald sein bester Freund wurde. Es folgten Jahre auf Fußballplätzen und in Sporthallen. Tiger holte Simon von zu Hause ab, wenn Diana arbeiten musste, und brachte ihn am Abend zurück. An einem dieser Abende kamen sich Tiger und Diana näher, was sich positiv auf Simons junge Fußballerkarriere auswirkte, aber das nur nebenbei. Fazit: Es war eine Win-win-Situation für alle Beteiligten, außer für Tigers Ehefrau, aber Sabrina Wild ahnte von nichts. »Ich hab genug Kraft und Saft für euch beide«, meinte der Tiger.

»Und warum hast du dem Tiger die Reifen zerstochen?«, unterbrach Vitus ihren Redefluss, weil ihn die Vorstellung einer sexuellen Win-win-Situation zwischen Diana und Tiger nicht behagte.

»Ich musste buchstäblich Luft ablassen.«

»Doch große Gefühle?« Er hoffte, sie würde das Verhältnis wieder als »unbedeutende Affäre« einstufen wie bei ihrem ersten Rendczvous.

»Es ging nicht um Liebe, sondern um Verrat. Tiger hat plötzlich nur noch seinen Franz aufgestellt, vor allem wenn Scouts vom FC Bayern im Publikum waren.« Prompt wurde Franz entdeckt und ins Jugendteam der Münchner aufgenommen. Simon nicht, obwohl er nicht wenig Talent hatte.

»Es war eine riesige Enttäuschung für ihn. Ein richtig harter Schlag.« Auch für Diana selbst, immerhin hatte sie die fußballerische Entwicklung ihres Sohnes mit vollem Körpereinsatz gefördert.

»Ich hab zu spät erkannt, dass der Tiger ein Raubtier war. Unberechenbar. Am Ende kämpfte er nur für sich und seine eigene Brut.«

»Und was ist mit Simon passiert?«

»Ein Unfall.« Darüber könne sie nicht reden. Noch nicht. Das müsse er verstehen. Vitus verstand alles.

Er küsste die Narben auf ihrem Bauchgewebe und weinte. Sie beide hatten viel verloren. »Magst du jetzt reden?«, fragte Diana. Vitus wollte. Zum ersten Mal.

Juhuu! Premiere gelungen«, brüllte ihr Marina durchs Telefon ins Ohr, als es sich Jo gerade an ihrem Schreibtisch gemütlich gemacht hatte. Die nächste Nachtschicht stand an. Thema: Dildoparty. Der Text musste geschrieben werden.

»Alle haben bestellt! Sogar die Hopfingerin«, jubelte die Freundin weiter. Ihre Befürchtung, Sabrina Wilds Tränen hätten die Kauflust ihrer Gäste weggespült, war unbegründet. Jede Einzelne hatte bei dem abschließenden Vieraugengespräch in der Küche bestellt.

»Auch die Uschi Steimer?«

»Die hat eingekauft wie ich mit Hunger im Supermarkt.«

»Was meinst, da läuft doch zu Hause nichts mehr, oder?« Jo konnte sich diese Frage einfach nicht verkneifen.

»Wieso interessiert dich Uschi Steimers Sexleben?« Marina klang misstrauisch. Sie wusste noch nichts von Jos Affäre mit Alois. Bisher hatte sich einfach noch keine Gelegenheit ergeben, darüber zu sprechen, und jetzt, fand Jo, sei auch nicht der richtige Zeitpunkt dafür, deshalb redete sie sich heraus.

»Ach nur, weil der neulich auf dem Fußballplatz wie ein potenter Alphamann mit Hochdruck gewirkt hat und die Uschi so, wie soll ich sagen, also, die ist schon eine Nummer, also eine Nummer größer.« Jo hörte sich wirklich blöd an.

»Es gibt Männer, die stehen auf mehr«, meinte Marina und stimmte gutgelaunt das Lied von Meghan Trainor an. »It's all about that bass!«

»Hör auf!« Jo wurde sauer. Immerhin musste sie noch arbeiten, aber Marina war in Hochstimmung.

»Also, ich glaub, du wärst dem Alois zu dünn, Jo. Halt dich lieber an deinen Vibrator.«

»Du meinst, ich würd einen Korb von Alois Steimer bekommen?« Wenn die wüsste!

»Jetzt sag bloß, du stehst auf diesen Affen?« Marina kannte sie schon lange und gut.

»Schmarrn!«

»Gib's zu!«

»Nur wenn du endlich die Sache mit dem Tiger zugibst.« Im Hintergrund hörte Jo eine Tür.

»Du, der Jürgen kommt gerade ins Zimmer. Lass uns ein andermal darüber reden.«

Jo erkundigte sich noch schnell, ob Jürgen mit der Produktpalette seiner Dildofee ein Problem hatte? »Keine Ahnung. Das wird er mir gleich sagen«, meinte Marina, die inzwischen etwas weniger euphorisch klang.

Vitus fühlte sich seltsam erleichtert. Diana kannte jetzt seine Geschichte und seine Schuld. Sie wusste von Beppo, und sie wusste vom Alkohol, mit dem Rosina ihren Schmerz wegspülen wollte, aber beides blieb: der Schmerz ebenso wie der Alkohol. Nur Rosina selbst verschwand langsam. Sie wollte zu Beppo, ihrem Kind. Als die Sehnsucht zu groß wurde, nahm sie das letzte Stück des Weges mit überhöhter Geschwindigkeit und raste mit ihrem Auto an eine 700 Jahre alte Eiche.

Diana hielt seine Hände. Für einen zeitlosen Augenblick war er in absoluter Sicherheit, zwischen gestern und morgen. Bei Diana, seiner Göttin der Jagd, die, wie sie ihm versichert hatte, nie ein Kitz töten würde. Einer Mutter ihr Kind zu nehmen, so etwas machten nur Barbaren, die selbst eine Kugel verdient hätten.

Wusste Diana eigentlich, dass sie in der römischen Mythologie auch die Göttin des Mondes und der Geburt war? »Ja, da schau her!«, sagte sie unbeeindruckt und zeigte durch das Fenster in die Sommernacht. Am Himmel leuchtete der Vollmond.

Aber nun war es genug für heute mit der Vergangenheit, fand Diana. Sie mussten zurück in die Gegenwart finden und sich für die Zukunft stärken. Ihr Magen knurrte, und Vitus hatte doch sicher auch Hunger. »Semmeln, Pizza, Himbeereis zum Frühstück?« Ihre Gefriertruhe im Keller hatte alles, was das Herz begehrte, versprach sie. »Na, Schatz, was soll ich uns auftauen?«

Vitus war alles recht, solange es kein Tigerfleisch war. Ein vorwurfsvoller Blick. Schlechter Witz. Er gestand es ein. Neben dem Bett stand die Flasche »Amor Cava«. Auf die Zukunft!

Man mochte Alois Steimer körperlich eine gewisse Ähnlichkeit mit dem ehemaligen Borussia-Dortmund-Trainer Jürgen Klopp nachsagen, aber im Geiste war er ein Bruder von Pep Guardiola, dem Fußballgenie, das die Bayern trainierte und in seiner Freizeit öffentlich Gedichte seines Landsmannes Miquel Marti i Pol vorlas. So sah Alois sich selbst, und er kannte sich nun wirklich am besten. Die Lesung von Pep im Münchner Literaturhaus hatte er am Computer verfolgt. Die erotischen Gedichte, in denen es um Brüste, Hüften und brennende Geschlechter ging, gefielen ihm am besten. Er war durchaus kulturell interessiert, solange keine Schwäne im Spitzenkleid auf der Bühne hopsten. Er dachte an die Brüste und Hüften, von denen Guardiola gelesen hatte, und zwangsläufig dachte er auch an Jo. Sein Geschlecht brannte bereits vor Hitze, poetisch veranlagt, wie es war. Empfänglich für die feinsten Schwingungen. Bereit für die Liebe, aber für die war jetzt keine Zeit. Steimer saß in seiner Versicherungsagentur, wo er die Aufstellung und Strategie für den Chiemgau-Cup vorbereiten wollte. Zum Aufwärmen joggte er durch die Fußballmeldungen im Internet. Er wollte wissen, ob es Neuigkeiten von Martin Ødegaard gab, seiner Inspiration. Der junge Norweger hatte Ärger bei Real Madrid, weil der 16-Jährige mit den Großen wie Cristiano Ronaldo, Gareth Bale und Karim Benzema trainieren wollte und nicht mit der zweiten Mannschaft der »Königlichen«, der er noch zugeteilt war. Unglücklicherweise hatte sein Coach Zinédine Zidane für das Emporstreben des Norwegers wenig Verständnis und agierte mit dem Dickkopf, mit dem er als französischer Nationalspieler ein Finale entschieden hatte: Bei der WM 2006 hatte Zidane dem Italiener Marco Materazzi einen Kopfstoß verpasst, weil der ihn beleidigt hatte. Dafür sah er die rote Karte. Fußball war ein leidenschaftliches Spiel, aber als Trainer musste man besonnen agieren, so wie Alois. Feierlich breitete er ein blütenweißes Blatt Papier auf seiner Star-Wars-Schreibtischunterlage aus und zeichnete ein Spielfeld. Torraum, Strafraum, Mittelkreis. Darüber schrieb er: »Chiemgau-Cup, das Spiel der Spiele.« Für ihn und seinen Sohn Adrian traf das zu. Die Bayern-Scouts würden gewiss im Publikum sein.

Er positionierte Adrian im Sturm. »Möge die Macht mit ihm sein.« Dann drapierte er den Rest der Mannschaft um ihn herum. Sein Sohn sollte der Star sein, die anderen die Statisten. Natürlich war er kein objektiver Trainer, er war Vater. Das Leben war kein Wunschkonzert, sonst hätte es Alois und Tiger nicht in den Graben gefahren, aber jetzt gab es ihm eine zweite Chance: Durch seinen Sohn konnte er für ausgleichende Gerechtigkeit sorgen. Adrian Steimer würde Alois Steimers Weg fortsetzen. Im Namen das Vaters. Amen.

In diesem Moment fühlte er sich sehr verbunden mit seinem Sohn, auch wenn dieser vermutlich gerade an Mamas Rockzipfel hing und irgendetwas Kreatives oder Kulturelles über sich ergehen lassen musste. Andererseits steckte darin vielleicht auch Potenzial für die spätere Imagearbeit. Siehe Pep und die Poesie. Er könnte Adrian als intellektuellen Spieler aufbauen und ihm ein Köpfchen unter seiner Irokesenbürste andichten. Was hieß hier andichten? Sein Sohn war ein helles Kerlchen, Adrian – die Leuchte – Steimer. Wie der Vater, so der Sohn. Und wie Pep. Adrian, Alois und Pep. Was für ein Dreigestirn! Halleluja! Alois unruhiger Geist kam in Hochstimmung, und er ballte die Faust in der Luft. Halleluja! Halleluja! Er konnte nicht ahnen, dass eine andere Faust bereits auf dem Weg zu ihm war. Sie würde ihn aus seinen Hirngespinsten boxen, zurück auf den Boden der Tatsachen.

Die Tür öffnete sich. Welcher Idiot störte ihn bei seiner strategischen Arbeit? Alois Steimer hatte keinen Kundentermin im Kalender, und für Laufkundschaft, die sich für eine billige Auslandsreisekrankenversicherung interessierte, an der er nichts verdiente, hatte er keinen Nerv. Er kannte diese Typen: sich eine Stunde beraten lassen und dann den Vertrag im Internet abschließen. Widerliche Schmarotzer, die ihm nur seine Zeit stahlen. Den Ehrgeiz, ihnen zur Strafe einen Investmentfonds zu verkaufen oder eine kapitalbildende Unfallversicherung, hatte er schon lange nicht mehr. Ärgerlich sah er auf, um dem Störenfried die Tür zu weisen. Verdammt! Es war der Schlimmste von allen.

»Es passt jetzt leider überhaupt nicht. Komm später wieder«, erklärte Alois die Lage, aber sein Besucher ließ sich nicht vertreiben. Er betrat die Finanz- und Versicherungsagentur Steimer wie ein Boxer die Arena, dabei schlug er mit der rechten Faust in seine linke Handfläche. Immer wieder. Patsch, patsch, patsch wärmte er seine Waffe auf und schloss danach wortlos die Jalousien. Alois protestierte, aber der Kerl schnitt ihm mit zwei Silben das Wort ab. »Halt's Maul!« »Okay, dann lass uns reden«, versuchte Alois ihn zu beruhigen. »Wir können über alles reden.« Aber der andere war nicht in Plauderlaune. »Sollen die Frauen reden, wir regeln das wie Männer.« Er spannte die fein definierten Kraftberge an, die sein weit ausgeschnittenes Muskelshirt präsentierte. Links über der rasierten Brust sah Alois eine Tätowierung: ein rotes Herz mit dem Schriftzug Larissa. Das Liebessymbol kreuzten zwei buckelige dunkle Linien. Sie wirkten selbstgestochen. Vermutlich war der Mann trunken vor Liebeskummer und Wodka gewesen, als er Larissa aus seinem Herzen streichen wollte. Alois' Blick hing noch immer an der Tätowierung, als die Faust in seinem Gesicht landete.

Jo saß in ihrer Wohnung und füllte unter ihrem neuen Pseudonym Rosi Heim ihren Blog auf Innsider.info.de. Sie hatte viel zu erzählen: Von einem Hering, der fast im Kneippbecken ertrunken wäre, und von einem Rosenheim-Cop, der ihn herausangelte. Super Story! Ein Tastendruck, und der Text war online. Jetzt musste er nur noch gelesen werden, aber für das Publikum wollte Rocco sorgen, das hatte er versprochen. Jo vertraute ihm. Ihr Lieblingspraktikant war schließlich bestens vernetzt.

Schon hackte sie die nächste Geschichte in den Kasten. Überschrift: »Sind Dildos die besseren Schwänze?« Ihre Finger auf der Tastatur konnten dem Tempo ihrer Gedanken kaum folgen. In Rekordzeit war auch dieser Artikel online. Fazit: Was ein echter Lustkauf ist, lohnt sich. Doch nun konnte sie sich nicht länger drücken. Jo musste den Fall Tiger Wild in Schriftform bringen. Daran würde *Innsider Info* gemessen werden. Schade nur, dass sie die interessantere Hälfte ihres Wissens nicht verarbeiten durfte. Tigers Affäre mit Diana konnte sie unmöglich veröffentlichen. Vitus zuliebe. Familie ging vor. Womit auch die Sache mit den Reifen geplatzt war. Hätte Vitus sich nicht in eine andere Frau verlieben können? In seine ehemalige Assistentin zum Beispiel. Vielleicht ein andermal. Außerdem tat ihr die Witwe von Tiger Wild leid, Sabrina. Seit dem Dildoabend hatte sie ein Gesicht, ein freundliches obendrein. Jo wollte ihr nicht wehtun. Keine gute Voraussetzung für eine gute Journalistin. Und womöglich war Sabrina am Ende die Mörderin. Untreue war ein starkes Motiv.

Jo ermahnte sich zur Konzentration. Los, Jo! Es gab nur einen Weg: Sie ging zum Kühlschrank und holte sich eine Engerl-Weisse. Als die Perlen im Glas nach oben trieben, fühlte sie sich besser. Nach ein paar Schluck sogar erleuchtet. Sie schlug sich auf die Stirn. Natürlich, die Fußballschule. Daraus würde sie eine geile Geschichte im Stil von »Gonzo-Journalismus« machen, also extrem subjektiv. Jo würde in die Rolle eines Fußballs schlüpfen, so wie ein Engerl in eine Bierflasche. Geistvoll. Das hatte es so noch nicht gegeben, zumindest nicht in Rosenheim. Sie trank weiter. Aus der Sicht eines Balles würde sie das Gespräch mit dem karrieregeilen Schüler wiedergeben. Wenn das keine runde Sache war! Prost! »Das ist deiner, Jo, nimm ihn dir! Jetzt geh schon hin. Geh hin!«, hörte sie eine Fußballmutter in Gedanken rufen. Rosina? Unmöglich! Trotzdem trieb sie den Gedanken weiter. Er landete als Idee im Tor: Auf *Innsider Info* würde sie eine Fußballserie haben, die ihr keiner wegnehmen konnte. Der Titel: Ballgeschichten. Dem Himmel sei Dank hatte das bayrische Bier übernatürliche Wirkungskräfte. Sogar alkoholfrei.

Fuck Sepp Anzenberger und seine Personalpolitik. Sie nahm den nächsten Schluck. Wer brauchte einen Chefredakteur, wenn ein eigener Blog die bessere Lösung war? Anzenbergers Assistentin Larissa sollte sich über ihren neuen Dildo freuen und ihren Alten von der Bettkante schubsen. Danach brauchte sie allerdings einen neuen Job. Vielleicht bei *Innsider Info*? Jo wollte darüber nachdenken, aber nicht jetzt, sie hatte zu tun, als Chefredakteurin in eigener Sache. Nochmals Prost, bevor der Schaum im Bier unterging. Titelgeil? Und wenn schon! Sie war endlich »in control«, wie Jack es ausdrücken würde, aber sie hatte keine Zeit, einen Gedanken an ihren Ex zu verschwenden, sondern musste die Artikel ihres Mitarbeiters Rocco lesen. Auch er war in kürzester Zeit aufgestiegen, vom Praktikanten zum Mitglied der Chefredaktion, wie immer er sich nennen wollte, er konnte es sich aussuchen, und er hatte es sich verdient.

Rocco hatte vorgearbeitet und Storys aus dem Rosenheimer Nachtleben geliefert. Als Pseudonym nutzte er »Hundling«, ein bayrisches Synonym für Bazi, Lump und Spitzbub, kurz: für einen gewieften und gewitzten Kerl wie ihn.

Über Kunst und Kultur wollte er unter dem Namen »Max Josef« schreiben, eine Referenz an den Marktplatz ihrer Stadt. Rocco, der Gute!

Das Engerl war jetzt leergetrunken und rülpste aus Jos Mund. Himmel noch mal, keine Manieren! Aber Jo fühlte sich großartig. Die Arbeit war getan. Sonnenschein und Hitze drängten durch ihr offenes Fenster, und auf der Straße vor ihrem Haus lachten leichtbekleidete Menschen. Seit Tagen kochte der Sommer Glücks- und Sexhormone auf: Serotonin und Testosteron fluteten durch Männer und Frauen, und ganz Rosenheim flirrte in Licht und Sinnlichkeit. Jetzt spürte sie es auch. »Sonne macht geil«, hatte Sepp Anzenberger auf *Rosenheim News* getitelt. Platt, aber wahr.

Jo dachte an das Geschenk der Dildofee und dann an Alois Steimers »Laserschwert«. Der Weg zu seiner Agentur war nur ein kurzer Spaziergang. Jo entschloss sich zu einem Ausflug auf den Planeten Sex.

Jo lief am Stadtmuseum vorbei, durch das Mittertor und über den Marktplatz. Ein Mann überholte sie und zog seinen Achselschweiß als Duftmarke hinter sich her. Es war nicht alles gut an dieser sommerlichen Hitzewelle. Sie selbst roch sicher kaum besser. Wollte sie in diesem Zustand wirklich zu Alois? Ach, alles war natürlich, insbesondere Sex. Er würde sich freuen. Sie war eben ein bisschen feuchter als sonst. Überall. 37 Grad im Schatten.

Am Wirtshaus Stockhammer verlangsamte Jo ihre Schritte. Wie immer bei gutem Wetter waren die Tische vor dem Haus belegt. Am Vormittag trafen sich hier die Einheimischen zum Weißwurstfrühstück und störten sich nicht daran, dass ihre Leibspeise aus Miesbach importiert wurde.

Im Vorbeigehen sah Jo einen Bilderbuch-Bayern mit Gamsbart auf dem Hut, der andächtig sein zweites Frühstück »zuzelte«, also aussaugte. Diese traditionelle Art, eine Weißwurst zu essen, sah man selbst in ihrer Heimatstadt nur noch sehr selten, zumindest öffentlich. Plötzlich bekam Jo Appetit, vor allem auf das Bier, das mit üppiger Blume die Idylle dekorierte, aber sie widerstand der Verlockung. Ihr Appetit auf Alois war größer.

Minuten später stand sie vor seiner Versicherungsagentur und war irritiert, weil die Jalousien geschlossen waren. Hatte Alois ihr nicht von seiner Geschäftsphilosophie der Transparenz und Offenheit gepredigt? Seltsam! Vielleicht war er gar nicht da? Gleich würde sie es wissen. Jo drückte gegen die Eingangstür. Sie gab nach.

Geöffnet. Schon im nächsten Moment hätte sie die Tür am liebsten wieder zugezogen, denn was sie sah, schockierte sie.

Alois hing in dem ledernen Chefsessel hinter seinem Schreibtisch. Aus seiner Nase rann Blut, aber das schien das kleinste Problem zu sein, denn vor ihm stand – mit dem Rücken zu Jo – ein Mann, der sich gerade zu Alois beugte und ihn anbrüllte: »Du hast mir einen Job versprochen, wenn ich mich um Tiger kümmere!« Alois nickte resigniert, dann bemerkte er Jo und deutete mit dem Finger in ihre Richtung. Wollte er ihr zu verstehen geben, sie sollte verschwinden? Sich in Sicherheit bringen? Es wäre sowieso zu spät gewesen, denn sein Angreifer drehte sich schneller um, als Jo reagieren konnte.

Sie war dem grimmigen Gesicht schon einmal begegnet, es gehörte Dimitrij Nowikow, Vladis großem Bruder. Der Mann, der Tiger Wild für die Überschuldung seiner Familie verantwortlich machte. Sie hatte ihn in der Sommerhitze, zwischen Dildoparty und Innsider-info.de völlig aus den Augen verloren. Ein Fehler. Dimitrij zögerte nur kurz, dann schien auch er wieder zu wissen, wo er Jo schon einmal gesehen hatte: in der Wohnung seiner Eltern. »Vorsicht«, warnte er sie im Vorbeigehen. »Dem Mann ist nicht zu trauen. Sein Wort hat keinen Wert.« Er sprach von ihrem Liebhaber Alois Steimer, dem er als Abschiedsgruß versicherte: »Ich komme wieder.« Er klang dabei wie Arnold Schwarzenegger als Terminator, und wie so oft hatte Jo das Gefühl, Filmszenen wiederholten sich in ihrem Leben. Dieser Schauspieler roch nach einer Extraportion Deo, Knoblauch und Achselschweiß. Tag für Tag verdunsten auf der Haut eines Menschen rund zwei Liter Wasser, erinnerte sich Jo. An Sommertagen wie heute erhöhten Körper bei Bedarf auf ihre Maximalleistung von vier Litern. Bei sportlicher Bewegung zum Beispiel. Dimitrij Nowikow sah aus, als käme er gerade siegreich aus einem Boxring. Auf seinem Muskelshirt war Blut. Alois' Blut. Ein besonders großer Fleck klebte unter einer albernen Tätowierung. »Ich glaub, ich bin im falschen Film«, murmelte die Schweißexpertin.

Alois Steimer sah nicht gut aus, sondern leichenblass. Ganz vorsichtig tupfte Jo mit einem Papiertaschentuch das Blut unter seiner Nase weg. Er stöhnte.

»Gibt es hier irgendwo einen Schnaps?«, fragte sie. Im Schrank über der Espressomaschine fand sie einen Obstler vom »Stocker«. Bei Schnaps sei er Lokalpatriot, ächzte Alois, und der Christian Stocker aus Tattenhausen wüsste, wie man einen guten Geist aus Äpfeln, Birnen und Himbeeren destilliere. Jo solle ihm am besten einen Doppelten einschenken. Er leerte ihn in einem Zug, dann krümmte er sich schmerzverzerrt im Sessel. War dieser selbsternannte Jedi-Ritter ein Jammerlappen, oder hatte ihm Vladis großer Bruder wirklich so zugesetzt? Offensiv leidende Männer bewegten sich immer gefährlich nahe an der Grenze zur Lächerlichkeit. Jo wusste nichts mit ihnen anzufangen. Ihr Exmann hatte sich bei jeder Erkältung bitter über ihre »Hartherzigkeit« beklagt, anstatt einfach im Bett zu bleiben und geräuschlos gesund zu werden. Sie gab ja zu: Ihr fehlte das Helfersyndrom. Leidenden Kerlen ging sie am liebsten aus dem Weg oder gab sie an Profis ab. Gute Idee!

»Soll ich den Notarzt rufen?«

»Lass nur, Prinzessin Leia, die paar Magenschwinger und den Nasenstupser steck ich locker weg, wenn du mir noch einen Obstler einschenkst.« Obstler gut, alles gut, sie verstand. So ging ein echter Kerl mit Schmerzen um. Na dann, Prost! Doch Jo hatte ein paar Fragen an das Bleichgesicht mit der blutigen Nase.

Die erste passte in ein Wort: »Polizei?« Der Tatbestand Körperverletzung war nicht zu übersehen. »Auf gar keinen Fall!«, wehrte Alois ab. Seine Stimme klang plötzlich wieder fest und klar. Petzen war noch nie sein Fall gewesen, er war schließlich kein »Verklaghaferl«. Echte Männer machten so etwas unter sich aus. Er setzte sich aufrecht in seinen Chefsessel. Er war ein Mann. Selbst jetzt in seinem bedauernswerten Zustand könnte er es ihr beweisen. Hatte sie Lust? Er brauchte vorher nur noch einen Obstler zur Stärkung. Nein danke, die Lust war Jo vergangen. Sie wollte lieber eine Auskunft. »Was meinte Nowikow mit: Du hättest ihm einen Job versprochen, wenn er sich um Tiger kümmere?«

Mit einem prüfenden Blick sah sie erst Alois an und dann seine Schreibtischunterlage mit dem Darth-Vader-Motiv. Auf der schwarzen Maske klebte Blut, genau dort, wo die Nasenöffnung saß – wie bei Alois. Hatten die beiden noch mehr gemeinsam, der Filmbösewicht und der Fußballtrainer? Schmarrn, versuchte Jo sich zu beruhigen, aber was, wenn Alois wirklich Dimitrij Nowikow beauftragt hatte, sich um »Tiger zu kümmern«? In ihrem Kopf ratterten die Fakten: Alois hatte Tigers Platz als Trainer eingenommen. Seitdem spielte er seinen Sohn in den Vordergrund. Er hatte ihr begeistert von Ødegaard erzählt, einem jungen norwegischen Fußballtalent, das seinen Vater mit auf die Karriereleiter nahm. Außerdem hatte Alois dafür gesorgt, dass die Zukunft von Tigers Kindern abgesichert war, als hätte er den Tod ihres Versorgers vorausgesehen oder gar geplant. Und Nowikow mochte ein impulsiver Charakter sein, aber er wirkte nicht wie ein Typ, der grundlos zuschlug. Kurz: Es war an der Zeit für Jo, ihre rosarote Sonnenbrille abzunehmen. Ungeduldig wartete sie auf Alois' Antwort, aber der schien nachzudenken und wich ihrem Blick aus.

»Komm und lass uns danach reden, Prinzessin.« Er erhob sich heldenhaft und schleppte sich Richtung Toilette. »Carpe diem!« Sie wisse ja, wo sein Raumschiff stehe. Von so einem irren Russen würden sie sich doch nicht den Tag verderben lassen. Jeder müsse mal ein paar Schläge wegstecken. Heute war er eben dran. Umso mehr wolle er jetzt die Zeit mit ihr genießen. Seine Wunderwaffe dafür war unverletzt. »Jo, Liebe ist stärker als Gewalt.« Er zwinkerte ihr zu, wieder ganz das Alphamännchen, als das sie ihn kennengelernt hatte, aber seine Sympathiewerte sanken in Jos Gefühlschaos gerade auf den Tiefpunkt.

»Sag mal, spinnst du?« Wütend lief sie ihm hinterher und stieß die Toilettentür auf. Er stand breitbeinig vor der Kloschüssel und pinkelte. »Einen Moment, bitte.« Aber Jo hatte keine Zeit zum Warten.

»Ich will wissen, was du mit Tigers Tod zu tun hast!«

Er schüttelte ihre Frage mit den letzten Tropfen ab und drückte die Spülung, dann war er es, der eine Frage hatte: »Lohnt sich gar nicht, ihn wieder wegzustecken, oder?« Grinsend drehte er sich um, mit offener Hose. Er hatte sich im Griff, und er tat sich gut: Langsam massierte er sich in den Bereitschaftsdienst. Derselbe Mann, der vor einer Viertelstunde geschlagen in seinem Sessel gehangen hatte, fühlte sich ganz offensichtlich wieder als Herr der Lage – und genoss es. »Komm schon, Jo! Du willst es doch auch.« Er ging einen Schritt auf sie zu. Gerade jetzt bräuchte er ein bisschen Zuwendung. Das würde sie doch sicher verstehen. Er packte sie an der rechten Schulter, und sie roch seine Schnapsfahne. »Zeit für ein neues Spielchen. Es heißt 50 shades of grey. Auf die Knie, Prinzessin! Ich revanchier mich später!«

Plötzlich glaubte Jo, dem Mann mit der schwarzen Maske gegenüberzustehen. Darth Vader. Der Druck seiner Hand wurde fester. Jo fühlte sich gefangen.

Ihre Knie schmerzten auf den harten, kalten Fliesen. Nicht umsonst zwangen sich Büßer in diese erniedrigende Körperhaltung. Jo bereute, Alois Steimer vertraut zu haben. Sie hatte ihm alles geöffnet: ihre Arme, ihren Mund, ihre Vagina und leider auch ihr Herz. Einen Spaltbreit. So war sie dem Charme eines mutmaßlichen Mörders erlegen, der ihr jetzt seinen Schwanz in den Mund schieben wollte. »Scheißkerl! Du widerlicher Scheißkerl!« Das erste Mal seit Tagen fror sie, und sie hatte Angst. Große Angst. Aber so leicht würde sie es diesem Arschloch nicht machen. Sie öffnete ihre Lippen, und er stieß sich vor. Nur mit Mühe konnte Jo einen Würgereflex unterdrücken. Alois stöhnte auf. »Ahhhh! So ist es gut, Prinzessin. Heiß mich willkommen.« Der Eindringling bewegte sich raumfüllend, als wäre er in ihrem Mund zu Hause. Um auch in den letzten Winkel vordringen zu können, packte er Jo an den langen Haaren und riss ihren Kopf nach hinten. Was für ein Vergnügen für ihn. »Ahhhhh!« Jetzt war der richtige Moment gekommen. Jo biss zu.

Die Akustik in dem kleinen Bad war großartig. Alois' tiefer Schmerzensschrei hallte zwischen den Fliesen, und seine Schallwellen überschwemmten Jos Ohren wie Tsunamis. Sie öffnete ihren Mund und ließ das schlappe Etwas frei. Sofort wich Alois zurück und kontrollierte, ob noch alles dran war. Es fehlte nichts, aber Jos Zähne hatten eine Spur hinterlassen.

»Du hast es ja wirklich ernst gemeint.« Schockiert sackte er neben Jo auf den kalten Fußboden. Die beiden waren jetzt wieder auf gleicher Höhe, ohne sich anzusehen. Beide starrten auf die gegenüberliegende Wand. »Bist du von allen guten Geistern verlassen?« Er schüttelte den Kopf, seine Schultern fielen nach vorne. »Ich fasse es nicht.« Bevor er sein Gesicht in seine Handflächen drückte, konnte Jo erkennen: Alois, das Alphatier, war erschüttert. »Ich dachte, du willst spielen und in eine Rolle schlüpfen«, murmelte er. »50 Shades liegt doch voll im Trend.« Er hatte gelesen, die meisten Frauen würden heimlich von einem Mister Grey träumen. Warum sonst wäre das Buch so ein Megaseller geworden? Alois verstand die Welt nicht mehr. »Weißt, Jo, ich wollte dir eine Fantasie erfüllen.« Er hatte es wirklich gut gemeint. Das musste sie ihm glauben. Sie kannte ihn doch jetzt näher. »Prinzessin Leia!«

Jo blieb neben Alois sitzen. Nur zu gerne wollte sie ihm glauben. Ein großes Missverständnis, ein missglücktes Rollenspiel, das sie nicht kapiert hatte und bei dem er zu früh ein- und zu spät ausgestiegen war. Hatte er wirklich angenommen, sie hätte die Regieanweisung dazu gegeben, als sie ihm wütend ins Bad hinterhergelaufen war? Ja freilich, woher wäre denn sonst die Wut gekommen? Alois sah keinen Grund. Tiger?

»Ja sag mal, du denkst doch nicht ernsthaft, dass ich etwas mit Tigers Tod zu tun habe?«, fragte er so verzweifelt, als hinge sein Leben von ihrer Antwort ab. Sie schwieg und starrte weiter an die Wand.

»Jo?«, er wollte es wirklich hören. Er wollte den Freispruch von ihr. Sie drehte ihren Kopf in seine Richtung.

»Hast du wirklich nichts damit zu tun?« Sie verachtete sich für die dicke Spur Hoffnung, auf der ihre naive Frage zu Alois schlitterte.

»Natürlich nicht!« Er nahm sie an den Händen. »Jo, Prinzessin, hör mir zu! Ich betrüge meine Frau, und ich verkaufe Versicherungen, auf die man auch verzichten könnte. Überwiegend. Aber ich habe nichts mit Tigers Tod zu tun. Absolut nichts. Zumindest hoffe ich das.« Wie bitte?

Ja, er hatte das Temperament von Vladis Bruder falsch eingeschätzt und ihn möglicherweise, also wirklich nur möglicherweise, ermutigt, Tiger eine kleine Abreibung zu verpassen, aber das war ewig lange her. Damals hatte er Dimitrij zufällig im Wildpark Blindham getroffen. Der Russe war gerade dabei, den Stall der fetten Hausschweine auszumisten, die in der Nähe des Wildschweingeheges untergebracht waren. Woher er Dimitrij kannte? Na, vom Sehen, das blieb im Umfeld vom 1. FC Rosenheim nicht aus. Er kam mit dem jungen Mann ins Gespräch, die Chemie stimmte, und Vladis großer Bruder klagte Alois sein Leid: Die Eltern hatten sich finanziell völlig verausgabt, nur um Vladi auf die Bad Aiblinger Fußballschule zu schicken. Tiger hatte ihnen dazu geraten, geradezu gedrängt hatte er sie. Die Folgen dieser massiven Beeinflussung musste Dimitrij jetzt ausbaden: Die Eltern waren auf seine Unterstützung angewiesen. Nachts schuftete er in einer Bäckerei, und tagsüber schaufelte er Scheiße. Seine große Liebe Larissa hatte sich von ihm getrennt, weil er nie Zeit hatte und ihr nichts bieten konnte. Larissa? Wie viele Frauen mit diesem Namen gab es in Rosenheim?, fragte sich Jo. Sie kannte nur eine, und mit der wollte sie später sprechen.

»Der hatte damals wirklich eine Mordswut«, fasste Alois zusammen. Er selbst war zu der Zeit auch nicht gut auf Tiger zu sprechen gewesen, weil der angeblich so geniale Trainer Adrians Talent nicht erkennen wollte. Bei wichtigen Spielen ließ er Steimers Sohn am Spielfeldrand stehen wie eine Schießbudenfigur. »Der war so was von unglücklich, mein Adrian, das hat mir fast das Herz gebrochen.« Alois wischte sich eine Träne, die Jo nicht sehen konnte, aus dem Augenwinkel. Und weil sein Sohn so traurig war und Alois so sauer, hatte er vielleicht zu Dimitrij etwas in der Art gesagt wie: Wenn du ihn triffst, dann grüß ihn mit deiner Faust von mir. Polier ihm ordentlich die Fresse. Was man halt so sagt.

Jetzt, wo er darüber nachdachte, erinnerte er sich auch, dass Vladis Bruder gescherzt hatte: Besorgst mir dann einen neuen Job? Der Junge stellte sich Versicherungen zu verkaufen einfacher vor, als Scheiße im Wildpark zu schaufeln. Er hatte ja keine Ahnung. Alois war inzwischen überzeugt, in seinem Job mehr Scheiße als Dimitrij zu schaufeln. Trotzdem hatte ihm der Junge leidgetan, und deshalb habe er wohl dummerweise sinngemäß geantwortet: Dimitrij wisse ja nun, wie er sich bewerben müsse. Ein harmloser Scherz! Aber der Russe hatte keinen Sinn für Humor. Eine Woche später schlug er den Tiger k. o. Als der wieder aufrecht stehen konnte, verzichtet er auf eine Anzeige. Angeblich Vladi und seiner Familie zuliebe, die hatten ja nun schon genug Sorgen.

»War es wirklich ein Fehler, Vladi in die Fußballschule zu stecken?«

Alois Steimer musste nicht lange überlegen: »Soweit ich das beurteilen kann, war der Junge ein Ausnahmetalent. Es wäre ein Verbrechen am Kind gewesen, ihn nicht zu fördern. Keine Ahnung, was später in der Schule schiefgelaufen ist.« Jo dachte an den fokussierten Nachwuchsspieler, der unter einer Zielcollage schlief und die Welt in Ligen einteilte.

»Und Dimitrij, glaubst du, der hat noch einmal zugeschlagen beim Tiger? Vielleicht hat er ihn ja versehentlich tödlich getroffen, als er sich für die zweite Bewerbungsrunde bei dir qualifizieren wollte.«

»Möglich ist alles. Du hast ihn ja heute live erlebt, und einen Zugang zu den Wildschweinen hatte er auch. Wer weiß, was da wirklich alles auf seiner Schaufel war.«

»Entweder du gehst zur Polizei, oder ich erzähle die Sache mit Dimitrij meinem Vater.«

»Zur Polizei gehe ich sicher nicht, und der Rest ist deine Sache.«

Und damit, fand Alois, hätten sie ja nun wirklich genug geredet. Ob er das Missverständnis wiedergutmachen dürfe? In ihrer gemeinsamen Lieblingssprache? Ohne große Worte, aber mit, sie wisse schon. Gut, dass sie ihn nicht abgebissen hatte.

Der glitzernde Elvisanzug hing auf einem Kleiderbügel am Schrank. Sonnenstrahlen, die durchs Fenster drangen, feuerten einzelne Steine zum Strahlen an. Vitus ignorierte das Farbspiel in seinem Schlafzimmer. Er gab heute wieder das übliche Bild ab: Jeans, T-Shirt und Lederjacke. Zufrieden betrachtete er sich im Spiegel, zog den Bauch ein und plante seinen Tag. Priorität Nummer eins: Er wollte Jo treffen.

Sie hatten sich in der Konditorei Weth verabredet, die sich in einer Ecke hinter dem Rosenheimer Stadtplatz versteckte. Die Stufen in die erste Etage führten in eine andere Zeit und ans Kuchenbüfett. Seine Tochter wartete an einem Fenstertisch auf ihn und strich gedankenverloren über die weiße Tischdecke, die ohnehin faltenfreier lag als ihre eigene Stirn. Vitus erkannte sofort: Johanna hatte Sorgen mitgebracht – und eine Neuigkeit.

»Papa, wir müssen uns Vladis Bruder genauer anschauen.« Sie erzählte, was sie in Alois' Agentur gesehen und gehört hatte: Bei Vladis großem Bruder saß die Faust locker, er hatte Tiger bereits eine Abreibung verpasst, und obendrein arbeitete er im Wildpark Blindham. Schweine gehörten zu seinem Aufgabengebiet. Vitus hörte aufmerksam zu, obwohl er zwischendurch aus dem Fenster schaute. Eine Gruppe junger Mädchen stand in der Gasse vor der Konditorei. Ihre Rucksäcke deuteten darauf hin, dass sie gerade aus der Schule kamen, alles andere an ihrer Erscheinung ließ auf eine heiße Sommerparty schließen: Hotpants, Miniröcke und Dekolletés so tief wie der Inn. Das erklärte, warum Mädchen inzwischen in der Schule die Nase vorne hatten. Welcher junge, hormongesteuerte Mann konnte sich bei solch einer sexuellen Reizüberflutung konzentrieren?

»Ich hätte das Abi unter diesen Bedingungen nicht geschafft«, sagte Vitus mehr zu sich selbst als zu Johanna, aber seine Tochter wollte wissen, wovon er sprach.

»Na, schau dir die Mädchen dort an. Gehen halb nackt in die Schule und rauben den Jungs den Verstand. Gewöhnliche Kerle unter Hormoneinfluss können sich nackten Tatsachen nicht entziehen. Das ist reine Biologie: Bloße Brüste und knackige Pobacken sind reizvoller als jeder Schulstoff. Am Ende sind die jungen Männer dann die Doofen.«

»Papa, du redest einen solchen Schmarrn!«

»Ich hab gewusst, dass du das nicht verstehst, aber eines sag ich dir: Dieses Thema gehört in eine seriöse Bildungsdiskussion.«

»Die Frauen sind schuld, wenn die Männer Scheiße bauen. Ist es das, was du sagen willst?«

»Ich sag überhaupt nichts mehr.«

Erst das Missverständnis mit Alois und jetzt die Unstimmigkeit mit ihrem Vater. Irgendetwas lief heute schief.

»Lass uns über etwas anderes reden«, schlug Jo versöhnlich vor, aber Vitus schaute beleidigt aus dem Fenster. Doch mit einem Ruck drehte er sich zu ihr um, so als wäre ihm gerade etwas eingefallen. »Du hast eine Liebschaft mit diesem Versicherungstandler. Jetzt gib es endlich zu.«

»Wie kommst jetzt darauf?«

»Ich kann es wittern.«

»Er ist selbstständiger Finanzberater, und Fußballtrainer ist er auch.«

»So, so, und ich dachte, du stehst auf kreative Männer. Das war doch damals dein Hauptargument für Jack.«

»Wie läuft es eigentlich mit deiner Diana?«

Es ginge jetzt nicht um sein Privatleben, meinte Vitus, denn er sei durchaus erwachsen und in der Lage, eine gute Wahl zu treffen. Außerdem hätten die beiden noch immer einen Fall zu lösen. Apropos: »Glaubst du, deine Billigausgabe von Jürgen Klopp hat etwas mit dem Mord an Tiger zu tun?« Es klang aggressiv.

Nein, das glaubte sie nicht. Wie er denn darauf käme?

»Johanna, Mädel, manchmal wundert man sich, wer zum Mörder wird. Pass bloß gut auf dich auf!«

»Schon gut, Papa. Und er sieht übrigens besser aus als der Jürgen Klopp.« Aber ja, sie passe auf sich auf. Vitus bezweifelte das und nahm sich vor, seine Tochter und Alois Steimer im Auge zu behalten. Außerdem wollte er Sabrina Wild noch einmal besuchen. Vielleicht hatte sie ja doch von Tigers Verhältnis mit Diana gewusst. Das wäre ein Motiv.

Im Garten kickten drei Kinder in FC-Bayern-Trikots. Während der Rasen unter ihren Füßen müde und braun zusammensank, schien ihnen die Hitze nichts auszumachen. Unter den geflockten Rückennummern standen ihre Namen: Franz war die Nummer eins, Diego die Nummer zwei und Amelie die Dritte im Bunde. Sie erkannte Vitus Pangratz sofort.

»Alles klar, Herr Kommissar? Schau mal, wir trainieren den Diego für den Chiemgau-Cup. Damit er dort seine Leistung abrufen kann.«

Franz pfiff seine kleine Schwester mit zwei Fingern vom Zaun zurück aufs Spielfeld und ermahnte sie: »Disziplin, Fräulein, sonst musst du ins Ballett und ein Tutu anziehen!« Amelie rümpfte die Nase. »Igitt! Ich will kein Tütüt. Ich will in die Frauennationalmannschaft.«

»Hast ja leider keine andere Wahl.« Der große Junge schien das kleine Mädchen ernsthaft zu bedauern, aber, so meinte er, sie müsse der Wahrheit ins Auge sehen: Frauen fehle es leider an Muskelkraft und Tempo. Das Niveau von Männern würden sie nie erreichen, egal wie sehr sie sich anstrengten. »Pah! Dafür sind wir schlau.«

Franz verdrehte die Augen. »Hast wohl zu viele Kopfbälle gespielt.«

»Mama, der Franz ist gemein zu mir!«

Sabrina Wild kam gerade zum Gartentor und wischte sich die Hände an einer rot karierten Küchenschürze ab. »Herr Pangratz!« Sie wirkte erfreut. »Haben Sie Neuigkeiten für mich? Der Hopfinger ist ja nicht wirklich weitergekommen, und meine Tiefkühltruhe hat er umsonst ausgeleert. Das gute Fleisch, der ganze Fisch und sogar die Pommes, alles verdorben.« Sie nahm ihre Schürze ab und streckte ihm zur Begrüßung die Hand entgegen. Ihr Druck war kurz und fest. »Immerhin kann ich jetzt die Trauerfeier für Tiger planen.« Ihr Mann war für tot erklärt worden, und was von seinem Körper geblieben war, hatte die Gerichtsmedizin freigegeben: seine Hand. Sie mochte sich nicht vorstellen, was mit dem Rest passiert war, aber träumte fast jede Nacht von Wildschweinen. Auch die Polizei ging davon aus, dass die Tiere Tigers Überreste auf dem Gewissen hatten. Vitus wusste es längst. Dank seiner ehemaligen Assistentin Liesel war er über den aktuellen Ermittlungsstand bestens informiert: Es gab wirklich nichts Neues, aber von ihm erwartete Sabrina Wild Fortschritte, »wenn der Hopfinger schon so unfähig ist«. Sie deutete Vitus an, ihr zu folgen.

Als wäre er privat zu Besuch, lud sie ihn zu Kaffee und frischem Erdbeerkuchen auf die Terrasse ein. Um ihre Kinder und sich selbst zu beschäftigen, war sie mit ihnen auf einem der vielen Erdbeerfelder rund um Rosenheim gewesen. Wie aufs Stichwort rückten die Erntehelfer an, um ihren Teil vom Kuchen einzufordern, aber sie wurden von ihrer Mutter auf später vertröstet. »Voller Bauch trainiert nicht gerne!«

»Oh Mann, Mama! Da ist Obst drauf«, beschwerte sich die Nummer zwei, Diego, aber Sabrina Wild ließ sich nicht erweichen. »Wenn es mit dem Chiemgau-Cup nicht klappt, müssen wir zu den nächsten Talenttagen nach München fahren. Allerdings bist du da dann einer von 500 Jungs, und in so einer Masse kann selbst der Beste leicht untergehen.« Also, Klappe halten und trainieren, anstatt sich den Wanst vollzuschlagen.

»Es soll ja was aus dir werden«, meinte sie abschließend. »Denk an deinen Vater.«

»Aber es ist doch so heiß, und ich hab Hunger!«

»Ohne Schweiß kein Preis und schon gar kein Bayern-München-Trikot.«

»Ooookay, Mama.« Diego trollte sich zurück auf die Wiese.

Vitus war beeindruckt. Seine Johanna hatte sich nie so leicht gefügt, vielleicht hätte er sie in einen Fußballverein stecken sollen? Aber damals waren kickende Mädchen ja noch verrufen, während heute Töchter von ihren Eltern bewusst in gemischte Mannschaften gesteckt wurden, damit sie früh lernten, sich unter Jungs zu behaupten. Hatte Vitus sein Kind genug gefördert?, fragte er sich. Hätte mehr aus ihr werden können als eine geschiedene Lokalreporterin mit einem g'schlamperten Verhältnis? Wenigstens Gitarre hätte er seiner Johanna beibringen können. Nicht einmal das hatte er geschafft. Aber er war ja meistens in der Arbeit und sie bei der Nachbarin, die von Vitus für die Nachmittagsbetreuung bezahlt wurde. Hätte er ahnen können, dass es sich die Frau Nachbarin mit Johanna vor dem Fernseher gemütlich machte, um gemeinsam alte Hollywoodfilme anzusehen? Seine Tochter nannte das später ihre »cineastische Grundausbildung«. Kein Wunder, dass Johanna nie einen anderen Berufswunsch hatte, als nach »Hollywood zu gehen«. Auch für ihre romantische Vorstellung von der Liebe machte er die Kitschgeschichten aus Amerika verantwortlich.

»Sie haben Ihre Kinder wirklich im Griff«, bewunderte er Frau Wild. Sie quittierte das Kompliment mit einem Lächeln und servierte ihm und sich selbst Erdbeerkuchen mit Sahne. »Wir müssen schließlich keine Tore schießen.«

Obwohl Vitus seinen Magen im Café Weth mit Torte gefüllt hatte, freute er sich über das große Stück auf seinem Teller. Er würde es als Obstmahlzeit betrachten – und als gute Gelegenheit, um vor Sabrina Wild mit seinem Wissen zu glänzen: »Wussten Sie, dass schon die alten Römer Erdbeeren gegessen haben? Vermutlich sogar bei uns im Raum Rosenheim? Wer weiß, vielleicht essen wir hier gerade die Nachfahren eines römischen Erdbeerstammes.« Sabrina Wild gab sich beeindruckt. Das hätte sie besser nicht tun sollen. Schon erzählte ihr Vitus von den Römern, die im 1. Jahrhundert nach Christus nördlich von Rosenheim eine Militärstation gründeten und sie »Pons Aeni« tauften, ihr Wort für Innbrücke. »Da war was los: Schiffsunternehmen, Amtsstuben, Läden, Töpfereien, Schenken und Bordelle. Kurz: Es war ein gemachtes Nest für die Bajuwaren, die später übernahmen.«

»Sie sind ja ein wahrer Historiker«, lächelte Tigers Witwe gequält und wechselte das Thema. Sie hatte andere Dinge im Kopf und auf dem Herzen: dem Mord an ihrem Mann.

Hätten Sie nicht Tigers Hand im Wildpark gefunden, wäre es ein fast perfekter Mord gewesen, so ohne Leiche.« Sabrina Wild war Vitus Pangratz wirklich verbunden. So dankbar war sie ihm, dass sie noch ein weiteres Stück Erdbeerkuchen auf seinen Teller schob, Vitus' Protest ignorierend. »Ein Mann wie Sie steckt das doch locker weg.« Ein Mann wie er steckte in Wahrheit gar nichts locker weg und sein weißer Elvis-Anzug mit Glitzersteinen auch nicht. Doch er konnte wenigstens so tun als ob. Darin hatte er Übung. Vitus rückte seinen Körper im Gartenstuhl in eine aufrechte Position, schob ein großes Stück Kuchen in den Mund und kam kauend zur Sache: Leider hatte Tigers letzter Fingerzeig als Beweismittel nicht viel gebracht: Die Wildschweine und das Wetter hatten mögliche Spuren beseitigt.

Wieder dachte er an den Abend im Wildpark zurück und fragte sich, ob der Mörder Tiger in Blindham getötet oder in Einzelteilen angeliefert hatte. Als Ganzes wäre die Leiche aufgefallen, andererseits hatte sich Vitus in einem schlecht einsehbaren Waldstück herumgetrieben, in das keine regulären Besucher kamen. Beide Versionen wären möglich.

»War Ihr Mann oft in Blindham?«

»Manchmal, mit unseren Kindern. Als er Franz noch trainierte, hat er einmal einen Ausflug mit der ganzen Mannschaft organisiert. Eine Spielermutter konnte allen einen vergünstigten Eintritt verschaffen, weil sie im Wildpark arbeitete.«

Sie schaute zu ihren Kindern in den Garten. Es war der richtige Moment dafür. Als Diego an Franz vorbei ins Tor traf, klatschte sie begeistert, während Vitus versuchte die Geschwindigkeit dieses Vollgas-Schusses zu schätzen. Er war sicher, sie überstieg die zulässige Höchstgrenze in Ortschaften bei weitem. »Sauber, sag i.«

»Die Frau, die der Mannschaft den Ausflug in den Wildpark ermöglichte, war übrigens Diana Maier. Vielleicht sollten Sie sich diese Frau auch einmal genauer anschauen. Wahrscheinlich sehen Sie mehr als der Hopfinger. Der verdächtigt sie nämlich.«

Vitus blieb der Kuchen im Hals stecken. Er versuchte es mit Husten, keuchte, seine Augen tränten. Er hatte das Gefühl zu ersticken. Sabrina Wild schlug ihm auf den Rücken. Kräftig. Gleich noch einmal, da löste sich endlich die Erdbeere aus seinem Hals wie das Apfelstückchen bei Schneewittchen. »Geht's wieder?« Er nickte.

»Also glauben Sie auch, die Diana könnte es gewesen sein?«

Nein, deshalb habe er nicht genickt, röchelte er, er wollte nur ausdrücken, es ginge ihm wieder gut, also, er könne wieder atmen, aber Diana als Verdächtige, wie kam der Kollege Hopfinger denn da drauf?

»Irgendjemand im Kommissariat hat sich wohl an die alte Geschichte mit den zerstochenen Reifen erinnert.« Sie erzählte Vitus eine Geschichte, die er längst kannte, aber das konnte er sich nicht anmerken lassen.

»Ich selbst habe gar nicht mehr daran gedacht, aber wenn es damals nach mir gegangen wäre, hätte Tiger die Diana angezeigt, aber der wollte die Sache auf sich beruhen lassen. Typisch. Er war wirklich zu gut für diese Welt.«

»Glauben Sie, Ihr Mann hatte dafür Gründe? Vielleicht stand ihm die Frau Diana Maier ein bisschen näher, als sie sollte?«

Sabrina Wild rollte genervt die Augen. »Hören's auf, der Hopfinger wollte meinem Mann auch schon ein Verhältnis andichten. Der hat ja keine Ahnung!« Ihrer Meinung nach hatte sich »diese Diana« falsche Hoffnungen gemacht, sowohl auf Tiger als auch auf die fußballerische Zukunft ihres Sohnes Simon, aber es war nun einmal nicht jeder für den FC Bayern geschaffen. Beim Rekordmeister galt: nur die Besten, auch in der Jugend.

»Sie sind sich also sicher, Ihr Mann hatte kein Verhältnis mit Diana Maier?«

Sie entrüstete sich. »Niemals! Er hatte zu Hause doch alles, was er brauchte.« Außerdem, wer war diese Frau denn? Eine frustrierte alternde Kellnerin und Kassiererin, die Tigers Hilfsbereitschaft mit sexuellem Interesse verwechselte. »Ich bitte Sie, die Frau ist weit über 40!« Tiger hatte doch keinen Mutterkomplex. Ödipussy oder so ähnlich, Sie wissen schon. Klar, die Kinder hatten sich gut verstanden, Simon und Franz, und sogar zum Grillen war Diana gelegentlich im Hause Wild gewesen. Tiger hatte Mitleid, weil Diana keinen Mann hatte.

»Aber wenn da etwas gelaufen wäre, das hätte ich gemerkt. Frauen spüren so etwas.«

Immerhin war das Verhältnis zwischen Diana Maier und der Familie Wild gut genug gewesen für gemeinsame Grillabende. »Warum hat sich das geändert?«

»Sie wollte eine Sonderstellung für Simon in der Mannschaft, getrieben von krankhaftem Ehrgeiz. Und nachdem sie Simon verloren hatte, war sie ohnehin nicht mehr dieselbe. Ein schwerer Verlust verändert Menschen. Jetzt, nachdem Tiger nicht mehr da ist, weiß ich, wovon ich rede, aber ich hab wenigstens noch meine Kinder. Die Diana, die hat ja nichts mehr gehabt.«

Sie nahm ihre Kaffeetasse und zitterte dabei so sehr, dass der Inhalt auf den Gartentisch schwappte und braune Pfützen bildete. Im nächsten Moment sprang sie auf, um Küchenpapier zu holen.

Vitus blieb auf der Terrasse sitzen und fragte sich, ob Sabrina ihrem Tiger beim Wildern auf die Schliche gekommen war. Das wäre ein Motiv, aber im Moment brachte er es nicht übers Herz, sie weiter zu quälen. Sein emotionaler Ausnahmezustand machte ihn weich, außerdem war er offiziell im Ruhestand und konnte sich endlich Gefühle bei der Arbeit leisten. Als Sabrina Wild mit einer Rolle Küchenpapier zurückkam, führte er das Gespräch in harmlosere Gefilde.

»Was haben Sie eigentlich vor Ihrer Ehe gemacht?«

»Soll ich Ihnen das wirklich verraten?« Er bat darum.

»Aber nicht lachen.« Er versprach es.

»Ich war Schauspielerin.«

Sie lächelte, als wäre ihr diese Enthüllung peinlich, erzählte aber schon im nächsten Atemzug stolz von ihrem größten Erfolg: In der Theatergruppe der Realschule war sie mit Alois Steimer als Romeo und Julia auf der Bühne gestanden. »Danach habe ich Statistenrollen bei Filmproduktionen in München bekommen. Es waren die ersten Schritte Richtung Karriere, aber dann bin ich schwanger geworden und Mutter sein wurde meine Berufung.«

»Und Fußballmanagerin«, ergänzte Vitus. »Die wirklich harten Jobs warten ohnehin zu Hause und nicht in der Arbeitswelt.« Das wusste er aus eigener Erfahrung, aber seine Erfahrung interessierte Sabrina Wild nicht. Sie wollte über große Schauspieler sprechen, die Rosenheim hervorgebracht hatte.

»Günther Maria Halmer stammt von hier«, erklärte sie ihm. Als ob er das nicht wüsste!

»Der hat im alten Capitol-Kino immer Filme angesehen«, protzte er mit seinem Wissen und bedauerte wieder einmal, dass dieses Traditionshaus 2001 geschlossen wurde. Ein Jammer. Jetzt musste er nach Bad Endorf in »Marias Filmkunst-Kino« fahren oder ins alte Lindenkino nach Bad Aibling, wenn er Atmosphäre und gute Filme wollte.

»Dabei galt Rosenheim in den 50-ern als kinofreudigste Stadt Deutschlands.«

»Der letzte Film, den ich mit Tiger gesehen habe, war ›Die

Mannschaft‹.« Wenigstens habe ihr Tiger noch erlebt, wie die Deutschen Weltmeister wurden. Und irgendwann würden auch ihre Söhne Franz und Diego Weltmeister werden.

»Ich werde Tigers Erbe fortführen«, sagte Sabrina Wild, und Vitus hatte keinen Zweifel daran. Sie pfiff durch ihre Zähne: »Kinder, jetzt dürft ihr auch Kuchen essen. Der Kommissar hat noch etwas übrig gelassen.«

»Alles klar, Herr Kommissar?«, fragte der hungrige Damennachwuchs. Nichts war klar! Deshalb blieb er am Tisch sitzen.

Um Himmels willen! Wie siehst du denn aus?« Als Steimer mit den Spuren von Dimitrijs Fäusten nach Hause kam, schien Uschi-Muschi für den Bruchteil eines Augenblicks aufrichtig besorgt. Sie holte ihm sogar ein Bier aus dem Kühlschrank und servierte ihm ein Schnittlauchbrot. Seine Gattin konnte nicht ahnen, was wirklich schmerzhaft für ihn war: Jos böser Verdacht und das peinliche Missverständnis mit ihm in der Rolle von Mister Grey. Im Gegensatz dazu war die einschlägige Erfahrung mit dem jungen Russen das kleinere Problem. Trotzdem würde er sich um Dimitrij kümmern müssen. Dieser Haudrauf wollte wirklich einen Job bei ihm? Der Typ war Bäcker und Handlanger im Wildpark! Ja dachte der denn, Versicherungsunternehmen bliesen ihren Leuten das Geld in den Allerwertesten? Ganz im Gegenteil! Wer auf einen grünen Zweig kommen wollte, musste genau dorthin kriechen. In den Allerwertesten. Verkaufen war ein harter Job, weil man nur selten die Idioten vor sich hatte, die man für fette Abschlüsse brauchte. So sah es aus!

Nun gut, Dimitrij hatte die »Aufnahmeprüfung« bestanden, aber trotzdem keine Qualifikation für einen anspruchsvollen Posten im Finanz- und Versicherungsgewerbe. Andererseits hatte er womöglich einen großen Freundes- und damit Kundenkreis. Den könnte er abgrasen, und Alois würde davon profitieren. Die Provisionen für ein paar hohe Lebens- oder Ausbildungsversicherungen würden sich gut in Alois' Bilanz machen. War Dimitrij vielleicht doch sein Mann? Nein, er wollte ihn nicht jeden Tag in der Agentur sehen. Am Ende verlor er noch sein Gesicht.

Uschi-Muschi hatte sich zu ihm an den Tisch gesetzt. »Jetzt sag schon, was ist passiert?« Er zapfte seine Fantasie an und erzählte, er sei mit einem dieser verrückten Fahrradfahrer zusammengestoßen, die 3000 Euro für ihr Mountainbike bezahlen, aber keinen Helm und keine Verkehrsregeln kennen.

»Den zeigst an!«

»Würde ich ja gerne, aber er ist abgehauen und war schneller.«

»So ein Rowdy!«

»Da sind wir uns einig.«

»Siehst, geht ja doch noch, das Einigsein«, freute sich Uschi, beugte sich über den Tisch und drückte ihm spontan ein Bussi auf die Wange. Was war denn mit der los?

»Geht's dir gut, Schatzi?«, erkundigte er sich. Ja, aber sie müssten noch etwas besprechen. Ah, daher wehte der Wind. Uschi-Muschi wollte wieder mit ihm reden. Das hatte ihm heute gerade noch gefehlt.

»Du, lass mich bitte einen Moment zur Ruhe kommen, okay? Ich muss darüber nachdenken, ob ich den Fahrradfahrer wiedererkennen würde.« Klar, das verstand Uschi.

Alois ordnete seine Gedanken: Natürlich wollte er sich nicht noch einmal die Fresse polieren lassen, aber zum Austeilen fehlten ihm im Vergleich zu Dimitrij Kraft, Übung und Jugend. Nicht einmal seine beachtliche Größe brachte Alois einen Vorteil. Der Russe war buchstäblich auf Augenhöhe mit ihm. Verdammt, es blieb ihm gar nichts anderes übrig: Er brauchte einen Job für den Kerl, wenn er nicht die Polizei einschalten wollte, und diese Lösung schied aus. Dimitrij würde gewiss behaupten, Alois Steimer hätte ihn beauftragt, Tiger zu verdreschen, und wie würde er denn dann dastehen? Das Beste wäre, man würde diesen Brutalo wegsperren. Alois wurde schwindelig. Wenn der Russe Übung im Töten hatte, könnte er womöglich sein nächstes Opfer sein.

»Alois, du wirst ja ganz blass.« Sie fragte, ob er einen Himbeergeist vertragen könne.

»Das wäre jetzt die beste Medizin!« Verständnisvoll nickte Uschi und strich ihm liebevoll über den Kopf, so wie sie es sonst nur noch bei Adrian tat. Kurz vor dem Chiemgau-Cup war ein wenig häusliche Harmonie zu begrüßen.

»Uschi, du hast schon auch ganz gute Seiten. Wirklich!«

Sie schnupperte, als wäre am Duft des ungewohnten Kompliments sein Wahrheitsgehalt zu erkennen, dabei stieg ihr der Geruch der doppelten Obstler in die Nase, die Alois heute Morgen geschluckt hatte.

»Du hast schon getrunken!«

»Nur das Nötigste.«

»Das war wohl genug.«

»Genug kann nie genügen, das singt doch schon der Konstantin Wecker.«

Uschi lächelte und stimmte das Lied an. Einen winzigen Augenblick lang freute sich Alois über ihre Gesellschaft, doch schon konfrontierte sie ihn wieder mit ihrem Wahnsinn: »Kannst du dich an die Familie Nowikow erinnern?«

»Ungern.« Er verschränkte seine Arme vor dem Bauch, in den Dimitrij Nowikow heute wie in einen Sandsack geboxt hatte. Uschi sprach weiter: Galina Nowikow hatte früher am berühmten Bolschoi getanzt und überlegte, eine Ballettgruppe nur für Jungen anzubieten. Großartig fände sie das, schwärmte Uschi. »So unheimlich geistvoll und so wahnsinnig musisch.« Wäre in diesem Moment ein Dinosaurier in die Küche gestürzt, Alois hätte schockierter nicht sein können. Hatte diese Frau gar kein Mitleid mit ihrem Kind? Welche Mutter gab ihren Sohn freiwillig und mit

Begeisterung der Lächerlichkeit preis? »Du willst deinen Adrian wirklich im Röckchen sehen? Im Tutu?« Sie verdrehte die Augen.

War das die Rache dafür, dass er nach Adrians Geburt kein weiteres Kind mehr wollte, während sie noch von einer Tochter träumte?

»Wenn ich dir noch ein Mädchen mache, das du in ein Röckchen stecken kannst, lässt du dann den Adrian in Frieden?« Er war zu allem bereit, um die Zukunft seines Sohnes zu retten.

Jo graute davor, in der Redaktion aufzutauchen, aber sie musste mit Larissa reden. Außerdem erwartete Chefredakteur Anzenberger, dass sie ihm wenigstens ab und zu ihre Aufwartung machte, als Spezialistin für Frauenthemen. Was blieb ihr anderes übrig? Solange sie mit *Innsider Info* kein Geld verdiente, brauchte sie *Rosenheim News* als Goldesel. Selbst wenn die Münzen, die am Ende dabei herauskamen, klein waren und ihre Beförderung eine Eintagsfliege.

»Geld stinkt nicht, auch nicht von einem Arsch«, war Roccos Haltung dazu. So jung und schon so schlau. Biologisch betrachtet, könnte sie seine Mutter sein. Wahnsinn! Sie sah sich bedeutend lieber als große Schwester.

»Amore!«, begrüßte Rocco sie. Er saß auf Larissas Schreibtisch, mit der besten Aussicht in ihren vollen Ausschnitt. Die beiden wirkten, als würden sie sich köstlich amüsieren. »Sightseeing«, erklärte er. »Rocco hat gerade meine Paradiesäpfel bewundert«, ergänzte Larissa in einem Ton absoluter Selbstverständlichkeit, als würde sie über das Wetter reden. Nun gut, es war immer noch heiß, vielleicht wogen die Äpfel deshalb so schwer. Sollte sie Rocco an die Geschichte von Adam und Eva und der Schlange erinnern? Paradiesäpfel, hallo!

»Hoffentlich hängen die Früchte am Baum der Erkenntnis«, meinte Jo mit einer winzigen, unreifen, peinlichen Spur Eifersucht. Sie war heute wieder einmal der optische Gegenentwurf zu Larissa: Während die eine in einem engen, tief dekolletierten Sommerkleid ihre weiblichen Reize ausspielte, steckte die andere in Sportklamotten von Maloja. Die Chiemgauer Marke verkaufte einen lässigen alpinen Lifestyle. Kurz: Jo konnte nicht mit ihrem Busen punkten, weil er unter einem weiten T-Shirt verborgen war und außerdem zwei Nummern kleiner ausfiel als Larissas Prachtstücke.

»Von Hängen kann ja wohl keine Rede sein«, lachte Larissa. Jo hätte gerne ein Stück von deren körperbetonter Selbstgewissheit abgehabt und vielleicht auch eine Körbchengröße.

»Schön, dass du da bist, Jo! Wir haben dich schon vermisst«, sagte Rocco und bot an, ihr einen Espresso zu servieren. Grazie! Sie fühlte sich schon besser.

Die Redaktion war dünn besetzt. Hering hatte wichtige Sporttermine, und Sepp Anzenberger war bei einer Presseveranstaltung zum Thema: Ein Chiemgau, zwei Tourismusverbände. Nach jahrelangen Streitereien sollte es endlich zur Fusion kommen. Die längste Zeit war das Filetstück der bayrischen Ferienregionen genau dort geteilt, wo es am saftigsten war: mitten im Chiemsee. Auf der einen Seite vermarktete der Landkreis Rosenheim unter dem Etikett »Chiemsee Alpenland« insgesamt rund 1500 Quadratkilometer mit Bestsellern wie dem Schloss Herrenchiemsee und der Kampenwandbahn. Auf der anderen Seeseite kümmerte sich der Landkreis Traunstein als »Chiemgau-Tourismusverband« um den Rest. Das bedeutete: zwei zuständige Landräte, zwei Verbandsvorsitzende, viele Bürgermeister, Hoteliers und Veranstalter und noch mehr Befindlichkeiten. Es ging lustig zu im Chiemgau, und Jo rechnete damit, dass eines Tages einer der Beteiligten als Wasserleiche aus dem Chiemsee gefischt wurde. Womöglich der leutselige, charmante Geschäftsführer des Chiemgau-Tourismus, der sich mit seinen dynamischen Auftritten nicht nur Freunde machte, aber bei den Damen gut ankam? Das wäre doch eine Story! Vielleicht sollte Jo einen Regionalkrimi daraus stricken? Aber davon gab es inzwischen ja fast so viele wie Tourismusexperten im Chiemgau. »Zum Saufuaddern«, oder auf Hochdeutsch: »Genug, um damit Schweine zu füttern.« Apropos.

Jo dachte an Tiger Wild und warum sie dringend mit Larissa sprechen wollte. Während Rocco Espresso reichte, servierte sie Larissa die Frage: »Bist du die Ex von Dimitrij Nowikow?«

»Oh!« Für einen Moment zog sich die gute Laune aus Larissas Antlitz zurück. Sie presste ihre Lippen aufeinander. Ausnahmsweise nicht, um die knallrote Farbe darauf zu festigen.

»Ist das ein Ja?« Sie nickte.

»Er hat Tiger Wild zusammengeschlagen.« Wieder nickte Larissa.

»Jetzt mach hier nicht den Wackeldackel aus dem Opel, sondern sag endlich mal was!« Larissa gehorchte und kam sofort zum Punkt: »Dimitrij hat Tiger nicht umgebracht. Er hat ein Alibi. Mich.«

Nachdem Tiger verschwunden war, hatte sie sich gesorgt. Damals war Dimitrij noch ihr Freund, ihre »große Liebe«, und er war so wütend auf den Trainer gewesen. Larissa befürchtete, derselbe, der Dimitrij bereits zur Körperverletzung angestiftet hatte, könnte noch einen Schritt weitergegangen sein. »Immerhin hatte mein Kerl plötzlich wieder ein wenig Geld zum Ausgehen übrig.« Von seinem zweiten Job im Wildpark wusste sie damals nichts, deshalb passten die Tatsachen für sie ungut zusammen: Tiger war weg, und Dimitrij hatte plötzlich Geld. Larissa forschte nach und konnte schnell aufatmen: »In der Nacht, in der Tiger nicht nach Hause kam, war Dimitrij bei mir. Auch den ganzen Tag vorher. Wir hatten es damals noch gut miteinander, in jeder freien Minute.« Sie legte ihre Hand ins Feuer: Ihr Ex konnte nichts mit Tigers Verschwinden zu tun haben.

»Warum seid ihr nicht mehr zusammen?« Larissa zuckte mit den Schultern und meinte: »Tut nichts zur Sache. Erzähl ich dir vielleicht ein andermal.«

Es wäre ohnehin keine Zeit gewesen, denn auf Jos Smartphone ging ein Notruf ein. Er kam von ihrer Freundin Marina, der Dildofee.

Jos Freundin war in Terminschwierigkeiten. Das Fußballtraining ihres Sohnes kollidierte zeitlich mit einem aussichtsreichen Businessmeeting: Marina hatte einen Termin im Seniorenheim, wo sie die Geschäftsführerin davon überzeugen wollte, ihren Bewohnerinnen mehr zu bieten als Seidenmalerei und das Freizeitangebot durch Dildopartys zu erweitern. Sexuelle Entspannung war in jedem Alter der Gesundheit und dem Wohlbefinden förderlich. Gell? Allerdings fehlte der Dildofee noch ein Babysitter und die passende Kleidung für ihren Geschäftstermin.

»Jo, ich brauch unbedingt ein Krankenschwester-Outfit. Ich will so seriös wie möglich wirken und den Gesundheitsaspekt demonstrativ in den Vordergrund stellen.«

»Sorry, aber mit einer Schwesterntracht kann ich nicht dienen.«

»Nicht einmal mit einer aus Latex?«

»Schon gar nicht mit einer aus Latex.«

»War ja auch nur ein Scherz«, meinte Marina, aber Jo war sich da nicht so sicher. Ihre Freundin schien verändert, seit sie mit Sexartikeln arbeitete – oder seit der Tod von Tiger Wild feststand. Fiel Marinas neue Selbstständigkeit nicht auf unheimliche Art mit dem Auftauchen von Tigers Hand zusammen? Was, wenn der Trainer mehr als eine mögliche Affäre gewesen war und Marina zu ihrem neuen Geschäftsfeld inspiriert hatte? Blödsinn! Sie fantasierte!

»Du, Jo, irgendwann erweitere ich mein Angebot. Dildos sind

ja nur der Grundbaustein für die erotische Hausapotheke. Wenn ich expandiere, kannst du bei mir anfangen. Ich bin sicher ein besserer Chef als Sepp Anzenberger. Qualifiziert für den Job als Dildofee bist du naturbedingt: Gutes zu tun liegt uns Frauen doch im Blut.« Ach, sie musste Marina noch dringend von ihrer eigenen Selbstständigkeit erzählen. Was war eigentlich los zwischen den beiden? Früher wusste die eine immer, wo die andere gerade stand. Jo vermisste die alte Komplizenschaft und versprach sich innerlich, sich künftig mehr um die Freundin zu kümmern.

»So, so, du arbeitest also aus reiner Nächstenliebe, und ich dachte, dir geht es um die Kohle. Dir als alte Bankerin«, neckte sie Marina.

»Du solltest es besser wissen, Jo. Es geht um Selbstliebe. Und genau diese Liebe fehlt den meisten Frauen. Da kann ein Dildo ein guter Anfang sein. Ich meine, Jo, jetzt mal ehrlich, was kann dir an einem Tag Besseres passieren als ein Orgasmus?«

»Amen, Schwester Marina Manuella Vibrata!«

»Mach dich nur über mich lustig. Du weißt ja, wer zuletzt lacht… Also, bringst du den Ludwig bitte zum Training? Wenn du es schon nicht für deine beste Freundin machen willst, dann wenigstens für die armen alten Leute in dem Heim. Kannst dir ja vorstellen, wie lustlos es da wahrscheinlich zugeht. Bis jetzt.«

Ja freilich! Jo würde Ludwig zum Training begleiten und Marina Dildos in Seniorenheimen verkaufen. Immerhin würde Jo dadurch Alois wiedersehen. Wenn alles gut lief, kam dabei auch ein Lustgewinn für sie heraus. Außerdem war Marina in der Rolle der Dildofee besser besetzt als in der des Hausmütterchens. So viel war klar, und das unterstützte sie gerne.

»Du, Marina?«, fragte sie kurz vor dem Auflegen. »Vermisst du den Tiger sehr?«

Die Antwort war ein Fauchen.

Die Sonne knallte auf den Rasen des Jahnstadions. Das Thermometer schlug nach oben aus. Jo war überzeugt, sie würde Ludwig umsonst zum Training bringen. Kein vernünftiger Mensch hetzte Kinder bei diesen Temperaturen über den Fußballplatz, aber ihr Patenkind behauptete, es gäbe kein Hitzefrei für Fußballer. »Das war beim Tiger so und ist beim Alois so.« Man bemerke schließlich jeden Trainingsrückstand sofort. »Tatsächlich?« »Sowieso!« Aber wenigstens die Mütter müssten doch ihre Kinder vor der Hitzewelle in Sicherheit bringen, dachte Jo. Falsch gedacht.

Die Erwachsenen hatten es sich bereits am Spielfeldrand bequem gemacht. Auf Picknickdecken und unter Sonnenschirmen saßen sie: die Spieler-Managerinnen, Familien-Managerinnen und Haushalts-Managerinnen. Alle im Dienste der Söhne. Jo erkannte Monika Hopfinger, die ihrem Jonas die Fußballschuhe band, und setzte sich dazu.

»Schön, wenn man sich für seine Kinder Zeit nehmen kann, gell?«, meinte Mutti Moni, die Hopfingerin. »Ist ja heute nicht mehr üblich.« Da würden Kinder in Krippen und Ganztagsschulen geschickt, weil die Mütter keine Lust zum Kochen hatten oder Karriere machen wollten. »Ich dagegen sehe es als Privileg an, mich um mein Kind zu kümmern. Sonst hätte ich sie ja nicht in die Welt setzen müssen. Oder?« Sie erwartete keine Antwort, sondern ermahnte ihren Schützling, hart zu trainieren und genug zu trinken. Am Wochenende sei schließlich der Chiemgau-Cup. Wenn die Mutter schon nicht arbeitete, dann brauchte wenigstens das Kind einen Fulltimejob, dachte Jo, aber für Moni Hopfinger war das Thema Kinder und Karriere bereits wieder beendet. Schublade auf. Schublade zu. Aufgeräumt. Doch Jo hielt nichts von dieser Art Ordnung. »Man kann es auch anders sehen: Wer einen eigenen Beruf hat, muss nicht seinen ganzen Ehrgeiz auf die Kinder projizieren, und wer sein eigenes Geld verdient, muss daheim nicht Männchen machen. Die Vollzeitmamas bleiben am Ende oft genug mit der Arschkarte sitzen, weil er eine Jüngere hat und sie keine Altersvorsorge.«

»Kannst du da mitreden?«, fragte Monika Hopfinger. In ihren Augen hatte Jo keine Diskussionsberechtigung, so ohne Mann und Kinder. »Du weißt doch gar nicht, wovon du sprichst.«

»Auf dem Beobachtungsposten hat man die klarste Sicht.«

»Weißt, Jo, ich hab BWL studiert und als Beraterin in München gearbeitet. Dort war ich ersetzbar, wie jeder andere auch. Zu Hause bin ich es nicht. Da mache ich einen Unterschied. Außerdem bezahlt für die Karriere einer Mutter am Ende immer die Familie.«

»Und für den Erfolg der Väter bezahlen die Frauen mit ihrer Karriere.«

»Also, irgendwer muss ja auf die Jagd gehen und Geld heimbringen.«

»Fehlt dir das Berufsleben gar nicht?«, wunderte sich Jo.

»Doch, manchmal schon, aber man kann nicht alles haben«, glaubte Monika Hopfinger, die sich, wie Jo aus sicherer Quelle wusste, neulich einen Vibrator namens Fritz bestellt hatte.

»Wenn beide im Beruf zurückschrauben würden, wäre das vielleicht möglich. Dann gäbe es am Ende vielleicht wirklich so etwas wie eine gleichberechtigte Partnerschaft«, mühte sich Jo ab, ihre eigene Idealvorstellung zu vermitteln, die sie bislang nicht an der Realität messen musste.

»Du weißt ja nicht, wovon du redest«, wiederholte Moni Hopfinger nachsichtig. »Bei deinem Modell verdient am Ende keiner vernünftig, keiner kommt vorwärts, aber alle sind gestresst. Glaub mir, ich hab das alles schon durchdacht und durchgerechnet. Zwei große Autos, eine Flugreise im Sommer und Skifahren im Winter wären da nicht mehr drin. Unser Lebensstandard wär futsch, dabei haben wir nicht einmal hohe Ansprüche.«

»Hoffentlich hast du wenigstens einen vernünftigen Ehevertrag, um den Lebensstandard auch im Fall einer Scheidung zu sichern.« Nein, hatte sie nicht, außerdem ging das der Moni Hopfinger nun wirklich zu weit. Sie hatte genug von diesem Thema. Obwohl Jo ja immerhin beim Thema Scheidung aus ihrer persönlichen Erfahrung schöpfen könnte, meinte sie süffisant. Aber jetzt wolle sie nicht mehr ihre Lebensentscheidungen diskutieren, sondern müsse sich um ihren Sohn kümmern. Der Jonas lief gerade nicht so rund, wie er sollte.

Wo war eigentlich ihr Kind auf Zeit?, fragte sich Jo, die Leihmutter des Tages, und sah sich nach Ludwig um.

Wie die Lässigkeit in Person lehnte Ludwig am Torpfosten und diskutierte angeregt mit einem Jungen. »Hey, Alter, das wird so saugeil, wenn du am Sonntag dabei bist. Zusammen holen wir den Chiemgau-Cup. Yeah! Den anderen reißen wir den Arsch auf und fegen sie vom Platz.« Ob Marina wusste, auf welchem Sprachniveau sich ihr Sohn bewegte? Hey, Alte, hör dir das mal an, funkte sie geistig an ihre Freundin, während sich die Großmäuler siegessicher abklatschten. Dann stellte ihr Ludwig seinen Mannschaftskollegen vor. »Das ist mein Freund Diego, ein genialer Torjäger! Sein Vater war der Tiger. Weißt schon, der weltbeste Trainer. Der hat immer zu uns gesagt: Ihr seid keine Warmduscher, ihr könnt es noch weit bringen.« Der »geniale Torjäger« sah Jo prüfend an, bevor er ihr die Hand reichte und wohlerzogen »Grüß Gott!« sagte.

»Gell, du kommst am Sonntag, zum Chiemgau-Cup?«, vergewisserte sich Ludwig. »Da beweisen wir es allen: Mit dem Herz in der Hand und der Leidenschaft im Bein.«

Diego schien weniger optimistisch. »Wenn uns der Alois nicht auf die Ersatzbank setzt.«

»Fuck, das kann er sich gar nicht leisten, wir sind die Geilsten!« Das Ego von Jos Patenkind schien größer als der Fußballplatz. Jo wusste, dass Ludwig mit drei Jahren beschlossen hatte, Fußballer zu werden. Ohne familiäre Vorprägung. So etwas schien es wirklich zu geben. Mit seiner Begeisterung hatte er seine Mutter Marina angesteckt, die zur Soccer-Mom mutierte. Nur in Ausnahmefällen verpasste sie ein Training ihres Sohnes, so wie heute. Den Dildos sei Dank. Das Sexspielzeug hatte sie im doppelten Sinne daran erinnert, was Selbstbestimmung bedeuten konnte. Frauen mit einer eigenen Laufbahn mussten sich nicht an die Beine ihres Sohnes hängen, wo sie irgendwann ohnehin zur Last wurden. Nämlich genau dann, wenn es zu spät war, eigene Berufswege zu gehen, die über schlecht bezahlte Aushilfsjobs hinausgingen. Aber was regte sich Jo eigentlich so auf? Woher kam der unerträgliche missionarische Eifer? Sie hatte keine Kinder, und vermutlich würde es dabei bleiben. Immerhin hatte sie Ludwig. Ihr Patenkind stand noch immer in Siegerpose neben Diego und wartete auf eine Bestätigung. Er bekam das Gegenteil.

»Alois wird Adrian in den Sturm stellen. Der reißt zwar nix, aber er ist sein Sohn. Scheiße!«, sagte Diego.

»Pssst! Fuck! Da kommen das große und das kleine Arschloch.«

»Ludwig! Alter! Jetzt reicht's aber«, mischte sich Jo ein. »Wie redest du denn?«

»Ach, wenn's doch wahr ist. Scheiße!«

»Eine andere Wortwahl bitte!«

»Fuck!«

Das Kind, das sich neben Alois Steimer über den Rasen schleppte, zog lustlos einen riesigen Sack Bälle hinter sich her. Sein Vater dagegen federte förmlich über den Platz. In der Hand hielt er bunte Speere mit silbernen Spitzen, von denen er alle paar Meter eine in die Erde rammte. Er war nicht mehr so blass wie heute Morgen nach Dimitrijs Besuch.

»Hey, Jo!« Sein Gesicht leuchtete auf. »Bist du hier wegen der Vorberichterstattung zum Chiemgau-Cup?« Gute Reaktion, Herr Steimer, dachte Jo, aber zum Antworten kam sie nicht. Eine andere Stimme war schneller. Jo kannte sie.

»Nein, nein, die Coleman hat nichts mehr mit Fußball zu tun! Das ist jetzt wieder Chefsache. Gewissermaßen.« Kollege Hering war aus dem Nichts aufgetaucht, was gewissermaßen sein Metier war, aber selbst davon hatte er keine Ahnung. Selbstzufrieden stand er da, kurze Hose, blasse Beine, dünne Waden, sein Oberkörper steckte in einem kurzärmligen Hawaii-Hemd. In der Hand hielt er einen Block. Der Beach-Boy wollte verdeutlichen: Er war ein Macher und der kurze Tauchgang neulich nur ein unbedeutender Schwächeanfall, der Hitze wegen und der Biene.

»Fußball ist Männersache. Punkt.« Damit das klar war. Hering wandte sich an Alois: »Trainer, wir sprechen uns nach dem Training, okay?«

»Da bin ich schon mit Ihrer Kollegin verabredet«, sagte Alois. Er holte sein Handy aus der Hosentasche und tippte eine Nachricht. Jo erhielt sie im nächsten Moment: »Prinzessin Leila, lass dir von mir die Sonne zu Füßen legen. Heute Abend. Ich hole dich ab. 20 Uhr.«

Vitus Pangratz parkte seinen Chevi Camaro in dem kleinen Ort Greimharting. Er wollte eine Tour auf die Ratzinger Höhe machen. Genauer: auf den 16 Meter hohen Aussichtsturm zwischen Ratzing und Hitzing, denn nichts brauchte er gerade so dringend wie Überblick: über den Chiemgau und über die Erzählungen der Witwe Wild. Einer verhinderten Schauspielerin, die beim Kaffeeklatsch gesprächig wurde und von alten Zeiten erzählte. Von Romeo und Julia.

Unter dem Kapitel »Eine kleine Jugendspinnerei, mehr nicht« hatte sie die Romanze mit Alois alias Romeo abgelegt. Noch auf der Premierenparty von »Romeo und Julia« war sie in Tigers Armen gelandet. Romeo war für sie gestorben. Die Freundschaft zwischen Tiger und Alois litt unter der Umbesetzung des Hauptdarstellers, aber auf dem Weg zur Profikarriere wollten sie sich von keiner Frau stoppen lassen, und so blieben sie auf dem Fußballfeld ein starkes Team: Der eine legte die Bälle vor, der andere donnerte sie ins Tor. Es ging den beiden um Ligaplätze, alles andere war Theater. Frauengeschichten. Die Fußballfreundschaft hielt. Sie hielt so lange, bis Tiger nach einer Siegesfeier versehentlich von der Erfolgsspur ins Aus steuerte und ihre sportliche Zukunft in den Graben fuhr, mit Alois auf dem Beifahrersitz. »Aus der Traum«, so hatte es Sabrina Wild formuliert.

Vitus wusste, wie sich ungelebte Träume anfühlten und holte ein wenig wehmütig einen alten Cowboyhut aus dem Kofferraum, der ihm als Sonnenschutz dienen sollte. Er hatte ihn als Souvenir von seiner USA-Reise zurückgebracht. Auf Elvis' Spuren hatte er die Villa Graceland in Memphis besucht, Nashville, Las Vegas und Los Angeles, wo der King im Stadtteil Bel Air 1965 mit den Beatles eine Jam-Session veranstaltet hatte. Wie gerne wäre er dabei gewesen. Sorgfältig rückte er seinen Cowboyhut zurecht und spiegelte sich im Autofenster. Dann schloss er den Kofferraum und seine Erinnerungen, so gefühlvoll wie es ein Chevi Camaro und sein Herz verlangten.

Er wanderte los, vorbei an Wiesen, deren Ränder roter Mohn säumte, gelber Hahnenfuß und sattviolette Lichtnelken. Er überquerte ein ausgetrocknetes Bachbett und lief am schattigen Waldrand entlang aufwärts. Der Tourismusverband Chiemsee Alpenland pries die Strecke als »Erlebnisweg« an und hatte sie mit Infotafeln und einem Bienenlehrstand abgesteckt. Als ob der herrliche Blick auf den Chiemsee nicht schon Erlebnis genug wäre.

Vitus rückte seinen Cowboyhut nach hinten und schaute von oben auf den größten See Bayerns und seine drei Inseln. Auf der umfangreichsten stand das Schloss Herrenchiemsee, gebaut von Ludwig II., besser bekannt als »Märchenkönig«. Er war ein Original gewesen, aber sein Schloss nur eine Kopie. Ludwig II., eiferte zu Lebzeiten dem französischen Sonnenkönig nach und nahm dessen Schloss Versailles als Bauvorlage für Herrenchiemsee. Einen Vergleich mit dem Original musste die Kopie trotzdem nicht fürchten: Der bayrische »Kini« hatte den französischen Sonnenkönig dort übertrumpft, wo seine Eitelkeit am sichtbarsten war. Der berühmte Spiegelsaal von Versailles ist deutlich kleiner als sein bayrischer Nachbau. »Wer ko, der ko«, murmelte Vitus eine bayrische Lebensweisheit. Wer kann, der kann. Ein Hoch auf den Kini!

Vitus marschierte weiter. Im Vorbeigehen lernte er von einem Infoschild, dass bis zum 18. Jahrhundert auf der Ratzinger Höhe Wein angebaut wurde und es schon bald wieder einen »Ratzinger Höhe Riesling« geben könnte, wenn sich die Erde weiter erwärmte. Keuchend wischte er sich den Schweiß von der Stirn. Noch wärmer? Das wäre nicht zu ertragen.

Im Schatten eines Baumes dachte Vitus wieder an Tiger Wild, der seinen Traum von der Profikarriere in den Graben gefahren hatte und die Trümmer seinen Söhnen auflastete, selbst aus dem Jenseits. Seine Witwe widersprach dieser »Küchenpsychologie«, wie sie es nannte, und behauptete, im FC-Bayern-Land entwickle sich bei Buben der »Lebensplan Profikarriere« von ganz alleine. Ihr Mann hätte seine Söhne nie motivieren müssen, sondern nur gefördert, was ohnehin da war. »Wissen Sie, Herr Pangratz, die zwei haben schon in meinem Bauch gekickt.« Machten das nicht alle Kinder? Nicht mit dieser Zielgenauigkeit. »Die haben immer ins Kreuzeck getroffen.«

Wieder wischte er sich über die Stirn und ärgerte sich, dass er kein Getränk bei sich hatte. Wie ein Anfänger war er losgezogen. Vitus beschloss, sein Ziel zu ändern: Anstatt auf den 16 Meter hohen Aussichtsturm zu kraxeln, würde er sich auf der Panoramablick-Terrasse des Gasthauses Ratzinger Höhe ausruhen und seinen Flüssigkeitsbedarf mit einem »Russen« decken – Weißbier und Zitronenlimo. Bärig!

Glücklich saß Ludwig vor einer riesigen Portion Spaghetti-Eis auf der Terrasse des »Da Noi« am Ludwigsplatz. Das hatte er sich nach seinem Training in der Sonne verdient, fand Jo und ignorierte das lächerliche »Eis- und Süßigkeitenverbot« seiner Mutter Marina. Wenn sie als Patentante schon sonst nicht viel leistete, so wollte sie Ludwig doch wenigstens Eis als wesentlichen Bestandteil des Sommers nahebringen – und sich selbst auch. Sie sah Ludwig an. Wie es sich wohl anfühlte, Mutter zu sein? Sie hatte Ludwig von Herzen gerne, trotzdem schaute sie immer wieder heimlich auf die Uhr, weil sie sich auf ihr erwachsenes Abendprogramm freute. Sie konnte sich nicht vorstellen, 24 Stunden am Tag auf ein Kind Rücksicht nehmen zu müssen, und bedauerte Marina in diesem Moment. Das neue Dildobusiness konnte nicht mehr als eine Ersatzbefriedigung sein.

»Hörst du mir zu, Jo?«, fragte Ludwig, der gerade davon träumte, bei den Bayern zu spielen.

»Mama meint, das kann ich locker schaffen.«

Ob er wohl noch ein Eis in den Vereinsfarben haben könnte?

»Davon darf deine Mutter aber nichts erfahren.«

»Klar, das bleibt unser Geheimnis, weil es ein gutes Geheimnis ist und kein schlechtes Geheimnis«, erklärte ihr Ludwig mit verschmiertem Mund, bevor er den wohlgenährten Spatzen am Boden ein Stück Waffel zuschnippte.

»Es gibt also gute Geheimnisse und schlechte Geheimnisse. Was ist denn ein schlechtes Geheimnis?« Jo wurde neugierig.

Ludwig stützte sein Gesicht auf die löffelfreie Hand und überlegte. Im ersten Augenblick fielen ihm nur »gute Geheimnisse« ein wie »Geburtstagsüberraschungen, Muttertagsgeschenke und Spaghetti-Eis nach dem Training«. Seine Stirn in Falten, überlegte er weiter und suchte angestrengt nach einem Beispiel für ein »schlechtes Geheimnis«. Endlich schien ihm eines einzufallen. Er zögerte. Jo nickte ihm aufmunternd zu und versprach: »Bei mir ist jedes Geheimnis gut aufgehoben. Ich verrate nichts.«

»Auch nicht der Mama?«

»Erst recht nicht der Mama!«

Mit dem Zeigefinger auf seinen Lippen flüsterte Ludwig so leise, dass sich Jo zu ihm über den Tisch beugen musste: »Als die Mama mit dem Tiger gekuschelt hat und ich sie dabei erwischt habe, das war ein schlechtes Geheimnis. Der Tiger hat gesagt, das darf ich dem Papa nicht sagen. Aber wenn jemand sagt, man darf es der Mama und dem Papa nicht sagen, ist das immer schlecht, weil den Eltern soll man doch alles sagen, gell. Aber die Mama hat auch gesagt, ich soll es dem Papa nicht sagen. Was soll man denn bitte tun, wenn die Mama sagt, dass man es dem Papa nicht sagen darf? Und überhaupt auch sonst niemandem?«

Das einzig Gute an der Sache: Er habe das Champions-League-Trikot der Bayern von der Mama bekommen, sogar mit Hose. Als Belohnung, damit er nichts weitersagt, aber jetzt hatte er es doch weitergesagt.

»Scheiße! Fuck! Meinst du, ich muss das Trikot jetzt wieder zurückgeben? Die Mama wird so sauer sein. Du darfst es ihr wirklich nicht sagen! Schaffst du das?«, sorgte sich Ludwig. »Ich mein, ihr redet doch immer so viel, du und die Mama.« Jo beruhigte ihr Patenkind.

»Weißt, Großer, das Geheimnis kenne ich schon lange. Du hast mir nichts Neues verraten.« Stimmte ja auch, Ludwig hatte nur bestätigt, was Jo ohnehin geahnt hatte.

»Echt jetzt, du hast das gewusst?« Jo bejahte. Ihr Gefühl hatte sie nicht getrogen.

»Und du sagst es nicht weiter?« Ganz sicher nicht. Vorläufig.

»Darf ich jetzt noch ein Eis haben?«

»Aber nur, wenn du hinterher nicht speibst.«

»Versprochen.«

Als Jo den Jungen daheim ablieferte, kotzte er seiner Mutter zwei Portionen Eis vor die Füße, woraufhin Marina in hektische Betriebsamkeit ausbrach und für Geheimnisse keine Zeit mehr war, nur noch für Vorwürfe: »Du hast ihm Eis gegeben! Da siehst, was dabei herauskommt.« Als Jo die Wut in Marinas Augen blitzen sah, verabschiedete sie sich schnell von Ludwig, der jammerte: »Das schöne Eis, und jetzt liegt es am Boden.«

»Kriegst bald wieder ein neues«, versprach Jo.

»Untersteh dich«, zischte Marina, aber die sollte erst einmal ihr »schlechtes Geheimnis« mit ihrer besten Freundin teilen. Sonst würde es eine ganz andere Eiszeit geben.

Vitus wusste nicht, wie lange er schon im »Berggasthof« Ratzinger Höhe saß, aber im Moment konnte sich Vitus Pangratz keinen schöneren Ort vorstellen trotz der fröhlichen Busladung am Nebentisch und der Bedienung, die zwischen übertriebener Freundlichkeit und ungehobelter Genervtheit balancierte und dabei Getränke trug. Der Weitblick in die bayrische Bilderbuchlandschaft entschädigte Vitus für alles. Es durfte jetzt nur kein Kamerateam im Auftrag des ZDF auftauchen, um hier für die Rosenheim-Cops eine Leiche zu drapieren. So wie vor drei Jahren im August, als sich Vitus im Naturbad am Samerberg nach einem Streit mit Hopfinger abkühlen wollte und dabei versehentlich wie ein schlechter Clown in Dreharbeiten zu den Rosenheim-Cops stolperte. Ein peinlicher Auftritt war das, weil er die Polizeiautos auf den ersten Blick für ebenso echt hielt wie den Polizisten, den der Schauspieler Max Müller spielte. Ja verflixt! Er hatte die Vorabendserie noch nie gesehen, weil er um diese Zeit gewöhnlich arbeitete. Damals, als er noch im Dienst war. Blöde Filmerei!

»Könnten Sie bitte ein Foto von uns machen?« Eine rheinische Frohnatur aus der Busladung drückte ihm einen Fotoapparat in die Hand und lächelte dabei entzückend. Eigentlich wollte er ja in Ruhe ein Bier trinken, aber kaum sprach ihn eine Touristin an, schlüpfte er in die Rolle des liebenswürdigen Gastgebers, der sein Anwesen, in diesem Fall eine ganze Region, nur zu gerne zeigte und großherzig mit Besuchern teilte. Reichtum verpflichtet, und wer in einer landschaftlichen Schatzkammer wie dem Chiemgau lebte, für den galt das umso mehr. Fand Vitus.

»Mit Vergnügen!« Er machte sich mit der Kamera vertraut. Er war ja inzwischen ein Profimodell gewöhnt, auch wenn er es seit seiner Fotosafari im Wildpark nicht mehr benutzt hatte. Schade eigentlich. Er sollte bei Gelegenheit seine liebste Diana fotografieren, aber jetzt musste er sich um diese Truppe hier kümmern. Er dirigierte die Leute vor das Panorama, achtete darauf, dass jeder Kopf zu sehen war, gab das Lachwort »Ameisenscheiße« vor. Wenig später wechselte er den Tisch, die Rheinländer bestanden darauf, Vitus in ihre Runde aufzunehmen.

Es gefiel ihm gut bei den Kölnern, die beim Feiern den Bayern augenscheinlich in nichts nachstanden. Dumm nur, dass die Kellnerin von der Ratzinger Höhe heute ihren Tiefpunkt hatte und nicht in Partylaune war, denn als Vitus mit seinen neuen Freunden »Mer lasse den Dom in Kölle« anstimmte, servierte sie ihnen mit grimmigem Gesicht die Rechnung. »So eine Frau nennt man in Bayern Zwiderwurzn«, erklärte Vitus und begleitete die Kölner zurück zum Bus.

Ach, er hätte mit einsteigen sollen und sich bis Greimharting kutschieren lassen. Jetzt musste er den ganzen Weg zurücklatschen. Wenigstens fiel ihm auf halber Strecke noch eine Bemerkung Sabrina Wilds ein, die Johannas »gschlampertes Verhältnis« betraf: Alois Steimer.

»Als Trainer fehlt es ihm an der nötigen Größe. Der würde alles für seinen Sohn tun, aber nichts für die Mannschaft«, hatte sie gesagt. Wirklich alles?, fragte sich Vitus, während er fast über einen Stein stolperte. Würde er auch töten? Vielleicht nicht vorsätzlich, aber im Affekt? Wer war der Mann eigentlich, mit dem sich seine Tochter da vergnügte? Er würde es herausfinden.

Alois hatte sie mit dem Auto abgeholt. Jetzt saß Jo neben ihm und wusste nicht, was sie sagen sollte. Mit Jack war ihr das Reden leichter gefallen, sie hatten tausend Themen, über die sie sich austauschen konnten. Selbst als sich bereits Risse durch ihre Beziehung zogen, waren ihre Gespräche noch spannend und voller Ideen. Ihr fehlte dieser geistige Funkenflug. Aber ihr Ex hatte sie betrogen, und Alois tat ihrer wunden Seele gut, ihrem Körper sowieso. Unter den kundigen Händen des Trainers richtete sich ihr Selbstbewusstsein wieder auf. Außerdem: Solange sie mit Alois unterwegs war, dachte sie weniger an Jack. Ausnahmen wie jetzt bestätigten die Regel. So gesehen war der selbsternannte Jedi-Ritter ihr Schutzschild. Waren Ritter nicht dazu da? Na also! Trotzdem wäre es nett gewesen, wenn ihr Lover in der Lage gewesen wäre, ein echtes Gespräch in Gang zu bringen, aber Alois fehlten die Worte. Dabei hatte er heute Morgen doch selbst für erhöhten Kommunikationsbedarf gesorgt, oder dachte er etwa, seine dünnen Erklärungen und leidenschaftlichen Beteuerungen reichten aus, um Jo zu beruhigen? Irrtum, mein Lieber!

Die Stille staute sich im Cockpit. Sie wurde mit jeder Sekunde stickiger und schwerer. Jo glaubte, bald keine Luft mehr zu bekommen, trotz der Klimaanlage, die ihr unangenehm ins Gesicht blies. Sie öffnete das Beifahrerfenster und atmete seufzend den ersten vollständigen Satz des Abends aus: »Alois, ich würde dir so gerne glauben.«

Auf seiner Stirn glänzte ein dünner Schweißfilm, und eine Haarsträhne klebte fest. Der Rest der spärlichen Kopfbedeckung fand sich zu keiner Frisur zusammen, egal wie oft Alois ordnend mit seiner Hand darüberstrich, während er auf die kaum befahrene Landstraße starrte. Dann endlich bewegten sich seine Lippen. »Du kannst mir glauben, Jo.« Er wünschte, er könnte diesen verflixten Morgen mit allem, was dazu gehörte, ungeschehen machen. Er war nicht Herr seiner Sinne gewesen, weder oberhalb noch unterhalb der Gürtellinie. Den Rest seines Verstandes hatte ihm Dimitrij aus dem Kopf geboxt und anschließend auch noch das Bauchgefühl k. o. geschlagen, was wollte man da von ihm erwarten? Aber jetzt war er wieder klar. Das musste Jo ihm glauben. Sie kannte ihn doch inzwischen besser. Nicht wahr? »Du weißt doch, wie ich wirklich bin«, behauptete er. Woher eigentlich? Woher sollte sie das wissen?

Vermutlich kannte Jo seinen Charakter nicht halb so gut wie seinen Körper. Das musste sie sich nicht vorwerfen. Schließlich war eine Körperlandschaft übersichtlicher und begrenzter als jedes noch so einfache Gemüt. Der Körper war das Einzige, was an einem anderen Menschen buchstäblich fassbar war – und bei Alois fühlte er sich besonders gut an. Der Rest flirrte als schwammiges Gebilde unter haltlosen Begriffen durch Zeit und Raum und gab Rätsel auf. Jo konnte nicht einmal Sudoku.

Ja, es gab Anhaltspunkte, an denen man die Beschaffenheit eines Charakters festmachen konnte. Galt doch im Kino wie im Leben, was ihr kluger Ex Jack so gerne vorgetragen hatte vor seinen Filmstudenten und vor Jo: »Actions speak louder than words.« Andererseits war ja Action genau das, was sie bislang mit Alois verband. Was fehlte, waren Gespräche. Diskussionen und ein inniger Austausch, die mehr waren als ein Vorspiel zum Sex. So wie mit Jack. Was geisterte der jetzt eigentlich schon wieder durch ihre Gedanken? Sie hatte ihn doch erst vor wenigen Minuten daraus vertrieben. Sie sah Alois von der Seite an. Er war hier, Jack war in den USA. Punkt!

Außerdem machte sie mit Alois auch in Sachen geistiger Austausch Fortschritte: Vermutlich hatte ihr erstes ernstzunehmendes Gespräch heute Vormittag auf den kühlen Fliesen seiner Agenturtoilette stattgefunden. Einen wirklich guten Anfang stellte sie sich zwar anders vor, aber immerhin. Als könnte Alois Gedanken lesen, sagte er: »Heute unterhalten wir uns die ganze Nacht. Einverstanden?« Das würde ihre Beziehung auf eine ganz neue Ebene heben. »Wirst sehen, Prinzessin, weiter oben ist es auch schön.«

Für die erhebende Talkrunde hatte er die »Sundownerbar« in Übersee am Chiemsee ausgesucht, allerdings war dort bereits der Parkplatz überfüllt. Ein Geheimtipp war dieser perfekte Schauplatz für den Sonnenuntergang leider schon lange nicht mehr. Selbst die Münchner fuhren raus, seit ein Stadtmagazin von der Bar geschwärmt hatte: Ihre Theke gehörte zu einem umgebauten amerikanischen Airstream-Wohnwagen, der direkt am Seeufer parkte. Im Sand waren große Holzdecks mit weichen Sitz- und Liegeflächen verteilt, und dazwischen verbreiteten Feuerkörbe, Fackeln und Laternen ihr Licht. Das allein hätte genügt, um den Ruf als perfekte Location zu rechtfertigen, aber wenn es der Himmel gut mit den Gästen meinte, gab er noch eine Sondervorstellung. An Tagen wie diesen schickte er die Sonne mit einem Farbrausch ins Bett. Jetzt war es so weit. Als Jo sich mit Alois und zwei Biolimonaden in den Sand setzte, fing die Abschiedsvorstellung an. Die Sonne zog sich wie auf einem Kitschposter über dem Seespiegel zurück und verbeugte sich hinter der Bergkette vor der Nacht. »Echtes Farbfernsehen«, begeisterte sich der Mann an ihrer Seite, und Jo entwischte ein erstes Lächeln. Wirklich geredet hatten sie immer noch nicht.

Alois hatte seinen Arm um ihre Schulter gelegt, aber nicht, ohne sich vorher die Genehmigung dafür einzuholen. Er wirkte immer noch ein wenig unsicher, was Jo rührte. Ihr Kopf nickte wie von selbst an seine Schulter. Sie war breiter als das, was Jack zu bieten hatte. Von außen gaben sie und Alois vermutlich ein Bild perfekter Harmonie ab, ein glückliches Paar vor dem Sonnenuntergang. Jos innerer Zustand glich sich langsam der Idylle an. Die Zeit war immer jetzt. Sie ließ sich von der romantischen Stimmung einnehmen und von den Wellen, die den Strand abschleckten. Das Plätschern schaukelte Jos Geist in einen versöhnlichen Happy-End-Modus. Das Schweigen zwischen ihr und Alois fühlte sich jetzt besser an. Jo grub ihre nackten Füße in den Sand und freute sich. Schon öffnete Alois wieder den Mund.

»Nebenan im Chiemgauhof feiern ganz viele Hochzeit«, flüsterte er in ihr Ohr.

»Sprichst du aus Erfahrung?«, fragte sie, ohne sich wirklich dafür zu interessieren, wo er mit seiner Braut ins Eheleben getanzt war. Sie und Jack hatten eine Strandparty am Venice Beach von Los Angeles gefeiert, nachdem sie sich dafür mühevoll die notwendige Erlaubnis der amerikanischen Gemeinde besorgt hatten. Jo im weißen Hippiekleid mit Blumen im Haar, er im Frack zu wildgemusterter Baumwollhose. Sie grub ihre Füße noch tiefer in die Sandkörner des Chiemgaus. Wenn sie die Augen schloss, fühlten sie sich an wie Venice Beach.

Alois unterbrach ihren sentimentalen Gedankenflug. Halt doch die Klappe, dachte Jo, aber das konnte er nicht ahnen. Als hätte Jo ihre angedeutete Frage nach seiner Hochzeit ernst gemeint, beantwortete er sie. Und klagte.

»Wir haben beim Hirzinger in Söllhuben geheiratet, weil die Uschi kommt ja von da.« Von der persönlichen Einladung der Gäste durch den »Brautlader« bis hin zur »Brautentführung« zwischen Kirche und Abendessen lief alles ganz traditionell ab. Er sei sich den ganzen Tag lang vorgekommen wie eine Marionette, und seine Frau und die Schwiegereltern hielten die Fäden in der Hand. Aus dem Programm gab es kein Entkommen.

»Armes Opfer!« Jo strich ihm ironisch über den Kopf, und weil ihr gerade nichts Besseres einfiel, fragte sie: »Wer war dein Trauzeuge?«

»Das war der Tiger.«

»DER Tiger?«

»Genau der. Wir waren in der Schule die besten Freunde. Zwei begeisterte Fußballer, die im selben Verein spielten. Ziemlich erfolgreich übrigens. Auf dem Platz waren wir ein unschlagbares Team, der eine hat dem anderen die Bälle zugespielt. Leider hatten wir später nicht mehr dieselbe Vorstellung von Freundschaft. So was kommt vor.«

Es fing damit an, dass ihm Tiger seine Jugendliebe Sabrina ausspannte. So was gehört sich einfach nicht unter Freunden. Im Grunde war es unverzeihlich. Aber was hätte er machen sollen? Tiger und er spielten sich auf dem Fußballplatz die Bälle zu und waren ein unschlagbares Team. Sie waren sich deshalb schnell einig, ihre Karrierechancen nicht wegen einer Frau aufzugeben, auch nicht wegen Sabrina. Alois hielt ohnehin nichts mehr von ihr, seit sie ihn verlassen hatte. Aber dann ruinierte Tiger alles. Nach einer Siegesfeier steuerte er Alois und sich selbst mit hohem Tempo in einen Graben. Es war ein Wunder, dass beide den Unfall überlebten, aber ihre Träume waren gestorben.

»Waren das die alten Rechnungen, von denen du heute Vormittag gesprochen hast?« Alois nickte. Damals hatte er eine Mordswut auf den Tiger gehabt, aber selbst in seinen Fantasien gelang es ihm nicht, den alten Freund umzubringen. »Glaub mir, ich hab mich wirklich darum bemüht. Jeden einzelnen der endlosen Tage im Krankenhaus und in der Reha habe ich an Tiger gedacht. Besucht hat er mich übrigens nie. Am Ende konnte ich trotzdem nicht anders, als ihm zu verzeihen. Ich hätte auch am Steuer sitzen können.« Außerdem: Der Unfall hatte auch Tigers Lebenstraum zerstört, und Sabrina, na ja, die hatte der Tiger wohl wirklich geliebt – und sie ihn. Der Beweis war ihre Ehe. Im Gegensatz zu ihm war Tiger glücklich verheiratet gewesen. Sabrina war allerdings auch eine ganz andere Frau als Uschi, nicht nur, was ihre körperlichen Maße betraf. Kein Wunder, dass sich die beiden Frauen nicht verstanden und zwangsläufig der Kontakt zwischen den Paaren immer brüchiger wurde. Am Ende entfernten sich auch Tiger und Alois voneinander. Erst als sein Sohn Adrian in Tigers Mannschaft trainierte, liefen sie sich wieder regelmäßig über den Weg, fachsimpelten ein wenig über Bayern München, mehr aber auch nicht. »Der Tiger war ein guter Trainer, das gebe ich gerne zu, nur leider hat er Adrians Talent verkannt. Er war einfach zu sehr auf seine eigenen Söhne fixiert, auf den Diego und den Franz. Mei, jetzt habe ich dir aber viel erzählt.« Es war dunkel geworden. Schwarze Wolken hingen am Himmel. Er bemerkte es erst jetzt. Im nächsten Moment wurde es hell.

Ein Blitz zuckte wie Laserlicht übers Firmament und erleuchtete Jo und Alois. Ein kräftiger Donnerschlag folgte ihm und rollte über den See. Die Atmosphäre explodierte. Die ersten Tropfen sickerten in den Sand. Ein Tupfenmuster, das nicht lange halten sollte, sondern von harten, schnellen Verfolgern weggespült wurde. Der Himmel entlud sich. Wassermassen prasselten mit Nachdruck auf die Bar, die Sitzkissen, den Strand und auf Menschen in dünnen T-Shirts und Sommerkleidern. Die meisten sprangen auf, auch Jo und Alois. Der Regen modellierte Stoffe an die Haut und zeichnete Körper, bis sie aussahen, als würden sie an einem »Wet-T-Shirt-Contest« amerikanischer Studenten teilnehmen. Ein gewaltiges Sommergewitter tobte über die Alpenkette, den Chiemsee und über sie hinweg. »Prinzessin Leia, wir müssen ins Auto. Dort sind wir sicher.« Aber anstatt mit ihr loszulaufen, blieb Alois stehen. Ganz offensichtlich genoss er den Anblick von Jo in ihrem nassen T-Shirt und was der Regen mit ihren Brustwarzen machte. »Schade, dass ich versprochen habe, heute nur zu reden.«

Das bedauerte Jo auch. Nur gut, dass sie nichts versprochen hatte, aber alles einlösen konnte.

Verdammt noch mal! Johanna ging nicht ans Telefon. Vitus ahnte, was das bedeutete: Seine Tochter war mit dem Fußballtrainer und Finanzakrobaten Alois Steimer unterwegs. Eine Branche so seriös wie die andere, grantelte er in Gedanken über den Mann, der unanständige Dinge mit Vitus' Tochter trieb und möglicherweise Tiger Wild auf dem Gewissen hatte. Ein Mord, um den Karriereweg des Sohnes zu ebnen. Wieso nicht? Väter waren zu vielem bereit. Manche zu allem.

»Johanna, geh jetzt endlich ans Telefon.« Vitus drückte auf die Wahlwiederholung.

Natürlich war das Mädchen erwachsen, aber nicht in jeder Beziehung. Wie konnte eine Frau, die mit einem Vater wie Vitus Pangratz aufgewachsen war, einen so außerordentlich schlechten Männergeschmack entwickeln? Es war ihm ein Rätsel. Dabei hatte alles so gut begonnen: Mit fünf Jahren wollte Johanna ihren geliebten Papa heiraten, und mit acht Jahren hatte sie versprochen, niemals wegzuziehen – und dann landete dieselbe Johanna, sein geliebtes Kind, in Amerika und heiratete Jack Coleman. Vaterschaft war unerträglich! Wahrscheinlich hatte er zu viel falsch gemacht. Seine Johanna führte es ihm vor Augen. Kaum geschieden und zurück in der Heimat, fing sie ein gschlampertes Verhältnis mit diesem halbseidenen Typen Steimer an. Da war ihm ja sogar Jack Coleman noch lieber gewesen. Immerhin war der Exmann seiner Johanna jetzt weit genug weg, um ihn wohlwollender als bislang zu betrachten. Dumm war er nicht, der Typ.

Gebildet und höflich außerdem, aber beruflich hatte er keinen Plan, sondern sah sich als der nächste Steven Spielberg, nur weil er einmal für ihn gearbeitet hatte. Als Assistent. Das wäre ja, als würde sich Vitus als nächster Elvis sehen, nur weil er alle seine Lieder nachsingen konnte. Oder? »Everything is possible«, meinte Jack. »Yes, we can!« Amerikanischer Frohsinn! Trotzdem musste er dem Ami seine Defizite zugutehalten. Sie hatten Johanna zurück in die Heimat getrieben. In den USA hätte sie nur weiter auf ihrem Hirngespinst bestanden: Vitus solle in die USA ziehen. Seine Tochter musste verrückt sein, das würde auch ihre Männerwahl erklären. Der einzige Mann in Johannas Leben, mit dem Vitus aus tiefstem Herzen einverstanden war, war der, den sie sich nicht selbst ausgesucht hatte: er, ihr Vater. Er versuchte noch einmal, sie telefonisch zu erreichen. Wieder sprang nur ihre Mailbox an. Sakradi!

Er war für Johanna verantwortlich. Noch immer. Auch wenn er sich im Moment mehr um Diana kümmerte, für die er sich inzwischen auch verantwortlich fühlte. Heute würde sie ihn besuchen. Er schaute auf die Uhr. Zeit, loszufahren.

Vitus wartete vor Dianas Haus, um sie zum Grillen auf seiner Terrasse abzuholen. Sie hatte versprochen, Fleisch aus dem Sauguad mitzunehmen, und er hatte versprochen, das Beste daraus zu machen, obwohl er schon lange nicht mehr den Grillmeister gespielt hatte. »Ja da schau her, der Elvis«, begrüßte ihn ein Mann, der gerade aus Dianas Wohnblock kam. »Habe die Ehre!« Er stellte sich als Sepp vor, Lefdutti vom Dienst, also Hausmeister, und der Nachbar von Diana war er auch. »Ich hab dein Konzert damals von einem Logenplatz aus gesehen.« Er zeigte zu seinem Balkon hoch. »Gute Show! Und dann auch noch so einen Wagen.« Er näherte sich Vitus' Chevi Camaro mit Kennerblick. Da Vitus Männer mit gutem Auto- und Musikgeschmack schätzte, unterhielten sie sich schnell auf Basis gegenseitiger Sympathie über die

Bullenhitze, über die unmögliche Verkehrsführung in Rosenheim und über Diana. Froh war der Nachbar, dass die Diana in letzter Zeit so glücklich wirkte. Er kannte sie schließlich schon seit Jahren, und aus Nachbarschaft war Freundschaft geworden. Andere Freunde schien Diana nicht zu haben, weil ihr keine Zeit blieb, um Kontakte zu pflegen, glaubte Sepp, der Nachbar. »Die hat sich aufgearbeitet für den Simon, meist in zwei Jobs parallel, damit es dem Buben an nichts fehlte, auch nicht an den aktuellsten Fußballschuhen und Bayern-Trikots.« Er und seine Frau hatten sich oft um Simon gekümmert, wenn Diana wieder einmal im Sauguad oder im Wildpark schuftete. Er seufzte. »Das Schicksal hat es nicht gut mit ihr gemeint: kein Glück mit den Männern. Dabei hatte sich der Letzte eine Zeit lang so nett um ihren Sohn bemüht. Regelmäßig hatte er den Buben ins Fußballtraining gefahren und zurückgebracht, aber irgendwann war das auch vorbei. Und als die Diana dann wirklich jemand gebraucht hätte, war sie wieder ganz allein. Arme Frau!« Wenn er nicht verheiratet wäre, also, er würde der Diana gerne unter die Arme greifen. Liebevoll strich der Sepp beim Sprechen über den Lack des Chevi Camaros.

»Darf ich mal Probefahren?«

»Ein andermal vielleicht«, meinte Vitus zögernd.

»Verstehe, Frauen und Autos.«

»Darf ich mich wenigstens mal reinsetzen?«

In dem verschwitzten Unterhemd, bist du narrisch, wollte Vitus rufen, doch er besann sich eines Besseren. Mit Dianas Nachbarn und Hausmeister wollte er es sich nicht verderben. So freundlich wie möglich öffnete er die Autotür. »Es ist mir ein Volksfest.«

»Du bist wirklich nicht wie dein Vorgänger, das Fußballtaxi«, meinte der Nachbar zufrieden. »Stell dir vor, bei dem hat der Simon die Fußballschuhe ausziehen müssen, bevor er ins Auto einsteigen durfte, und du, du lässt mich in meinem verschwitzten Hemd rein. Merci dir!« Jetzt war der richtige Moment für die Frage, die Vitus auf der Zunge brannte.

»Sag einmal, Sepp, kennst du den Fußballtrainer Tiger Wild?«

»Freilich kenn ich den, ich hab gerade von ihm gesprochen.«

»So, der war das also.« Als ob er das nicht schon längst wüsste.

»Hmmhhh.« Der Nachbar war mit dem Armaturenbrett beschäftigt.

»Und wie war der so?«

»Mei, vielleicht doch nicht ganz so ungut, wenn ich es mir genau überlege. Immerhin stand er nach Simons Unfall irgendwann vor der Tür, aber die Diana hat ihn nicht reingelassen, sondern durchs Treppenhaus gebrüllt, er solle verschwinden, weil er den Simon auf dem Gewissen hat. Fair war das nicht, der Bub ist schließlich nicht vom Tiger, sondern von einem Besoffenen überfahren worden. Tragisch war das.« Und die Blumen, die der Tiger zu seinem Kondolenzbesuch mitgebracht hatte, pfefferte ihm die Diana hinterher, außer sich vor Wut und Schmerz. »Und ich musste das Grünzeug im Treppenhaus aufsammeln. Am Ende hab ich es meiner Frau geschenkt, die hat sich gefreut. Natürlich hab ich ihr nicht gesagt, dass die Rosen gewissermaßen ein Abfallprodukt waren. So hat das Schlechte dann noch etwas Gutes gehabt. Des einen Leid, des anderen …«

Endlich kam Diana, in der einen Hand trug sie eine kleine Ledertasche, in der anderen eine Kühltasche. Der Nachbar stieg aus Vitus' amerikanischem Wagen und klopfte dem Eigentümer auf die Schulter. »Kommt's doch mal zusammen zum Grillen rüber, die Diana und du. Ich würd mich freuen!«

»Wir grillen heute beim Vitus«, informierte Diana ihren Nachbarn und hob demonstrativ ihre Kühltasche hoch. »Ah geh! Dein Tschamsterer ist wirklich zu beneiden!«

Vitus parkte mit Diana vor seinem Häuschen, das im Wohnviertel zwischen Kommissariat, Krankenhaus und Loretowiese stand. Hoffentlich gefiel ihr der Bau aus den 50er Jahren. Er war nicht mit Renovierungen verwöhnt worden, aber er garantierte mit seinen wohldimensionierten Sprossenfenstern Privatsphäre, im Gegensatz zu den modernen Wohnquadern, die Einrichtung und Menschen ausstellten wie Affen im Zoo.

»Schöne Wildnis«, kommentierte Diana die ungestutzten Bäume und die verwilderten Sträucher in seinem Vorgarten, die sich von den geordneten Grünzonen der Nachbarschaft wie ein schwarzes Schaf unter lauter weißen abhoben. »Ein richtiger Dschungel«, schob sie begeistert nach.

»Warte nur, bis du die Wildnis in dem Haus siehst.« Mit dem berühmten Tarzan-Ruf drehte er den Schlüssel im Schloss, bereit, seine Festung von Diana stürmen zu lassen. Er hatte extra aufgeräumt und das Bett frisch bezogen.

Keine zwei Stunden später verpackte Vitus den Rest des Abendessens in Plastikdosen. Ein heftiges Sommergewitter hatte den Grillabend vorzeitig beendet. Jetzt duschte seine Freundin, um den Geruch von gebratenem Fleisch aus ihren Haaren zu waschen. Sie hatten schließlich noch etwas vor, nicht wahr? »Meine Freundin«, flüsterte Vitus, um sich am Klang der Worte zu erfreuen. Trotzdem oder gerade deshalb musste er herausfinden, ob seine Diana dem Tiger wirklich die Schuld am Tod ihres

Sohnes gab und was genau damals eigentlich passiert war, aber nicht mehr heute. Das Thema würde den Abend sprengen und die Nacht verderben. Er und Diana hatten doch auch ein wenig Glück verdient. Der Kommissar war außer Dienst und außerdem ein Mann.

Der nächste Blitz kritzelte eine helle Lichtspur zwischen Himmel und Chiemsee.

»30 000 Grad Celsius, und mir ist genauso heiß«, kommentierte Alois das Naturschauspiel. Seine Brusthaare kräuselten sich unter seinem klatschnassen T-Shirt. Er gehörte nicht zu den Männern, die sich an anderen Stellen als im Gesicht rasierten. Jo drückte sich an seinen Körper, als ein krachender Donner hinter dem Blitz herrollte. Zeit, sich in Sicherheit zu bringen, fand Alois. Die Menschen um sie herum liefen bereits Richtung Parkplatz oder ins Hotel nebenan. Nicht nur die Luft war aufgeladen. Schützend legte Alois seinen Arm um ihre Schultern und zog sie an sich. Auf der anderen Seite kramte er in seiner Hosentasche nach dem Autoschlüssel.

»Es reicht ja wohl, einmal im Leben vom Blitz getroffen zu werden.«

»Im Ernst?« Jo wollte sofort wissen, wie sich das anfühlte, aber offensichtlich lag ein Missverständnis vor.

»Es war kein Stromschlag, kein Gewitter, sondern dieser kleine Typ aus Griechenland, der Blitze schleudert. Amor.« Pfeile, Alois, Pfeile. Amor ist mit Pfeilen bewaffnet.

»Also auf mich hat er einen Blitz geschleudert, das kann ich dir versprechen. Wahrscheinlich war es ein Laserblitz. Selbst die Götter sind heute mit modernem Gerät unterwegs. Wer, wenn nicht sie?« Alois war überzeugt: Der Gott der Liebe hatte aufgerüstet und ihn mit einer Wucht getroffen, die gewöhnlichen

Pfeilen nicht zuzutrauen war. »Und weißt du, Jo, wann er mich getroffen hat? Als ich dich endlich wiedergesehen habe.« Er schlug sich auf die Brust. »Mich hat es voll erwischt. Da rein. Mitten ins Herz. Und dann: Feuer. Lodernde Flammen.« Jetzt nahm er ihre Hand und legte sie auf die Feuerstelle, auf die er eben noch wie ein Gorilla gehämmert hatte.

»Spürst es, wie es brennt?«

Jo konzentrierte sich, fühlte seinen Herzschlag und sein nasses T-Shirt.

»Selbst bei dem Regen brennt's«, erklärte er. »Das ist ehrliche, wasserfeste Liebe.«

Wieder fühlte sich Jo wie in einem Film, sie war sich nur nicht darüber im Klaren, ob sie im richtigen Film war oder im falschen. Gewiss war dagegen: Bei dem Gewitter wollte sie in der Vorstellung bleiben und den Höhepunkt nicht verpassen. »Ehrliche, wasserfeste Liebe«, wiederholte Alois. War der Mann ein Poet?

Jedenfalls war er ein Gentleman. Alois hielt ihr die Beifahrertür auf, und Jo rutschte nass auf den trockenen Sitz. Um sie herum parkten Autos aus und fuhren mit Schwung durch die junge Pfützenlandschaft. Nur Alois dachte nicht daran, den Motor zu zünden, sondern strich ihr zärtlich die nassen Haare aus dem Gesicht. »In drei Minuten sind wir hier allein.« Und bevor sie sich verkühlte, half er ihr gerne aus den triefenden Klamotten. Die Fenster waren ohnehin schon beschlagen, und von außen war bald nur noch eines zu sehen: Ein BMW-Coupé, das sich leicht im Regen, Blitz und Donner bewegte, stoßweise. Später ließ sie ihre Hand über die Scheibe gleiten wie Kate Winslet in »Titanic«. Sie ahnte, in welchem Film sie mit Alois spielte. Es würde kein Happy End geben, nur einen Untergang.

Ach, Schmarrn, sagte sie sich und schaukelte ihr Rettungsboot noch einmal ins Gewitter.

Jo hätte ihn gerne mit nach oben in ihre Wohnung genommen. Aber Alois wollte seine Ehekrise so kurz vor dem Chiemgau-Cup nicht mit einer Eskalation beenden. Erst nach dem entscheidenden Turnier, wenn es nicht mehr darauf ankam, dass Uschi mitspielte. Seine Frau war eine Fehlentscheidung, aber sein Sohn ein Segen, das müsste Jo verstehen. Klar. »Prinzessin Leia, irgendwann mach ich dich zur Königin«, versprach er, und Jo bedauerte, dass Kitsch auf Deutsch selten so cool klang wie auf Amerikanisch. Aber immerhin federte der bayrische Dialekt das schwergewichtige Pathos ab. Dieser Mann drückte sich eben besser mit seinem Körper aus als mit Worten, das konnte nicht jeder. Jo fühlte sich mit dem Tag versöhnt, selbst mit den Morgenstunden. »Lauf nicht wieder einer russischen Panzerfaust über den Weg«, verabschiedete sie sich und küsste seinen Augenring, der in den vergangenen Stunden die Farbe gewechselt hatte.

»Panzerfaust?«

»Namens Nowikow.« Haha! Ja, Jo fand es auch lustig.

In der Nacht träumte sie von Alois. Es war ein schöner Traum – bis jemand an ihrer Tür klingelte und sie sich der Wirklichkeit stellen musste.

Die Wirklichkeit war ein Postbote, und der hatte ein großes Kuvert in der Hand. Luftpost aus den USA. Jo erkannte Jacks Namen im Absenderfeld auf den ersten Blick. Jetzt lag die Überraschungssendung vor ihr auf dem zerwühlten Bett, noch immer verschlossen.

Hatte Jack ihr jemals einen Brief geschrieben? Mit seinen 32 Jahren definierte er sich als »Digital Native« und hatte sich lange über Jo lustig gemacht, die Füller und Papier romantisch fand, gerade weil sie selbst meist mit Computern arbeitete. Das hier war definitiv die erste nichtelektronische Post, die sie von Jack bekam. Sie holte ein Messer aus der Küche und öffnete das Kuvert.

Ein Spiralbuch mit einem Cover aus braunem Karton rutschte aus dem Umschlag. Fotos waren daraufgeklebt, Aufnahmen von Jack und ihr: bei ihrer Hochzeit am Strand, bei einer Fahrt auf dem Highway One, als sie das Haus von Henry Miller am Big Sur suchten, in San Francisco beim chinesischen Essen, im Yosemite Park beim Wandern, als sie sich fast verlaufen hätten, beim Frühstück in ihrer kleinen Wohnung in Los Angeles zwischen dem alten Nierentisch und anderen Secondhandmöbeln.

Jo schlug die erste Seite auf. »Real Life Love Story«. Ein Drehbuch. Nach den Anfangsszenen war ihr klar, von wem die Geschichte handelte. Die Protagonistin sprach Englisch mit bayrischem Akzent, war »Out of Rosenheim« und machte sich Sorgen um ihren verwitweten Vater, der noch im Oktoberfestland lebte. Die Hauptfigur selbst war auf der Suche nach ihrem amerikanischen Traum von Freiheit, Liebe und Erfolg. Er schien sich zu verwirklichen, als ein junger Regisseur in ihr Leben trat. Begabt, attraktiv und liebenswert. Jacks Selbstwahrnehmung. Dieser Mann verliebte sich in die Rosenheimerin, und von da ab begannen die Schwierigkeiten. Nur weil die beiden ihr Glück nicht fassen konnten.

Jo hätte sich gerne über den platten Plot mokiert, musste sich aber eingestehen, dass die Story ihre Stärken hatte. Sie war mit einem tiefen Verständnis für die Hauptfiguren geschrieben und mit Humor scharf wie Chilipulver. Am Ende fanden er und sie sich wieder. Dieser überzuckerte Optimismus war nur in den USA und bei Rosamunde Pilcher erhältlich.

Ohne das Drehbuch auch nur einmal aus der Hand zu legen, hatte Jo es Seite für Seite gelesen. Auf fast jedem Blatt hatte Jack mit seiner ungeübten Handschrift Kommentare und Fragen hingekritzelt, auch ein paar kleine Herzen versteckten sich zwischen den Zeilen. Auf der letzten Seite klebte ein Brief für sie, auf dessen Umschlag Jack einen Satz seines Eheversprechens geschrieben hatte. Genau an dieser Stelle tropfte Jos erste Träne, dabei hatte sie sich so bemüht, nicht zu weinen. Fuck you, Jack! Es war ein Liebesbrief. Schwarze Tinte auf weißem Papier. Mit Wasserzeichen. Er hatte auch geweint.

Allerdings sprach nicht allein die Liebe aus Jacks Zeilen, sondern obendrein ein handfestes Jobangebot. Das Skript, das auf ihrem ungemachten Bett lag, sollte schon bald verfilmt werden. Die Finanzierung stand bereits. Jack würde Regie führen und wollte Jo als Koregisseurin an seiner Seite gewinnen, schließlich war es auch ihre Geschichte.

I love you, Jo! Please come back!

Männergeschichten, darin war Marina früher Spezialistin gewesen, bevor Jürgen ihr Leben beruhigt hatte. Die Schlaftablette. Immerhin hatte er Ludwig gezeugt und – wie Marina es ausdrückte – damit ihrem Leben einen Sinn gegeben. Ja, ja, Männer waren unentbehrlich, und genauso fühlten sie sich auch. Siehe Jack. Jo rief ihre Freundin an. Marina sollte ihr helfen, ihre Gedanken und Gefühle zu ordnen. Die einen verhedderten sich gerade in dem anderen. Jos armes Herz versank im Chaos.

»SMS«, rief sie ins Telefon.

»Was?« Marina war irritiert, dabei war es doch so einfach: »Save My Soul.«

»Ich versteh nur Bahnhof.«

»Na, statt SOS – Save Our Souls.«

»Du bist nicht mehr zu retten«, seufzte Marina.

Glücklicherweise hatte die Freundin Zeit. Ihr Sohn Ludwig war noch in der Schule, und die Dildoparty im Altersheim würde erst am frühen Nachmittag steigen. Marina fühlte sich wie eine karrieregeile Rabenmutter, gestand sie Jo, denn ihr Kind musste ab sofort zweimal die Woche in die Mittagsbetreuung. »Na und? Alte Glucke!«, lästerte Jo.

»Das sagt Jürgen auch.«

»Kluger Mann!«

»Und das aus deinem Mund?«

»Offensichtlich hat er einen klaren Blick auf die Dinge«, scherzte Jo und wollte Marina an die eigentlichen Probleme des

Tages erinnern: Jack und Jo, aber da meckerte die Freundin bereits los. »Also, von Kindern und Erziehung hat er keine Ahnung.«

»Zieh deine Bergschuhe an und hol mich ab!«, unterbrach Jo.

Die Freundinnen hatten Marinas Auto in Flintsbach geparkt. Von hier aus wollten sie zum Almgasthof »Hohe Asten« wandern, einem der beliebtesten Kurzwanderziele der Rosenheimer. Urlauber, Hausfrauen, Rentner und Freiberufliche gingen die Tour bevorzugt unter der Woche, um mittags auf der Alm zu essen. Die meisten liefen die Straße hoch, aber Marina und Jo nahmen den »Philosophenweg« durch den Wald und sprachen dabei wieder einmal über den großartigen Sohnemann Ludwig, seine Erziehung und darüber, was Kinder sonst noch an Themen hergaben. Im Prinzip immer dieselben. Jo hatte das Gefühl, inzwischen alle zu kennen, und langweilte sich.

»Hörst du mir überhaupt zu?«, prüfte Marina.

»Klar! Ludwig ist ein Wunderkind, und Jürgen hat keine Ahnung von Kindererziehung«, fasste Jo pflichtschuldig die Worte ihrer Freundin zusammen. Anschließend musste sie sich erneut die Klage anhören, dass Jürgen nichts anderes konnte als »Grenzen zu setzen«, und was dabei herauskam, konnte man ja an ihm ablesen: »Erwachsene, die nicht über den eigenen Tellerrand hinaussehen können, weil sie von Kindesbeinen an begrenzt wurden. Verstehst mich? Die Zukunft braucht andere Menschen, sonst gibt es bald keine mehr.«

»Keine Menschen?«

»Keine Zukunft! Sag einmal, wo bist du denn mit deinen Gedanken?«

Bevor Jo darauf antworten konnte, sagte ihr Marina schon, was sie zu tun hatte: Jo sollte unbedingt über die weitreichenden, weltverändernden Konsequenzen von Kindererziehung schreiben, wofür hatte sie schließlich ihre eigene Website.

»Um die Welt zu verändern?«

»Richtig! Und wer die Welt verändern will, muss seine Kinder ernst nehmen.«

Jo nickte, weil jede andere Antwort eine lebensverlängernde Maßnahme für dieses unerwünschte Gespräch gewesen wäre. Sie bedauerte, nicht alleine unterwegs zu sein.

Jetzt rief auch noch ihr Vater an, der sich Sorgen wegen »ihres schlechten Umgangs« machte. »Ein verheirateter Mann!« Ja, Papa. Klar, Papa. Wir reden heute Nachmittag, Papa. Du, ich muss jetzt Schluss machen, Papa. Ich bin mit der Marina unterwegs. Ja, richte ich ihr aus. Nein, der Alois ist nicht dabei.

»Schöne Grüße!«

»Vom King?«

»Sowieso«, bestätigte Jo.

Dann wechselten sie endlich das Thema, und Jo erzählte von Jacks analoger Liebespost und von dem kleinen nichtsnutzigen Impuls, in Rosenheim alles hinzuschmeißen, um zurück nach Los Angeles zu gehen. Solange sie noch mit Jack zusammen war, hatten sie gemeinsam davon geträumt, einen Film zu drehen, eine Produktionsfirma zu gründen, die sie »Jo & Jack« nennen wollten, und »happily ever after« zu leben.

»Liebst ihn noch?«, fragte Marina, als wäre Jos Leben in einem Schmachtfetzen verankert oder zwischen zwei klebrigen Buchdeckeln. Nur dort ließen sich komplizierte Zustände auf einfache Fragen reduzieren. In der Wirklichkeit reichten drei Wörter nicht aus. Die Wirklichkeit war eine Textaufgabe mit Gemeinheiten zwischen den Zeilen, und egal zu welchem Ergebnis man kam, es war immer falsch. »Du denkst wie eine Deutsche«, würde Jack ihr jetzt vorwerfen. Ja, verdammt noch mal, das war sie auch. Sie fühlte sich deutsch, kompliziert, unrasiert und voller Weltschmerz. Ausgerechnet in diesem Zustand sollte sie eine Entscheidung treffen. Unmöglich! Sie musste Jacks Post bis auf weiteres ignorieren.

»Jetzt sag schon, liebst ihn noch?«, insistierte Marina.

»Ja mei, irgendein Gefühl bleibt immer hängen, aber darum geht's jetzt nicht«, wich Jo aus und spielte die Vernünftige, die Gefasste. Die Frau, die sie gerne gewesen wäre, aber nicht war.

»Ich glaube, du liebst ihn noch«, entgegnete ihre Schmachtfetzen-Freundin.

»Marina, dein schlechter Filmgeschmack treibt mich noch in den Wahnsinn. Schau, was dabei herauskommt: Zwei erwachsene Frauen wie wir, die diskutieren wie Teenager auf Alkopops.«

»Wirst jetzt alt?« stichelte Marina, lud nach und feuerte die ultimative Beleidigung für die Möchtegerndrehbuchautorin und Regisseurin Jo Coleman ab: »Außerdem hast du selbst einen schlechten Filmgeschmack.«

Jo zuckte mit den Schultern. »Stimmt, aber das weißt nur du.« Allen anderen spielte sie beim Thema Film die Anspruchsvolle vor, die Arthouse-Filme liebte, während sie heimlich Meryl Streep in *Mamma Mia* guckte und am Ende vor Rührung heulte. Allerdings heulte sie auch bei fast allen anderen Filmen. Ihre Gefühlsknöpfe funktionierten, sobald die Geschehnisse nur weit genug entfernt waren. Der Abstand zu Computer und Leinwand war ideal. Es war ja wohl kein Wunder, dass sie gerne selbst einen Film drehen würde. So konnte sie auf der Seite der großen Gefühle sein, ohne selbst wieder welche zu wagen.

»Aber was, wenn das meine einzige und vielleicht letzte Chance ist, doch noch in Hollywood einen Film zu drehen?«

»Was, wenn du denselben Fehler zweimal machst?«

»Welchen Fehler?« Jo wurde ärgerlich. Sie betrachtete weder ihre Zeit in Amerika noch ihre Ehe mit Jack als Fehler – und ihren Traum von Hollywood übrigens auch nicht. Und falls es Marina nicht von selbst begreifen konnte, erklärte sie es der Freundin gerne: »Regionalnachrichten in Rosenheim oder ein Liebesfilm in Hollywood.« Ein bayrischer Alois oder ein amerikanischer Jack. Darauf lief die Frage hinaus.

»Also, mir wäre lieber, du bleibst hier«, war alles, was Marina dazu einfiel, und Jo gab sich für den Moment damit zufrieden.

Kaum eine Stunde später saßen sie gut gestimmt auf der Terrasse des Almgasthofs »Hohe Asten«, mit dem Rücken zur Wand und dem Gesicht in der Sonne. Neben ihnen schwärmten Urlauber vom »herrlichen Bergpanorama, den üppigen Kühen und den saftigen Wiesen«, während sich die Freundinnen auf die Speisekarte konzentrierten. Bratkartoffel mit Topfen, Schweinswürstel mit Kraut, Leberkäs oder Kaiserschmarrn?

»Wie soll ich jemals die richtigen Entscheidungen für mein Leben treffen, wenn ich mich nicht einmal zwischen Bratwürstel und Kaiserschmarrn entscheiden kann?«, fragte Jo.

»Wer ist die Bratwurst?«

»Das bleibt mein Geheimnis. Mein schlechtes Geheimnis«, sagte Jo und fügte hinzu, mit dieser Art Geheimnis kenne sich Marina doch aus. Gell? Jo zwinkerte, und Marina wurde blass.

Wisst ihr schon, was ihr wollt?«, fragte die Kellnerin im Dirndl. Jo und Marina entschieden sich für Kaiserschmarrn. Danach war es vorbei mit der Eintracht, weil Jo genug von der Geheimniskrämerei ihrer Freundin hatte. »Und jetzt zu deinem schlechten Gewissen, äh, Geheimnis«, läutete sie die nächste Gesprächsrunde ein. Wenn sie ihre eigenen Männergeschichten schon nicht ordnen konnte, dann wenigstens die ihrer Freundin. »Heimlich mit dem Tiger kuscheln!«

»Hat dir der Ludwig das erzählt, nachdem du ihn mit Spaghetti-Eis bestochen hast?«, fragte die Spezialistin für Kindererziehung, die den eigenen Nachwuchs mit Wissen belastete, das zu schwer für Kinderschultern war und irgendwann runterpurzeln musste. Jo schwieg, aber Marina ließ endlich die Wahrheit ans Licht. Sie gab ihre Affäre mit Tiger zu.

Es war Schicksal. Sie sei da so reingerutscht. Ein Mann, der mit seinen Jungs trainierte, anstatt sich nur um die eigene Fitness zu kümmern wie ihr Gatte Jürgen, das hatte ihr imponiert. Jo nickte verständnisvoll. An einem Abend sei Tiger bei ihr zu Hause vorbeigekommen, um über Ludwigs Perspektiven zu sprechen. »Er hat großes Potenzial in ihm gesehen. Echtes Talent erkannt.« Jürgen war da gerade wieder mit dem Mountainbike unterwegs gewesen und Marina dankbar, einen Abend mit einem erwachsenen Mann zu verbringen, auch wenn sie nur am Küchentisch saßen und redeten. Irgendwann leistete ihnen eine Flasche Wein

Gesellschaft. Tiger hatte im Gegensatz zu Jürgen Spaß am Alkohol, und das war ja wohl das Mindeste, was man von einem Mann erwarten konnte. Natürlich durfte man so etwas nicht laut sagen, aber wenn es doch wahr war.

»Bist schon einmal mit einem Asketen ins Bett gegangen?« Jo überlegte kurz und schüttelte den Kopf.

»Schau, und ich hatte darauf auch keine Lust mehr. Mit dem Jürgen, mein ich. Weißt, Jo, und auf einmal war da zwischen Tiger und mir diese Anziehung. Wie Yin und Yang, und dann ist es halt passiert.«

Im Bad, im Stehen, ganz schnell, Ludwig war ja auch im Haus, aber gut war's trotzdem. Saugut. So saugut, dass sie weitere Gelegenheiten gesucht hatten. »Und je näher wir uns kamen, desto mehr hat sich der Tiger um Ludwig gekümmert. Mein Kind hat einen fußballerischen Entwicklungsschub gemacht in dieser Zeit, das kannst du dir gar nicht vorstellen. Der Tiger hat ihn fast genauso gefördert wie seinen eigenen Sohn.« Es war herrlich. Eine Win-win-Situation für alle Seiten, aber dann ist der Tiger plötzlich verschwunden. Das war schon hart für Marina, vor allem, weil sie die Trauer mit niemandem teilen konnte.

»Mit mir hättest du doch reden können«, sagte Jo beleidigt.

»Ach, du warst ja so weit weg und hattest deine eigenen Probleme mit Jack und der Produzententochtertussi.« Trotzdem. Jo fand, als alte Freundin hätte sie mehr Ehrlichkeit verdient gehabt, aber zugegeben, sie war damals wirklich in einer anderen Welt, nicht nur örtlich. Also Schwamm drüber.

»Hat seine Frau von euch gewusst?«

»Er hat es nicht übers Herz gebracht, Sabrina was zu sagen. Hast doch am Dildoabend gemerkt, wie die ihn geliebt hat. Abgöttisch. Kein Wunder, der Tiger war eine Orgasmusgarantie. Aber er hat auch an ihr gehangen, das war deutlich zu spüren. Die sind schon auf der Realschule zusammengekommen und haben sich nie wieder getrennt. Romantisch.« Jo zuckte mit den Schultern, mit echten Langzeitbeziehungen hatte sie keine Erfahrung, nur mit einer Kurzehe. Das musste vorerst reichen.

»Hat einer von euch beiden Zukunft in der Sache gesehen?«

»Ach Jo, keiner von uns beiden wollte seine Familie aufs Spiel setzen, wir sind doch alle erwachsen.« Jetzt auf einmal? Was sollte Jo dazu sagen? Wie sich erwachsen anfühlte, wusste Jo auch mit 37 Jahren noch nicht. Endlich servierte die Kellnerin den Kaiserschmarrn. Doch kaum hatte Jo die erste Teigwolke auf die Gabel gespießt, um damit das Apfelmus anzufliegen, klingelte ihr Telefon. Sakradi! Schlechtes Timing! Es klingelte weiter. Der Typ war penetrant. Es war Sepp Anzenberger, ihr Chefredakteur. »Jo, komm sofort in die Redaktion, es ist dringend.« Er klang nicht gut. »Ich bitt dich!«

Vitus Pangratz war auf dem Weg zum Kommissariat, seiner alten Arbeitsstelle, und blieb an der Ecke Kaiser-/Rechenauerstraße stehen. Ein Marmorportal mit dem Kaiseremblem erinnerte hier an Rosenheims große Zeiten als Kaiserbad. Kaum einer wusste heute noch, dass die Stadt einst stolz die Bezeichnung »Bad« im Namen führte: Bad Rosenheim! Dank der »Küpferlingquelle« und ihres stark eisenhaltigen Wassers kam 1876 sogar der deutsche Kaiser Wilhelm I. nach Rosenheim und war so begeistert, dass er insgesamt sieben Mal in der Stadt kurte und sie zum »Kaiserbad« erhob. Im Ersten Weltkrieg war es dann mit der gekrönten Pracht vorbei: Erst wurde das Kaiserbad zum Lazarett umgewandelt, und danach brannte es teilweise aus. Die kläglichen, verwahrlosten Überreste wurden 1984 dem Erdboden gleichgemacht und die Küpferlingquelle zugeschüttet. Vitus seufzte bedauernd und wandte sich wieder der Gegenwart zu.

Er hatte sich mit seiner ehemaligen Assistentin Liesel Dirscherl verabredet, nachdem ihm das Gespräch mit Dianas Nachbar nicht mehr aus dem Kopf gegangen war. Wenn es stimmte, dass seine Göttin Tiger die Schuld am Tod ihres Sohnes gab, würde Hopfinger darin sicher ein starkes Motiv sehen. Vitus vermutlich auch, wenn er als Kommissar und nicht als Liebhaber recherchiert hätte. Er dachte an gestern Nacht, die offene Terrassentür, die Lichtshow und das Donnergrollen und an Diana, die auf ihm saß und sich langsam dem Höhepunkt zubewegte.

Kaum dachte er an seine göttliche Diana, entwischte ihm ein Elvis-Song. Er schwang sich halbstark über seine Lippen, und Vitus wippte bereits im Takt, bevor er überhaupt verstand, was er da eigentlich sang: »Now and then there's a fool such as I.« Er ein Narr? »Eher ein Mann von Erfahrung«, widersprach er sich selbst, aber die Melodie kreiste weiter in seinem Kopf. »Now and then there's a fool such as I.« Elvis, der alte Bazi, sollte endlich die Babbn halten. Die Klappe, wie ein Preiß sagen würde. Vitus sagte: »Ruhe im Hirnkammerl!« Er wollte die Sache mit dem Herzen angehen. Ein Narr, wer Böses dabei denkt. Vitus aber, der hatte nur Gutes im Sinn. Seine göttliche Diana.

Da sah er eine Frau auf sich zukommen, in einem bunten Sommerkleid, wie es Rosina in ihrer Jugend getragen hatte. Der beschwingte Gang erinnerte ihn an jemand. Logisch, die Erscheinung war Liesel Dirscherl, die sich herausgeputzt hatte. Brauchte er eine Brille?

»Sapperalot! Liesel! Ja, so habe ich dich ja noch nie gesehen«, sagte er ebenso verblüfft wie anerkennend.

»Gefall ich dir?«

»Ja freilich! Fesch bist, Liesel, richtig fesch!« Sein Kompliment zog wie ein Pinsel voll Rouge über ihre Wangen. Ob sie etwas essen wollte? Nicht nur das, sie wusste auch schon wo. Zum Biergarten des Mail Keller in der Schmettererstraße wollte sie. Die paar Schritte durch die Stadt würden Vitus ja nicht stören, gell? Er schüttelte den Kopf und hoffte, dass ihnen Diana auf ihrem Weg ins Sauguad nicht begegnen würde. Die letzte Begegnung der beiden Damen auf Hopfingers Geburtstagsfest hatte bei Vitus Unwohlsein ausgelöst, obwohl die beiden nichts vom jeweiligen Verhältnis der anderen zu ihm wussten. Vorsichtshalber lenkte er Liesel im weiten Bogen um den Max-Josefs-Platz. So fesch wie sie heute war, durfte sie ruhig eine Extrarunde drehen, erklärte er Liesel den Umweg.

»Seit wann bist du denn so ein Schmarrnbene?«, parierte sie, aber ihr Tonfall verriet, wie sehr es ihr gefiel. Besser, er kam gleich zur Sache, bevor sich seine ehemalige Assistentin noch etwas einbildete. Fakten wirkten immer ernüchternd. »Hast was für mich rausgefunden, Liesel?«

»Daran hast ja wohl nicht ernsthaft gezweifelt, oder?« Nein, natürlich nicht. Er wusste, wie zuverlässig und gewissenhaft sie war. Nur ihr Bedürfnis, nach Komplimenten zu fischen, war neu für ihn, aber das behielt er für sich.

»Also?«, hakte er nach, aber seine Informantin hatte es nicht eilig. Sie deutete lediglich eine »wichtige Querverbindung« an und meinte, sie sollten es langsam angehen lassen und sich ein »lauschiges Plätzchen« suchen. Jetzt waren sie im Biergarten angekommen, und Liesel hatte klare Prioritäten: einen Schattenplatz unter den großen alten Kastanienbäumen, ein alkoholfreies Weißbier und einen Wurstsalat. Erst als die Bedienung alle Wünsche notiert hatte und Liesel Messer, Gabeln und zwei Servietten aus dem Bierkrug in der Tischmitte gezogen und verteilt hatte, war sie bereit zu sprechen.

Was, geh, hör auf, Vitus hatte wirklich nichts von dem tragischen Unfall mit dem Kind gehört? Nein, das konnte sie nicht glauben. Die regionalen Medien waren damals voll davon. Er war Stadtgespräch in ganz Rosenheim, nur wenige Wochen nach Vitus' vorzeitiger Pensionierung. Das konnte doch an einem Menschen, der so in diesem Ort verankert war wie Vitus, nicht vorbeigehen.

Aber ja, jetzt fiel es Liesel wieder ein, zeitgleich mit Vitus. Er war damals einfach abgehauen, dem Komiker Hape Kerkeling hinterher auf den Jakobsweg. Nach dessen Motto: Ich bin dann mal weg. Vitus war mit einem kleinen leichten Rucksack gereist, die schweren Gewichte schleppte er ohnehin in seinem Inneren. Auf der Wanderung wollte er seine Gedanken ordnen, Schuldgefühle abladen und der Zukunft entgegengehen, sollte es überhaupt noch eine für ihn geben. Er zweifelte zu diesem Zeitpunkt sehr daran. Seine Tochter Johanna war in Amerika. Er fühlte sich alt, einsam und ausgelebt. So sehr, dass er sich am Anfang der Reise von seiner Elvis-Frisur trennte, die er bisher als Symbol seiner Jugend durch die Jahrzehnte getragen hatte – oder sie ihn. Am Ziel seiner Reise würde das Alter auf ihn warten. Von wegen Zukunft. Dachte er. Aber schon in den ersten Tagen kam nicht nur sein Körper in Bewegung. Schritt für Schritt lief er seiner depressiven Stimmung davon, drückte die Angst vor dem Pensionistendasein wie die Wasserblasen an seinen Füßen aus. Am Ziel der Wanderung, in Santiago de Compostela, beschloss er, Elvis wieder auf dem Kopf zu tragen und die Welt mit neuen Augen zu sehen. Buchstäblich. Daheim kaufte er sich eine Kamera. Damit war immerhin etwas Greifbares von seinem guten Vorsatz übriggeblieben und zusätzlich eine neue Beschäftigung. Er stürzte sich in die Tier- und Landschaftsfotografie, weil sie ihm am weitesten entfernt schien von den Motiven, die ihn bislang beschäftigt hatten: Tatortfotos. Er verbiss sich in die Anleitung seiner Kamera und in seine Fotosoftware wie früher in seine Fälle. Dann traf er Diana, was gewissermaßen, man konnte es nicht treffender ausdrücken, ein Schweineglück war. Seitdem hatte er die Kamera nicht mehr angerührt. Hatte ihn seine Pilgerreise zu Diana geführt? Er dachte an sein stilles Gebet in der Kathedrale von Santiago de Compostela.

»Und du, Liesel, du hast mich auf diesen guten Weg geschubst, als du mir zum Abschied Hapes Pilgerbuch geschenkt hast. Dafür bin ich dir sehr dankbar.«

»Ich weiß halt, was gut für dich ist, Chef.« Sie zögerte. »Vitus.« Sie zögerte wieder. »Und ich wüsst auch noch mehr.«

Er lächelte, was hätte er sonst tun sollen, und sagte: »Liesel, du hast immer schon am meisten gewusst. Eine bessere Assistentin hätte ich mir nicht wünschen können.« »Früher hast mich manchmal deine bessere Hälfte genannt«, erinnerte sie ihn. »Das warst du auch, Liesel, das bist du immer noch. Dich kann keine ersetzen.« Liesel strahlte bei seinen Worten, und Vitus wusste, er hatte das Falsche gesagt. »Ich hab mit niemand so gerne gearbeitet wie mit dir.« War das deutlich genug? Liesel strahlte immer noch! »Ja, Vitus, wir hatten ein wunderbares Arbeitsverhältnis.« Bildete sie sich nach Hopfingers Party wieder etwas ein? Er dachte, dieses Thema wäre längst erledigt. Seit Jahren, um genau zu sein.

»Und jetzt zu den wichtigen Tagespunkten«, er lachte unsicher, während Liesel das Lachen verging. »Mei, Liesel, du weißt doch, wie wichtig mir die Arbeit ist. Immer noch!« Er wollte jetzt endlich von der »wichtigen Querverbindung« hören und erfahren, was dieser tragische Unfall mit dem Mordfall Tiger zu tun hatte.

»Du meldest dich nur bei mir, wenn du etwas brauchst.«

»Darauf kommt es doch an, füreinander da zu sein, das hat unser Arbeitsverhältnis doch so besonders gemacht.«

»Jetzt sag nicht immer Arbeitsverhältnis.«

»Du hast es doch selbst so genannt, Liesel.«

»Auf jeden Fall sehen wir uns viel zu selten, Chef. Das ist ewig schade, wo wir doch so ein Dreamteam sind.«

Dreamteam? Diana und er waren das Dreamteam. Wahrscheinlich stieg Liesel die Sommerhitze zu Kopf. Gerade weil sie sich dem Herbst ihres Lebens näherte. Sie war eine reife Frucht, bereit, ihm wieder in den Schoß zu fallen, aber es gab jetzt Diana in seinem Leben. Während er sich darüber Gedanken machte, kaute Liesel schweigend ihren Wurstsalat mit rohen Zwiebeln. An den Geruch, den sie damit in ihrer Mundhöhle pflanzte, wollte er gar nicht denken. Zum Glück war sie zu nüchtern, um ihn wieder mit Küssen zu bedrängen wie nach Hopfingers Fest. »Liesel?« Erst als ihr Mund leer war, fing sie an zu erzählen. »Also gut.« Sie tupfte ihre bemalten Lippen mit der Serviette ab.

»Es war Anfang September zur Herbstfestzeit, irgendwann am späten Nachmittag. Ein Bub war nach dem Fußballtraining auf dem Weg nach Hause. Zu Fuß, und er lief genau dort, wo er hingehörte: auf dem Fußweg. Und dann…« Liesel stockte, die Geschichte, die sie bisher so ruhig und geordnet erzählt hatte, ging ihr nahe. Sie seufzte. »Es ist furchtbar, dass der liebe Gott so etwas zulässt.« Wieder machte sie eine Pause, schluckte und kam zum tragischen Ende. »Ein sturzbetrunkener Kerl ist auf den Gehsteig gerast, genau auf den Jungen zu. Vermutlich hat er die Kontrolle über seinen Wagen verloren. Beide sind noch an der Unfallstelle gestorben, das Kind und der Fahrer. Er hat erst das Kind getroffen und dann eine Hauswand. Furchtbar. Die arme Mutter.«

»Für den Vater ist so etwas auch furchtbar«, sagte Vitus. Nur weil Männer ihre Trauer anders ausdrücken als Frauen, waren sie noch lange nicht gefühllos. Seine Rosina war demselben Irrtum aufgesessen.

»Und was hat der Unfall mit unserem Fall zu tun?«

»Das sollst du herausfinden, Vitus. Das Kind hieß Maier Simon.«

»Maier Simon?«, vergewisserte sich Vitus. Liesel nickte.

Er dachte an Diana, an Beppo und an Rosina. Den dicken Kloß, der sich in seinem Hals formte, spülte er notdürftig mit alkoholfreiem Weißbier in die Tiefe zurück. Derweil schaute Liesel über die Köpfe der anderen Biergartenbesucher hinweg in die Ferne. Ihr Blick schien einer alten Sehnsucht auf den Fersen zu sein. »Ich hätte auch gerne Kinder gehabt.« Aber man konnte die Uhr nicht zurückdrehen. Entschlossen rückte sie ihren Rücken gerade, sah Vitus in die Augen und war wieder ganz die Alte. Die Liesel, wie er sie kannte, und als solche kündigte sie an: »Ich hab noch etwas für dich.« Er ahnte, was sie sagen würde – und er sollte leider recht behalten.

»Er war das Kind der Reifenstecherin. Weißt schon, die Bedienung auf Hopfingers Party.« Das hatte Liesel heute herausgefunden, obwohl Maier ja nun wirklich ein Allerweltsname war und so häufig vorkam wie Pickel an Pubertierenden. Vitus gab sich Mühe, überrascht zu wirken.

»Dann weißt du sicher auch, ob der Tiger irgendetwas mit dem Unfall zu tun hatte«, sagte er und hoffte auf eine entlastende Antwort. Wenn der Tiger mit dem Tod von Dianas Kind zu tun hatte, war das ein Motiv, vor dem nicht einmal Vitus die Augen verschließen konnte. So blind machte keine Liebe.

»Der Tiger hatte nichts mit dem Unfall zu tun. Das hat sogar der Hopfinger schon überprüft. Das Kind war alleine unterwegs, und der Unfallfahrer ist, wie gesagt, tot.«

Kein Motiv, dachte Vitus erleichtert. Kein Motiv. Seine Diana hatte kein Motiv.

»Magst noch eine Nachspeise, Liesel?«

»Freilich, weil, was am Bauch aufträgt, schmeichelt dem Gesicht. Besser Fett als Falten, sag ich immer.«

»Mei, Liesel, du bist doch noch blendend in Form.« Vitus, ahnte, dass diese Antwort von ihm erwartet wurde. Als könnte sie die Vorgänge hinter seiner gefurchten Stirn erraten, sagte Liesel: »Vitus, ich merk schon, dass du diese Frau magst, und ein hartes Schicksal hat sie auch, aber mir ist sie nicht geheuer. Nur damit du es weißt.« Und dass er von diesem Unfall nichts wusste, fand Liesel schon sehr seltsam. Jakobsweg hin oder her. Spätestens, als er mit der Diana Maier »anbandelte«, hätte er es herausfinden müssen. »Ja, sag einmal, Vitus, hast du die Frau denn nicht gegoogelt?« Liesel war entsetzt. »Das ist doch heute Standard, wenn man sich kennenlernt.« Wirklich? Unmöglich fand er das. Googelte Liesel ihre Bekanntschaften? »Das hab ich nicht nötig. Ich kenn dich doch.«

Das Sommerlicht fiel durch die alten Kastanienbäume und warf ein Muster aus Hell und Dunkel auf Liesel Dirscherls Gesicht, das jetzt nach oben zu den Baumkronen blickte. Sie wich seinem Blick aus, und Vitus war dankbar dafür. Wo hätte er denn hinsehen sollen, nach diesem Wink mit dem Zaunpfahl? So gab sie ihm wieder einmal die Gelegenheit, sich wegzuducken. Sie kannte ihn wirklich. »Ach Liesel!«

Jo saß zwischen Rocco und Larissa am Konferenztisch. Die Jalousien waren zur Hälfte heruntergelassen, weil das Gewitter von gestern Nacht nur ein kurzes Zwischenspiel im heißesten Sommer seit Jahren gewesen war. Heute brannte die Sonne wieder auf Rosenheim, und Anzenberger wirkte in seinem Chefsessel extrem erhitzt. Auf seiner Stirn schimmerte Schweiß, und unter seinen Achseln zeichneten sich feuchte Flecken ab. »In dem kocht es«, flüsterte ihr Larissa zu, und die musste es ja wissen.

»Worum geht's?«, fragte Jo.

»Um die Konkurrenz.« Sie schüttelte ihre Hand, als hätte sie aus Versehen in eine Flamme gefasst.

Da donnerte auch schon Anzenbergers Faust auf den Tisch. »Ruhe! Wir haben jetzt keine Zeit für Frauengeplauder.« Larissa rollte genervt mit den Augen. Heute war darin keine Spur von Bewunderung für den durchsetzungsstarken Macker am anderen Ende des Tisches zu sehen. Erstaunt stellte Jo fest, dass Larissa unter dem Tisch einen Stinkefinger Richtung Anzenberger streckte. Das machte sonst nur sie selbst und vielleicht noch Rocco. Aber Larissa? Das gefiel Jo. Sie formte im Verborgenen dieselbe Geste. Es fühlte sich fast so gut an wie freie Meinungsäußerung, doch der Herr Chefredakteur war heute anscheinend feinfühlig, was freistehende Meinungen im Raum anbelangte. Er polterte los.

»Wer von den Herrschaften kennt eine Rosi Heim, einen Max Josef oder einen Idioten, der sich Hundling nennt?« Diese Bagage würde sich nämlich unter der Adresse Innsider-info.de wichtig machen. »Größenwahnsinnige Schreiberlinge«, die sich gerne zur Konkurrenz von *Rosenheim News* erheben wollten. »Unsportliche Trittbrettfahrer«, ganz klar. »Und lustig machen die sich auch noch, zum Beispiel über den Kollegen Hering und seinen Untergang im Kneippbecken.« Also, wer wusste etwas über die Innsider? Jo und Rocco sahen sich an und schüttelten zeitgleich den Kopf. »Noch nie davon gehört, Chef«, sagte der Praktikant und versprach dienstbeflissen, sich sofort zu informieren. Er holte sein Tablet an den Tisch und tippte konzentriert. Dann schüttelte er den Kopf. Er konnte angeblich – die ihm nur allzu bekannte Webadresse – nicht finden. »Wie hießen die doch gleich, Chef?« »*Innsider Info*, verdammt!« Aber da hatte Rocco die Arbeit der letzten Tage schon längst auf seinem kleinen Bildschirm und betrachtete zufrieden das Ergebnis. Anzenberger bellte weiter.

»Für wie blöd hältst du mich eigentlich, Coleman?« Er spießte Jo mit wütenden Blicken auf. »Du und dein Vater, ihr wart ja wohl die Einzigen, die Hering bei seinem Ausrutscher beobachtet haben. Gib es zu, du steckst hinter der Sache. Dein Vater steht auf *Innsider Info* wie ein Held da.«

»Erstens hat er dem Kollegen Hering das Leben gerettet, und zweitens kam zufällig ein Kollege vom *Rosenheimer Volksblatt* vorbei, ein gewisser Herr Putzer.« Nichts davon war gelogen, dachte Jo zufrieden. Sie hatte sich als ehrliche Haut aus der Affäre gezogen, aber für Anzenberger war das Thema noch lange nicht erledigt. »Der Putzer von den Papiertigern des *Rosenheimer Volksblatts*?«, fragte er nach. Jo nickte. Na, dem Putzer war alles zuzutrauen, urteilte Anzenberger. Wahrscheinlich steckte der Kerl auch hinter den Innsidern. Dem würde er es zeigen, wer den »längeren, ähhh, Arm hatte«. Online war *Rosenheim News* eindeutig die größere Nummer. Er prophezeite dem vermeintlichen Konkurrenten Putzer »mächtig Ärger«. »Dieser Bierdimpfel,

Nach der Konferenz standen Rocco und Jo mit Larissa an der Küchenzeile. Auf der einzigen funktionierenden Herdplatte blubberte und dampfte der Espressokocher. Der italienische Praktikant stellte drei kleine Tassen bereit. »Du würdest auch in einer Espressobar eine gute Figur machen«, meinte Larissa, »aber *Innsider Info* macht wahrscheinlich mehr Spaß. Oder?«

»Wie bitte?« Rocco stellte sich doof, aber Larissa ließ sich davon nicht beeindrucken.

»Also, wenn ihr noch eine Mitarbeiterin braucht, dann meldet euch bei mir. Ich hab Kapazitäten frei und gute Ideen.« Anzenbergers Assistentin bewarb sich um einen Job.

»Ich weiß gar nicht, wovon du sprichst.« Nun stellte sich auch Jo doof.

»Versuch es erst gar nicht. Ich hab deinen Stil sofort erkannt – Rosi Heim. Coole Website übrigens.« Das Kompliment zog die Lippen von Rocco in die Breite, bis sein Grinsen nicht weiter dehnbar war. Er hätte auch gleich »ich hab's programmiert« rufen können.

»Hast einen guten Themenvorschlag?«, fragte Jo und gab ihr Laientheater auf.

Ja, meinte Larissa, sie würde gerne eine Geschichte über den Rosenheimer Clown Rigol machen, bevor ihn der Zirkus Krone irgendwann nach München holte. Das Können dazu hatte er. Jo war sofort einverstanden. Sie liebte das nostalgisch-poetische Clownstheater, das Rigol in der Region für Kinder und Erwachsene aufführte, meist gemeinsam mit seinem Bühnenpartner Torf. Es war noch gar nicht so lange her, da hatte sie die beiden dabei beobachtet, wie sie auf dem Platz vor der Stadtbücherei neue Szenen ausprobierten. »Na dann, willkommen im Team, Larissa, du darfst dich nur nicht vom Anzenberger erwischen lassen.«

»Der heiratet dich sonst nie«, scherzte Rocco. Aber beim Thema Ehe hörte für Larissa der Spaß auf. Heiraten werde sie nur aus Liebe, und davon konnte bei Sepp keine Rede sein, behauptete sie.

»Seid ihr denn zusammen?«, fragte Rocco..

»Zusammen? Du meinst, ob ich mit ihm ins Bett gehe? Das überlasse ich deiner Fantasie. Tatsache ist, unsere Interessen passen gut zueinander, und im Grunde ist er kein schlechter Kerl. Immerhin hat er *Rosenheim News* zum Laufen gebracht. Das müsst ihr ihm erst einmal nachmachen. Oder wir gemeinsam, wenn ihr einverstanden seid.«

»Ist das jetzt ein fieser Trick?«, wurde Jo misstrauisch. Sollte Larissa für Anzenberger herausfinden, ob Jo ein Kopf hinter *Innsider Info* war? Hielt er sie für eine Zuarbeiterin von Putzer?

»Sag mal, was hältst du denn von mir?«, empörte sich die Frau mit dem perfekten Lidstrich und dem knallroten Lippenstift.

»Was soll ich von jemand halten, die mit einem Kerl ins Bett geht, nur um im Vorzimmer sitzen zu dürfen?« Das ist ja wohl an der Grenze zur Prostitution, vielleicht schon einen Schritt weiter. Gell?

»Pah!«, schnaubte Larissa. »Bei Sex mit Hirn kommt oft mehr raus als bei Sex mit Herz. Ich spreche aus Erfahrung – und außerdem ist es meine Sache, mit wem ich ins Bett gehe und warum. Der Sepp und ich, das ist doch ein Hirngespinst!«

»Wo sie recht hat, hat sie recht«, mischte sich Rocco ein. »Sex ist Privatsache.«

»Oder eine berufliche Entscheidung«, bemerkte Jo abfällig, obwohl sie insgeheim zugeben musste, dass sich ihre eigene Vorgehensweise auch nicht bewährt hatte. Sie hatte sich ihre Bettgesellen bislang mit ihrem Herz und weniger mit dem Hirn ausgesucht. Weit gekommen war sie damit nicht. Nur bis zum Scheidungsrichter. Ihr Exmann dagegen drehte bald seinen eigenen Film, was er der Affäre mit der Produzententochter verdankte. Nur sie selbst war zu prüde, um Karriere zu machen. Sie vergnügte sich stattdessen mit Alois. War er ein weiterer Beweis für ihre Unzurechnungsfähigkeit?

Versöhnlich meinte sie: »Sorry, Larissa.« Aber die stürmte an ihr vorbei zum Schreibtisch. Das Telefon klingelte Sturm, und Anzenberger brüllte durch seine geschlossene Bürotür. »Ja geht jetzt endlich einer an das verdammte Telefon! Larissa, beweg deinen feinen Hintern an seinen Platz.«

»Heiraten würd ich den auch nicht«, sagte Rocco, doch schon im nächsten Augenblick fand er es spannender zu lauschen.

»Eine Demonstration? Schilder, auf denen Mörder steht?«, fragte Larissa in den Hörer. »Langsam, langsam, ich muss mir Name und Adresse notieren … Natürlich machen wir ein Interview mit Ihnen, aber dann rufen Sie die Polizei erst danach … Es werden immer mehr? Gut. Ich schick gleich jemanden.« Sie sah Jo und Rocco an, und Sensationslust blitzte aus sechs Augenpaaren, auch wenn sie es nie so genannt hätten. Larissa hob beide Daumen und kündigte eine super Geschichte für *Innsider Info* an: »Vor dem Haus von Alois Steimer – Tigers Nachfolger, ihr wisst schon – stehen Menschen und rufen Mörder. Schilder haben sie auch dabei. Klingt nach Action!« Sie reichte Jo den Zettel mit Alois' Adresse. Jo nahm ihn mit leicht zitternder Hand und sagte: »Ich bin dann mal weg.« Und weg war sie.

Jo stürzte sich mit ihrem Fahrrad in den Verkehr stadtauswärts. Alois Steimer lebte mit Frau und Kind in einer beschaulichen Siedlung nahe der Rosenheimer Hochschule, dort, wo Vorgärten liebevoll gepflegt und Autos leidenschaftlich poliert wurden. Der perfekte Ort für Ordnungsliebhaber. Mit Schwung bog Jo in Alois' Straße ein und sah sofort, wo ihr Liebhaber wohnte. Schließlich gab es nur ein Haus, vor dessen Tür eine kleine Gruppe Menschen skandierte: »Feiger Mörder, komm raus! Feiger Mörder, komm raus!« Aber Steimer war nirgends zu sehen. War er nicht zu Hause, oder hatte er Grund sich zu verstecken?

Sie sprach eine Frau am Rande der Demonstranten an, die sofort loswetterte: »Der Steimer hat kein Herz. Einer Frau so brutal das Liebste zu nehmen. So einen wollen wir nicht in unserer Nachbarschaft.« Die Frau zog ein zerknülltes Papiertaschentuch aus dem Gummizug ihrer karierten Boxershorts.

»Der Tiger?«, fragte Jo, ohne lange zu überlegen.

»Ja, aber wir haben ihn Bubi genannt.«

Da wurde Jo von einem Mann in gebügeltem Poloshirt bemerkt. »Grüß Sie! Sind Sie die Dame von *Rosenheim News*?«

Jo bejahte.

»Ich hab Sie gerufen, um dem mörderischen Grobian das Handwerk zu legen.« Ob sie ihre Kamera dabeihätte? Er wäre bereit für eine offizielle Aussage. Erwartungsvoll sah er sie an und erinnerte Jo dabei an ihren alten, verhassten Mathelehrer, der sich vor der Klasse immer am Sack kratzte. Widerlich. Der Mann stellte sich als »Heinz Neumann« vor, pensionierter Studienrat – und griff sich an die Hose. Er war es. »Sie kommen mir so bekannt vor, waren Sie eine meiner Schülerinnen?« Jo schüttelte den Kopf. Sie hatte nur wenig bei ihm gelernt, wieso sollte sie sich als seine Schülerin zu erkennen geben? Genau. »So viele Gesichter, da kann man sich nicht jedes einzelne merken«, rechtfertigte er sich, bevor er sie mahnte, zum Thema zu kommen. Es ginge schließlich um Mord. Er holte Luft, um sein gebügeltes Poloshirt zu füllen, stand aufrecht da und meinte: »Film ab!« Jo nahm seine selbstgefällige Selbstdarstellung auf und die fünf Demonstranten. Diese Leute konzentrierten sich inzwischen nicht mehr auf Alois' Haus, sondern auf Jos Kamera. »Mörder! Mörder!«, ereiferten sie sich in Richtung Objektiv. Jo fühlte sich wieder einmal wie in einem schlechten Film. Studienrat Neumann forderte: »Ruhe!« Die Erwachsenen gehorchten.

»Was geht hier vor?«, fragte Jo. Wortführer Neumann zeigte auf eine Frau mit verschwollenen Augen und gerötetem Gesicht. »Alois Steimer hat ihren Bubi getötet.« Tigers Mutter? Jo versuchte ihr Alter zu schätzen und rechnete. Sie müsste Tiger als Teenager bekommen haben, aber vielleicht sah sie jünger aus, als sie war, trotz offensichtlicher Trauer.

»Alois hat ihn kaltblütig umgelegt. Einfach draufgehalten und erschossen«, schluchzte die Frau, die sich als Bärbel vorstellte. Ihre Haare waren ein einziges Durcheinander, und ihr Sommerkleid sah aus, als würde es seit Tagen als Nachthemd genutzt. »Dabei haben hier fast alle ihre Versicherungen bei ihm abgeschlossen, obwohl es die im Internet billiger gibt.« Ihre Nachbarn nickten.

»Vielleicht war es aber auch sie. Die Uschi«, unterbrach Neumann. »Im Dunklen war das nicht so genau zu erkennen, und ich stand ja hinter meinen Gardinen. Und die Uschi sieht ja von hinten auch aus wie ein Kerl.« Sein Zeigefinger deutete auf den Garten mit dem Fußballtor. »Genau dort ist der Tatort.« Wollte ihr dieser Mann sagen, Tiger wurde in Steimers Garten erschossen und als Leiche in den Wildpark transportiert? Möglich war alles. Oder?

»Von vorne, bitte«, bat Jo und lehnte sich an den Gartenzaun. Es kostete sie Mühe, die Kamera so gerade zu halten wie Herr Neumann seinen Oberkörper. Dann erzählte der Studienrat – hatte er sich gerade schon wieder ...? –, als wäre er für die Kamera geboren, langsam, deutlich und der Reihe nach. Ja, es juckte.

»Der Bubi kam ja am Abend oft vorbeigetigert bei den Steimers, obwohl sein Verhältnis zu der Dame des Hauses nicht das beste war. Die ganze Nachbarschaft hat gehört, wie sie ihn im Garten einen ›Scheißkerl‹ geschimpft hat. Doch der Bubi hat sich davon nicht einschüchtern lassen. Er kannte ja durch die Bärbel nur das Gute im Menschen.« Er deutete auf die Frau im Multifunktionskleid. »Sie hat ihn aufgezogen und von klein auf Bubi genannt, den kleinen Tiger.« Jo erinnerte sich an einen ehemaligen Mitschüler, dessen Mutter ihn so konsequent »Bubi« genannt hatte, dass er selbst glaubte, die bayrische Version von »Bübchen« sei sein Vorname. Er nannte sich noch heute so. Wer auch immer Bärbels Bubi in Tiger umbenannt hatte, hatte ihm vermutlich den größten Gefallen seines Lebens getan. Lieber Tiger als lebenslang Bubi – oder Studienrat mit Juckreiz.

»Die Uschi hat ihn doch noch nie mögen, diese Matz!«, mischte sich Bärbel ein. »Sie hat immer gedroht: ›Irgendwann knall ich ihn ab.‹ Ich dachte, sie sagt das nur so dahin in ihrer Wut. Ich mein, wer tut denn so etwas wirklich? Das kann doch kein Mensch dem anderen antun. Der Tiger war der geborene Herzensbrecher. Alle flogen auf ihn.«

»Wenn ich Sie richtig verstehe, behaupten Sie, Alois oder Uschi Steimer hat den Tiger umgebracht?«, fragte Jo, die spürte, wie ihr Kopf so weich wurde wie ihre Knie.

»Bubi heißt er. Bubi!«, erinnerte Bärbel.

Plötzlich brüllte Neumann: »Da kommt der Mistkerl, der Mörder, da kommt er!« In der Tat bog Alois' BMW in die Straße ein, als wäre es der Nürburgring. Mit quietschenden Reifen.

Alois sah sie sofort, die Idioten: Bärbel, das ungepflegte Ratschweib, Neumann, den Wichtigtuer, die zwei Betschwestern vom Haus nebenan. Selbst der fette Arnold war dabei, der die Häufchen seines Dackels nur dann in Tüten packte, wenn er sich beobachtet fühlte, und ansonsten daran vorbeispazierte, als wäre der stinkende Haufen auf dem Gehweg Luft für ihn. Sie alle standen vor Alois Steimers Haus und blockierten die Einfahrt. In einem Traum würde er jetzt Gas geben, aber die Wirklichkeit zwang ihn anzuhalten und auszusteigen. Er ließ die Reifen ordentlich quietschen, wenigstens das. Die Betschwestern hielten mit schauerlich ernsthaften Mienen Schilder in der Hand, als würden sie Kreuze beim Fronleichnamszug tragen. »Mörder!«, entzifferte Alois. Meinten die ihn? Oder hatte Uschi wieder Nacktschnecken mit der Schere geteilt? Uschi, Scheiße! Hatte sie jemand mit der Waffe gesehen? Und mit dem Scheißkerl? Hatte jemand ihre kaltblütige, aber doch zugleich begrüßenswerte Tat beobachtet? Oder ihn mit der Alditüte? Er hatte es ja gewusst, in dieser Nachbarschaft gab es keine Privatsphäre. Alles war öffentlich. Er würde sich diesem Pack stellen müssen, um zu retten, was zu retten war. Er schwang sich aus dem Wagen.

Erst jetzt bemerkte er Jo, die blass an seinem Zaun lehnte und ihre Kamera in der Hand hielt. Fragend schaute sie ihn an. Er ignorierte die Idiotenschar und ging direkt zu ihr. »Jo, was soll dieser Zirkus hier?« Aber es war nicht seine Prinzessin, die antwortete, sondern Neumann, der Oberlehrer: »Das traust du dich noch zu fragen? Du hast den Bubi auf dem Gewissen. Herr Nachbar! Und dafür wirst du bezahlen, das verspreche ich dir.«

»Um was genau geht es?« Alois baute sich breitbeinig vor Neumann auf und bemühte sich ruhig zu bleiben.

»Um Mord!«

»Ich weiß immer noch nicht, wovon du sprichst, Neumann.«

»Versuch nicht, dich rauszureden, Steimer. Ich hab alles gesehen.«

»Der Bubi, ausgerechnet mein Bubi, wo mir doch sonst nichts vom Leben geblieben ist«, heulte Bärbel dazwischen und begann mit ihren Fäusten auf Alois' Brust zu hämmern. Viel Kraft war nicht dahinter, aber es war unangenehm.

»Hör auf damit, Bärbel. Dein Liebling hat regelmäßig in unseren Garten geschissen«, stellte Alois klar und hielt ihre Fäuste fest. Angriff war noch immer die beste Verteidigung. Nicht nur im Fußball, auch in der Nachbarschaft. »Aber mit seinem Verschwinden hab ich nichts zu tun.«

»Red dich nicht raus, Steimer! Ich hab dich mit dem Gewehr in eurem Garten genau gesehen. Hast du überhaupt einen Waffenschein?« Neumann konnte einfach nicht sein blödes Maul halten. Alois hatte Lust, es ihm zu polieren. Bislang war er ruhig geblieben, aber genug war genug. Er ging einen Schritt auf Neumann zu.

»Das einzige Gewehr in unserem Haus ist eine Wasser-Pumpgun, und die gehört meinen Sohn. Ein Spielzeug!« Er schaute Bärbel, deren Fäuste er noch immer in seinen Händen hielt, treuherzig an. »Bärbel, ich kann keiner Fliege was zuleide tun, das weißt du doch.«

»Aber vielleicht die Uschi?«, meinte Bärbel. »Die ist doch die Härtere von euch beiden? Die füttert ja nicht einmal die Vogerl im Winter.«

»Für meine Gattin kann ich nicht garantieren. Man steckt ja nicht drin.«

Die Betschwestern hielten ihre Schilder hoch und skandierten: »Mörderin! Mörderin!«

»Ach, ruft doch die Polizei«, sagte Alois.

»Hab ich schon längst«, schluchzte Bärbel, die jeden verdammten Baum der Nachbarschaft mit Vermisstenanzeigen tapeziert hatte. »Aber die Polizei will sich nicht um vermisste Kater kümmern. Nur um Tiger, haben's zu mir auf der Dienststelle gesagt. Das kann doch keiner verstehen. Verstehst du das, Alois?« Arme Frau. Er überwand seine körperliche Abneigung und schloss sie in die Arme. »Kein Tiger kann deinem Bubi das Wasser reichen.«

Als sich Bärbel ein wenig beruhigt hatte, meinte sie, an Neumann gewandt: »Ich hab dir doch gleich gesagt, das muss seine Alte gewesen sein. Die Uschi.«

Alois nickte fast unmerklich.

»ABER ICH HAB ALLES GESEHEN!« Neumann wieder. Der Idiot. Alois ballte die Faust. »Lass uns abhauen«, flüsterte Jo.

Vitus saß auf einer schattigen Bank im Salingarten, um sein Essen und das Treffen mit Liesel zu verdauen. Er mochte den kleinen Flecken Park, an dem früher die Saline gestanden hatte. Anfang des 19. Jahrhunderts kam aus Rosenheim mehr Salz als aus Reichenhall und Traunstein. Doch das alte Sudhaus wurde in den 50er Jahren abgerissen. An seinem Platz stand heute die Stadthalle, die sich als Kultur- und Kongresszentrum verdient machte. Vitus war froh, den Betonklotz im Rücken zu haben. Was er vor sich hatte, gefiel ihm besser: die Skulptur einer nackten Frau. Sie posierte vor ihm auf einem Betonsockel und ließ sich die Brüste aus Bronze vom Sommerwind streicheln. Der Rosenheimer Künstler Rolf Märkl hatte sie geformt und als Ausdruck von Lebensfreude beschrieben. Sofort musste Vitus an Diana denken. Er hatte Sehnsucht wie ein verliebter Teenager und endlich wieder das Gefühl, noch Leben vor sich zu haben. Dafür war er in der Kathedrale von Santiago de Compostela auf die Knie gegangen, und obwohl er nicht an Gott glauben konnte, fühlte er sich inzwischen erhört. Die Antwort war Diana. Auch Elvis hatte am Ende seines Lebens eine neue Liebe gefunden.

Vitus beschloss, einen Abstecher zum Feinschmeckerbistro zu machen, nur um die Frau seines Herzens hinter der Theke zu sehen und Hallo zu sagen. Die Zeit war immer jetzt.

Alois machte sich mit Jo aus dem Staub. Ihm war egal, was die Nachbarschaft von ihnen denken würde. Sollten sie sich doch das Maul zerreißen, das konnten sie ohnehin am besten. Sie ließen den Oberlehrer und die aufgebrachten Betschwestern, die geputzten Autos und zugestutzten Hecken hinter sich. Nachdem sie die Rosenheimer Stadtgrenze passiert hatten, fuhren sie auf der Landstraße über Stephanskirchen, Vogtareuth und Griesstätt Richtung Wasserburg. Am Autofenster rauschten Blumenwiesen, Felder und Bauernhöfe vorbei. Auf der Fahrt erzählte Alois Jo die wahre Geschichte von Bubis tragischem Ende.

Die Uschi konnte ja nicht ahnen, dass der Kater ein schwaches Herz hatte. Als sie mit Adrians gigantischer Wasser-Pumpgun auf Bubi zielte, wollte sie nur ihren Grund und Boden verteidigen, das gepflegte Grün vor der Terrasse mit dem Weber-Grill. Das Mistvieh aus der Nachbarschaft verwechselte Steimers Garten mit einem riesigen Katzenklo. Regelmäßig und ungeniert erleichterte sich Bubi auf ihrem Grundstück. Als Uschi den Kater wieder einmal dabei erwischte, wie er einen fetten Haufen in ihren Garten drückte, war sie vorbereitet und griff zur Waffe. Das Hochleistungswassergewehr ihres Sohnes erschien ihr als geeignetes Mittel, der Tank des »Super Soakers Artic« war randvoll gefüllt mit Wasser und Eiswürfel. Sie drückte ab. Wieder und wieder. Die gewaltige, eiskalte Wassermasse warf das Tier um. Uschi hielt drauf. Der Kater sollte endlich abhauen, aber er war nicht zu bewegen. Bubi blieb liegen. Zu Tode erschreckt. »Der ist guad weida«, meinte Alois am Ende seiner Erzählung. Was bedeutete, er fehlte niemandem, außer vielleicht der Bärbel. Und bei genauer Betrachtung war die Sache doch Notwehr. »Ich mein, Jo, das Tier hat uns mit Fäkalien angegriffen. Das sind gewissermaßen Biowaffen.«

Jo sah es anders. Ihr Urteil für Uschi Steimer lautete »Totschlag«. Einen armen getigerten Kater, der mit der natürlichsten Sache der Welt beschäftigt war, hinterrücks mit einer Wasserpistole zu attackieren – grausam! Mehr musste sie über Uschi nicht wissen. Diese Frau war unten durch. »Und was habt ihr mit der Leiche gemacht?« Das war schnell erzählt: Bubi hatte seine letzte Ruhe in einem Abfalleimer vor dem Eisstadion gefunden. Jo war entsetzt. »Du hättest die Leiche der Besitzerin bringen müssen, anstatt sie zu beseitigen. Die arme Frau hat doch ein Recht auf die Wahrheit.« Jo dachte an die verzweifelte Bärbel und hatte ehrliches Mitleid. Alois musste ihr versprechen, der Nachbarin eine Geschichte vom schnellen und überraschenden Tod zu erzählen. »Sag doch einfach, du dachtest, der Kater wäre auf eurer Wiese eingeschlafen, und du wolltest ihn wecken.« Sie überlegte weiter. »Oder der Bubi lag bewusstlos in eurem Garten, und du wolltest ihn wiederbeleben. Mit der Wasserpistole, weil Mund-zu-Mund-Beatmung geht ja bei Tieren schlecht, oder?« Vielleicht bei einem Hund. Pfui Deifi!

»Die Uschi war's!«, erinnerte sie Alois. Jo ging darüber hinweg. Die unglückliche Kater-Mama tat ihr leid, deshalb konzentrierte sie sich jetzt allein auf Schadensbegrenzung. Sie hatte auch schon eine Idee: »Am besten du besorgst noch eine Urne mit Katerasche.«

»Jetzt übertreibst aber.«

»Nur aus deiner Sicht.«

»Ja, wo soll ich denn so schnell ein totes Tier herbringen und verbrennen?« Jo zeigte auf den Straßenrand.

»Das ist nicht dein Ernst.« Nervös schlug Alois aufs Lenkrad.

»Doch, und dann bringst es zum Tierbestatter nach Rosenheim. Der kann dir sicher helfen.« Fleisch von gequälten Hühnern und Schweinen fressen, aber die Katze bestatten lassen. In welch einer Welt leben wir denn?, entrüstete sich Alois.

»Du, ich hab jetzt keine Lust, dir die Welt zu erklären.« Es reichte für den Moment, wenn er sich seiner Verantwortung einer einzigen Bewohnerin gegenüber stellen würde. Nein, das wäre jetzt nicht Uschis Aufgabe, er hatte schließlich den Kater entsorgt.

»Glaubst mir dann, dass ich ein gutes Herz habe?«, fragte er resigniert.

Jo nickte – und Alois stoppte wenige Kilometer später seinen Wagen. Er hatte gefunden, wonach sie gesucht hatten. »Roadkill«, sagte Jo.

Je näher Vitus dem Feinschmeckerbistro kam, umso schneller wurden seine Schritte. Ach, wie freute er sich auf Dianas Anblick. Unbewusst begann er, mit den Fingern zu schnippen, bis er den Takt erkannte, zu dem er bereits lief. Im nächsten Moment sang er den Text dazu. »Never know how much I love you. Never know how much I care. Fever!« Fast wäre er am Sauguad, dem Feinschmeckerbistro, vorbeigelaufen.

Mit Schwung stieß er die Tür zur ehemaligen Metzgerei auf und freute sich über die Kühle, die ihn zwischen dem Kachelboden und den gefliesten Wänden empfing. Seine Finger schnippten weiter, während er mit Tunnelblick die Theke fixierte, wo er Diana vermutete, doch heute stand ihr Chef hinter der ehemaligen Fleisch- und Wurstauslage, die er zum »Delikatessen-Schaufenster« umfunktioniert hatte. Damit das auch jeder sofort verstand, hatte er die Wörter mit farbigen Buchstaben auf die Scheibe geklebt.

»Der Kommissar! Grüß Gott!«, begrüßte ihn der Mann, auf dessen Namensschild »Willi Gschwendtner, Chef des Ganzen« stand. Dabei kannte ihn vermutlich sowieso halb Rosenheim, was weniger an seinem Geschäft als vielmehr an seinen jährlichen Auftritten beim traditionellen Faschingstreiben auf dem Marktplatz lag. Willi erschien dort jedes Jahr in Sadomaso-Kleidung, Gesicht und Körper unter schwarzem Lackleder versteckt. Eine perfekte Maskierung eigentlich, hätte Willi Gschwendtner nicht zuverlässig zwischen den Pegelständen »betrunken« und »abgeschossen« das Bedürfnis gehabt zu singen. Sobald sein bayrischer Tenor über den Marktplatz schallte und jedes einzelne »R« meterweit rollte, ahnten Musikfreunde, dass es sich dabei um dieselbe Stimme handelte, die im Kirchenchor sang und mit den »Drei Gwamperten« als Tenor auftrat. Ja mei, die einen trugen Lack, die anderen Leder, Hauptsache, das Leben rockte. So sah Vitus es. Nur eines konnte er nicht verstehen, dass Willi die Akustik seines Feinschmeckerladerls nur nutzte, wenn die anderen beiden Tenöre zum Üben kamen.

»Jetzt sag einmal, Willi, wieso gibst du eigentlich keine Standkonzerte hinter der Theke? Das wäre Erlebnisgastronomie, wie ich sie mir vorstelle.«

Willi lachte geschmeichelt. Die Freude über das Kompliment war so groß, dass seine Wampe auf und ab hüpfte.

»Geh, Kommissar, ich muss doch arbeiten, vor allem wenn mich mein Weiblein alleine lässt. So wie heute.«

»Dein Weiblein?« Hatte er eine Lackfetischistin gefunden?

»Na, die Diana.«

Vitus verschlug es für einen Moment die Sprache. Bevor er wieder Buchstaben in Reih und Glied in die Welt schicken konnte, kam Willi ihm zuvor. »Herr Kommissar, das war ein Scherz! Ich hab doch schon längst gemerkt, dass es zwischen dir und der Diana gschnackelt hat. Schamst di gar ned? Jetzt muss ich die einzige Frau, die länger als ein paar Monate bei mir geblieben ist, teilen.« Grinsend bekannte sich Vitus schuldig und erkundigte sich, wo Willi das begehrte Frauenzimmer versteckt hatte.

»Diana ist auf der Jagd. Kennst doch gewiss ihre Leidenschaft.« Er dachte eigentlich, ihre Leidenschaft galt ihm.

»Jetzt im Ernst«, forderte Vitus, der fand, sie hatten genug gescherzt. Willi schaute ihn überrascht an, bevor er erklärte – im Vertrauen, weil Vitus ja nicht mehr im Dienst wäre und jetzt doch gewissermaßen zur Familie gehörte, durch die Diana. »Na, unsere Diana kümmert sich um neue Ware. Das ist ihre Spezialität. Da macht ihr so leicht keiner was nach, der Jagdgöttin.« Er zwinkerte vertraulich, der gwamperte Willi.

»Ist sie in München auf dem Großmarkt? So spät noch?«

»Geh, Kommissar, jetzt spiel doch nicht den Ahnungslosen. Ja, wo wird sie denn schon sein? Im Wald halt!«

Vitus fühlte sich veräppelt, und seine gute Laune schlug ins Gegenteil um. Nicht genug, dass er Diana nicht angetroffen hatte, musste er sich auch noch von diesem Faschingsprinzen auslachen lassen. Willi spürte den Stimmungswechsel.

»Jetzt schau doch nicht so grantig, Kommissar. Ich hab nur gedacht, Liebende haben keine Geheimnisse voreinander, aber was weiß ich schon von der Liebe?«

»A Schmatzer bist!«, verabschiedete sich Vitus und rief gleich vor der Tür Diana auf dem Handy an.

Er musste es lange läuten lassen, bevor sie seinen Anruf endlich annahm. Wo sie sei, wollte er wissen. Nein, natürlich kontrolliere er sie nicht, auf gar keinen Fall. Er entschuldigte sich für den Ton. Ja, sie sei kein kleines Mädchen mehr. Das wusste er. Selbstverständlich. Aber er durfte sich doch um sie sorgen, gell? Kein Anlass. Kam ganz darauf an, welche Information man hatte. Er nämlich sei gerade im Sauguad gewesen, um sie zu überraschen, aber hinter der Theke war nur der dicke Willi zu finden, und der wollte witzig sein. Der sollte seinen Mund besser nur zum Singen aufmachen. Der Lackaffe. Nein, das war jetzt nicht bösartig, der Willi hatte ihn schließlich auf den Arm genommen. Bildlich betrachtet. Und du, Schatzi, freust dich wirklich so gar nicht, dass ich angerufen habe? Wirklich? Na, dann war ja alles gut. Und wo war sie nun eigentlich, seine Göttin? Ach, mit einer Freundin unterwegs. Also nicht auf der Jagd. Ja, der Willi war ein Witzbold. Ein Depp, ein depperter.

Alois tat es wirklich, dabei war Jo selbst nicht sicher, ob sie ihren Vorschlag ernst gemeint hatte: Er müsse eine Ersatzleiche für Bubi finden. Durch die Windschutzscheibe beobachtete sie, wie Alois eine überfahrene Katze vom Straßenrand auflas. Sie selbst hätte sich dabei vermutlich übergeben, doch Alois verrichtete sein Werk ohne erkennbare Emotionen. Kaltblütig packte er das Tier am Schwanz, dessen Gedärme aus einer Bauchwunde quollen. Blut und Innereien waren für ihn scheinbar kein Problem. Jo merkte, wie sich eine Frage anschlich: Hatte ein Mann, der einen blutigen Tierkadaver wie ein Kuscheltier anfassen konnte, nicht auch das Zeug dazu, einen Menschen zu zerstückeln, um ihn wohlportioniert an Wildschweine zu verfüttern?

Alois trug die überfahrene Katze an ihrem Fenster vorbei. Ihr Fell glänzte in der Sonne. Jo sah in die andere Richtung. Weg vom Tod.

Hinter ihr raschelte etwas. Alois hatte die Kofferraumklappe geöffnet und steckte die Katze in eine Discounter-Thermotüte, bevor er mit Wucht seinen Kofferraum verschloss. Im nächsten Moment übergab er sich am Straßenrand. Noch nie hatte Jo sich so gefreut, jemanden kotzen zu sehen. Alois war kein hartgesottener Typ, der zu allem in der Lage war. Blass ließ er sich hinter dem Lenkrad nieder und suchte im Handschuhfach nach einem Kaugummi.

»Geht's wieder?«, erkundigte sie sich.

»Weißt, Jo, eigentlich kann ich kein Blut sehen. Ich hab das nur für dich gemacht – und für meine Nachbarin natürlich.«

Heute Abend würde er zum Tierbestatter fahren, der 24 Stunden erreichbar war. Danach musste er Adrian auf das Match am Sonntag einstimmen: auf den Chiemgau-Cup. Aber der Rest des Nachmittags, der sollte ihnen beiden gehören. Inzwischen hatte er auch eine bessere Idee als Eisessen in Wasserburg. Er wollte seine Seele reinigen. Also gewissermaßen. Während er seinen Wagen anließ, versprach er Jo: »Ich zeig dir mein Geheimnis.«

Das Geheimnis lag im Naturschutzgebiet. Alois bog in einen kleinen Feldweg ein, rumpelte sein Coupé bis zum Waldrand und versteckte es dort hinter Büschen. Dann führte er Jo über einen kleinen Pfad, der zwischen Wurzeln, Blättern und Heidelbeerpflanzen kaum zu erkennen war. Er endete am Ufer des Langbürgner Sees. Die Bäume grenzten direkt ans Wasser, auf dem Lichtkristalle tanzten. Kein Mensch war zu sehen. »Die sind alle am anderen Ende des Sees«, sagte Alois und nahm ihre Hand. »Das ist mein Lieblingsplatz. Heute bin ich zum ersten Mal nicht alleine hier.« Er zog sich aus, bis ihn kein Stück Stoff mehr vom Sommer trennte. Dann half er Jo aus ihrem T-Shirt und dem Rest der überflüssigen Klamotten. Seine Blicke streichelten ihre nackte Haut so sanft wie die Brise, die über den See wehte. Seine Hände folgten den Augen, und danach machten sich seine Lippen auf den Weg. Jo fühlte sich wie in einem Softporno, obwohl sie noch nie einen gesehen hatte – oder sich nicht daran erinnern wollte. Alois zog sie ins Wasser, zu einem Baum, der sich so tief über den See beugte, dass sein Stamm die Oberfläche berührte. Jo spürte die raue Rinde an ihrem Rücken und das weiche Wasser, das bei jedem Stoß von Alois über ihre Brüste schwappte. Er bewegte sich langsam. In Zeitlupe. Bis er einen Hund bellen hörte.

Das Gekläffe kam näher und zog eine Gestalt hinter sich her, die Jo hier nicht vermutet hätte. Und schon gar nicht sehen wollte. Nicht jetzt. Wirklich nicht. Schon machte auch der Hauptdarsteller ihres Softpornos schlapp. »Fuck!«, zischte Alois. Aber damit war es nun ja leider vorbei. Am Ufer stand das Liebchen ihres Vaters, und in der Hand hielt es ein Jagdgewehr. Diana! Jo tauchte ab und brachte sich aus der Schusslinie.

Stell dir vor, Papa, wo ich die Diana heute gesehen habe.« Vitus zog die Stirn in Falten. Er hasste es, auf die Folter gespannt zu werden. »Sicher nicht im Feinschmeckerladen. Da war sie nämlich nicht.« Er erinnerte sich nur ungern an seine Begegnung mit Willi, dem Gwamperten.

»Neeeiiinnnn«, bestätigte seine Tochter. Die beiden hatten sich zu einem Abendspaziergang am Ufer der Mangfall getroffen, die vom Tegernsee abfloss und sich knapp 60 Kilometer weiter in Rosenheim dem Inn hingab. »Vielleicht haben wir Glück und sehen einen Eisvogel«, hoffte Vitus. »Schön wär's«, meinte Jo beiläufig. Für Naturerlebnisse hatte sie heute keinen Sinn mehr, dank Diana, der Störenfrieda.

»Willst jetzt wissen, wo ich die Diana getroffen habe, oder Vögel beobachten?«

»So ein Eisvogel stürzt sich wie ein blauer Blitz ins Wasser. Meisterfischer, diese Tiere. Die können bis zu einem Meter tief tauchen, obwohl sie selbst so klein sind.«

»Papa!«

»Ja, dann red halt endlich, Johanna, anstatt wie die Katze um den heißen Brei zu schleichen.« Also, an Katzen wollte sie heute genauso wenig denken wie an Vögel ohne »n«.

»Raus mit der Sprache!« Jetzt wurde auch Vitus ungeduldig.

»Im Wald am Langbürgner See, mitten im Naturschutzgebiet.« Das hörte Vitus gerne, war er doch selbst ein Naturliebhaber.

»Papa, du kennst den Rest der Geschichte nicht.«

Jo modifizierte sie ein wenig: »Die Diana hat mich nicht gesehen, weil ich gerade geschwommen bin.« Jo war reflexartig abgetaucht, als Diana ihre Hand vor die Augen hielt, um gegen das Licht auf das Wasser zu blicken. Nur Alois kam nicht so einfach davon. Er wurde von Dianas Begleiterin erst ans Ufer zitiert und dort zur Nacktschnecke gemacht, weil er sein Auto falsch geparkt hatte – im Revier der Försterin und Jägerin, die gerade vor ihm stand.

»Und Diana?«

»Die stand daneben und hielt den Hund.«

»Hatte sie ein Gewehr?«, fragte Vitus und dachte an Willi aus dem Sauguad.

»Weißt ja eh schon alles«, wunderte sich Jo.

»Schau, ein Eisvogel!« Tatsächlich. Er tauchte ins Wasser, so wie es jetzt Vitus auch gerne getan hätte. Ganz tief runter, immer seinem Gefühl nach. Zum Tiefpunkt.

Alois Steimer zog das Kuvert mit dem schwarzen Rand aus dem Briefkasten und riss es mit seinen Fingern auf. Sabrina lud ihn persönlich zur Trauerfeier von Tiger ein. Sie sollte am Samstag stattfinden, einen Tag vor dem Chiemgau-Cup. »Tiger würde sich über dein Kommen freuen«, hatte sie dazugeschrieben. Sie hatte eine schöne, klare Handschrift. Vor langer Zeit hatte sie damit einen Liebesbrief an Alois verfasst, verziert mit glitzernden rosa Herzen. Jetzt steckte er in der Mappe mit seinen alten Zeugnissen. Irgendwie war es ja auch ein Leistungsnachweis, selbst wenn er am Ende durchgefallen war, während Tiger das Klassenziel erreichte: Sabrina.

»Uschi, wir müssen einen Kranz bestellen.«

»Für den verdammten Bubi? Den elenden Scheißkater? Ich hab schon gehört, was heute vor unserem Haus los war.« Es müsse an der Hitze liegen, dass jetzt alle durchdrehten.

»Nein, der Bubi bekommt eine Feuerbestattung und die Bärbel hinterher die Urne. Ich hab mich heute darum gekümmert, der guten Nachbarschaft zuliebe.« Nun gut, eigentlich wollte er nur Jo beeindrucken, aber das verschwieg er lieber. Besser so.

»Bist narrisch? Das kostet doch sicher ein Vermögen.«

»Weniger als ein Umzug.« Ja, gut, aus der Perspektive betrachtet hatte Alois wahrscheinlich die richtige Entscheidung getroffen, auch wenn sie völlig »gaga« war. Rechnen konnte die Muschi. Nebenbei hobelte sie weißen Rettich, den sie als gesalzenen »Radi«

mit frischem Bauernbrot servieren würde. Auf der Terrasse, unter dem weiß-blauen Sonnenschirm.

»Wenigstens kulinarisch werde ich gut von dir versorgt.« Das musste er zugeben. Nur am Fleischlichen mangelte es, obwohl sie mit Pfunden wuchern konnte. Seine Alte.

Uschi legte den Hobel weg, drehte sich zu ihm um und grinste. Sie habe eine »Spitzenneuigkeit«, kündigte sie an. So, er war gespannt. Gab es auch Wurstsalat? »Viel besser«, beschied Uschi, bevor sie das teilte, was sie unter »Spitzenneuigkeit« verstand: »Ich hab dem Adrian heute Ballettschuhe gekauft.«

Vitus hatte Diana noch am späten Abend besucht und war über Nacht geblieben. Jetzt saßen sie gemeinsam am Frühstückstisch und teilten sich das *Rosenheimer Volksblatt*. Er blätterte bis zu den Todesanzeigen und fand den Namen, den er gesucht hatte: Marius »Tiger« Wild. »Innig geliebt und unvergessen«. Am Samstag sollte die Trauerfeier stattfinden. Von Kranz- und Blumenspenden bat die Familie abzusehen, sie regte stattdessen in »Tigers Sinne« eine Spende für die Jugendarbeit des 1. FC Rosenheim an. Vitus las Diana die Anzeige vor.

»Gehst hin?«, wollte er wissen. Diana schüttelte den Kopf. »Ich hab die nächsten Tage viel zu tun im Sauguad. Ich muss Wild zerlegen.«

»Wild zerlegen«, wiederholte Vitus.

»Ja mei, was sein muss, muss sein«, meinte Diana und strich ihm über die Elvis-Gedächtniswelle auf seinem Kopf.

»Eine blutige Angelegenheit ist das aber schon, oder?« Vitus konnte sich nicht vorstellen, dass seine Diana ein Tier für Kochtöpfe und Pfannen portionierte.

»Mein Vater war Metzger, mich schreckt nichts. Ich hab im Schlachthaus Mittag gegessen und Blutwurst angerührt. Wenn ich ein Schwein zerlegt habe, war mein Vater stolz auf mich, was sonst nicht so häufig vorkam. Eigentlich nie.«

Sie wäre gerne Chirurgin geworden, aber ihre Eltern bestanden darauf, dass sie im elterlichen Betrieb arbeitete. Damals gehorchten Kinder noch. Dummerweise hatten die beiden nichts für die Rente zurückgelegt und mussten später den Betrieb verkaufen. »Willi Gschwendter hat den Zuschlag bekommen. Er hat seinen Bistroladen daraus gemacht und ist heute mein Chef.«

»Und deine Eltern?«

»Sind heute Vegetarier und Dauercamper am Gardasee.« Ach, wäre sie doch Chirurgin geworden oder wenigstens Pathologin. »Unter seiner Haut ist der Mensch wirklich faszinierend.« Und so sehr unterschieden sich menschliche Organe auch nicht von tierischen. Ob er sich das vorstellen konnte?

Vitus entschuldigte sich. Er musste ins Bad. Auf dem hässlichen rosafarbenen Plüschbezug des Klodeckels holte er tief Luft. Die Jagdgöttin konnte Tiere zerlegen, hatte im Schlachthaus Mittag gegessen und Blutsuppe angerührt. Es war ein fieser Gedanke, der wie ein Guerillakrieger aus dem Hinterhalt in sein Hirn sprang: »Wenn Diana fette, schwere Schweine zerlegen konnte, dann war ein sportlicher Tiger für sie vermutlich auch kein Problem.« Schon gar nicht für eine Möchtegernchirurgin. Aber nein, sie hatte kein Motiv, erinnerte er sich. Oder er kannte es nur noch nicht.

Vitus ließ sich kaltes Wasser über die zitternden Hände laufen, bevor er auch seinen Kopf unter den Hahn hielt. Gepfiffen auf die Haartolle. Als er sich die Hände abtrocknete, bemerkte er einen kleinen rotbraunen Flecken auf dem rosafarbenen Handtuch. Eine Blutspur?

»Vitus, geht es dir gut?« Diana klopfte an die Badezimmertür.

Jo brauchte eine neue Ballgeschichte für *Innsider Info*. Am Tag vor Tigers Beerdigung wollte sie seine ehemalige Mannschaft in den Mittelpunkt der Geschichte stellen und natürlich den Chiemgau-Cup. Entsprechende Einverständniserklärungen für die Eltern hatte sie vorsichtshalber ausgedruckt, um am Spielfeldrand die Unterschriften einzusammeln. Hoffentlich kannte niemand der Eltern Anzenberger, sonst würde sie als Innsider sofort auffliegen. Unangenehm.

»Den Papierkram kannst du dir schenken«, meinte Alois, während er eine große Kühlbox in den Schatten stellte. »Bis auf zwei haben alle ihre Kinder für die Medien freigegeben. Die wissen, wie das Geschäft läuft. Außerdem freuen die sich, wenn ihre Kinder Publikum bekommen – und sei es auch noch so klein.« Eltern identifizierten sich doch heute mehr denn je über ihre Kinder, nicht wahr? »Schau dir die Mütter hier an«, er schielte zum Spielfeldrand. »Ihre Jungs sind die Leistungsbeweise ihres Lebens. Ihre Großprojekte.« Die Hoffnungen der Alten ruhten auf den Schultern der Jungen. Kein Wunder, dass so viele Jugendliche Haltungsschäden hatten. Was sie dazu sagte? Jo zuckte mit den Schultern und winkte Marina zu, die gerade Ludwig zum Training brachte.

»Ich stelle es mir sehr schwer vor, ein Kind großzuziehen. Die Riesenverantwortung würde mir Angst machen«, sagte Jo. Die Kinderlose.

»Nicht die Verantwortung ist beängstigend, sondern die Liebe.«

»Häh?«

»Logisch! Liebe macht verletzlich. Immer.« Alois sah Jo an wie ein Dackel eine Metzgereifachverkäuferin, dann kam er zum eigentlichen Thema zurück. Natürlich waren Eltern verantwortlich, dass die Talente ihrer Kinder nicht verkümmerten. Von nichts kam schließlich nichts. Kinder, die im Sport erfolgreich waren, hatten meistens Eltern, die die Leistung ihrer Sprösslinge persönlich nahmen – im besten Sinn natürlich.

»So wie du bei Adrian.«

»Und wie der brasilianische Weltmeister Mazinho bei seinen Söhnen Thiago und Rafinha, die heute bei Bayern und bei Barcelona spielen.« In anderen Sportarten wäre das übrigens nicht anders, Jo müsse nur an André Agassi denken, der von seinem Vater aufs Tennisfeld geprügelt wurde und 2500 Bälle pro Tag schlagen musste.

»Eine glückliche Kindheit stelle ich mir anders vor«, sagte Jo, aber Alois verteidigte Agassi senior. Ohne ihn wäre André heute vielleicht Friseur in einem Hotel in Las Vegas. Das konnte doch keiner wollen, oder? Steffi Graf bestimmt nicht.

»Ein Vater weiß doch am besten, was sein Sohn kann und was nicht. Bei dem einen liegen die Talente unten im Fuß, bei den anderen oben im Kopf. Anders ausgedrückt: Die einen sind zum Professor geboren, die anderen zum Fußballprofi. Das müssen Eltern erkennen. Worin mehr Geld und Spaß steckt, ist eh klar.«

»Ein trainierter Kopf ist weitaus weniger verletzungsanfällig als ein strapazierter Körper, der mit 30 seine besten Zeiten bereits hinter sich hat.«

»Bis dahin hat ein richtig guter Spieler so viel verdient, dass er sich darauf ausruhen kann.« Außerdem mache die Medizin ständig Fortschritte.

»Nur gut, dass wir kein gemeinsames Kind haben«, sagte Jo und suchte sich den ersten Interviewpartner.

Also, ich bin der Jonas. Ich bin sieben Jahre alt, und wenn ich groß bin, spiele ich beim FC Bayern. Meine Mama flackt da hinten im Campingstuhl. Ich hab ihr zum Muttertag versprochen, dass sie später in der Allianz-Arena auf der Ehrentribüne sitzen darf. Ich vermisse den Tiger, weil er der beste Trainer der Welt war, aber der Alois gibt sich auch Mühe. Heute hat er uns Eis mitgebracht, das ist noch in der Kühlbox. Nett, gell?« »Nett ist die kleine Schwester von Scheiße«, mischte sich ein anderer Spieler ein. »Aber das mit dem Eis ist schon eine coole Idee.« Sie hielt ihre Kamera auf den nächsten.

»Ich bin der Ludwig, aber mich kennst ja sowieso, weil du meine Patentante bist. Wenn ich erst bei den Bayern spiele, bekomme ich alle Trikots umsonst. Die Mama jammert immer, weil die so teuer sind, aber jetzt arbeitet sie ja wieder. Die verkauft kleine Schwerter im Altersheim. Du, Jo«, er senkte seine Stimme und flüsterte: »Ich hab zwei von Mamas Schwertern mit in die Schule genommen, um mit Diego zu kämpfen. Macht voll Spaß, weil die sich bewegen können, die Schwerter. Das können nicht einmal die Laserschwerter von Star Wars.« Hast du eine Ahnung, dachte Jo und fragte, ob seine Mama davon wusste.

»Die weiß natürlich nichts davon, aber die hat ja noch genug andere Schwerter. Weißt, Jo, Frauen müssen nicht alles wissen. Männer brauchen Geheimnisse. Sagt der Papa.« So, so.

»Ich bin Diego, und mein großer Bruder spielt schon bei den Bayern. Mein Papa war auch ein großer Fußballer. Alle haben ihn Tiger genannt. Wenn mich der Alois spielen lässt, gewinnen wir den Chiemgau-Cup. Wenn er mich nicht spielen lässt, bekommt er Ärger mit meiner Mama. Das hat sie gesagt. Und wenn die sauer wird, dann ist alles aus.«

»Ich bin der Adrian. Ich wär heute lieber im Schwimmbad, aber mein Papa ist der Trainer. Die Mama wollte auch ins Schwimmbad, aber wer Profi werden will, muss aufs Feld. Sagt der Papa.«

»Freust dich schon auf den Chiemgau-Cup?«, fragte Jo. Adrian sah fragend oder hilfesuchend – Jo konnte den Blick nicht deuten – zu seinem Vater, der hinzugekommen war.

»Selbstverständlich freut er sich. Er ist ganz heiß aufs Gewinnen, gell, Adrian.«

»Der Diego meint, wir sollten am Sonntag alle für den Tiger spielen.« Alois verzog missmutig das Gesicht, bevor er entschied: »Saugute Idee!«, und ein Strahlen aufsetzte.

»Halt mal die Kamera auf mich, Prinzessin.«

»Wieso sagst du Prinzessin zu der Frau?«, fragte Adrian.

»Weil sie eine echte Prinzessin ist.« Bow eh! Der Junge war beeindruckt, während ihm sein Vater den Ball aus der Hand nahm und feierlich Richtung Kamera verkündete: »Den Chiemgau-Cup widme ich meinem Vorgänger Marius Tiger Wild. Wir machen ihn zum Tiger-Wild-Gedächtnis-Cup, und ich lade alle Rosenheimer ein, am Sonntag ins Jahnstadion zu kommen. Für Tiger! Und für seine Jungs! Unsere Jungs! Ihr Alois Steimer.«

Dann winkte er die Kinder zu sich heran. »Habt ihr das gehört, Jungs? Am Sonntag spielen wir für den Tiger.« Ob Jo wohl noch eine Aufnahme von ihm im Kreise seiner Spieler machen konnte? Klar. »Jubeln, Buam, jubeln!«, ermahnte er sie. Der kleine Diego riss den Arm in die Höhe und skandierte: »Tiger! Tiger! Tiger! Wir gewinnen für den Tiger.« Im nächsten Moment flogen alle Fäuste hoch. Diego und seine Vereinskameraden strahlten.

»Geht es auch lauter?«, fragte Jo und fokussierte die Kamera auf das Team.

»WIR GEWINNEN FÜR DEN TIGER!« Mittendrin stand Alois, und schrie am lautesten von allen.

Jo stand vor ihrem offenen Schrank, in dem sich ungeordnet Farben, Muster und Materialien mischten. Ihre Garderobe war laut und aufgedreht wie ein Junggesellinnenabschied, aber gute Laune ließ sich schlecht auf einer Beerdigung tragen. Fazit: Jo hatte nichts anzuziehen, weil die einzigen dunklen Flecken in ihrem Schrank von ihrer Fahrradkette stammten. Sie entschied sich für eine Jeans und rief ihren Vater an. Er wollte sie zu Tigers Trauerfeier abholen, da konnte er ihr doch ein weißes Hemd mitbringen. Vielleicht fand sich sogar ein dunkelblaues in seinem Schrank.

»Mensch, Johanna, eine Frau mit fast vierzig und nichts Vernünftiges zum Anziehen im Schrank«, schimpfte ihr Vater. »Wenn das deine Mutter wüsste.«

»Schimpfen hilft jetzt auch nichts mehr.«

»Ich lass mir etwas einfallen, damit ich mich nicht mit dir schämen muss.« Vitus wählte seine bewährte Notrufnummer. Das zweite Mal an diesem Morgen. Hoffentlich war sie noch nicht aus dem Haus. Er griff nach der Plastiktüte, die er auf keinen Fall vergessen durfte. Das Handtuch darin wog nichts, seine Schuldgefühle dafür umso schwerer. Scheißjob! Einmal Kommissar, immer Kommissar. »Außer Dienst« galt nur für Bürokraten, für »Dipfelscheißer«, wie man in Bayern zu Erbsenzählern sagte. »Aber lieber Dipfelscheißer als Verräter«, warf er sich vor. Vitus schämte sich, aber für die Alternative hätte er sich noch viel mehr geschämt.

Vitus hätte versehentlich fast eine Frau mit Rollator vom Gehsteig gedrängt, so eilig hatte er es. Er trug den dunklen Anzug, den er sich für sein erstes Date mit Diana gekauft hatte. In jeder Hand hielt er eine Plastiktüte. In einer steckte Dianas Handtuch mit den Blutflecken. Wie ein Dieb hatte er es aus ihrem Bad geschmuggelt. Jetzt wollte er seine Beute untersuchen lassen. Seine ehemalige Assistentin hatte versprochen, sich darum zu kümmern. Sie wartete vor der Stadtbücherei auf ihn. »Liesel!«

»Schnell, Chef. Ich muss zurück ins Präsidium, der Hopfinger will auch zur Beerdigung.«

Sie riss ihm eine Tüte förmlich aus der Hand. Es war die falsche, die mit dem weißen Hemd für seine Tochter. In Sekundenschnelle und während er ihr die richtige Tasche in die Hand drückte, erklärte er ihr die Sachlage zum Handtuch und zum Hemd.

»Die Johanna hat echt nichts Vernünftiges im Schrank?« Er schüttelte den Kopf.

»Dem Mädchen fehlt die Mutter«, bedauerte Liesel – und zog Vitus kurzentschlossen in die Fußgängerpassage neben die Bücherei. Dort knöpfte sie ungeniert ihre dunkelblaue Bluse mit den kleinen weißen Tupfen auf und stand im nächsten Moment im BH vor ihm. Vitus schluckte. »Du, also, ähm, Liesel«, stotterte er. »Jetzt ist nicht der richtige Zeitpunkt dafür.«

»Wenn nicht jetzt, wann dann, die Trauerfeier geht bald los.

Jetzt her damit.« Sie streckte die Hand aus. Vitus verstand noch immer nicht. Er fühlte sich überrumpelt und verklemmt.

»Ja, Chef, du bist ja fast so begriffsstutzig wie der Hopfinger. Jetzt gib mir schon endlich dein Hemd, und dann gibst der Johanna meine Bluse, damit das Mädchen was Ordentliches zum Anziehen hat. Wie schaut denn das sonst aus, im Männerhemd auf der Beerdigung, als wäre sie gerade aus irgendeinem Bett gefallen? So geht's ja wirklich nicht.«

»Mei, Liesel«, jetzt hatte er es endlich kapiert. »Du bist ein Schatz!« Dankbar drückte er ihr einen Kuss auf die Wange. »Und ich wär der Johanna eine gute Mutter gewesen und gern obendrein«, sagte sie so leise, dass Vitus vorgeben konnte, es nicht zu hören. Ohnehin donnerte jetzt eine andere Stimme durch die kühle Passage.

»Ja, da schau her, ein kleiner Quickie, wo es keiner sehen soll. Respekt, Herr Kommissar. Das nenne ich standhaft. Allzeit bereit, der kleine Freund und Helfer. Hähä!« Es war Willi Gschwendtner vom Sauguad. Der hatte ihm jetzt gerade noch gefehlt. Schnell zog sich Liesel Vitus' Hemd über die üppige Brust.

»A Hund bist fei scho, Herr Kommissar«, nickte Willi anerkennend. »Nur die Diana sollte besser nichts davon erfahren. Was meinst du?«

»Da verlass ich mich drauf, sonst schick ich dir das Gesundheitsamt«, drohte Vitus.

»Die finden nichts bei mir.«

»Da hab ich aber etwas ganz anderes gehört.«

»Von der Diana?« Es schien Vitus angebracht, vorsichtshalber zu nicken, und auf einmal wirkte Willi verunsichert und meinte kleinlaut: »Alles gut, Herr Kommissar, was ich hier gesehen habe, bleibt unter uns.«

»Nix hast gesehen.«

»Sag ich ja.«

»Woher hast du das Handtuch?«, fragte Liesel, als sie wieder alleine in der Passage waren.

»Das tut jetzt nichts zur Sache. Ich muss nur wissen, ob das Blut vom Tiger stammt.« Verstehe, meinte Liesel, und es klang, als würde sie wirklich alles verstehen, was Vitus gar nicht recht war.

Die Türglocke und ihr Smartphone klingelten gleichzeitig. Jo drückte auf den Türöffner und brüllte durchs Treppenhaus: »Bist du das, Papa?«

»Nicht nur!«, brüllte ihr Vater zurück. »Ich hab noch jemanden dabei.« Diana? Sie würde es gleich sehen. Nur noch die E-Mail checken. Jack! »Got the script? I love you! Now come over. Please!« So einfach stellte sich ihr Ex das vor. Drehbuch schicken und Frau zurückgewinnen. Zwei Fliegen, eine Klappe. Aber so schnell gab sie sich nicht geschlagen.

»Ja, wie schaut es denn da aus! Johanna, schämst dich denn gar nicht?« Angewidert sah sich Vitus in Jos Wohnlandschaft um: dort ein Kleiderberg, da eine Spur Krümel, die um einen Papierturm führte, als wären Hänsel und Gretel vorbeispaziert, und mittendrin ein kleiner Wasserfall, weil Vitus aus Versehen die Flasche umgestoßen hatte, die vergessen am Boden stand.

»Vorsicht«, sagte Marina, mit der er vor Jos Haus fast zusammengestoßen war. Jetzt versprach Jos beste Freundin, sich um den See zu kümmern, und verschwand in der kleinen Küche nebenan, um einen Lappen zu suchen. Viel Glück, dachte Jo, während sie auf »Senden« drückte. »Crazy! Crazy you!« Sie konnte Jacks Vorschlag nicht annehmen, aber ablehnen konnte sie ihn auch nicht. Ein Filmprojekt. Hollywood. Und sie als Koregisseurin. »Wie wär es mit einer Begrüßung?«, meckerte Vitus, der ihre

Gedanken zum Glück nicht lesen konnte, dafür aber das Chaos in ihrer Wohnung. Wann hatte seine Tochter eigentlich das letzte Mal Fenster geputzt? »Ach Papa, bei gutem Wetter mach ich sie auf, und schlechtes Wetter will ich ohnehin nicht sehen. Also, wo ist das Problem?« Sie würde es nie verstehen, aber bevor er es vergaß: Eine anständige Garderobe hatte Johanna auch nicht. Er reichte ihr die Tüte mit Liesels Bluse.

»Warst du einkaufen für mich?«, fragte Jo ebenso gerührt wie misstrauisch.

»Die Bluse ist eine Leihgabe von der Liesel.« Sie sah in die Tüte.

»Und ich soll jetzt als dunkelblauer Marienkäfer gehen?«

»Besser als ein Herrenhemd ist das allemal.«

»Weißt, was die Liesel für einen Busen hat?«

»Allerdings!« Vitus nickte erfreut. »Der ist riesig!«

Kritisch sah Jo auf ihre B-Körbchengröße herunter. Sie musste das Beste daraus machen.

Marina kam gerade aus der Küche zurück, als Jo in das klassische Tupfenoberteil schlüpfte. Wie vorauszusehen, war es ihr nicht nur an der Brust zu weit. Sie zog einen orangefarbenen Gürtel aus dem Schrank und löste das Problem auf diese Art.

»Warum hast mich nicht angerufen? Ich hätte dir mit seriösen Teilen aushelfen können.«

»Dein Gatte Jürgen hat gesagt, du wärst unterwegs.«

»Wozu gibt es Handys?«, spielte Marina die Verzweifelte. »Wir leben im Handyzeitalter!«

»Wo meinst, dass ich dich angerufen habe? Natürlich auf dem Handy – und drangegangen ist dein Gatte.« Marina begann hektisch in ihrer großen Handtasche zu wühlen, die den Ausdruck Sack verdiente.

»Mist! Ich hab mein Handy liegen lassen, und Jürgen hat es gefunden.«

»Kein Grund, sich so aufzuregen, oder?«

»Und ob! Da sind noch alle SMS von Tiger gespeichert. Ich

hab es einfach nicht übers Herz gebracht, sie zu löschen. Er hat so viel Gefühl in so wenige Worte gepackt.« Sie drehte sich weg. Ihre Schultern zuckten. Schlechter Zeitpunkt, sie mussten los. Jo legte der Freundin den Arm um die Schulter. Natürlich verstand sie, dass Marina Tigers Nachrichten nicht gelöscht hatte, aber warum war sie eigentlich hier aufgekreuzt? Sie hatten doch nichts ausgemacht, oder? »Du bist doch meine Freundin«, schluchzte Marina. Sie schaffte es einfach nicht, allein zur Trauerfeier zu gehen.

Vitus wusste nicht, wo er hinsehen sollte, deshalb klatschte er in die Hände. »Auf geht's, Mädels, wir müssen los.« Noch einmal sah er sich um. »So ein Saustall!« Seine Diana war ordentlicher: Einen identischen Ersatz für das Handtuch mit den Blutflecken hatte er sauber gestapelt im Schrank unter dem Waschbecken gefunden.

So viel Blut, dachte Jo und sagte die Adresse laut vor sich hin: »Heilig Blut am Wasen in der Heilig-Blut-Straße.« Vitus parkte seinen Chevi Camaro vor der alten Pilgerkirche am Stadteingang. Wer von der A 8 kam und an Feldern vorbei Richtung Rosenheim fuhr, den grüßte ihr wohlgeformter Zwiebelhut von weitem. Die meisten fuhren trotzdem vorbei, weil sie nicht wussten, dass die gelben Mauern in ihrem kühlen Inneren einen Schatz bargen, den prächtigen Sebastiansaltar. Vor ihm knieten schon im 17. Jahrhundert hoffnungsvolle Pilger, um nach dem Schrecken des 30-jährigen Krieges für bessere Zeiten zu beten, reiche Ernten und für Kinder, die überlebten. Die Hoffnungen und Gebete der Gläubigen hatten sich in den Mauern festgesetzt, auch ihre Sorgen und Nöte. Inmitten dieser konservierten Gefühle, an diesem historischen Ort, fand die Trauerfeier für Marius »Tiger« Wild statt. Jo zwängte sich von der engen Rückbank des Chevis. Den bequemeren Beifahrersitz hatte sie Marina überlassen. Aus schlechtem Gewissen.

In der Hand hielt Jo eine riesige Tasche, die sie sich von ihrer Freundin geborgt hatte. Der Lederbeutel war perfekt, um eine Kamera darin zu verstecken. Lediglich ein kleines Loch für das Objektiv hatte gefehlt, aber Jo wusste sich zu helfen und löste das Problem beherzt mit ihrer Küchenschere. Noch ahnte Marina nichts davon. Jo fand, die Freundin war aufgeregt genug, außerdem würde sie den Schaden später reparieren. Ein bunter Lederfleck machte sich sicher gut auf dem tristen Schwarz. »Do it yourself« war ohnehin Trend, das wusste sogar Jo. Jawohl! Jetzt konnte sie aus der Tasche heraus heimlich Filmaufnahmen drehen und sich wie eine investigative Journalistin fühlen – oder eine erbärmliche Spannerin. Eigentlich arbeitete sie lieber mit Menschen, die freiwillig vor der Kamera agierten. Einen Moment lang dachte sie an Jack und sein Angebot, aber für derartige Überlegungen war jetzt keine Zeit. Hollywood musste warten. Ihr Vater drückte die schwere Kirchentür auf, und sie traten zu dritt ein: Vitus, in der Rolle des Kommissars außer Dienst, der noch eine Rechnung mit seinem Nachfolger offen hatte, Marina Pfister, die ehemalige Liebhaberin des Toten, die dummerweise ihr Handy mit verräterischen SMS bei ihrem Ehemann zu Hause gelassen hatte, und Jo, die schlechtbezahlte Lokaljournalistin, die vom großen Erfolg in Hollywood träumte. Film ab, Kamera läuft.

Vitus entdeckte Sabrina Wild in der ersten Reihe. Sie saß zwischen ihren Söhnen Diego und Franz, die beide das schwarze Champions-League-Trikot der Bayern trugen, mit passenden Shorts und Stutzen. Die Füße steckten in Stollenschuhen. Die Kleidung war ein Versprechen an den toten Vater, nahm Vitus an. Nur der kleinen Schwester war klassische Trauerkleidung verordnet worden. Allerdings zupfte Amelie an ihrem schwarzen Kleid, als wollte sie sich Faser für Faser davon trennen. Selbst ein strafender Blick ihrer Mutter konnte daran nichts ändern. Als das Mädchen Vitus sah, der sich so dezent wie möglich an die Seitenwand der Kirche gestellt hatte, winkte sie ihm zu, deutete auf ihr Kleid und verzog das Gesicht, als hätte man sie in eine Eisenrüstung gezwängt. Vitus erinnerte sich, dass Johanna als Kind auch lieber Hosen als Kleider getragen hatte. Dann ließ er seinen Blick über die Kirchgänger gleiten. Seit er seine Frau zu Grabe getragen hatte, den Sarg auf seiner Schulter, mied er Trauerfeiern und Beerdigungen. Es sei denn, er suchte einen Mörder, der oft genug unter den Trauergästen zu finden war.

Tiger Wilds Porträt stand in Großformat neben dem Altar. Er lächelte sympathisch und siegessicher unter einer Kappe vom FC Bayern München. Wer hatte diesen Mann den Wildschweinen zum Fraß vorgeworfen? Vitus schaute zur Tür. Langsam füllte sich das Kirchenschiff. Gerade schritt eine kleine Familie durch das Portal. Er erkannte Alois Steimer, der auf *Rosenheim News* berührende Worte für den Tiger sprach, die ihm Vitus nicht glauben wollte. Es schien, als würde Alois Abstand zu der fülligen Frau an seiner Seite halten, während er seinen Sohn an der Hand führte. Dann blieb er stehen, drehte sich um und winkte eine ganze Mannschaft Kinder in die Kirche, alle im Vereinstrikot des 1. FC Rosenheim. Steimer führte sie in die freie Bank hinter der Witwe, die mit einem Papierschild »Tigers Team« für die kleinen Fußballer reserviert war. Als sich Steimers Frau neben ihn in die Bank drücken wollte, pochte er mit dem Finger auf das Schild. Offensichtlich deutete er an, dass für seine Gattin kein Platz an seiner Seite war. Als sein Sohn der Mutter zuliebe rutschen wollte, schüttelte Steimer den Kopf, machte sich extrabreit und schloss mit seinem eigenen Körper die Lücke. So ein Arsch war das also, dachte Vitus, und obendrein schläft er mit meiner Tochter. Er würde sich den Typen persönlich vornehmen, das hätte er ohnehin schon längst tun sollen.

Die Orgel fing an zu spielen, und Vitus nahm wieder den Eingang in den Blick. Gleich würden der Herr Pfarrer und die Ministranten in ihren Messgewändern erscheinen, feierlich schreitend und Weihrauch schwenkend, aber anstatt der erwarteten Gottesdiener schlüpfte eine Frau durch die Pforte. Sie trug ein dunkles Kostüm und Locken. Es war Diana. In der Hand hielt sie eine gelbe Rose. Die Blume war ein Symbol für Eifersucht, Neid und Untreue. Vitus wusste das ganz genau, weil seine Rosina die Bedeutung jeder einzelnen Blume gekannt hatte. Diana auch? Immerhin war die Rose nicht rot. Suchend sah sie sich in der Kirche um und deutete mit dem Kopf einen Gruß an, als sie Vitus sah. Natürlich erwartete er, dass sie sich an seine Seite stellen würde. Aber Irrtum, sie suchte weiter. Als sie seine Tochter Johanna entdeckte, die mit ihrer riesigen Tasche am äußeren Ende einer Bank neben Marina saß, ging Diana auf sie zu. Sie sprach kurz mit seiner Johanna, die unwillig das Gesicht verzog. Dann aber stand sie auf und machte Platz für Diana. Marina schien die neue Sitznachbarin nicht zu behagen. Sie nickte ihr kurz zu und starrte dann nach vorne. Wie viel Distanz auf so engem Raum passte, dachte Vitus und beobachtete, wie Diana noch ein wenig näher zu Marina rückte und ihr etwas ins Ohr flüsterte. Es mussten freundliche Worte gewesen sein, denn jetzt lächelten beide. Nur Vitus war nicht zum Lächeln zumute. »Sie hat mich angelogen«, dachte er. Sie muss gar nicht arbeiten. Damit nicht genug, wollte sie offensichtlich nicht neben ihm stehen. Schämte sie sich mit ihm? War er ihr zu alt? »Aua!« Ein heftiger Stoß von der Seite bereitete seinen Fragen vorläufig ein Ende. Vitus hatte Mühe, sein Gleichgewicht zu halten. Jemand hatte sich neben ihn gezwängt und ihn mit dem Ellenbogen gerammt. Jetzt schickte der Rüpel ein joviales »Servus, Kollege« hinterher. Es war Hopfinger, der Harry. Der hatte ihm gerade noch gefehlt. »Auf wen tippst du?«, fragte der Kommissar im Dienst, der unter seinem Leinensakko ein T-Shirt des 1. FC Rosenheim trug. Übertrieben es die Fußballfans nicht ein wenig? Was, wenn der Tiger ein Ballettmeister gewesen wäre? Würden dann alle im Tutu und Strumpfhosen auflaufen? Hopfinger stieß ihn wieder in die Seite, diesmal leichter. »Jetzt sag schon, Vitus, auf wen tippst du? Du hast doch immer so einen guten Riecher gehabt.« Wie ein Trüffelschwein, hähä, Wildsau wäre in diesem Fall passender, gell? Hähä! Vitus hätte Hopfinger am liebsten im nahegelegenen Weihwasserbecken ertränkt, stattdessen sagte er nur: »Ich tippe auf deine Frau!« Zur Bekräftigung stieß Vitus jetzt Hopfinger den Ellenbogen in die Seite. »Kleiner Scherz, hähä!« Man kann nicht jeden Tag auf höchstem Niveau spielen. Sein Nachfolger lächelte gequält.

»Im Namen des Vaters, des Sohnes und des Heiligen Geistes«, hallte es durch die alte Kirche und durch die Weihrauchschwaden.

Alois Steimer drehte sich in der engen Kirchenbank um und versuchte Jos Blick einzufangen, die mit ihrer großen Handtasche im Heck des Kirchenschiffes stand, von ihrem Platz vertrieben. Am liebsten hätte er ihr zugewunken, aber das konnte er sich vor all den Vereinskollegen und vor Uschi-Muschi nicht leisten. Außerdem musste er seiner Mannschaft ein gutes Vorbild sein. Neben ihm saßen Adrian, Ludwig, Jonas und die anderen Jungs. »Wo ist denn eigentlich der Sarg?«, fragte Adrian lauter als nötig in die Predigt hinein.

»Neben Tigers Bild«, flüsterte Alois.

»Da liegt doch nur ein riesiger Blumenkranz mit einem großen Fußball in der Mitte.«

»Genau«, bestätigte Alois. Der Ball war eine Urne. Die Witwe Wild hatte das Thema Fußball knallhart durchgezogen, als wäre Tigers Trauerfeier eine Mottoparty.

»Das hätte dem Tiger gefallen«, sagte sein Sohn beeindruckt. Vermutlich stellte er sich gerade vor, wie die Fußballurne durch eine Torwand ins Jenseits flog. Fantasie hatte er, sein Adrian. Schade nur, dass er auf dem Platz so selten etwas davon zeigte. Es würde noch ein bisschen dauern, bis sein Sohn der Spielemacher war, den er sich vorstellte. Alois deutete mit seinem Daumen ein Kreuzzeichen an, Stirn, Herz, links, rechts, dann faltete er die Hände, wie er es als Kind gelernt hatte, tat, was für ihn naheliegend war: Er bat um göttlichen Beistand für die Karriere seines Sohnes, wo er doch schon einmal da war, in Gottes Haus. Der

Pfarrer unterbrach sein stilles Gebet, indem er laut über Fußball sprach und dabei in die Tonlage eines ZDF-Kommentators verfiel. Wahrscheinlich eine Idee von Sabrina Wild. Alois wurde aufmerksam.

Das Leben ist wie ein Fußballspiel. Am Ende ist Abpfiff«, schloss der Pfarrer seine Predigt, spritzte Weihwasser auf die runde Urne mit dem schwarz-weißen Muster und forderte die Anwesenden auf, sich von Tiger zu verabschieden.

Einer nach dem anderen erhob sich von seiner Bank und schritt mit gesenktem Kopf nach vorne. Die meisten Hände waren gefaltet. Da die Trauergäste, vorsortiert nach Verwandtschaft, Bekanntschaft und Fußballern, in den Kirchenbänken gesessen hatten, formte sich die Prozession wie von selbst. Einzeln knieten Erwachsene und Kinder vor dem Ball mit Tigers Überresten nieder, murmelten Abschiedsworte, legten Blumen ab und bekreuzigten sich, bevor sie langsam und gedrückt wieder zurück an ihren Platz schlichen. Viele wischten sich auf dem Rückweg Tränen aus dem Gesicht oder schnäuzten so dezent wie möglich in ein Taschentuch.

Jetzt war Diana an der Reihe, um vor Tigers letzten Ball niederzuknien. Vitus beobachtete sie genau. Weinte sie? Nein, er konnte keine Träne erkennen. Sie wirkte ruhig und gefasst. Nach wenigen Sekunden stand sie wieder auf. Hob den Kopf, nickte Marina zu, die hinter ihr stand, und verließ mit entschlossenem Schritt die Kirche, anstatt in ihre Bankreihe zurückzukehren. Das Kapitel Tiger schien für sie abgeschlossen, oder die Trauerfeier erinnerte sie zu sehr an ihren eigenen Verlust. An Simon. Am liebsten wäre ihr Vitus sofort hinterhergeeilt. Raus aus der kühlen Kirche, hinein ins warme Sommerlicht. Zu Diana.

Stattdessen beobachtete er weiter die Anwesenden. Jetzt kniete Johannas Freundin Marina vor dem Ball und legte vorsichtig ihre Hand darauf. Alois sah, dass sie weinte. Ihre Lippen bewegten sich lautlos, dann stand sie auf und schob ihre zitternde Hand in die Jackentasche. Wahrscheinlich suchte sie nach einem Taschentuch. Mit einem Ruck zog sie es heraus und entfaltete es mit fahrigen Bewegungen. Noch immer stand sie vor Tigers Urne im Zentrum der Aufmerksamkeit. Die Kirchgänger schienen die Luft anzuhalten, kein Ton war zu hören. Da. Plötzlich. »Bling!« Etwas kleines Goldenes fiel scheppernd auf den Steinboden der Kirche, rollte und blieb vor Tigers Porträt liegen. Bevor Marina reagieren konnte, sprang in der ersten Reihe ein Mädchen auf und eilte zu dem glänzenden Etwas. Es war Amelie, Tigers Tochter. Sie hob auf, was aus Marinas Jackentasche gefallen war, und sah sich das Fundstück genau an, bevor sie entrüstet rief: »Das ist der Ehering von meinem Papa. Da steht Sabrina drin.«

Marina stand in Schockstarre vor dem Altar, den Blick auf Amelie gerichtet, die jetzt zu ihrer Mama ging und Sabrina den Ring in die Hand legte. Ein prüfender Blick, und dann bestätigte auch sie so laut, dass es jeder in der Kirche hören konnte: »Stimmt. Das ist Tigers Ring.« Irritiert blickte die Witwe zu Marina. »Woher hast du den?« Sie bekam keine Antwort.

Kommissar Hopfinger trat aus der Reihe. Er hatte nur ein paar Meter hinter Marina gestanden und darauf gewartet, vor Tigers Urne auf die Knie zu gehen. Die perfekte Startposition für seinen Polizeieinsatz. Er drängte sich nach vorne zu Marina. Unnötigerweise zückte er seinen Dienstausweis und hielt ihn ihr unter die Nase. Dann bot er ihr fast galant seinen Arm an und führte sie stolz aus der Kirche. Sie war vorläufig festgenommen und ließ es geschehen. Wie in Trance schaute sie ins Leere, aber als sie Jo passierte, bat sie die Freundin, sich um Ludwig zu kümmern und Jürgen Bescheid zu geben.

»Marina?« Jo lief ihr hinterher und wollte von ihrer Freundin hören, dass diese nichts mit Tigers Tod zu tun hatte, aber Marina stammelte nur: »Ich weiß auch nicht, wie das passieren konnte.« Ihre Stimme bebte, und sie war leichenblass.

»Du musst nichts ohne deinen Anwalt sagen«, rief ihr Jo hinterher. Marina nickte und stieg in Hopfingers Wagen, der ihr mit einem breiten Lächeln die Tür aufhielt. Das war seine Show, und halb Rosenheim hatte gesehen, was für ein Kerl er doch war. Ein filmreifer Rosenheim-Cop. Jo konnte seine Gedanken lesen, er drückte sie mit seinem Habitus in Großbuchstaben aus, die Zuschauer auf seiner Seite wissend. Die meisten Trauergäste waren ihm nach draußen gefolgt und drängten sich vor dem Kirchentor um den besten Platz. Auch Vitus Pangratz hatte es durch das Gedränge nach draußen geschafft. Jetzt stand ihr Vater neben Jo.

»Das hätte ich nicht geglaubt«, sagte er.

»Ich glaub es immer noch nicht, Papa.«

»Hol den Ludwig, dann sehen wir weiter.«

Aber das war nicht nötig. Der Junge zwängte sich durch die Schaulustigen und lief zu seiner Mutter. Als er zu Marina ins Auto steigen wollte, erwachte sie aus ihrem Trancezustand. Sie zog ihn an sich und sagte: »Alles wird gut, Ludwig. Keine Sorge. Alles wird gut.«

»Was ist denn passiert, Mama?«

»Nichts ist passiert. Gar nichts. Mach daheim deine Schularbeiten und geh pünktlich ins Bett. Ich bin bald wieder bei dir.«

»Versprochen?« Aber anstatt darauf zu antworten, meinte Marina: »Schau, da ist die Jo, die bringt dich zum Papa nach Hause. Gell, Jo?« Jo nickte und nahm Ludwig an der Hand, während Hopfinger mit Schwung die Autotür schloss, dynamisch um seinen Wagen federte, vor dem Einsteigen kurz in die Menge grüßte und dann mit quietschenden Reifen abfuhr.

»Arschloch!«, urteilte Ludwig. Der Junge hatte Menschenkenntnis.

Jo und Vitus brachten Ludwig nach Hause. Sie versicherten ihm, seine Mutter erlebe gerade ein spannendes Abenteuer, von dem sie ihm später viel erzählen werde. Da beruhigte sich Ludwig und genoss die Fahrt in Vitus' amerikanischem Schlitten. Er war ohnehin von der Unschuld seiner Mutter überzeugt: »Meine Mama hat dem Tiger nichts getan, die haben schließlich miteinander gekuschelt.«

Als sie vor Marinas Zuhause ankamen, bat Jo ihren Vater, sich um Ludwig und Jürgen zu kümmern. Sie selbst musste dringend arbeiten. Diese Story sollte so schnell wie möglich bei *Innsider Info* online gehen und weiträumig die Zweifel säen, die Jo selbst an Marinas Verhaftung hatte. Ihre Freundin war keine Mörderin, ganz sicher nicht. Sie rief Rocco an und verabredete sich mit ihm in ihrer Wohnung. »Es wird Zeit, dass wir Meinungsmacher werden.«

Marinas Ehemann saß fassungslos am Küchentisch. Seine Frau wurde als Verdächtige von der Polizei vernommen. War sich Vitus Pangratz da ganz sicher? Ja, war er.

»Aber Mörderin ist sie keine, oder?«

»Du bist mit ihr verheiratet. Du kennst sie besser. Was meinst du?«

»Ich kenn meine Frau seit Wochen nicht mehr. Ach, was sag ich, seit Monaten ist sie verändert.«

Ob Jürgen ein wenig genauer werden könnte, bat Vitus. Ja, klar, aber nicht vor dem Kind. »Ludwig, magst ein bisschen iPad spielen? Es liegt neben meinem Bett.« Der Junge schlich ins Treppenhaus. »Alles wird gut, Bub, alles wird gut«, rief ihm Jürgen hinterher. »Lügner«, schimpfte Vitus leise, dem Ludwig wirklich sehr leidtat. Gleichzeitig jubilierte er innerlich, weil seine Diana nun auch vom letzten Verdacht befreit war. Nichts stand einer gemeinsamen Zukunft mehr im Weg. Noch heute Abend würde er sie fragen, ob sie bei ihm einziehen wolle. Platz war in der kleinsten Hütte für ein glücklich liebend Paar, und er hatte immerhin ein Einfamilienhaus.

»Sie hat mich nicht mehr regelmäßig…«, begann Jürgen stockend zu erzählen und holte Vitus damit aus seinen Gedanken zurück. »Also, ich mein, sie hat mich nicht mehr regelmäßig, also so wie früher, na also, was ich sagen wollte, unser Eheleben war nicht mehr dasselbe.« Jürgen wurde rot. Ja mei, dachte Vitus, so ein verklemmter Bock, kein Wunder, wenn sich Marina lieber mit einem Tiger vergnügte.

»Ihr hattet weniger Sex? Ist es das, was du sagen willst?«, gab sich Vitus hilfsbereit.

»Hat sie das rumerzählt?« Jürgen schien ernsthaft besorgt um seinen Ruf. »Es reicht doch schon, dass sie Sexspielzeug verkauft. Die Marina macht mich zum Gespött der Leute. Was sollen die sich auch denken, wenn eine verheiratete Frau Vibratoren verkauft? Da glaubt doch jeder, ihr Mann bringt's nicht mehr, dabei darf er es nicht mehr bringen. So schaut's aus. Und ihre neuen Spielsachen darf ich auch nicht anfassen.« Wie ein bockiges Kindergartenkind hätte sie ihre Schätze gehütet, die im Karton unter dem Bett und die unter ihrem Nachthemd. Er musste sich mit Sport oder unter der Dusche entspannen wie ein pickeliger Jugendlicher. Dafür heiratet man doch nicht, gell? Das würde Vitus sicher verstehen, nicht wahr? Aber Vitus versteckte seine Antwort hinter einem professionellen Pokerface.

»Seit wann weißt du von Marinas Affäre mit Tiger?«

»Ich wollte es lange nicht glauben, der Tiger hatte doch so eine hübsche Frau – und die Marina hat mir ja die Treue versprochen, so, als würde sie es ernst meinen. Ich mein, wir haben ein Kind zusammen. Wir sind eine Familie. So etwas setzt man doch nicht so einfach aufs Spiel. Eine Frau doch erst recht nicht, oder? Ich versteh das alles nicht.« Also, richtig sicher war er sich erst seit gestern, als er sich Marinas Handy vorgenommen hatte.

»Wieso gerade gestern?«, wollte Vitus wissen. Jürgen schien zu überlegen. Sein Kurzzeitgedächtnis arbeitete offenbar langsam. Doch dann fiel es ihm wieder ein. Der Geistesblitz erhellte seine Miene.

»Weil ich gestern Tigers Ehering gefunden habe«, erklärte er. Dafür musste er so lange überlegen, dachte Vitus. Nun gut, unter den gegebenen Umständen wären die meisten durcheinander, auch im Kopf.

»Wo hast du ihn gefunden?« Erneutes Zögern. Angestrengtes Nachdenken.

»Das ist mir jetzt peinlich«, wich Jürgen aus, aber letztendlich gab er doch zu: zwischen Marinas Unterwäsche. Die lag schlampig in einer Schublade, einfach so reingestopft, nicht zusammengelegt. »Bei meiner Mutter sah das anders aus.«

»Warum hast du überhaupt in ihrer Wäsche gewühlt?«

Die Frage färbte Jürgens Wangen wie die Fenster von Rosenheims »Herz-Ass«, das sich seit neustem »High Class Erotic Lounge« nannte. Er wollte sich ein bisschen Inspiration holen, erklärte Jürgen, die Marina hatte sich vor ein paar Monaten wirklich schöne Wäsche gekauft, wo sie doch bis dahin nur bequeme Baumwollschlüpfer getragen hatte.

»Also hast du den Ring zwischen ihrer schönen Unterwäsche gefunden und ihn dann in Marinas Jacke gesteckt?« Wieder schien Jürgen zu überlegen.

»Na, die hing ja schon außen am Schrank, weil die Marina sich schon gestern überlegt hat, was sie heute anzieht. Kannst du dir das vorstellen?«

Vitus konnte sich vieles vorstellen und genauso vieles bezweifeln. Hatte Jürgen wirklich den Ring bei Marina gefunden, oder hatte er ihn womöglich selbst von Tigers Hand gezogen? Immerhin hatte der in seinem Revier gewildert. Vitus bat ihn um Marinas Handy, und Jürgen zog es kommentarlos aus seiner kurzen Hose. »Schau es dir in Ruhe an, ich kümmere mich derweil um Ludwig«, sagte er, und Vitus machte sich mit Marinas Handy vertraut.

Selbst wenn Marina ihre Unterwäsche wild in eine Schublade stopfte, in ihrem Handy herrschte Ordnung: Sie hatte einen Extraordner für Tigers Nachrichten und ihre Antworten angelegt. Die Unterhaltung ging Monate zurück. Vitus war noch ziemlich am Anfang der Kommunikation, als er in einem kurzen Austausch einen bekannten Namen entdeckte.

»Kiss me, tiger!«

»Wo du es am liebsten hast.«

»Heute nach dem Training?«

»Ich hab versprochen, Simon heimzubringen.«

»Da werde ich wohl Schwarz tragen müssen. Spitze! Wirklich reizend!«

»Grrrrhhhh!«

»Nur für dich gekauft.«

Das Datum der SMS kam Vitus irgendwie bekannt vor, doch bevor ihm einfallen konnte woher, kam Jürgen zurück.

»Peinlich, oder? Wie Teenager«, kommentierte er die SMS seiner Frau.

»Liebesgrüße halt. Die klingen nur auf Englisch gut. Und besonders gut klingen sie von Elvis, finde ich.« Jürgen zuckte mit den Schultern. »Also, ich hör ja lieber die CubaBoarischen.« Der Mann, bei dem er sein Parkett gekauft habe, spiele in der Gruppe. Deshalb habe Jürgen auch einen persönlichen Bezug zu der Musik.

»Sacklzement, san die guad! Die musst du dir anhörn«, schwärmte Marinas Ehemann. Vitus strich seine Haartolle zurück, natürlich erweiterte er gerne seinen Horizont, aber im Herzen würde er ein Rock 'n' Roller bleiben. Elvis forever oder so ähnlich. Außerdem ging es jetzt nicht um Musik, sondern um Mord.

»Jürgen, wir müssen über etwas anderes sprechen. Hast du den Tiger auf dem Gewissen?«

Rocco machte es sich mit seinem Laptop auf Jos Bett gemütlich. »Unser Baby entwickelt sich gut«, freute er sich. Wachsende Besucherzahlen, positive Leserkommentare und einen ersten Werbekunden: Roccos Papa. Obwohl seine Pizzeria keine Werbung nötig hatte, wollte er eine kleine Rubrik »Live aus dem Papagallo« finanzieren. Seinen Gästen zuliebe, damit sie sich wie Szenegänger fühlen konnten. »Was dagegen, Jo?« Nicht wenn die Restaurant-Storys gut waren und das Ganze als bezahlter Beitrag markiert war. Rocco nahm seine Hände zu Hilfe, um Jo zu verdeutlichen, dass sie Unmögliches verlangte. Doch keine Sorge, er würde ein Bezahlmodell finden, mit dem auch Jo leben konnte. »Wir verkaufen kleine Papagallo-Anzeigen für großes Geld, und die Rubrik lassen wir als redaktionellen Beitrag laufen. Ich meine, immerhin schreibe ich die Geschichten, und ich bin Redakteur.«

»Und der Sohn vom Papagallo-Chef.«

»Allora, als solcher unterschreib ich auch – schon ist dein Gewissenskonflikt gelöst.«

»Immerhin arbeitest du offiziell noch für *Rosenheim News*. Der Anzenberger schmeißt dich raus, wenn er deinen Namen liest.«

»Ach, da fällt mir auch noch etwas ein.« Jo glaubte ihm gerne.

Sie fragte, ob er Lust auf ein Engerl hatte. Perfetto, denn Bier konnte sie besser als Espresso. Schon saßen sie beide mit zwei vollen Weißbiergläsern auf dem Bett. Prost, die News-Konferenz war eröffnet.

»Erst einmal müssen wir uns um Marina und die Tiger-Story kümmern.«

»Vielleicht hat ja das eine mit dem anderen zu tun«, meinte Rocco und zog seine Worte in die Länge. Vermutlich wollte er geheimnisvoll klingen.

Jo wurde ungeduldig. Für Ratespiele hatten sie jetzt wirklich keine Zeit.

»Entspann dich, ganz locker«, meinte Rocco, lehnte sich zurück und erzählte, was er gestern im Papagallo gehört hatte, als er am Pizzaofen aushelfen musste. Freitagabend, es war wie immer die Hölle los gewesen. Die Gäste hätten sich beinahe um die Tische geprügelt. Unter ihnen: Willi Gschwendtner, der Chef des Feinschmeckerbistros Sauguad, in Begleitung einer Dame im Lackoberteil. Roccos Vater gab ihm den letzten freien Tisch neben dem Pizzaofen. Für den Italiener war es ein selbstverständlicher Freundschaftsdienst unter Kollegen.

»Amigo, wir Gastronomen müssen doch zusammenhalten. Bene!« Willi stimmte zu. Er fühlte sich offensichtlich geschmeichelt. So sehr, dass er sich dafür erkenntlich zeigen wollte. Vielleicht wollte er aber auch nur seine Begleiterin mit seinen Beziehungen beeindrucken. Jedenfalls meinte er: »Spezi, also Amigo, wenn du einmal frisches Wild brauchst – Reh, Hase oder Wildschwein –, ich hab da eine Quelle. Verstehst?«

Wirklich? Allerdings! Grazie mille! Wenn das Papagallo einen Engpass hätte, würde Roccos Vater gerne darauf zurückkommen.

»Ja und?«, drängelte Jo, die ständig an Marina denken musste und Roccos Geschichte bisher nicht wirklich spannend fand.

»Und dann fragte Willis Begleiterin, ob er eine Jagd hätte. Nein, antwortete Willi da, Jagd hätte er keine, aber eine Jägerin.« Rocco schilderte Jo die Szene in allen Einzelheiten, wie Gschwendtner verschmitzt über den Tisch gelächelt hatte, wie er sich dann über die Holzplatte gebeugt und am Ohr der Frau geprahlt hatte: »Sie ist eine echte Wilderin.« Eine Jagdgöttin. Dieses Weib könne gar nicht anders, es läge ihr im Blut. Schon ihr Vater wäre ein Wilderer gewesen, der praktischerweise eine Metzgerei hatte und unter der Theke Rehgulasch und Hirschkeulen »aus eigener Jagd« verkaufte. Seiner Tochter hatte er alles beigebracht, die könne sogar Tiere »aufbrechen«, also aufschneiden und die Gedärme entfernen. Also er, der Willi, hatte das Geschäft des Wilderers übernommen und seine Tochter gleich mit. Ihr Vater hatte sie sinnigerweise Diana getauft. Nett, gell? Rocco sah Jo erwartungsvoll an. Hatte sie seine Geschichte verstanden? Er half ihr auf die Sprünge: »Mensch, Jo! Diana, die Jagdgöttin, die im Sauguad beim Willi arbeitet, verstehst? Vielleicht wollte die zur Abwechslung einen Tiger schießen.«

»Weil der inzwischen mit einer anderen Jägerin kuschelte?«, fragte Jo.

»Beliebtes Motiv, oder?«

Allerdings.

»Und der Ring, der aus Marinas Taschentuch gefallen ist?«

»So ein Taschentuch ist doch schnell irgendwo reingesteckt, oder?«

Besonders wenn man so eng beieinandersitzt wie auf einer Kirchenbank. Diana wollte doch unbedingt auf den Platz neben Marina. Ja genau, so könnte es gewesen sein. Für Jo ergaben die Mosaiksteine jetzt ein Bild. Sie musste ihren Vater erreichen. Dringend. »Und Rocco, versprich mir, dass du noch nichts darüber schreibst.«

Jo hatte Vitus erreicht. Zum Glück! Die beiden trafen sich im Sauguad, weil Vitus darauf bestanden hatte. Auf der Karte neben dem Eingang wurde »Wildschwein-Burger« empfohlen. Johanna steuerte den kleinen Bistrotisch am Fenster an und balancierte dabei zwei Teller mit dem Tagesgericht. Die Getränke trug ihr Vater hinterher. »An Guadn! An Sauguadn!«, rief leutselig Willi Gschwendtner, der heute hinter der Theke bediente.

Jo biss in den saftigen Wildschwein-Burger und erzählte, was sie von Rocco erfahren hatte. Diana sei eine professionelle Wilderin. »Wer ausgewachsene Keiler zur Strecke bringt, der schreckt doch vor einem Hauskater in Fußballkleidung nicht zurück. Ich glaub, wir haben die Mörderin.« Nicht zu vergessen die Sache mit Tigers Ehering, den Diana so hinterhältig in Marinas Jacke geschmuggelt hat. Natürlich täte es ihr wirklich leid für ihren Vater, aber besser ein Ende mit Schrecken … Wer weiß, vielleicht würde Diana am Ende auch einen Grund finden, um Vitus zu töten. Nicht auszudenken.

»Schluss jetzt!« Da ginge ja wohl die Fantasie mit seiner Tochter durch, schimpfte Vitus. Wie stelle sie sich das denn vor? Diana, die Tiger mit einem Gewehr in den Wald treibt, ein Käuzchen ruft durch die Bäume, Nebel wabert am Boden, und an einer uneinsichtigen Stelle drückt sie ab. Peng! Und um den Rest sollen sich dann die Wildschweine kümmern.

»Genau so, Papa! Genau so! Der Plan ging auf. Bis auf den kleinen Speiserest, der nur deshalb gefunden wurde, weil du dich unerlaubterweise im Gehege herumgetrieben hast.«

Vitus schaute nachdenklich aus dem Fenster, um den Blick seiner Tochter zu vermeiden und um zu überlegen. Entschieden schüttelte er den Kopf. »Johanna, ich kenn die Diana inzwischen. Die würde so etwas nie fertigbringen. Das passt nicht zu ihr.«

»Papa, sorry, aber aus dir spricht jetzt nicht der Kriminaler, sondern der …, also fast hätt ich Hanskaschberl gsagt, der Freund vom Hanswurst.«

»Johanna, du fangst dir gleich eine!«, drohte Vitus seiner Tochter die erste Ohrfeige ihres Lebens an und legte ihr seine Theorie zum Mordfall Wild dar: Es war viel wahrscheinlicher, dass ein Mann der Mörder war. Vielleicht Alois? Der falsche Fuchzga! Er schaute Jo provozierend an.

»Alois hat kein Motiv!«

»Der hat einen ganzen Haufen Motive: Erst hat ihm der Tiger die Freundin ausgespannt und die Fußballkarriere vermasselt, und dann musste Steimer fürchten, dass der Tiger auch noch die Fußballkarriere seines Sohnes verhindert. Jetzt bist du dran.«

»Lenk nicht von der Diana ab, Papa. Nur weil du blind vor Liebe bist.«

»Mir scheint eher, dass DU blind vor Liebe bist.«

»Von Liebe kann keine Rede sein.«

»Nenn es, wie du willst, der Kerl bringt dich um den Verstand.«

Bedauernd sah Jo ihren Vater an. »Du musst endlich deine rosarote Brille abnehmen.«

Sein Fräulein Tochter. Am liebsten hätte er ihr die Ohren lang gezogen. »Die rosarote Brille«, das war ja wohl eher ihr »Signature Piece«. So nannte man das doch jetzt neudeutsch? Er kannte sich aus, seit er vor Jahren an einem »Signature Piece« den Mörder einer Designerin erkannte hatte. »Jetzt hör mir mal gut zu,

Johanna. Diana hat nichts mit dem Mord an Tiger zu tun. Jürgen hat gestanden.«

»Den Mord?« Johanna blieb für einen Moment der Mund offen. Fast wäre ein Stück Wildschwein-Burger herausgefallen.

»Nein, die Sache mit Tigers Ehering.« Er erzählte ihr die ganze Geschichte und seinen Verdacht, dass Marinas Mann Jürgen den Liebhaber seiner Frau auf dem Gewissen hatte. Er würde der Sache am Montag nachgehen. Morgen war schließlich Sonntag, und er war mit Diana verabredet.

»Ausgerechnet du lässt dir bei der Aufklärung eines Mordfalls Zeit?«, wunderte sich Jo. Das hatte es ja noch nie gegeben. »Ach«, wiegelte dieser ab, er wolle nur den Hopfinger noch etwas länger im Dunklen tappen lassen. Außerdem plante er einen großen Auftritt, damit am Ende nicht sein Nachfolger die Lorbeeren kassierte. Am Montag, wenn alle ehemaligen Kollegen versammelt waren, würde Vitus mit Liesels Hilfe in die Morgenbesprechung marschieren und seinen Erfolg öffentlich verkünden. Das war er sich und seinem Ruf schuldig. Jeder sollte Hopfingers dummes Gesicht sehen.

»Und die Marina?«

»Der schadet ein bisschen Abwechslung nicht.«

»Ich erkenn dich nicht wieder, Papa.«

»Ich mich auch nicht, deshalb mag ich mich so.«

»Pass bloß auf dich auf, Papa.«

Vitus lehnte sich zurück und biss in seinen Burger.

»Mei, schmeckt der guad!«

Über Vitus' Finger lief die Soße des saftigen Fleischpflanzerls. »Dein Telefon läutet«, sagt Jo. Nachdem er sich an der Serviette abgewischt hatte, kümmerte er sich um den Anruf. Liesel. Sie wollte ihm nur Bescheid geben, dass die Blutflecken auf Dianas Handtuch keine Übereinstimmung mit Tigers DNA ergeben hatte. »Ich dank dir, Liesel, ich dank dir sehr.« Na bitte! Alles lief gut für Diana und ihn. Jetzt konnte er auch seine Tochter beruhigen.

Vitus' exzellente Laune lockte Willi Gschwendtner hinter seiner Theke hervor. »Schmeckt's euch?« Johanna nickte mit vollem Mund, und Vitus hob den Daumen nach oben. »Im Vertrauen, das Wildschwein hat die Diana vor ein paar Monaten eigenhändig erlegt und in der ehemaligen Wurstküche verarbeitet. Daraus wurden die besten Fleischpflanzerl und das beste Gulasch, das wir jemals serviert haben. Ein besonders feiner Geschmack. Die Leut' waren ganz narrisch drauf. Am Ende ist nichts übrig geblieben bis auf eine kleine Reserve. Die habe ich heute in der Früh in der Tiefkühltruhe gefunden. Die letzten Portionen. Ihr hattet ein echtes Massl, ihr zwei.« Glück auf gut Bayrisch.

»Was, ihr hebt monatelang Fleisch auf?«, empörte sich Vitus.

»Reg dich nicht auf.« Willi Gschwendtner patschte seine Hand auf Vitus' Arm. »Normalerweise ist bei uns alles frisch, aber da war halt noch etwas übrig. Ich hab's im Gefrierschrank übersehen. Das kann doch jedem mal passieren. Außerdem hat dem Fleisch nichts gefehlt, nur ein bisserl Fett vielleicht. War wohl ein durchtrainiertes Tier.«

Johanna starrte Willi Geschwendtner an. Ihr Gesicht verlor plötzlich Farbe, und zurück blieb ein grünlicher Unterton. Von einem Moment auf den anderen sah Vitus' Tochter sehr ungesund aus.

»Papa, mir ist plötzlich ganz schlecht.« Johanna stand auf und rannte durchs Ladenlokal. Die Hände vor dem Mund.

Die Toilette des Sauguad war winzig, aber sie setzte Akzente. Den Spiegel über dem Waschbecken umrahmten Fliesen mit kleinen Schweinsköpfen, deren Backen so dick waren wie Jos, die gerade versuchte, ihren Mageninhalt im Mund zu behalten. Vielleicht konnte die gekaute Masse ihren Verdacht belegen. Ein »durchtrainiertes Tier« hatte Gschwendtner gesagt. Jo tippte auf Zweibeiner. Tiger Wild. Durch den Fleischwolf gedreht.

Nur wohin mit dem Beweismaterial, das sich schwallartig durch ihre Speiseröhre zurück in den Mund gedrängt hatte? Es musste unbedingt gesichert werden, aber Jo hatte keine Handtasche, kein Sonnenbrillen-Etui und auch keine Plastiktüte zur Hand. Die Lösung fand sie in einem Metallhalter neben der Kloschüssel. Ein sogenannter Hygienebeutel.

Jo leerte ihren vollen Mund und schloss sorgfältig die Papiertüte mit dem blaugedruckten Hinweis »Bitte nicht ins WC, sondern in den Toiletteneimer werfen«. Sie fragte sich, wie lange die Papierwände wohl dichthalten würden. Sie musste schnell handeln. Liesel! Die beiden kannten sich gut. Wie oft war sie von der Assistentin ihres Vaters am Telefon vertröstet worden, wenn Vitus wieder einmal lange im Einsatz war.

Jo musste ihr den Beutel bringen, damit Liesel ihre Beziehungen in die Gerichtsmedizin spielen lassen konnte. Eine Handtasche wäre jetzt praktisch gewesen, aber das Leihstück von Marina lag in ihrer Wohnung. Ihr blieb nichts anderes übrig, als mit dem vollgespuckten Hygienebeutel in der Hand in den Gastraum des Sauguad zurückzukehren. Dort würde sie Willi um eine Plastiktüte bitten müssen. Auf wackeligen Knien und noch immer flau im Magen kehrte sie in das Feinschmeckerladenlokal zurück.

»Ja servus, Coleman, wieso hier und nicht am Schreibtisch?«

Na bravo! Ihr Chefredakteur Sepp Anzenberger stand an der Theke und konnte sich offensichtlich nicht entscheiden. »Ein regionales Schmankerl neben dem andern. Du, da sollten wir mal etwas darüber schreiben.« Eine kleine Gratiskostprobe müsste für so eine große Geschichte allerdings drin sein. Der Schmarotzer sah den Wirt an. »Wir verstehen uns, Gschwendtner Willi, gell?« Ein Teller wurde vollgehäuft. Das wäre doch nicht nötig gewesen, aber sehr willkommen, weil seine Assistentin nicht für ihn kochen wollte, hahaha. Ein bisschen Spaß muss sein, gell, Willi? Anzenberger griff sich den Teller mit seinem kostenlosen Mittagessen. »Danke! Ich werd mich revanchieren.« Er atmete ein. »Das duftet nach Genuss.« Wieder atmete Anzenberger betont ein, aber diesmal rümpfte er anschließend die Nase. Irgendwie roch es plötzlich unangenehm. »Coleman, findest du nicht auch?« Sie hielt die Tüte hinter ihrem Rücken versteckt und stritt ab, den beißenden Geruch wahrzunehmen.

»Aber wo ich dich gerade seh. Wann bekomm ich die Geschichte von der Trauerfeier?«

»Ich bin doch jetzt für Frauenthemen zuständig.«

Sepp beugte sich an ihr Ohr. »Unter uns, der Hering schreibt so langweilig, und außerdem hat er die Trauerfeier versäumt, die Schnarchnase. Also musst du ran, ist sowieso deine Geschichte. Nicht wahr?« Er beugte sich über ihre Schulter. »Was versteckst du da eigentlich hinter deinem Rücken?« Seiner journalistischen Spürnase entging nichts. Sie folgte der Spur.

»Ja, sag mal, trägst du einen Kotzbeutel mit dir herum?« Angriff, dachte Jo. Sie holte nach vorne, was sich ohnehin nicht mehr verbergen ließ, und hielt den Beutel Anzenberger vor die Nase. Er las die Aufschrift und drehte sich angewidert weg.

»Schau, Chef, das kommt dabei heraus, wenn ich mich um Frauenthemen kümmern muss. Alles Recherche.«

Nein, von dieser Art Frauenthema wollte er auf *Rosenheim Info* nichts lesen. Auf gar keinen Fall.

Endlich konnte Jo bei Willi um eine Plastiktüte bitten, dann verabschiedete sie sich von ihrem Vater. »Wo willst denn hin, Johanna?« Sie hatte keine Zeit für Erklärungen, sie musste Liesel erreichen.

Liesel war sauer. Sie war gerade erst aus der Gerichtsmedizin in München zurückgekommen, wegen dem blöden Handtuch. Jetzt sollte sie schon wieder hochfahren. Vierzig Minuten auf der Autobahn. Dabei wollte sie endlich in die Berge. »Erst schickt mich dein Vater in die Landeshauptstadt, dann du. Zwei Fahrten an einem Tag. Meint ihr vielleicht, ich hab nichts Besseres zu tun? Saubande! Gib schon her.« Sie nahm Jo die Tüte mit der Aufschrift »Sauguad« aus der Hand und ließ sich den Inhalt erklären. Ihr Bruder, ein führender Rechtsmediziner, würde sie verfluchen, oder auch nicht, denn im Gegensatz zu ihr schien er wirklich nichts Besseres zu tun zu haben. Seit ihn seine Frau verlassen hatte, befasste er sich nur noch mit totem Fleisch. Furchtbar. »Ich meld mich, wenn ich Bescheid weiß, und du passt auf deinen Vater auf. Apropos, weiß Vitus etwas davon?« Liesel wedelte mit der Tüte.

»Ich glaub, das ging an ihm vorbei. Er hat den Kopf im Moment woanders.«

»Wie findest du eigentlich diese Diana?«

»Höchst verdächtig, aber mein Vater sieht das anders.«

»Pass gut auf ihn auf«, bat Liesel.

Versprochen, aber zuerst würde sie nach ihrem Patenkind sehen, das war sie Ludwig und Marina schuldig. Die ehemalige Assistentin ihres Vaters nickte. »Passt scho, Jo. Pfiad di.« Wenn sie Diana überführen konnte, wäre ihre Freundin entlastet.

»Du? Hier?« Damit hatte Jo nicht gerechnet: Es war Marina, die ihr die Tür öffnete. »Was für eine schöne Überraschung!« Erleichtert fiel sie der Freundin um den Hals. Im Gegensatz zu Jo war Marina völlig gefasst. Sie war sich keiner Schuld bewusst, glaubte an die Gerechtigkeit, und in Kommissar Hopfinger hatte sie einen Verbündeten gefunden. Der Mann sah kein Motiv bei ihr, keine Fluchtgefahr, und außerdem fände morgen der Chiemgau-Cup statt. Hopfinger hatte verstanden, dass sie ihren Sohn begleiten und anfeuern musste, weil sein Jonas im selben Team wie ihr Ludwig spielte.

»Er hat dich laufen lassen, weil Ludwig Fußball spielt?«

Nein, so würde sie es nicht formulieren, druckste Marina herum.

»Raus mit der Sprache!«

Nun gut, aber nur weil sie Jo vertraute, so wie Hopfinger ihr vertraut hatte. »Es muss aber unter uns bleiben, Jo! Der Kommissar will am Montag Jürgen vorladen, und diese Diana will er sich auch noch einmal genauer ansehen«, verriet Marina mit glänzenden Augen. Ihre Verhaftung verbuchte sie längst als Abenteuer.

»Wieso wollte Diana in der Kirche unbedingt neben dir sitzen?«

»Um mir zuzuflüstern, dass sie mir keine Schuld gibt und Tiger für alles verantwortlich ist. Sie hat wohl von unserem Verhältnis geahnt.« Außerdem meinte sie, Tiger hätte ihren Sohn auf dem Gewissen, aber jetzt ruhten beide in Frieden. Als ob Tiger am Steuer des Autos gesessen hätte, das Simon überfuhr. Ganz sicher nicht, denn nach dem Training hatte Marina höchstpersönlich Tiger mit zu sich nach Hause genommen. Jürgen war radeln. Tja, sportliche Männer mit festen Trainingsplänen machten es ihren Frauen leicht, Affären zu organisieren. Kurzum, Tiger war an besagtem Abend zwischen ihren Beinen gewesen, und ein besseres Alibi gäbe es ja wohl nicht. Schluss damit! Marina wollte nicht mehr darüber reden. Das müsse Jo doch verstehen. Abrupt wechselte sie das Thema.

»Der Ludwig freut sich schon so auf den Chiemgau-Cup. Du kommst doch auch?«

»Logo!« Jo gab sich geschlagen.

»Sehr gut! Ich brauch dich nämlich morgen. Komm mit.«

Marina bedeutete Jo, ihr in den Keller zu folgen. Dort stand unter der Treppe ein großer Pappkarton. Die Freundin zog ihn hervor, setzte sich auf eine Stufe und klappte ihn langsam, geradezu feierlich, auf.

»Schau, Joa, meine Zukunft!«

Papier raschelte, eine Plastikverpackung wurde aufgerissen, und schon hielt sich Marina ein rotes T-Shirt vor die Brust. Darauf war in schwarzer Schrift geflockt: »Tor, Tor, Tiger! Forever yours! 1. FC Rosenheim«.

Stolz meinte Marina: »Ich hab 500 Stück bestellt. Du musst mir beim Verkaufen helfen.«

»Ja, Wahnsinn!«

»Nein, so etwas Ähnliches wie Liebe!«, widersprach Marina. »Der Tiger war eben etwas Besonderes.« Dann drehte sie das T-Shirt um, damit Jo die Rückseite sehen konnte. Dort stand schwarz auf rot: »www.diegutefee.de – Glück für erwachsene Frauen.

»Das ist jetzt nicht dein Ernst, Marina?«

»Alles in diesem Leben hat zwei Seiten, und wer schlau ist, konzentriert sich auf die bessere der beiden.«

»Meint die gute Fee«. Jo war sprachlos, aber Marina sprach weiter.

»Erst wollte ich meine Onlinepräsenz www.deinbestesstueck.de nennen, ›Liebesglück für erwachsene Frauen‹. Wär das vielleicht doch besser gewesen?«

Jo schüttelte den Kopf, und Marina kam zum nächsten Punkt: Als Freundschaftsdienst würde sie natürlich gerne Werbung auf Jos Nachrichten-Website schalten. »Freundschaft hat ja keinen Preis, gell.« Sie bedankte sich im Voraus für die Gratiswerbung. Was war nur mit Marina passiert?

»Ich bin jetzt Feministin«, erklärte sie, während sie mit spitzen Fingern eine Wollmaus vom Kellerboden aufhob.

»Wo wir gerade bei Freundschaftsdiensten sind, ist doch ein Exklusivinterview mit der Frau, die in der Kirche abgeführt wurde, sicher kein Problem.« Jo grinste wie ein Breitmaulfrosch, und Marina musste nicht lange überlegen. Sie riss die Plastikverpackung von einem T-Shirt und schlüpfte in ihren eigenen Werbeträger. Anschließend dirigierte sie Jo in die Küche, weil ihr die als Kulisse am passendsten erschien. Sie wollte Sympathien bei der Zielgruppe der Hausfrauen wecken.

»Wahnsinn!«, wiederholte sich Jo. Aus der domestizierten Glucke, die Eis selber machte, um ihren Sohn nicht zu überzuckern, war ein zielbewusster Raubvogel geworden, der im Dildo-Business abheben wollte.

»Kein Wahnsinn, sondern Geschäftssinn!«, stellte Marina klar, die gute Fee mit den Zauberstäben. Sie war bereit für eine große Zukunft. »Film ab! Schau, dass mein T-Shirt gut im Bild ist.« Marina trug es verkehrt herum, damit www.diegutefee.de zu sehen war. Den Aufdruck für Tiger versteckte sie am Rücken. Ihre Affäre hatte sie hinter sich gelassen.

Was Diana wohl von seinem Vorhaben halten würde? Vitus hatte für den morgigen Sonntag einen besonderen Plan: Er wollte Fotos von ihr machen. Besondere Fotos. Die Zeiten, in denen er mit Leidenschaft Wildschweine fotografiert hatte, waren vorbei. Für ihn fokussierte sich alles auf Diana, egal was seine Tochter Johanna davon halten mochte. Und jetzt, jetzt würde er Diana fragen und sie offiziell in sein Leben einladen. Die Kulisse konnte romantischer nicht sein.

Vitus hatte eine Feierabendtour auf die Steinlingalm vorgeschlagen, deshalb saßen sie jetzt zu zweit in einer kleinen roten Gondel mit der Nummer 33 und schwebten über Stock, Stein und Baumspitzen hinweg zur Bergstation der Kampenwandbahn. Vitus wusste, ihm blieben 14 Minuten Fahrzeit, um auf knapp 1500 Meter zu kommen und um Mut zu fassen. Diana saß ihm gegenüber und vermied den spektakulären Blick ins Chiemgau. Stattdessen griff sie nach seiner Hand. »Höhenangst?«, fragte Vitus.

»Das trifft die Sache wohl.« Sie zögerte. »Das hat aber weniger mit dem Abgrund unter uns zu tun als vielmehr mit der Flughöhe, die wir zwei inzwischen erreicht haben.« Ja, da hatte sie wohl recht. Er grinste seine Diana an. »Wir sind ganz schön abgehoben zusammen. Gell?«

Sie nickte, aber hinter ihrer Stirn schienen sich Gedanken wie Gewitterwolken zu ballen.

»Du willst doch nicht etwa mitten unter der Fahrt aussteigen?«, sorgte sich Vitus. Das wäre bei der Höhe wohl keine gute Idee, erwiderte sie und lachte beruhigend. Trotzdem war er verunsichert. Sollte er an seinem Plan festhalten? Er sah auf die Uhr. Es blieben ihm noch zehn Minuten Zeit. Mut, nur Mut. Er räusperte sich. Das war schlecht für die Stimmbänder, aber es klang wie ein Anfangslaut. Das Wort ergriff trotzdem Diana. Sie würde gerne etwas mit ihm besprechen, meinte sie, allerdings wäre es ihr ein bisschen unangenehm. Mehr als das: Richtig peinlich war ihr die Sache. Andererseits, wenn er einverstanden war, könnten sie auch viel Spaß miteinander haben. Außerdem war es ohnehin seine Passion, wie sie bemerkt hatte. Wirklich? Er fühlte sich geschmeichelt.

»Und wir sind doch beide nicht verklemmt, nur ein bisschen«, meinte sie aufmunternd. Oh, oh! Auf einmal hörte Vitus die Alarmglocken direkt neben seinem Ohr läuten, durch das eben noch das Kompliment gezogen war. Seine Passion! Was hatte er sich in Sekundenbruchteilen eigentlich eingebildet? Er hätte ahnen sollen, dass die Hausmannskost, die er ihr im Bett und auf dem Sofa bot, nur seinen Appetit sättigte, während sie vermutlich von einem raffinierteren Liebesmenü träumte. Sollte er das Kamasutra lesen, sich mit Tantra befassen oder »50 Shades of Grey« nachspielen? Er hatte im *Spiegel* von dem Bestseller gelesen. Wollte sie mit Kabelbindern ans Bett gefesselt werden? In verführerischer Wäsche. Die Vorstellung erregte ihn, und sein Blut verteilte sich zielgerichtet in seinem Körper: Die eine Hälfte schoss nach oben in seinen Kopf und die andere unter die Gürtellinie.

»Ich hab noch Handschellen«, fiel ihm ein. Er wollte offen wirken, abenteuerlustig. Diana sollte ihn für alles halten, nur nicht für einen Langweiler.

Sie stutzte. »Handschellen? Vitus, willst mich schon vorher verhaften?«

»Ist es so schlimm?«, fragte er. Er fühlte sich jetzt gar nicht mehr wohl in seiner Haut.

»Wir dürfen uns halt nicht erwischen lassen«, meinte sie. Ihr Busen hob und senkte sich mit jedem Atemzug in ihrem Dekolleté, das mehr zur Schau trug, als es verdeckte. Diana trug ein Dirndl mit geschnürtem Mieder. Die Bayern wussten lange vor Beate Uhse, wie man sexuelle Schlüsselreize in Szene setzt. Vitus öffnete sein Hemd um einen weiteren Knopf und stellte sich vor, Dianas Bekleidung wäre nicht aus Baumwolle.

»Wir dürfen uns nicht erwischen lassen«, wiederholte er, weil sein Kopf nicht mehr hergab. Trotzdem versuchte er, Dianas Absichten zu entschlüsseln. Gehörte sie zu den Menschen, die das Risiko, dabei entdeckt zu werden, erregte? Wollte sie gar, jetzt, hier, in dieser Gondel, zur Sache kommen? Er schaute auf die Uhr. Für einen Quickie war vielleicht noch Zeit. Aber ob er unter diesem extremen Zeitdruck in luftiger Höhe überhaupt seinen Mann stehen konnte? Er bezweifelte es. Und Vorhänge gab es in den Gondeln auch nicht. Aber schön schaukeln würde es.

»Also dann. Wenn'st meinst. Warum nicht«, stammelte er. »Hier? Jetzt?«

»Nein, ich hab mir gedacht im Wildpark, vielleicht gleich morgen nach meiner Arbeit. Waldeslust«, zwinkerte Diana und versicherte ihm, sie kenne dort uneinsehbare Ecken.

Nicht jetzt. Nicht hier. Vitus war enttäuscht, aber auch erleichtert und mehr als einverstanden mit der Alternative. Er würde morgen ein blaues Helferlein für den Notfall einstecken, Diana ausziehen, an einen Baum lehnen und alles tun, was sie wollte. Genau. Mit den Fingern schnippte er sich den Beat zu »Baby what you want me to do?« und sang den Refrain für sie. Er, der Rock 'n' Roller, der bald Open-Air-Sex im Wildpark haben würde. Oh yeah! Auf seine alten Tage. Er fühlte sich wie 20 und hatte noch 4 Minuten Fahrt, um endlich seine Frage zu stellen. Aber wieder kam ihm Diana zuvor. Er solle sie bitte nicht falsch verstehen, sie wolle nichts »Unanständiges«, sondern ganz einfach geschmackvolle Aufnahmen in der Natur, bevor ihr Körper die letzte Spannung verlor. »Erinnerungsfotos gewissermaßen.«

»Fotos. Mehr nicht?« Vitus war enttäuscht. Dass dies ursprünglich sein eigener Plan gewesen war, hatte er längst vergessen.

»Ja, woran hast du denn gedacht?« Diana wirkte überrascht. Schade. Jetzt, wo er sich schon so darauf gefreut hatte. Aber vielleicht ließ sie sich nach dem Shooting verführen. Fotografen machten das doch regelmäßig mit ihren Models. Jedenfalls stellte Vitus sich das so vor. Auf einmal schien ihm sein ursprünglicher Plan doch wieder attraktiv.

Wieder schaute er auf die Uhr. Er hatte jetzt noch zwei Minuten Gondelfahrt für seine Frage. Raus damit! Sofort! »Diana, magst du bei mir einziehen? Ich hätte dich so gerne immer bei mir.« Er zog einen Haustürschlüssel aus seiner Hosentasche und reichte ihn ihr, als wäre es ein Verlobungsring. Was für Vitus in diesem Moment auf dasselbe hinauslief. Er zitterte ihrer Antwort entgegen, und der Schlüssel zitterte mit.

Auch in seiner Hose zitterte es. Eine SMS. Er würde sich später darum kümmern.

Alois Steimer hatte schlecht geschlafen. Obwohl er sein Gewissen gestern Abend erleichtert hatte, indem er der Nachbarin feierlich eine teure weiße Urne mit der verbrannten Straßenkatze überreicht hatte und ihre Überreste als Bubis Asche ausgab. Zum Gesamtpaket gehörten warme, weiche Worte und eine tröstliche Geschichte aus seinem Mund. Er hatte erklärt, dass Bubi in Steimers Garten an plötzlichem Herzstillstand gestorben war, gerade als er sich erleichtern wollte. Er gab zu, dass Uschi den Kater erwischt hatte und mit einer harmlosen Wasserpistole vertreiben wollte. Da hat sich der Bubi einfach hingelegt, Uschi dachte noch: »So einem Vieh graust es vor gar nichts, schläft einfach neben seiner Hinterlassenschaft ein.« Aber da war er schon tot, der Arme. Überanstrengt vom …, nein, das Wort wäre jetzt unpassend. War er verstopft? Einen Grund muss es ja gegeben haben, und die Wasserpistole war es nicht, log er.

»Meinst, es lag an meinem Futter?«, sorgte sich die Kater-Mama.

»Ach, du hast ihn doch bestens versorgt«, beruhigte er sie, bevor er zu bedenken gab: »Man ist, was man isst, das gilt sicher auch für Tiere.« Er erinnerte sich noch zu gut an die unzähligen Haufen, die er aus seinem Garten entfernen musste, damit Adrian beim Balltraining nicht versehentlich reintrat. Bärbel schluchzte. Alois machte »mmmhhhhmm, mmmhhhh« und reichte ihr ein Taschentuch, bevor er weitererzählte beziehungsweise: weiterlog.

Er behauptete, seine Frau Uschi hätte noch versucht, Bubi wiederzubeleben, im festen Glauben, er wäre nur bewusstlos vor Hitze umgefallen. Anschließend habe er höchstpersönlich Bubi zum Tierarzt gefahren und ganz sicher nicht in einer Plastiktüte.

»Ja, aber warum hast mir denn nichts gesagt?«, wunderte sich die Frau Nachbarin.

»Ich wollte keine Zeit verlieren und den Bubi retten, da habe ich an nichts anderes gedacht. Tut mir aufrichtig leid«, beteuerte er. Als er dann einsehen musste, dass es nichts mehr zu retten gab, hatte er Angst, ihm würde keiner die Geschichte glauben. Wo doch jeder wusste, wie sehr sich die Uschi immer über die Katzenhäufchen im Garten aufgeregt hatte. Als ob man Mensch oder Tier den natürlichen, ja den lebenswichtigen Vorgang der Verdauung vorwerfen könnte. Jeder musste mal aufs Häusel, nur leider wollten das Menschen wie seine Frau nicht einsehen. Er selbst war da entspannter. Seiner Meinung nach gehörte die Welt den Tieren und den Menschen.

»Hast es nicht leicht mit deiner Uschi, gell, Alois?« Frau Nachbarin tätschelte mitleidig seine Hand und sah ihn verständnisvoll an, mit Augenaufschlag. Lag da noch etwas anderes unter den Wimpern als Verständnis und Kummer? Er nickte.

»Magst Bubis Fotoalbum anschauen?«, fragte sie hoffnungsvoll. Natürlich wollte er keine Katzenfotos sehen, aber er heuchelte Interesse vor. Wer hauptberuflich Versicherungen und Geldanlagen verkaufte, brauchte schauspielerisches Talent – und er hatte immerhin bereits als Romeo auf der Bühne gestanden. Frau Nachbarin blätterte die erste Seite auf.

»Schau, da war der Bubi noch ein Baby. So ein süßes Katerchen.«

»Mei, war der liab!«, bemühte sich Alois um den richtigen Kommentar.

»Er fehlt mir so sehr.« Sie nahm seine Hand in die ihre, um sich daran festzuhalten. Er musste lügen, um sich von ihrem Zugriff zu befreien. »Die Uschi ist so eifersüchtig. Die sitzt zu Hause und schaut auf die Uhr. Ich muss jetzt dringend gehen.«

»Ja, hat die Uschi denn einen Grund?«, wollte die Frau Nachbarin wissen und lächelte über ihre Trauer hinweg.

»Bist halt eine fesche Frau«, antwortete er, der Lügenbaron, aber wenn es so einfach war, einen anderen Menschen glücklich zu machen, sollte man nicht mit Worten geizen, meinte zumindest er, Alois Steimer. »Bist jederzeit willkommen«, flüsterte sie ihm beim Abschied zu. »Jederzeit.« Was bildete die sich eigentlich ein? Keine Frisur und keinen Geschmack, aber von Alois Steimer träumen. Unappetitlich. Alois wischte die Gedanken an gestern Abend weg. Er musste sich auf das Hier und Jetzt konzentrieren. Auf das Heute. Den Chiemgau-Cup.

Hier, heute und jetzt saß er am Frühstückstisch mit seiner großen Hoffnung. »Iss, du brauchst Energie«, ermahnte er seinen Sohn, der unmotiviert ein Müsli löffelte, das ihm Alois zusammengestellt hatte. Ob er eigentlich wisse, dass die besten Vereine eigene Ernährungsberater haben und sich der Mannschaftsarzt der deutschen Nationalmannschaft selbstverständlich mit dem Koch abspreche. Für spanische Fußballprofis werden sogar individuelle Ernährungspläne ausgearbeitet. »Merk dir: Der Profi ist, was er isst.« Diese Weisheit konnte man wirklich in jeder Lebenslage brauchen.

»Der Schweinsteiger futtert Chips«, sagte Adrian.

»Der bekommt dafür Geld.«

»Fürs Chipsessen?«

»Genau, das heißt Werbung.«

»Ich möchte auch Werbung machen und Geld fürs Chipsessen bekommen.«

Hätte Schweinsteiger sein Gesicht nicht für sinnvollere Produkte hinhalten können? Obendrein waren die Spots unterirdisch humorlos. Wenn sein Adrian erst Profi war und Alois sein Manager, würde er ihn besser beraten. Chips! Leere Kalorien! Trotzdem versprach er seinem Sohn: »Wenn du heute gut spielst, bekommst hinterher eine Tüte Schweini-Chips.«

»Ach Papa, das wird doch nichts«, entgegnete Adrian mit schwachem Stimmchen. Sieger sprachen in einer anderen Tonlage. Er packte seinen Sohn an den Schultern und fixierte ihn mit seinen Augen.

»Wo bleibt deine Motivation? Du bist ein Gewinner! Du bist mein Sohn! Du hast es in den Genen!« Außerdem arbeiteten sie seit Wochen auf ihren großen Traum hin.

»Es ist dein Traum, Papa«, flüsterte Adrian.

»Wovon redest du denn auf einmal? Das ist unser Traum! Dein Traum und mein Traum«, korrigierte Alois. »Lass dir von deiner Mutter bloß nichts anderes einreden.«

Klar, der Junge war aufgeregt, vor so einem wichtigen Turnier war das verständlich. Selbst die Profis hatten ihre Nerven nicht immer im Griff. Aber Alois wusste Rat. Eine mentale Reise würde seinem Adrian jetzt guttun. »Mach die Augen zu, stell dir vor, wie du den Ball annimmst, dich durch die Abwehr kämpfst – und Schuss.« Steimer riss die Arme nach oben. »Tor! Tor! Tor!«

»Du, Papa, ich muss mit dir reden.« Adrians Sohn klang in diesem Moment wie seine Mutter. Steimer winkte genervt ab. »Zum Reden ist jetzt keine Zeit, das machen wir nach dem Spiel. Wo ist eigentlich die Mama?«

»Die macht sich fertig. Sie will für den besonderen Anlass hübsch sein.« Bitte nicht, dachte Alois. Er freute sich darauf, Jo beim Turnier zu sehen. Uschi-Muschi würde da nur stören. Musste sie gerade heute ihren guten Willen zeigen, den sie sonst so gekonnt verbarg? Jahrelang hatte sie die meisten Fußballspiele ihres Sohnes boykottiert, und jetzt wollte sie beim Chiemgau-Cup zusehen. Verrückt, diese Alte! Er wollte sie nicht dabeihaben. Sie sollte lieber in Ruhe auf der Terrasse ein Buch lesen. Ja, das würde er ihr sagen, aber zuerst musste er unter die Dusche. Die Zeit drängte.

Vitus rollte sich zu Diana, die neben ihm in der neuen Bettwäsche lag. Die Rosen, die sich um ihren Kopf rankten, passten gut zu ihren Locken. So hatte er sich das beim Einkaufen vorgestellt: a bed of roses. Schade, dass Elvis dazu keinen Song geschrieben hatte. »Wir könnten uns auch neue Schlafzimmermöbel anschaffen«, schlug er vor, nachdem Diana seinen »guten Geschmack« gelobt hatte und anerkennend über das Blütenmeer strich. Dann kuschelte sie sich in seine Armbeuge. Das Leben war so schön! Er dachte an den gestrigen Abend und die Gondelfahrt. Diana hatte seinen Schlüssel angenommen, überrascht und gerührt, danach wanderten sie auf dem Panoramaweg von der Bergstation zur Steinlingalm und aßen Speckknödel und Sauerkraut. Bei Vollmond gingen sie Hand in Hand ins Tal. Ein Liebespaar. Füreinander gemacht.

Er zog sie fest an sich. »Meine Jagdgöttin.« Und bevor sie seine Umarmung erwiderte, meinte sie: »Ich bin ja so froh, dass du damit keine Probleme hast. Einmal Jagdfieber, immer Jagdfieber. Es liegt mir einfach im Blut.« Das Erbe ihres Vaters, erklärte sie. Ihrer kleinen Schwester ging es nicht anders. Sie hatte die Leidenschaft zum Beruf gemacht und war Jägerin geworden, heute betreute sie ein Revier am Langbürgner See.

»Und du hast selbstverständlich auch einen Jagdschein?« Er hatte diese Frage bereits einmal gestellt, fiel Vitus ein, ohne eine Antwort bekommen zu haben.

»Sonst wäre es ja Wilderei«, erklärte ihm Diana. Eine klare Antwort klang anders.

»Ist es das?«, hakte er nach. Diesmal würde er sich nicht auf andere Gedanken bringen lassen, auch wenn sie ihn bereits wie eine fette Beute in der Hand hielt.

»Diana, ich muss es wissen!«, stöhnte er.

»Wilderei war in unseren Breitengraden doch schon immer ein Kavaliersdelikt«, erklärte sie ihm mit einem selbstsicheren Lächeln. Außerdem fand sie die Annahme, Tiere, Wald und Wiesen könnten Eigentum sein, abwegig. »Vitus, wem gehört die Welt?« Denen, die sie sich mit unlauteren Mitteln unter den Nagel gerissen haben? Pah! Sie sah es wie die amerikanischen Ureinwohner, für die es unvorstellbar war, jemand könnte Teile der Erde besitzen. »Kennst du den legendären Häuptling Seattle?«

»Erst wenn der letzte Baum gerodet, der letzte Fluss vergiftet, der letzte Fisch gefangen ist, werdet ihr merken, dass man Geld nicht essen kann«, zitierte Vitus wie ein stolzer Gelehrter. Endlich konnte er wieder mit Geschichtswissen glänzen.

»Nein, Schatz, das war die Weissagung der Cree, aber wenn du die kennst, ist auch schon etwas gewonnen«, meinte Diana zufrieden. Vermutlich würde sie auch gerne mit Pfeil und Bogen jagen wie die Indianer? »Amerikanische Ureinwohner«, verbesserte sie und strahlte. Wie gut er sie doch kannte! Sie würde wirklich gerne einmal mit Pfeil und Bogen jagen. Sie war nun einmal als Jagdgöttin geboren.

Vitus wünschte, er könnte es genauso sehen, aber sein Blickwinkel war ein anderer. Ihn störte, dass seine geliebte Diana so gar kein Unrechtsbewusstsein zeigte. Nicht die geringste Spur. Nun gut, argumentierte er in Gedanken, das Konzept des Land- und Jagdbesitzes war relativ jung in der Menschheitsgeschichte. Vielleicht gab es tatsächlich bessere Ideen? So wie die Allmende. So nannte man im Hochmittelalter die gemeinschaftlich genutzten Wälder, Wiesen, Felder, Fisch- und Jagdgründe eines Dorfes.

Das System Gemeinschaftseigentum bewährte sich, bis weltliche Herrscher ihrer Gier freien Lauf ließen und sich die Flächen aneigneten. Was als »Allmende-Raub« in die Geschichte einging, war ein Auslöser für die Bauernkriege. Vitus sah eine Parallele zu Großkonzernen, die heute Wasserquellen in Afrika und Südamerika aufkauften.

»Weißt«, unterbrach Diana seine Gedanken. »Von den alten Germanen bis ins Mittelalter hatten freie Bürger selbstverständlich das Recht zu jagen. Es war gewissermaßen ein Menschenrecht, könnte man sagen. Erst als die Großkopferten und der Adel alles in Besitz nahmen, ging's mit der Gerechtigkeit bergab. Und jetzt haben wir den Salat. Erst haben sie uns das Jagdrecht genommen und jetzt die Luft und das saubere Wasser. Nur, dass es heute nicht mehr die Blaublütigen sind, sondern die Wirtschaftskonzerne. Verstehst, was ich meine?«

»Schon!«, meinte Vitus. Da war Diana aber beruhigt. Sie hatte schon befürchtet, er hielte sie für übergeschnappt, wo sie doch nur eine einfache Frau war, die sich ihre Gedanken machte. Vitus freute sich, so einen klugen Kopf an seiner Seite zu haben, aber in dem System, in dem sie nun einmal lebten, war Wilderei kriminell. Deshalb war es nun an ihm, die Frage zu stellen: »Verstehst, was ich meine?«

Ach! Diana drückte ihre Brüste an ihn. Sie hatten doch nun wirklich genug geredet. »Schau, dein kleiner Mann findet das auch.« Klein? »Großer Mann«, verbesserte sich Diana. Vitus war geneigt, das Thema fallen zu lassen, aber der Kommissar in ihm setzte sich durch – obwohl sie den großen Mann im Griff hatte.

»Wo ist dein Gewehr?«, fragte er schärfer als beabsichtigt.

»Entspann dich, Schatzi!« Er bräuchte sich keine Sorgen machen. Nicht jetzt. Das Gewehr war bei ihrer Schwester, vorschriftsmäßig aufbewahrt.

»Diana, was du machst, ist kriminell. Du musst damit aufhören«, stöhnte er.

»Damit?« Sie kroch unter die Rosenbettdecke, markierte ihren Weg mit Küssen und nahm am Ziel ihre Beute in den Mund. Der Kommissar quittierte den Dienst. In der Jukebox unter seiner Schädeldecke hörte er aus der Ferne Elvis' Stimme:

»Well a hard headed woman
A soft hearted man,
Been the cause of trouble
Ever since the world began.
Oh yeah, ever since the world began.«

Oh yeah! Er stöhnte. Himmel! Himmel noch mal! Wieder vibrierte sein Handy. »Vergiss es«, forderte Diana. Sie lag schließlich näher, die Wilderin in seinem Bett. Das war aus ihm geworden: Ein Kommissar, der sich erst aus dem Beruf geprügelt hatte und sich jetzt mit einer Kriminellen vereinigte. Es gab nun einmal kein mächtigeres Motiv als die Liebe, und er sorgte gerade für den stichfesten Beweis dieser These.

Sein Handy kontrollierte er erst hinterher. Johanna hatte mehrmals versucht, ihn zu erreichen, und am Ende eine SMS geschrieben: »Achtung: Diana gibt Tiger die Schuld am Tod ihres Sohnes.«

Alois Steimer schritt erfrischt aus seiner bodenebenen Dusche und betrachtete sich nackt im Spiegel. Er konnte verstehen, was Jo an ihm fand. Er war groß, muskulös, ein wahrer Fußballgott und bestens ausgestattet in jeder Beziehung.

Sollte er den Tag ehren, indem er einen Anzug anlegte wie Pep Guardiola? Der Bayern-Trainer kleidete sich für jedes Spiel sorgfältig mit weißem Hemd und dunklem Sakko. Es erschien auch Alois angemessen, andererseits sollte es wieder heiß werden. Der Sommer walzte weiter als eine riesige Hitzewelle über Rosenheim. Er musste dafür sorgen, dass seine Jungs viel tranken.

»Adrian, mach dich fertig!«, rief er ins Treppenhaus. Keine Antwort. Hoffentlich war seinem Bub nicht wieder schlecht vor Aufregung. Er konnte dem kleinen Nervenbündel keine Beruhigungstabletten geben, weil die sich negativ auf seine Reaktionsfähigkeit auswirkten. Er hatte es ausprobiert. »Adrian!«, brüllte er. »Wo bist du? Beeil dich! ADRIAN!« Wieder keine Antwort. Hektisch trocknete Alois seinen Prachtkörper ab und zog sich an, dann suchte er Adrian im Haus. Sein Sohn war nirgends zu finden. Auch Uschi schien verschwunden. Er sah nach, ob sie im Garten waren. Nein. An diesem Tag mit ihm Versteck zu spielen war ein schlechter Scherz. Verdammt noch mal. Wenn die beiden sich nicht sofort zeigten, würde er ernsthaft sauer werden. »ADRIAN! USCHI!«

Herr Neumann, Petze und pensionierter Studienrat, spazierte ausgerechnet in diesem Moment am Gartenzaun vorbei. »Der Katzenmörder brüllt wie ein Tiger. Schon mal etwas von Sonntagsruhe gehört?«

»Ach leck mich doch«, murmelte Alois, aber sein ungeliebter Nachbar hatte einen Trumpf im Ärmel: »Wenn du deine Frau und deinen Sohn suchst, die sind vor ungefähr zehn Minuten weggefahren. Sehr gut angezogen übrigens.« Das konnte nicht wahr sein. Das durfte nicht wahr sein. Alois öffnete die Doppelgarage. Tatsächlich. Der Platz neben seinem BMW war leer. »Hab ich's doch gesagt! Und im Vergleich zu dir nehme ich es mit der Wahrheit genau.« Herr Neumann, Petze und pensionierter Studienrat, lupfte seinen Strohhut. »Schönen Sonntag noch, Herr Nachbar.« Alois antwortete mit dem Mittelfinger und stürzte zurück ins Haus.

Auf der Anrichte in der Küche lag unter seinem Handy eine Nachricht. »Wir sind im Ballett. Schwanensee, du weißt ja Bescheid. Im Fußball hat Adrian keine Zukunft. Sieh es endlich ein. Uschi.« Darunter war eine Zeichnung. Ein Herz! Dieses Miststück! Seine Faust knallte auf die graue Kunststoffarbeitsplatte, dann packte er Uschis Kaffeetasse, die halbvoll neben der Spüle stand, und knallte sie an die weiße Wand, wo sie tat, was zu erwarten war: Sie zerschellte, und ihr Inhalt zeichnete hellbraune Spuren auf die bis dahin makellose Wand. Alois schaute wieder auf die Arbeitsplatte, auf der Suche nach neuer Munition. Er packte ein Glas, in dem ein Rest Orangensaft ruhte, und zielte auf den Ausgangspunkt der Kaffeestreifen. Treffer. Dann ging er in den Flur, wo Adrians Fußball bereitlag. Er packte ihn, trug ihn ins Wohnzimmer, legte ihn auf den Boden, ging ein paar wenige Schritte rückwärts und donnerte mit Schwung und seinem rechten Fuß dagegen. Der Ball hob ab und traf sein Ziel: die Glasvitrine, in der Uschi altes Geschirr sammelte. Es klirrte, Scherben folgten, und als alles am Boden lag, ging auch er in die Knie. Hinterrücks gefoult von seiner eigenen Frau.

Sollte er Uschi und Adrian auf der Autobahn hinterherjagen und sie von der Fahrbahn abdrängen, weil sie freiwillig niemals die Ausfahrt nehmen würden, um umzukehren? So wahnsinnig war nicht einmal er. Er legte den Kopf in seine Hände. Heute war der Chiemgau-Cup, und Adrian hatte sich für Ballett entschieden, aber wenigstens er, Alois Steimer, würde seinen Mann stehen.

Endlich, endlich rief ihr Vater zurück. Fast hätte Jo ihr »Kaffeehaferl« umgestoßen, die bayrische Version einer Jumbotasse. Sie stand gefährlich nahe am Computer, weil Jo gerade an ihrem neuen Nachrichtendienst *Innsider.info* arbeitete.

»Geht's dir gut, Papa?« Sie war nervös, und ihre Stimme verriet es. Ihr Vater war in eine mutmaßliche Mörderin verliebt, die mit Gewehren umgehen konnte und Körper professionell zerlegte, möglicherweise nicht nur Tierkörper. Natürlich ginge es ihm gut, antwortete Vitus. Wie sollte es ihm sonst gehen?

»Warum klingst denn so aufgeregt, Johanna?«

»Hast du meine SMS nicht gelesen? Die Diana gibt dem Tiger die Schuld am Tod ihres Sohnes. Das ist ein richtig fettes Motiv. Außerdem war er ihr Liebhaber, bis er in Marinas Bett gewechselt ist. Papa, mach deine Augen auf!« Jo hörte, wie sich ihr Vater räusperte, bevor er ins Telefon flüsterte: »Aber der Tiger hat nichts mit dem Tod von Simon zu tun. Ich hab mit Diana geredet. Johanna, du verbeißt dich da in was.« Im nächsten Atemzug unterstellte er Jo Eifersucht und warf ihr kindisches Verhalten vor. Sie müsse doch wissen, dass seine Gefühle für Diana nichts, aber auch gar nichts an ihrer Vater-Tochter-Beziehung änderten. »Johanna, ich bleib doch immer dein Papa.« Er sprach mit ihr wie mit einem Kleinkind. Am liebsten hätte sie aufgelegt.

»Diana ist unschuldig, Himmel, Arsch und Zwirn«, beteuerte Vitus und erinnerte seine Tochter daran, dass er nicht nur ein verliebter Mann war, sondern auch ein erfahrener Kriminaler.

»Wer ist hier Kommissar? Alles klar!« Sie könne sich auf seinen Spürsinn verlassen. Wirklich? Wirklich! Vitus klang überzeugend und wechselte das Thema. Wie es denn um ihre Website stünde, wollte er wissen. Von *Innsider Info* gab es fast nur Gutes zu berichten: Die Besucherzahlen stiegen, und die Kommentare waren positiv, abgesehen von einem Typen, der sich hinter dem Namen »Macher« verbarg und fast jeden Beitrag mit Worten niederknüppelte. Jo vermutete Sepp Anzenberger dahinter, ihren Chef und Konkurrenten von *Rosenheim News*, der inzwischen dreist Geschichten von Jo und Rocco nachahmte. Es würde nicht lange dauern, und Jo würde ihr Interview mit Marina in nur notdürftig geänderter Form bei Anzenberger wiederfinden. Sei's drum, Kopien waren die ehrlichsten Komplimente.

»Kommst du heute zum Chiemgau-Cup?«, fragte Jo. Aber ihr Vater hatte Besseres zu tun, wie er es ausdrückte. Er wollte den Tag mit Diana verbringen. »Ein Fotoshooting«, informierte er seine Tochter.

»In der prallen Sonne?« Jo war erstaunt.

»Schmarrn! Im Abendlicht.«

»Was für Fotos wollt ihr denn machen?«

»Naturfotografie, gewissermaßen.« Sprach ihr Vater von Aktfotografie? Sie wagte nicht nachzufragen, wollte aber zumindest über die Location informiert sein: »Wollt ihr jetzt zu zweit in den Wildpark einsteigen?«

»Ach Johanna. Wir sind doch erwachsen, die Diana und ich.« Als ob das etwas zu bedeuten hätte. »Und ein bisschen Privatsphäre brauchen wir auch.«

»Na dann, servus, mach's guad!« Jo drängelte ihren Vater aus der Leitung. Sie hatte genug, außerdem wollte sie Liesel anrufen, um endlich zu erfahren, was sie gestern im Sauguad gegessen hatte, Wildschwein oder Tiger. Leider hatte Liesel noch keine Neuigkeiten von ihrem Bruder, dem Gerichtsmediziner. »Es muss wohl an der Hitze liegen, der Kerl hat sich frisch verliebt.« Er turnte jetzt lieber durch das Bett seiner neuen Flamme, anstatt in der Gerichtsmedizin Erbrochenes zu untersuchen. Das konnte man doch verstehen, oder? Also, sobald Liesel ein Ergebnis hatte, würde sie sich bei Jo melden. Schönen Sonntag übrigens!

Jo fuhr mit ihrem Fahrrad durch die zugeparkte Jahnstraße, vorbei an Nummernschildern aus Traunstein, München und Miesbach. Selbst Salzburger waren zum Chiemgau-Cup nach Rosenheim gekommen. Der Pokal war mit der Meisterschale zu vergleichen, hatte ihr Ludwig gestern Abend erklärt, nachdem er sie überredet hatte, zum Essen zu bleiben. Seine Mutter Marina servierte Nudelsalat wegen der »Kohlenhydrate, die ein Fußballer dringend brauchte«, und der kleine Sportler sorgte für das Tischgespräch. Er hoffte, dass Uli Hoeneß als Zuschauer nach Rosenheim kommen würde. Immerhin kümmere sich der ehemalige Bayern-Präsident jetzt um die Jugendarbeit beim FC Bayern. »Als Freigänger, weil, eigentlich ist er ja im Knast wegen so einer Steuergeschichte.« Das fand Ludwig »richtig krass!«, was für Jo irgendwie nach Bewunderung klang, aber bevor sie nachfragen konnte, belehrte sie ihr Patenkind, dass Lahm und Schweinsteiger die letzten A-Jugend-Meister des FC Bayern waren. »Also, in der Jugendarbeit müssen die Münchner ganz schön aufholen. Die brauchen Jungs wie mich und den Diego!« Der Rummenigge selbst, also der »Obermanager«, hatte in der Zeitung gesagt, die Bayern »müssten im Scouting aggressiver und zielstrebiger vorgehen«. Also, er wäre bereit, »mit dem Herz in der Hand und der Leidenschaft im Bein«. Na dann!

Jo sperrte ihr Fahrrad vor dem Jahnstadion ab und nahm sich vor, Hoeneß vor ihre Kamera zu bekommen, sollte er wirklich in Rosenheim auftauchen. Sie stellte sich so nah wie möglich ans Spielfeld. Auf dem Rasen liefen sich Jungs im Grundschulalter warm, dazwischen brüllten Trainer ihre Befehle. Jo erkannte Alois. Seinen Sohn Adrian sah sie nicht.

»Auf die Nummer 9 müssen wir ein Auge haben«, hörte sie einen Mann leise sagen, der im gebügelten weißen Poloshirt nicht weit von ihr stand. Sein Basecap hatte er sich so tief ins Gesicht gezogen, dass es die verspiegelte Pilotenbrille berührte. Sein Gesprächspartner wirkte wie sein Double. Sahen so Scouts vom FC Bayern aus? Das Double antwortete: »Da gebe ich dir recht. Ich hab den Kleinen schon einmal gesehen. Der spielt jeden schwindelig. Das Talent hat er vom Vater.« Jo suchte nach der Nummer 9 und fand sie auf Diegos Rücken. Tigers Sohn dribbelte sich auf dem Feld warm. Es blieben nur noch wenige Minuten bis zum Anpfiff.

»Griaß Sie, wir kennen uns doch aus München«, versuchte es Jo auf gut Glück bei den Fachmännern. Während sie der eine noch zweifelnd musterte, legte Jo bereits nach. »Sie sind doch als Talentsucher hier.« Jetzt sprach auch sie leise und verschwörerisch. Ertappt blickte der Mann zu seinem Begleiter, der nur mit den Schultern zuckte. »Mir wär lieb, wenn mich keiner erkennen würde. Das verstehen Sie sicher.« Aber selbstverständlich, sie war schließlich auch inkognito hier, als Reporterin des »führenden Rosenheimer Nachrichtendienstes *Innsider Info*«, und Fußball war ihre Spezialität. Was inzwischen fast stimmte.

»Kein Foto, keine Namen«, stellte der Scout seine Bedingungen. Dann dürfe Jo Coleman auch eine Frage stellen, eine einzige. Sie überlegte.

»Ist es nicht absolut unverantwortlich, so kleine Kinder schon auf eine große Karriere hinzutrimmen?«

Ihr neuer Informant meinte: »Das kommt auf die Eltern an. Sie sind das größte Problem im Jugendfußball, weil die sich oft zu viel versprechen und Druck ausüben.« Dabei wisse man nie, wie sich ein Kind entwickle. Egal wie viel Talent ein siebenjähriges Kind auch zeige, es kann sich verletzten, nicht groß und kräftig genug werden oder die Lust am Fußball verlieren. »Andererseits«, mischte sich die Nummer zwei ein, »nichts ist so stark wie ein Traum, und der FC Bayern ist in Deutschland der Verein, der Fußballerträume wahrmacht.« Kein Wunder, dass bei den jährlichen Talenttagen rund 500 Kinder aus dem ganzen Bundesgebiet nach München kämen. Eine Zahl, auf die man stolz sei, weil, »von nix kommt nix«.

»Und was erwartet die Jungs, die genommen werden?«, fragte Jo.

Zweimal die Woche Training, zweimal die Woche ein Spiel, schließlich versprächen die Bayern die bestmögliche Ausbildung, und natürlich sei es besser, eigenen Nachwuchs großzuziehen, als später teuer Talente einzukaufen. Im Moment spielten rund 170 Spieler in den zehn Mannschaften des »Junior Teams«, von den unter Neunjährigen in der U9 bis zur U19. »Und um diese Jungs kümmern sich 23 Trainer und Betreuer, darunter acht Physiotherapeuten.« Der Scout war stolz auf die Arbeit seines Vereins. Natürlich müssten die Jungs Leistung bringen, wenn sie auf dem Weg nach oben nicht durchs Leistungsraster fallen wollten, aber das Leistungsprinzip war nun einmal die DNA eines jeden Sports. Daran gab es nichts zu rütteln. Aber jetzt müsse er aufpassen, schließlich liefen die Mannschaften gerade ein. Die Nummer 9 trug die Kapitänsbinde und Alois Steimer ein Mikrofon. Er räusperte sich, bis Ruhe ins Stadion einkehrte.

Seine breiten Schultern saßen nicht so straff wie gewöhnlich, und auch seiner Stimme fehlte die übliche Festigkeit, als Alois Steimer im Jahnstadion das Wort an die Mannschaften und Zuschauer richtete. »Herzlich willkommen zum 11. Chiemgau-Cup!« Er wischte sich den Schweiß von der Stirn, während er betonte, wie sehr er sich als Rosenheimer über so ein bedeutendes Jugendturnier in seiner Heimatstadt freue.

»Doch in die Freude mischt sich große Trauer, weil einer von uns fehlt: Marius Wild, uns allen besser bekannt als Tiger. Er hat im vergangenen Jahr an dieser Stelle gestanden und das Turnier eröffnet, und am Ende ging er mit seiner Mannschaft vom 1. FC Rosenheim als Sieger vom Platz. Wie meistens. Tiger war es gewohnt zu gewinnen, weil er in seiner Jugend ein erstklassiger Spieler war und später ein hervorragender Trainer. Deshalb rufe ich hiermit den Chiemgau-Cup zum Tiger-Gedächtnis-Cup aus!«

Applaus! Jubel! Die Zuschauer und die Spieler stimmten lautstark zu, aber Alois beschwichtigte sie, indem er langsam seine Hände hob und senkte. Er hatte dem Publikum noch etwas Wichtiges zu sagen. »Tigers Sohn Diego führt heute die Mannschaft an. Ihm allein gebührt an einem solchen Tag die Ehre. Tigers Witwe Sabrina wird später den Pokal überreichen. Danke, Sabrina, dass du gekommen bist!« Er grüßte in Richtung Tribüne. Ohne Diego und Sabrina hätte er heute in aller Öffentlichkeit sein Gesicht verloren, nachdem ihn seine eigene Frau und sein Sohn hängen gelassen hatten. Nun konnte er wahre Größe demonstrieren, weil er im Scherbenhaufen sitzend eine Lösung gefunden hatte. Nach seinem Wutanfall hatte er Sabrina angerufen, um ihr zu sagen, es sei an der Zeit, die Dinge geradezurücken. Alois Steimer winkte mit majestätischer Attitüde ins Publikum.

In diesem Moment lief Marina aufs Spielfeld, sagte etwas zu Alois und hielt sich ein T-Shirt vor die Brust. Jo erkannte es sofort: Die Vorderseite war Tiger gewidmet und die Rückseite Marinas Dildohandel, aber Letzteres konnte Alois nicht sehen. Wieder nahm er das Mikro. Er hatte noch eine kurze Ansage vor dem Anpfiff zu machen. »Marina Pfister, eine Spielermama von uns, hat dankenswerterweise T-Shirts drucken lassen, die Tiger ehren sollen. Der Gewinn kommt dem Nachwuchs in Tigers Sinne zugute.« Er las, was vorne auf der roten Baumwolle stand: »Tor, Tor, Tiger! Forever yours! 1. FC Rosenheim«. Marina würde die T-Shirts neben dem Kiosk verkaufen, und er hoffe, die Rosenheimer würden nicht am falschen Ende sparen. Die Rückseite hatte er noch immer nicht gesehen.

Der Münchner neben Jo wischte sich die Augen. Er war gerührt. »Das nenne ich Teamgeist! Hoffentlich sieht der Tiger im Himmel zu, und hoffentlich hat seine arme Seele Ruhe gefunden.«

»Die arme Seele?«, fragte Jo, und der Talentsucher schreckte aus seinen gemurmelten Gedanken hoch. Plötzlich war sich Jo sicher: Dieser Mann musste Tiger näher kennen.

»Haben Sie Tigers großen Sohn gescoutet, den Franz? Sie müssen nichts sagen, aber genauso war es.«

»Woher wissen Sie das?« Er war erstaunt. Jo grinste, und er verzog anerkennend sein Gesicht, bevor er zugab, den Tiger zu kennen.»Der Tiger und ich, wir sind so etwas wie Freunde geworden, weil wir beide für Fußball brennen – äh, brannten.«

Was das bedeute, »so etwas wie Freunde«, erkundigte sich Jo.

»Na ja, wir haben uns immer mal wieder zusammen betrunken«, erklärte der Scout. »Da kommen natürlich Dinge auf den Tisch, die man als Mann nüchtern nie sagen würde. Der Rausch ist die Gesprächstherapie des gestandenen Mannes.«

»Und was kam auf den Tisch? Frauengeschichten und ihre Folgen, nehme ich an. Wäre ja naheliegend«, versuchte es Jo aufs Geratewohl.

»Sie wissen davon?« Diese Journalistin war ja wirklich erstaunlich, fand er. Sie nickte.

»Er konnte es halt nicht ertragen, dass ein Kind gestorben ist, während er mit seiner Geliebten im Bett lag. Wo er doch der Mutter versprochen hatte, den Jungen sicher heimzubringen. Tragisch!«

Jos Puls beschleunigte sich. »Selbstmord? Hat sich der Tiger am Ende doch selbst umgebracht?« War das die Lösung des Falls? »Ehrlich gesagt, das war auch mein erster Gedanke, als der Tiger verschwunden ist. Andererseits hätte er nie, niemals seine Familie verlassen.«

»Immerhin hat er seine Frau betrogen«, erinnerte Jo.

»Ach, das eine hat doch mit dem anderen nichts zu tun.« Suchend sah er auf Jos Hände, dann sagte er mit mitleidigem Ton: »Fräulein, Sie verstehen wohl nicht viel von Männern.«

»Ich bin geschieden«, verteidigte sich Jo unnötigerweise und schämte sich im nächsten Moment dafür. Sie war niemandem Rechenschaft schuldig, aber ihr Gesprächspartner interessierte sich ohnehin nicht mehr für sie.

Zeitgleich mit seinem Double klatschte er begeistert in die Hände. Diego hatte ein Tor geschossen. Ein Traumtor.

Gemeinsam waren sie zu Dianas Wohnung gefahren. Ihr Nachbar Sepp kehrte mit einem Besen das Treppenhaus und begrüßte Vitus mit »Hello Elvis!« und einem herzhaften Schlag auf den Rücken. Dann richtete er seinen Blick auf Diana in ihrem neuen Sommerkleid und meinte: »Ja mi host ghaut! Diana, du rockst noch richtig. Kompliment!« Ja, das fand Vitus auch, aber um der Situation gerecht zu werden, patschte er auf die runde Kugel, die der Nachbar zwischen Brust und Gürtel unter einem Feinripphemd trug. »Die eine rockt, der andere rollt.« Da zog der Herr Nachbar den Bauch ein und drehte dem Paar mit seinem Besen den Rücken zu, über die Schulter zwinkerte er Richtung Diana. »Wir verstehen uns, gell?« Diana zwinkerte zurück. »Uns pressiert's«, drängelte Vitus, obwohl sie kein bisschen in Eile waren. Bis das Abendlicht seinen Dienst als Beleuchter antreten würde, dauerte es noch eine Weile.

Diana führte ihn ins Wohnzimmer. Er solle sich »wie zu Hause« fühlen, während sie die passende Garderobe für das geplante Shooting suchte. Vitus setzte sich aufs Sofa und starrte auf Dianas Jagdtrophäen. Hoffentlich bestand sie nicht darauf, die Geweihe in Vitus' Haus aufzuhängen. Obwohl er sich ehrliche Mühe gab, tolerant zu sein, wollte es ihm nicht gelingen, sich mit Dianas Leidenschaft anzufreunden. Wenn sie wenigstens einen Jagdschein hätte und legal auf die Pirsch ginge. Er musste noch mal mit ihr reden. Am Geld sollte es nicht liegen, er würde ihr mit seinem Ersparten liebend gerne den Weg in die Legalität ebnen. Unruhig stand er auf und wanderte in ihrer Wohnung umher. Sie hatte gesagt, ihr Gewehr wäre bei ihrer Schwester. Stimmte das? Wo würde er in dieser Wohnung eine Jagdwaffe verstecken? Instinktiv schaute er zur Kinderzimmertür, die wie immer geschlossen war.

»Diana, brauchst du noch lange?«, rief er. Diana tänzelte in roter Spitzenwäsche in den Flur, küsste ihn und meinte, sie müsse nur noch duschen und ihre Beine rasieren. Er solle ein Schatz sein, sich ein Bier holen und gegen Langeweile den Fernseher anmachen. Dann verschwand sie im Bad, und er hörte das Wasser rauschen. Wie sie ihm aufgetragen hatte, ging er zum Kühlschrank, obwohl ihn sein Instinkt in eine andere Richtung führen wollte. Er öffnete ein Bier, obwohl ihm nicht der Sinn danach stand, er zwang sich ins Wohnzimmer, obwohl seine Neugierde immer größer wurde, und dann endlich sank er in das Sofa und griff nach der Fernbedienung. Er würde keinen Vertrauensbruch begehen, der schlimmer war als ein bisschen Wilderei. Nach drei Schluck Bier und Momentaufnahmen von fünf Programmen, sprang Vitus wieder auf. Er musste es wissen. Langsam schlich er zur Kinderzimmertür, auf dem Weg, eine Grenze zu überschreiten. Lass gut sein, Vitus, beschwor er sich selbst, aber seine Hand lag bereits auf der Türklinke und drückte sie langsam nach unten.

Es war überraschend hell im Zimmer, die Vorhänge waren weit geöffnet. Rechts neben ihm stand ein Bücherregal, »Die wilden Kerle«, »Neue Fußballgeschichten vom Franz«, »Die Teufelskicker«, »Noch ein Tor!«. Als Vitus' Finger über die furnierte Sperrholzplatte strich, blieb kein Staubkörnchen daran hängen. Das Bett schien frisch gemacht, die mit FC-Bayern-Logos gespickte Bettdecke war glatt und faltenfrei. Alles in dem Zimmer war ordentlich, nur der Schreibtisch sah aus, als ob vor kurzem noch ein Kind daran gesessen hätte. Ein Schulheft in blauem

Kunststoffeinband lag aufgeschlagen neben einem offenen Federmäppchen, das zur Bettwäsche passte. Auch die Schreibtischunterlage stammte aus einem FC-Bayern-Fanshop. Vitus warf einen Blick ins Schulheft. Scheinbar war Simons letzte Hausaufgabe ein kurzer Aufsatz gewesen zum Thema: »Was ich einmal werden möchte«. Ordentlich hatte Dianas Sohn geschrieben:

Eigentlich möchte ich Fußballprofi werden, und früher habe ich zu den Besten in meinem Verein gehört. Nur im Moment läuft es leider nicht so gut. Mein Trainer sagt, andere Kinder spielen jetzt besser als ich. Der Ludwig zum Beispiel und der Diego sowieso. Das sind seine Lieblinge. Früher war ich auch sein Liebling. Wenn ich so weitermache, komme ich nie zu den Bayern, sagt mein Trainer, aber Fußball ist mein Leben. Ich will Fußballprofi werden, nichts anderes. Was anderes interessiert mich nicht. Ich kann auch gar nichts anderes. Fußball ist wie das Leben, sagt mein Trainer, und ohne Fußball macht das Leben keinen Sinn, finde ich.

Auf manchen Wörtern hatten Tränen eingeschlagen. Vitus hätte gerne gewusst, ob sie von Diana oder Simon stammten. Neben dem Heft lag ein Zettel mit der Handschrift eines Erwachsenen.

Mein Schatz, ich muss heute Abend arbeiten. Der Tiger hat versprochen, dich sicher nach Hause zu bringen. Bis später, Bussi, Mama.

Diana hatte ein Herz darunter gezeichnet.

Vorsichtig schloss Vitus die Kinderzimmertür hinter sich. Er hatte hier nichts zu suchen. Die Dusche rauschte noch immer im Bad, aber im Flur waren nasse Fußspuren.

Jubel! Am Spielfeldrand sprangen Väter und Mütter wie Gummibälle auf und ab. Eine überdrehte Frauenstimme sang: »So ein Tag, so wunderschön wie heute. So ein Tag, der dürfte nie vergehen.« Es war vollbracht: Alois' Mannschaft hatte den Chiemgau-Cup gewonnen, und Tigers Sohn Diego stemmte den Pokal Richtung Himmel. Die Sonne spiegelte sich in dem silbernen Metall. Diego stand jetzt auf Zehenspitzen. Es war klar, dass er die Trophäe seinem toten Vater zeigen wollte, den er weit oben vermutete. Diego wollte zeigen, was er mit drei sensationellen Toren geschafft hatte. Er war der Spieler des Tages. Alois stand neben ihm. Von diesem Moment hatte er geträumt, genau so und nicht anders hatte er sich das Happy End dieses Turniers vorgestellt –, nur nicht mit Diego in der Heldenrolle, sondern mit seinem eigenen Sohn Adrian. Adrian! Sein eigen Fleisch und Blut war heute lieber im Schwanensee abgetaucht, mit seiner Mutter, der fetten Ente. Alois legte dem Kind, das neben ihm stand, die Hand auf die Schulter. »Gut gemacht, Diego, mein Junge!« Diego hatte ihn nicht im Stich gelassen. Er ging neben Diego in die Hocke, um auf Augenhöhe zu sein. »Dein Papa wäre heute stolz auf dich!« »Meinst, er hat mich gesehen?« »Da bin ich mir ganz sicher! Von oben hat man den besten Überblick.« Alois nahm Diego auf seine Schultern, damit der den Pokal noch ein weniger höher stemmen konnte.

Am Spielfeldrand stand Jo, die begeistert klatschte und ihm zuwinkte. Für einen kurzen Moment ließ der dumpfe Schmerz in seiner Brust nach. Auch Marina, die Hopfingers und Sabrina jubelten der Mannschaft zu. In ihren Augen hatte Alois heute die richtigen Entscheidungen getroffen und sich als Trainer verdient gemacht. Er stand da wie ein Held, der zweite Held des Tages. Er hatte seinen persönlichen Ehrgeiz zurückgestellt und seinen eigenen Sohn zugunsten der Mannschaft zu Hause gelassen. So sahen es die Vereinskollegen, Eltern und Spieler. Dass sein Adrian freiwillig auf das Spiel verzichtet hatte, konnte niemand ahnen. Alois war es gelungen, die neue Aufstellung als seine bewusste Entscheidung zugunsten der Mannschaft darzustellen, als Hommage an den Tiger. Er war ein guter Verkäufer, egal ob es sich um Versicherungen oder verdrehte Tatsachen handelte. Alois setzte Diego wieder ab und wies sein Team an, sich vor den Zuschauern zu verneigen. Arm in Arm wie die Profis aus der Bundesliga. Wären sie stark genug, hätten die Jungs ihn anschließend vermutlich in die Luft geworfen. Ein Sieg, und schon war jede Niederlage davor vergessen. Andersherum funktionierte es genauso. Eine Niederlage, und der vorherige Sieg war nichts mehr wert. Fußball bediente das Kurzzeitgedächtnis. Im Oberstübchen der Fans verweilten große Leistungen maximal bis zur nächsten Saison. Mario Götze war das beste Beispiel. Mit seinem genialen Treffer hatte er die deutsche Nationalmannschaft zu Weltmeistern gemacht, für die Ewigkeit. Doch für die Fans endete jede Ewigkeit beim nächsten Spiel. Jetzt saß Götze bei den Bayern auf der Bank und wurde nicht mehr als Gewinner, sondern als Loser wahrgenommen. Spieler und Trainer waren immer nur so gut wie ihr letztes Spiel. Der arme Mario Götze konnte ein Lied davon singen. Alois auch. In Gedanken versunken, hatte er gar nicht bemerkt, dass Sabrina neben ihm stand. Vermutlich seit einer kleinen Ewigkeit. Sie wollte sich bei ihm bedanken, für dieses Spiel und für die Absicherung ihrer Kinder. »Für seine Zukunft hat Diego heute selbst gesorgt«, meinte Alois und zeigte auf den Mann mit Sonnenbrille und Basecap, der eben noch neben Jo gestanden hatte und jetzt auf Tigers Witwe zukam. »Ja servus!« Sabrina kannte ihn und wusste sofort, worum es ging: Der FC Bayern München war an Diego interessiert.

Alois wollte die beiden allein lassen, aber Sabrina hielt ihn am Arm fest. Ihr war an seinem Rat gelegen. Ehrlich. »Dann soll er halt mitkommen, wenn wir uns nächste Woche in München treffen«, meinte der Talentsucher. Alois nickte. Das war vielleicht gar keine so schlechte Idee. Im Schnelldurchlauf analysierte er, was die Situation für ihn hergab. Diego hatte einen Betreuer und Manager nötig, ebenso wie sein großer Bruder Franz, der bereits im Juniorteam der Bayern spielte. Wenn ihn sein eigener Sohn Adrian schon nicht brauchte, dann konnte er sich doch ebenso gut für Tigers Kinder einsetzen, die hatten Talent, Biss und keine Mutter, die alles kaputt machte. Am Ende würden davon alle profitieren, vielleicht sogar Sabrina. Sie war seine erste große Liebe gewesen, aber jetzt hatte er ja Jo. Er sah sich nach ihr um. Am Spielfeldrand war sie nicht mehr zu sehen. Alois machte sich auf die Suche. Er fand Jo hinter der Zuschauertribüne. Nach vorne gebeugt, ihr ganzer Körper zuckte. Sie kotzte sich die Seele aus dem Leib.

Diana lehnte an einem Buchenstamm, und die Sonne verneigte sich vor ihrem nackten Körper. Nach dem langen Sommertag waren ihre Strahlen so müde wie Dianas Haut nach 52 Lebensjahren, aber gleichzeitig noch frisch genug, um einen unvergleichlichen Sommerabend zu versprechen. Noch hielten sich beide gut, die Sonne und Diana, und sie schmeichelten einander in stillem Einverständnis: Das Abendlicht legte sich sanft auf ihre Silhouette, und Diana schmiegte sich ihm entgegen. Dabei achtete sie darauf, die Schultern zurückzuziehen und den Bauch möglichst flach zu halten.

»Gut so?«, fragte sie Vitus, der sich hinter dem Sucher seiner Kamera versteckte. So sehr er sich auf dieses »Fotoshooting« gefreut hatte, so wenig konnte er es jetzt genießen. Seit seinem heimlichen Besuch in Simons Zimmer spielten seine Gefühle Pingpong, und seine Gedanken schossen von einer Möglichkeit zur anderen. Der Kommissar in ihm rief: Sie war es! Der verliebte Mann widersprach: Sie kann es nicht gewesen sein! Kein Wunder, dass er sich nicht der romantischen Stimmung hingeben konnte, für die Diana ausreichend gesorgt hatte: Sie hatte eine riesige Badetasche mit in den Wildpark geschleppt, aus der sie eine Picknickdecke und eine kleine geblümte Kühlbox, bestückt mit Piccolos, gezaubert hatte. Nur als er ihr beim Auspacken helfen wollte, sagte sie entschieden: »Finger weg!«, als würde ihre Tasche ein Geheimnis bergen. Wie sich herausstellte, tat sie das auch. Diana hatte »Wechselgarderobe« eingepackt, Seide und

Spitze, aber sie entschied sich dann doch für Naturaufnahmen im wahrsten Sinne.

»Dreh dich ein bisschen mehr nach links«, antwortete Vitus, um etwas zu sagen und um die Abendsonne auf ihre Brust zu lenken.

»So?«

»Ja, genau so.«

»Dann schau mich noch einmal gut an und mach schöne Bilder«, sagte sie, und ihre Stimme klang belegt. »Es ist eine Abschiedsvorstellung.« Wie bitte? Wie sollte er das verstehen?

Bevor er fragen konnte, klingelte sein Handy, und ein Käuzchen rief in den Abend. Konnte man nicht einmal im Wald seine Ruhe haben? Er ignorierte die beiden Störenfriede und sah Diana entgeistert an. »Wie meinst jetzt das? Abschiedsvorstellung?« Sie wollte doch nicht etwa Schluss machen.

Alois reichte Jo seine Wasserflasche, damit sie den Geschmack von Erbrochenem und dessen Reste aus ihrem Mund spülen konnte. Sie waren allein hinter der Zuschauertribüne.

»Hast was Falsches gegessen?«, fragte er.

»Tigerfleisch«, antwortete Jo.

»Schlechter Witz.«

»Kein Witz.« Sie erklärte ihm in wenigen Worten die Lage: Liesel hatte gerade mit Neuigkeiten aus der Gerichtsmedizin angerufen. In den Speiseresten aus Jos Magen fanden sich Spuren von Tiger Wild, und die führten über die »Wilderei« – wie passend – zu Diana Maier.

»Wieso sollte die Diana den Tiger erlegen?«, fragte Alois, dessen Gesicht inzwischen so weiß war wie das ihre. Sie glaubte, er würde sich übergeben, und rückte einen Schritt ab von ihm. Doch Alois gelang es, Ekel und Entsetzen zu schlucken. Es war nicht der erste Schock des Tages für ihn: Sein Sohn tanzte lieber Ballett, als zu kicken, und seine Geliebte ernährte sich von Menschenfleisch. Ersteres wog für ihn schwerer, während »fressen und gefressen werden« zum Leben gehörte. Nicht wahr, Jo?

»Wie hat er denn geschmeckt, der Tiger?«

»Du bist hochgradig widerlich.« Sie zeigte auf ihr Erbrochenes und meinte: »Aber ich lad dich gerne zum Resteessen ein, wenn du probieren möchtest.«

Sie nahm noch einen Schluck aus seiner Wasserflasche, bevor sie Vitus' Kurzwahl tippte. Sie war so aufgeregt, dass sie dreimal die falsche Zahl traf. Sie schaffte es einfach nicht, mit ihren Fingern zielgenau das Display zu berühren.

»Lass dir helfen«, sagte Alois und nahm ihr das Smartphone aus der Hand, aber als endlich Vitus' Nummer angewählt wurde, ging er nicht ran. Vitus Pangratz war nicht zu erreichen.

»Verdammt! Er ist mit Diana im Wildpark. Wir müssen ihn finden.« Und im Gegensatz zu ihr hatte Alois ein Auto. »Du musst mich fahren!«

»Aber in Blindham ist doch schon längst zugesperrt.«

»Nicht dort, wo Diana und Vitus unterwegs sind. Jetzt los, komm schon.«

»Du tust ja gerade so, als wäre dein Vater in Lebensgefahr.«

»Alois! Er ist mit einer Mörderin unterwegs, die offensichtlich bereits einmal im Wildpark auf Menschenjagd gegangen ist. Und noch heute Morgen hab ich meinem Vater die Argumente geliefert, warum Diana die Mörderin sein muss. Vielleicht hat er sie damit konfrontiert, und sie ist in Panik ausgebrochen. Diese Frau ist unberechenbar. Los jetzt!«

Wieder heulte das Käuzchen und erinnerte Vitus an seine frühere Bedeutung als Todesbote. Aber anders als an dem Abend, an dem er Tigers Hand gefunden hatte, nahm Vitus die Rufe des Tieres heute ernst. Diana hatte ihm erklärt, warum dieses »Fotoshooting« eine »Abschiedsvorstellung« war: »Du warst in Simons Zimmer.« Sie hatte ihn gesehen, als sie aus der Dusche gesprungen war, der spontanen Idee folgend, ihn unter den Wasserstrahl zu holen für eine »heiße Abkühlung zu zweit«. Nie hätte sie gedacht, dass er ihr Vertrauen so missbrauchen würde. Er hätte sie zumindest fragen müssen, ob er ihren Sohn »besuchen« dürfe. Aber »mir nix, dir nix« in Simons Intimsphäre einzudringen wie ein Einbrecher, das hätte sie ihm nicht zugetraut.

Natürlich, so konnte man es auch sehen, gab Vitus zu und entschuldigte sich. Er streckte ihr die Hand hin. »Diana, komm, lass uns reden, Herzerl.« Aber sie fand, es gäbe nichts mehr zu reden. Vitus versuchte es trotzdem. »Warum hast du deine Nachricht auf Simons Schreibtisch liegen lassen? Du musstest damit rechnen, dass ich sie irgendwann entdecke und dann eins und eins zusammenzähle. Vielleicht wolltest du das auch? Weil der Schmerz und die Schuldgefühle zu schwer wurden, um sie alleine zu tragen.« Er konnte das besser als jeder andere verstehen, war er doch selbst bereits in einer ähnlichen Situation gewesen. Und wenn er ehrlich war, fühlte er sich noch immer verantwortlich für den Tod seiner Frau. Er hätte ihn kommen sehen und verhindern müssen. Aber zusammen, zusammen konnten sie es schaffen und die Vergangenheit hinter sich lassen. Er war für sie da. »Glaub mir, mein Schatz. Bitte!«

Seine Worte schienen Diana nicht zu erreichen. Mit versteinertem Gesicht stand sie da und sah ihn vorwurfsvoll an. Für sie war es ganz einfach, Vitus hatte ihr Vertrauen missbraucht und eine Grenze übertreten, die ihr heilig war. »Mein Sohn steht immer noch an erster Stelle für mich.« War ihm das klar? In Simons Kinderzimmer konnte sich Diana für kurze glückliche Momente vorstellen, er sei noch lebendig. Es war ihr Rückzugsort, dort hielt sie regelmäßig stille Zwiesprache mit ihrem Sohn. Und niemand sonst hatte darin etwas zu suchen, auch Vitus nicht. Er, der sich so sensibel gab, mit dem alles so gut angefangen hatte, trampelte jetzt auf ihren Gefühlen herum, genauso wie Tiger Wild. Sie hätte es wissen müssen, Männern konnte man nicht trauen. Warum nur hatte sie das Gefühl gehabt, er wäre so anders?

»Wo du ja scheinbar auch deine eigene Frau im Stich gelassen hast.« Das tat weh. Vitus musste tief Luft holen, bevor er antworten konnte.

»Du weißt, dass das nicht fair ist, Diana.«

»Deine Frau hat ihr Kind verloren, so wie ich. Wahrscheinlich konntest du auch ihre Trauer nicht respektieren. War es so?« Das Maß war voll. Sie ging jetzt wirklich zu weit. Vitus reichte es. Er spürte, wie die bekannte signalrote Wut in ihm aufstieg, und fürchtete, sich zu vergessen. Um sich abzulenken, griff er wütend nach seinem Handy, um zu sehen, wer ihn hatte erreichen wollen. Er hatte einen Anruf von Johanna verpasst, aber sie hatte eine SMS geschrieben. Während er sie öffnete, zog Diana ihr Sommerkleid über den Kopf. Vor ihm wollte sie nicht mehr entblößt sein.

Vitus las: »Im Sauguad wurde kein Wildschwein serviert, sondern Tiger. Papa, pass auf dich auf und melde dich sofort«, hatte seine Tochter geschrieben. Er begriff auf der Stelle, was das zu bedeuten hatte, und spürte, wie ihm flau wurde. Tiger rumorte buchstäblich in seinem Magen und drängte noch oben. Vitus schloss die Augen, holte tief Luft und ging in Gedanken durch, was er heute alles gegessen hatte. Zum Frühstück ein Müsli mit frischem Obst, weil er für Diana in Form bleiben wollte, mittags Rigatoni Arrabiata als Energielieferanten im Papagallo, und das Abendessen lag noch in Dianas Picknickkorb. Bislang kein Fleisch! Er atmete aus. Das ungute Gefühl in seinem Magen ließ langsam nach. Während er sich auf seine Innereien konzentrierte, suchte Diana etwas in ihrer großen Tasche. Noch einmal, für einen tiefen Atemzug, schloss er die Augen. Jetzt, wo der Brechreiz weg war, blieb nur mehr die Tatsache, dass man den Tiger im Sauguad portionsweise als Tagesgericht serviert hatte. Den Rest reimte sich der alte Kommissar selbst zusammen. Er musste den Tatsachen ins Auge sehen. »Diana?«

Die Jägerin aus der Metzgerfamilie stand vor ihm. In der Hand hielt sie ein Jagdgewehr, der Lauf war auf Vitus gerichtet. »Geh ein paar Schritte zurück. Ich brauch Abstand«, wies sie ihn an. »Diana!«, stöhnte Vitus und fragte sich, wann sie so hart und er so weich geworden war. Der unerschütterliche Kommissar Vitus Pangratz von früher hätte der Tatverdächtigen, und nichts anderes war Diana, blitzschnell das Gewehr aus der Hand gerissen, ihr den Arm auf den Rücken gedreht und sie festgenommen, anstatt kläglich ihren Namen zu winseln und völlig benommen die geforderten Schritte zurückzustolpern. Wieder hörte er das Käuzchen rufen. Es war inzwischen näher gekommen.

»Du hast ihn umgebracht, oder?«, fragte Vitus tonlos, obwohl er die Antwort kannte. Trotzdem hoffte er auf eine Erklärung. Immer noch. Darauf, dass alles ganz anders war, als es zu sein schien. Doch damit konnte Diana nicht dienen. Bedauernd zuckte sie mit den Schultern und sah ihm beim Weinen zu.

»Ich hab mich in dich verliebt, Diana!« Es klang wie ein Hilferuf.

»Und ich hab den Tiger erschossen.«

Ihre Worte beendeten das Pingpongspiel in seinem Kopf. »Warum, Diana, warum nur?«

»Er hat es verdient, Vitus. Hätte er sich an unsere Abmachung gehalten, würde mein Kind noch leben. Der Tiger hat versprochen, Simon nach dem Training sicher nach Hause zu bringen, aber stattdessen ist er lieber mit der Marina ins Bett gehüpft und hat den Simon alleine losgeschickt.«

»Er hat doch nicht ahnen können, dass ein Besoffener auf den Fußweg rast. Das war ein Unfall, Diana! Aber was du gemacht hast, das war Mord!«

»In Wirklichkeit war es eher ein Versehen. Ich habe es nicht geplant, ich hatte einfach keine andere Wahl. Genau wie jetzt.« Sie hielt den Gewehrlauf weiter auf Vitus gerichtet und sagte: »Sei mir nicht böse, es geht nicht anders.«

»Bin ich jetzt dran?«, fragte Vitus ebenso entsetzt wie ungläubig. Das Geschehen erschien ihm so irreal, dass er keine Angst verspürte.

»Einer von uns beiden muss sterben, und es wäre für keinen von uns der erste Tod«, sagte Diana, und er verstand, wovon sie sprach: Simon, Beppo und Rosina.

Er wollte einen Schritt auf sie zugehen, aber sie riss sofort das Gewehr nach oben und visierte ihn an. »Zwing mich nicht, sonst trifft es uns beide.«

»Moagst mi denn gar nicht?« Vitus war erschüttert.

»Doch, freilich mag ich dich. Ich hab mich in dich verliebt, obwohl es das Letzte war, was ich wollte.« Sie lachte bitter. Die Doppeldeutigkeit war ihr bewusst geworden. »Du wärst der Richtige gewesen, wenn wir uns unter anderen Umständen und zu einer anderen Zeit getroffen hätten. Oder«, sie zögerte. »Oder, wenn du es nicht herausgefunden hättest. Aber so…«

Jo und Alois fuhren über die Landstraße, weil sich auf der A8 am Sonntagabend die Münchner stauten. Alois hielt das Steuer fest in der Hand, während Jo mit ihren Fingern nervös auf den Beifahrersitz trommelte. Rosenheim und Kolbermoor lagen bereits hinter ihnen, Bad Aibling hatten sie umfahren, jetzt rauschten sie an Bruckmühl vorbei.

»Du hättest dem Hopfinger Bescheid geben sollen, der hat wenigstens eine Dienstwaffe. Komm, ruf ihn an, noch ist es nicht zu spät«, sagte Alois.

»Hopfinger ist nicht halb so schnell wie wir.«

»Es geht um Leben und Tod, Jo.«

Sie wählte Hopfingers Nummer. Es fühlte sich an wie ein Verrat an Vitus.

Der Kommissar klang betrunken, es gab schließlich etwas zu feiern, meinte er. Die Mannschaft seines Sohnes hatte den Chiemgau-Cup gewonnen, und jeder, der etwas auf sich hielt, feierte die Jungs. Im Jahnstadion wurden Koteletts gegrillt, und für die Erwachsenen gab es Flötzinger und Auer-Bier, sie sollte zurückkommen. Ob Jo eine Ahnung hatte, wo der Trainer war? Hopfinger hatte die beiden zusammen am Spielfeldrand gesehen. Es war eine Schande, dass der Kerl nicht bei seiner Mannschaft war. Alois war abgehauen und hatte seine Jungs alleingelassen, so sah Hopfinger es. Wie der Vater, so der Sohn, nicht wahr, lallte er. Adrian habe sich ja schon vor dem Spiel gedrückt, was man ihm allerdings zugutehalten musste. Seine Moni hatte die Steimer Uschi angerufen und erfahren, dass Adrian im Ballett war. Ballett! Da gehörte er ihn. Schließlich war der Bub auf dem Fußballfeld ein Versager und damit Leistungsträgern wie seinem Sohn Jonas Hopfinger nur im Weg. Prost! Jo hörte ihn schlucken. Ach ja, warum rief sie überhaupt an, wollte er jetzt wissen, wo sie doch einen Kriminaler in der Familie hatte? Ach nichts, danke, Herr Kommissar. Na servus! Was sollte sie mit einem Betrunkenen anfangen?

Endlich erreichten sie den Parkplatz vom Wildpark Blindham. Vitus' Wagen war nirgends zu sehen. Die letzten Besucher des Tages hatten den Park längst verlassen, und der Schotterplatz neben der Weide der Heckrinde war leer.

»Ich bin eine Idiotin!« Jo schlug sich auf die Stirn. Natürlich hatte Vitus nicht offiziell geparkt, sondern war wie bei seinen heimlichen Fotosafaris an versteckter Stelle eingestiegen. Sie lotste Alois zurück auf die Straße und dann in einen kleinen Waldweg hinein. An seinem Ende parkte Vitus' amerikanischer Wagen.

»Hast du irgendeine Waffe im Fahrzeug?«, fragte Jo.

»Nur ein Schweizer Taschenmesser im Handschuhfach.« Immerhin. Sie parkten hinter dem Chevi Camaro. Der Zaun des Wildparks war nur wenige Meter entfernt, aber langsam wurde es dunkel. Die Sonne zog ihre letzten Strahlen zurück und dankte ab wie eine müde Queen. In der Ferne schrie ein Käuzchen. Jo lief zwischen hohen Grashalmen, kleinen Ablegern von großen Bäumen und Büschen am mannshohen Maschendraht entlang. Immer wieder kratzte etwas an der nackten Haut ihrer Beine. Vermutlich Brombeersträucher. Es war nicht einfach, eine günstige Einstiegsstelle zu finden, aber irgendwo mussten ihr Vater und Diana die Gehegegrenze überwunden haben, also würden es auch Jo und Alois schaffen. Wenige Meter später wäre Jo fast über einen Baumstumpf gestolpert, der hilfsbereit neben dem Zaun stand. »Hier klettern wir rüber«, bestimmte sie, aber Alois zögerte.

»Im Park ist doch der Tiger von Wildschweinen gefressen worden.«

»Ja und?«

»Die Viecher sind gefährlich, Jo«, warnte Alois, während sie bereits auf der anderen Seite auffederte.

»Diana ist gefährlicher.«

»Ich hab ein Kind, Prinzessin, das braucht mich«, jammerte Alois. Jo musterte ihn einen kurzen Moment. Vor ihr stand Papa Hasenfuß und holte sein Handy aus der Tasche. »Ich ruf die Polizei. Die sollen sich um die Sache kümmern.« Feigling, dachte Jo und machte sich alleine auf den Weg.

Die Bäume wurden langsam zu Schatten, und der Boden begann, seine Strukturen im Dunklen aufzulösen. Sie musste achtgeben, nicht zu stolpern. Am liebsten hätte sie nach ihrem Vater gerufen, aber sie war hier, um ihn zu retten und nicht andersherum. Hoffentlich war es nicht zu spät. Diana hatte bereits einmal getötet.

»Verzeih mir, Vitus! Sag, dass du mich verstehst! Damit wir in Frieden gehen können.« Diana stand noch immer und zielte auf den sitzenden Vitus. Sie weinte, während sie versuchte, ihm den Tod schmackhaft zu machen: »Wir haben doch beide Menschen, die auf der anderen Seite auf uns warten. Ich den Simon, du deinen Sohn und deine Frau.«

»Ja, aber ich mag das Leben, und am liebsten möchte ich es mit dir leben, Diana.« Flehen, es gab kein anderes Wort dafür. Er flehte sie an. Sinnlos. Hoffnungslos. Und sie antwortete nicht, sondern starrte ihn an. Vitus wollte Liebe in ihren Augen sehen, aber er war sich nicht mehr sicher.

Eine Mücke landete auf seinem Hals und stach in seine Haut. Er ließ sie gewähren, weil ihm jede Bewegung gefährlich erschien. Diana könnte erschrecken und abdrücken. Ihr Finger umfasste den Abzug. Vitus versuchte sich an Strategien aus seinem Beruf zu erinnern. Diana war in einem emotionalen Ausnahmezustand und schwer berechenbar, er allerdings auch. Das Einzige, was in so einer Situation erfahrungsgemäß noch helfen konnte, war reden. Er musste sich konzentrieren.

»Solange wir am Leben sind, ist alles möglich«, sagte er. »Diana, Liebste, leg das Gewehr hin und setz dich zu mir. Dann überlegen wir gemeinsam.« Langsam stand er auf, ganz langsam. Er wollte seine Arme ausbreiten und auf sie zugehen. »Wir können uns halten, Diana, wir haben eine Chance.« Mein Gott, durchfuhr es ihn, diese Worte hatte er vor Jahrzehnten schon einmal gesagt. Zu Rosina. Am selben Tag war sie ins Auto gestiegen und gegen den Baum gerast.

Diana lachte auf. »Willst du mit einer Mörderin durchbrennen?«

Wenn er ganz ehrlich zu sich selbst war, würde er das in der Tat am liebsten. Seit Diana in seinem Leben war, fühlte er sich nicht mehr allein. Er sagte es ihr.

»Du hast deine Tochter!«

»Das ist etwas ganz anderes«, widersprach er.

Misstrauisch sah sie ihn an.

»Diana, es gibt immer eine Lösung. Glaub mir«, hörte er sich hoffen und lügen. Er wagte einen Schritt auf sie zu.

»Bleib, wo du bist!« Diana hielt ihr Gewehr so fest, dass ihre Knöchel weiß hervortraten. Vitus ließ seine Hände sinken.

»Erzähl mir wenigstens, wie es passiert ist. Wenigstens das bist du mir schuldig. Ich will nicht mit offenen Fragen sterben. Ich will wissen, warum.« Das könne sie doch verstehen, oder?

Sie ging drei Schritte zurück, schluckte und nickte. Dann beschrieb Diana ihren letzten Abend mit Tiger.

Sie hatte Tiger Wild nach dem Training abgepasst. An diesem Tag war sein Sohn Diego ausnahmsweise nicht dabei, weil er krank zu Hause im Bett lag. Diana sah darin ein Zeichen, dass ihr Plan richtig war und sie daran festhalten sollte. Sie wollte endlich die Dinge klären. Abschließen. Es war einfach gewesen, Tiger in ihr Auto zu locken. »Ich hatte nichts Schlimmes im Sinn. Ich wollte mich mit ihm aussprechen, nach zwei Jahren endlich zur Ruhe kommen.« Sie hatte auf eine Entschuldigung gehofft, auf Verständnis, auf Reue, auf gemeinsame Trauer, um der alten Zeiten willen, vor allem aber wegen Simon. »Das war er meinem Jungen schuldig.«

Unruhig war Tiger auf dem Beifahrersitz gesessen, offensichtlich in Eile. Er hatte keine Zeit für Diana, ihre Trauer und ihre Wut. Wahrscheinlich wollte er zu seiner neuen Liebhaberin. Ständig schaute er auf seine Uhr, während Diana redete.

»Natürlich gab er vor, ein schlechtes Gewissen zu haben, aber gleichzeitig schob er die Verantwortung für Simons Tod auf mich. Er warf mir vor, ich hätte ihm mein Kind geradezu aufgedrängt, anstatt mich selbst darum zu kümmern. Er wäre Fußballtrainer und kein Fahrservice und Ersatzvater. Außerdem hätte er meine Strategie durchschaut. Er meinte, ich hätte nur eine Affäre mit ihm begonnen, um Simons Fußballkarriere zu fördern. Eine ganz spezielle Art von Nachwuchsförderung, nannte er es. Ich sollte ihn nicht falsch verstehen, er hätte meinen Einsatz durchaus geschätzt und genossen, aber jedes Engagement war irgendwann vorbei – im Verein wie im Leben. Und was ich jetzt noch von ihm wollte, fragte er, durch Simons Unfall hatte sich doch ohnehin alles erledigt. Oder etwa nicht? Er verstand überhaupt nicht, worum es mir ging. Stattdessen hat er mich gefragt: Ja, willst mich etwa zurück? Fehlt dir ein Stecher? Ja freilich, dir fehlt ein ordentlicher Stecher, einer, den den Ball ins Tor bekommt. Das hat er gesagt, wortwörtlich: Dir fehlt ein ordentlicher Stecher. Als ob es mir um Sex gegangen wäre, wo es mir immer nur um mein Kind ging.«

Sie unterbrach ihren Redefluss und schaute Vitus an. Der schüttelte fassungslos den Kopf und sagte: »So ein Schwein, der Tiger.«

»Am Ende schon«, sagte Diana, aber er hätte durchaus das Zeug zum Ersatzvater gehabt. Er wäre Simons erste Wahl gewesen.

»Versteh ich dich richtig, du bist deinem Sohn zuliebe mit Tiger ins Bett gegangen?«

Diana fand, es war ein guter Grund, und außerdem war es ihr nicht unangenehm, mit Tiger zu schlafen. Im Gegenteil. Sie war ja damals lange genug allein gewesen, und als Frau hatte man auch Bedürfnisse.

»Und warum hast du mit mir geschlafen?«, wollte Vitus wissen, auch wenn ihm die Frage kleinlich vorkam.

»Erst wegen den Bedürfnissen und dann aus Liebe.«

»Und dann, was ist dann passiert?«, lenkte Vitus wieder auf Tigers letzten Abend. Jetzt wollte er alles wissen. Ihr Gewehr richtete sie noch immer auf ihn. Langsam musste Diana die Haltung doch ungemütlich werden.

»Ich habe ihn um ein letztes Mal gebeten, zum Abschied, zur Versöhnung, aus Verzweiflung. Keine Ahnung, wie ich darauf gekommen bin. Vielleicht wollte ich noch einmal die Zeit zurückdrehen, wollte spüren, dass wir ihm etwas bedeutet haben, der Simon und ich. Erst hat er sich geziert, aber ich wusste ja, wie ich ihn packen musste. Wie er es mochte. Er war ziemlich schwanzgesteuert, der Tiger. Dann ist er doch mit mir ins Sauguad gefahren. In der alten Wurstküche haben wir uns früher oft geliebt, das fand er prickelnd. Er liebte die Abwechslung, aber er wusste nicht, dass ich dort mein Jagdgewehr versteckt hatte.«

»Also hast ihn doch ins Sauguad gelockt, um ihn umzubringen?«

Diana schüttelte den Kopf. Hatte ihr Vitus etwa nicht zugehört? Sie hatte doch ganz klar gesagt, dass es ihr um eine versöhnliche Abschiedszeremonie gegangen war. »Aber dann fingen wir an, uns zu streiten. Er warf mir vor, Simons Talent total überschätzt zu haben und meine eigene Anziehungskraft obendrein.«

Dass er sie in den Dreck zog, war Diana egal, aber dass er ihren Sohn beleidigte, das konnte sie nicht akzeptieren. Sie hatte das Gefühl, die Ehre ihres Sohnes verteidigen zu müssen. Tiger sollte sich entschuldigen.

»Aber er wollte sich nicht entschuldigen, da habe ich mein Jagdgewehr aus dem Versteck geholt. Ich hatte nicht vor zu schießen, ich wollte nur, dass er sich entschuldigt.«

Aber Tiger entschuldigte sich nicht, sondern lachte und warf

Diana vor, ihn mit ihrer Vorstellung um einen »geilen Fick« mit Marina gebracht zu haben.

»Der hat mich nicht ernst genommen. Männer haben mich nie richtig ernst genommen.« Sie drückte ab. Sie hatte ohnehin nichts mehr zu verlieren.

Diana sah Vitus mit einem Ausdruck tiefster Verzweiflung an. »Ich kannte dich ja noch nicht, Vitus. Sonst hätte ich es nicht getan.«

Als Tiger tot am Boden lag, hätte sie am liebsten das Gewehr auf sich selbst gerichtet, aber dann hätte ihr Chef, der Gschwendtner Willi, so eine große Sauerei in seiner Wurstküche gehabt, und eine Sauerei wollte sie ihm nicht hinterlassen.

Also tat Diana, was getan werden musste: Sie zerteilte und verarbeitete Tiger Wild zu »Wildschwein«-Burger aus gemischtem Hack – Wild und Schwein – und nahm die Schlachtreste in jeweils kleinen Portionen in ihrer Kühltasche mit nach Blindham. Die Hand mit Tigers Ehering hatte sie als Letztes verfüttert, natürlich ohne Ring.

»Den Ring hast du bei Tigers Trauerfeier dann Marina untergeschoben«, unterbrach Vitus sie.

»Tiger war bei ihr, als Simon überfahren wurde, aber ich wollte ihr keinen Mord anhängen, ich wollte nur, dass ihre Affäre ans Licht kommt. Wo sie doch so gerne die perfekte Ehefrau und Mutter spielt.« Vitus dachte an das Gespräch mit Jürgen.

»Was perfekt wirkt, ist meist nur gut geschminkt«, meinte Vitus.

»Du hast es lieber natürlich, gell?«, sagte Diana. War das Galgenhumor? Sie ließ den Gewehrlauf etwas sinken.

Vitus ging einen kleinen Schritt auf sie zu. Sofort riss sie ihre Waffe wieder hoch.

»Zwing mich nicht dazu! Du hast es nicht verdient zu sterben. So gerne ich dich mitnehmen würde. Und deine Tochter braucht dich auch noch.«

Schneller, als Vitus reagieren konnte, drückte sie sich den Lauf ihres Gewehres unter das Kinn. Aber etwas wollte sie ihm noch sagen: Dank ihm hatte ihr Leben trotz allem ein Happy End. Vitus musste sich konzentrieren, um sie zu verstehen. Sie weinte. Und eine Bitte, eine Bitte hatte sie auch noch. »Kannst du mir noch ein Lied von Elvis singen? Love me tender. Damit deine Stimme das Letzte ist, was ich höre.«

Vitus schluckte und hörte es hinter sich rascheln.

»Pass auf!« Jos Schrei gellte durch den Wald. Sie hatte ihren Vater gefunden, in dem Moment, in dem Diana das Jagdgewehr in den Mund nahm. Und jetzt, jetzt löste sich aus dem Dickicht ein Schatten und galoppierte auf die Lichtung, auf der ihr Vater und Diana standen. Die vorderen Beine setzten gleichzeitig auf, ebenso wie die Hinterbeine. Die spitzen Ohren deuteten nach oben, seitlich bebte die Schwarte unter dem Fell, und am Ende schwang der Pürzel auf und ab, der Schwanz der Wildsau. Es war ein ausgewachsenes Exemplar. Ein Kraftpaket, getrieben von Urinstinkten. »Achtung!«, brüllte Jo. Die Hufe des Wildschweins trampelten auf die Picknickdecke zu, auf der ihr Vater und Diana standen. In Sekundenschnelle drehte sich Vitus um, erfasste die Situation und breitete seine Arme aus, um den Angriff abzuwehren. Er wollte Diana mit seinem Körper schützen. Nur noch wenige Galoppsprünge, dann würde ihn die Sau mit niederrammen. Unter Vitus bebte der trockene Boden.

Da knallte ein Schuss. Ein zweiter folgte. Das Tier taumelte, fiel zur Seite, drehte sich, erhob sich wieder, an seiner Seite klaffte eine Wunde. Die Schwarte war getroffen. Trotzdem stand die Wildsau wieder auf den Beinen und galoppierte los. Gleich hatte sie Vitus erreicht. Noch ein Schuss. Für einen Moment stand das Tier still, dann knickten seine Beine ein. Das Wildschwein plumpste zur Seite. Zuckte. Zuckte wieder, aber es schien erledigt. Den nächsten Schuss hatte Vitus nicht mehr erwartet. Er wirbelte herum. Diana!

Sie sank auf die Decke. Sie lag nur einen guten Meter von dem Wildschwein entfernt. Ihr Sommerkleid färbte sich über der Brust rot. Ihr Herz blutet, dachte Vitus, aber ihr Kopf wirkte unverletzt. »Diana!«

Wieder raschelte es im Gebüsch. Langsam kam ein Frischling nach dem anderen aus dem Dickicht. Die kleinen Wildschweine wollten zu ihrem Muttertier, das mit weit aufgerissenen Augen auf der Picknickdecke lag. Die Bache bewegte ihre Augenlider. »Du musst uns erlösen. Ich hab nicht richtig getroffen«, seufzte Diana und zeigte auf das Jagdgewehr, das neben ihr am Boden lag. Vitus wusste, was er zu tun hatte.

In der Ferne hörte er Sirenen heulen. Die Polizei und der Notarzt. Sie waren unendlich weit weg. Vitus blendete für einen Moment alles aus, nahm Dianas Hand und sang, was sie sich gewünscht hatte: »Love me tender.« Nur für sie.

Ein paar Wochen später war Jo auf dem Weg zum Münchner Flughafen. Sie hatte sich Vitus' Chevi Camaro geliehen und würde ihren Exmann Jack abholen, dessen letzte Mail nur aus einer Flugnummer bestanden hatte. Natürlich versprach er sich zu viel von diesem Überraschungsbesuch, aber ihr Herz konnte mit dem Tempo des alten Camaros locker mithalten. Der Tacho zeigte 160.

Und Alois? Der stellte vermutlich gerade einen zweiten Schreibtisch in seiner Agentur auf, weil er beschlossen hatte, Dimitrij Nowikow eine Chance zu geben und mit seiner Hilfe die russische Zielgruppe in Rosenheim zu erobern. Die Provisionen für Rentenversicherungen waren noch immer erfreulich hoch, und von irgendetwas musste er leben, bis seine neuen Schützlinge ihm eine Karriere im Profifußball ermöglichen würden. Ja, er würde sich in Zukunft um Diego und Franz kümmern. Sabrina hatte ihn darum gebeten, und die Jungs hatten Talent. Mehr als, nun ja, Adrian. Der tanzte inzwischen Ballett. Mit Uschi-Muschi teilte Alois noch immer Bett und Tisch, und wenn er sich überwinden konnte, seinem Sohn beim Ballett zuzusehen, dann könnte man »auch ihrer Liebe eine zweite Chance geben«, meinte Uschi. Bis er sein Leben neu geordnet hatte, war das nicht die schlechteste Option, meinte er, denn Jo war in letzter Zeit ohnehin so komisch und ging ihm aus dem Weg. Wahrscheinlich wollte sie von Anfang an nur seinen Körper, als wäre er ein Sexobjekt, hatte er ihr vorgeworfen. »Prinzessin Leia, es wird mir nicht leichtfallen, dich zu vergessen!« Ob sie nicht noch einmal die Kraft seines Laserschwerts spüren wollte? Zum Abschied? Nein. Wirklich nicht? »Aber Prinzessin!« Verdammt! Der Krieg der Sterne war verloren.

Jo kämpfte jetzt in anderen Dimensionen. Sie hatte sich ihr eigenes Universum erschaffen: *Innsider Info*. Mit der Schlagzeile »Tiger fiel Göttin der Jagd zum Opfer« und den entsprechenden Details hatte sie die Leser buchstäblich auf ihre Seite gezogen. Sepp Anzenberger verlor bei dieser sensationellen Gelegenheit nicht nur Besucherzahlen, sondern auch seine beste Mitarbeiterin: Jo Coleman. Larissa und Rocco folgten Jo, ohne zu zögern, und Roccos Vater revanchierte sich für die Beförderung seines Sohnes zum »stellvertretenden Chefredakteur«, indem er ihnen das Nebenzimmer seines Restaurants Papagallo vorübergehend als Redaktionsraum zur Verfügung stellte und das restliche Lokal als Kantine. Es fühlte sich gut an, seine eigene Chefin zu sein. Dieses Gefühl verband Jo mit ihrer Freundin Marina.

Marina hatte sich vorgenommen, nicht zu ruhen, bis jede Rosenheimerin mit einem Dildo versorgt war und die halbe Stadt vor Lust stöhnen würde. »Expansion im Nischenmarkt«, nannte sie ihre Mission. Hätte sie nicht so wahnsinnig viel zu tun gehabt, würde sie sich womöglich von Jürgen scheiden lassen, aber der lief ja ohnehin so mit. Gell? »Sag mal, Jo, könntest du nicht eine Fortsetzungs-Doku über mich machen?« Als Dank wollte sie Hochleistungsvibratoren für ein Gewinnspiel bei *Innsider Info* spendieren und eine Sexkolumne schreiben. Jo hatte versprochen, darüber nachzudenken, was man halt so sagt, wenn man eine alte Freundin nicht vor den Kopf stoßen will, obwohl die vielleicht genau das nötig hatte, einen Stoß vor den Kopf, aber den hatte Jo auch selbst nötig. Immerhin war sie auf dem Weg zum Flughafen, um ihren Ex abzuholen. Ihren Ex! Jack Coleman.

Ihr Vater hatte ihr davon abgeraten, aber der war ohnehin in Gedanken woanders. Bei Diana. Immer noch.

Diana hatte schwer verletzt überlebt und lag im Koma im Krankenhaus. Ein aussichtsloser Fall. Um sich von diesem Kummer abzulenken, hatte Vitus beschlossen, wieder zu arbeiten. Als Elvis-Imitator oder als Privatdedektiv? Er hatte sich für Letzteres entschieden und Jo ein Jobangebot gemacht. Seine Tochter wolle doch sicher nicht zurück nach Amerika und Filme drehen, hoffte er, aber Jo war sich da nicht so sicher. Außerdem wollte sie *Innsider Info*, die Redaktionsräume und die Kantine nicht aufgeben, jetzt, wo alles so gut lief. Andererseits wäre jetzt vielleicht gerade deshalb der beste Zeitpunkt dafür. Hollywood rief. Ihr alter Traum von der Karriere in den USA lebte. Noch immer.

Jo parkte Vitus' Wagen am Flughafen und sagte zu sich: »Schau mer mal, was das Leben so bringt!« Jetzt brachte es erst einmal Jack, und Jo freute sich.

Es war so weit. Vor der Tür schüttelte der Herbst die ersten Blätter und blies den Menschen frischen Wind ins Gesicht. Die sommerliche Hitzewelle war selbst in der kollektiven Erinnerung abgeflacht. Die Rosenheimer trugen jetzt gesteppte Daunenjacken durchs Stadtbild. Nur er trug nichts.

Nackt lag er neben ihr und zeichnete mit seinem Finger die Schweißspur auf ihrem Rücken nach. Sie verlief vom Nacken bis zu der Senke über ihrem Po – und direkt in die Zeit vor dem ganzen großen Durcheinander.

»Alles wird gut«, hatte er ihr versprochen. »Alles.« Sie wollte es glauben und drehte sich zu ihm um: »Don't fuck it up again!« Er sollte es nicht noch einmal versauen.

»Promise, I will only fuck you.« Jack zwinkerte und schob sich in Startposition. Die Nachmittagssonne schien durch das Fenster ihrer kleinen Wohnung, und eine neue Hitzewelle rollte über Rosenheim, die nur sie beide spüren konnten. Jo und ihr Exmann Jack. »Marry me again, Jo! Please!« Wieder heiraten? Ihn? »Schau ma moi.« Mal sehen.